二見文庫

危険な愛の訪れ

ローラ・グリフィン／務台夏子＝訳

Whisper of Warning
by
Laura Griffin

姉妹たちへ

謝辞

この物語を書くに当たっては、多くのかたにさまざまな質問に答えていただきました。小火器からハサミに至るまでありとあらゆる事柄について、専門知識を授けてくださった、クリスティン・アイザック、フランク・M・エイハーン、バーバラ・キャスティロ・ノイズ、ジェシカ・ドーソン、ジェン・ノルカンパーに感謝します。

また、本書のために一生懸命働いてくださった、ポケット・スター・ブックスのチーム、アビー・ザイドル、リサ・リットワック、ジェシカ・シルヴェスター、そのほかのみなさんには、特別に謝辞を述べたいと思います。そして最後に、ケヴァン・ライオン、たゆみない応援をありがとう。

危険な愛の訪れ

登　場　人　物　紹　介

コートニー・ジェイン・グラス	美容師
ウィル・ホッジズ	オースティン警察署殺人課の刑事
ネイサン・デヴェロー	刑事。ウィルの相棒
ドン・サーナク	警部補
ウェッブ	刑事
フィオナ・グラス	コートニーの姉。警察の似顔絵作成係
ジャック	フィオナの婚約者
ジョーダン	コートニーの同僚
エイミー・ハリス	コートニーの隣人
デヴォン・ハリス	エイミーの息子
ジョン・デイヴィッド・アルヴィン	法律事務所〈ウィルカーズ&ライリー〉に勤める弁護士。コートニーの元恋人
ジム・ウィルカーズ	デイヴィッドの上司
ピーター・ライリー	デイヴィッドの上司
リンジー・アン・カーン	デイヴィッドの同僚
レイチェル・アルヴィン	デイヴィッドの前妻
クレア・アルヴィン	デイヴィッドの妻
イヴ・コールドウェル	サイクリング愛好家の女性
マーティン・ペンブリー	テキサス大学の教授
ウォルター・グリーン	牧師。コートニーの元継父
アレックス・ラヴェル	私立探偵

1

コートニー・グラスは急ハンドルを切って砂利敷きの駐車場に入り、こんなところに自分を呼び出したあのろくでなしを呪った。いまは八月。ここはテキサスだ。外気は三十七度もあり、頭のまともな人間はみなエアコンの利いた屋内にこもっている。昼食後の一発に期待をかけて、人気《ひとけ》のないハイキング&サイクリング道の前に車を駐《と》めたりしていない。

あの男はこういうのがロマンチックだとでも思っているのだろうか？　自然でいいとでも？　アイヴィーリーグを出ているくせに、ジョン・デイヴィッド・アルヴィンはときとして超弩級《ちょうどきゅう》の大馬鹿者になる。

コートニーはいまいましげにため息をつき、車内の化粧鏡をパタリと下ろした。敵が馬鹿であろうとなかろうと、彼女はきれいに見えたかった。きれいに見えるのは、相手が元彼である場合、最高の復讐なのだから。

でもこの日、美の神々はコートニーにほほえみかけてはいなかった。髪は湿気でくたくただし、メイクはほぼ流れ落ちかけている。何かいい手はないものかとバッグの底をさぐったが、大したものは見つからなかった。彼女はティッシュで額《ひたい》をぬぐい、髪をふわりとふくらませた。それから口紅を塗ろうとし、ああ、くだらない、と気を変えた。デイヴィッドを感心させてなんになる？　目下《もっか》、彼女にとって、あの男ほど会いたくない相手はいない。そもそもここには来るべきじゃなかったのだ。でもあのしつこいメールのせいで、もうどうにかなりそうだったから。彼とは一度きっちり話し合って、けりをつける必要があった。

バックミラーにちらりと何かが映った。彼が着いたようだ。コートニーは、黒のポルシェ・カイエンが横にすべりこむのを見守った。どうやらあの赤のカレラは売ったらしい。まあ、驚くには当たらないけれど。急に神経質になって、彼女は自分のビュイック・スカイラークの車内を眺め回した。銀行口座が空っぽであることを示す、むやみに大きな証拠の品。コートニーはドラッグストアの化粧品で奇跡を起こすことができるし、古着屋の宝さがしにかけては猟犬さながらの能力を持つ。でもこの車ばかりは手の施しようがない。それに、クレジットカードの借金から抜け出すまでは、気まぐれなエアコンを備えたこの九八年型のポンコツと別れるわけにもいかない。彼女はエアコンの出力を上げ、通風口の向きを調節した。

デイヴィッドはポルシェの運転席にすわったまま、出てこようとしなかった。散らかった前部座席をかたづけているあいだ、コートニーは自分に注がれる彼の視線を感じていた。彼女は断固、目を合わせまいとした。呼び出したのは、彼のほうなのだ。向こうからここへ来るのがすじだろう。このオンボロ車のなかでデイヴィッドと話をすると思うとあまりうれしくなかったが、有利な自分の陣地を離れ、彼のポルシェに乗りこむほど彼女は馬鹿ではなかった。

彼が車を降り、両の拳《こぶし》を腰に当てるのが、目の隅に映った。コートニーは顎をこわばらせた。意地の張り合いなら、どんなときでもあいつには負けない。胸の谷間に汗の玉が浮かびあがってくる。彼女は、陽光のなかで戯れるトンボたちをフロントガラス越しに見つめ、無言でじっと待っていた。

ついに、ビュイックのドアがギーッと開き、助手席にデイヴィッドが乗りこんできた。彼は、袖口《そでぐち》にイニシャルの入った、糊《のり》の利いた白いワイシャツ、パワーを誇示する赤いネクタイ、いつもの黒っぽいズボンを身に着けていた。車内はたちまち、ドラッカーノワールの甘く濃厚な香りに満たされた。

コートニーは嫌悪の眼で彼を見やり、窓を巻きおろした。

「それで?」

「それでって何よ?」コートニーはぴしゃりと答えた。「呼び出したのはそっちでしょ」

「そんなことはしていない」

「とにかくメールはよこしたじゃない」ああ、なんていやなやつなの。またこの匂いを嗅ぐだけで、胸がむかむかする。

彼はむっとした顔でこちらを見た。「こんなことをやってる暇は、ぼくにはないんだ。これはハラスメントすれすれだぞ」

「ハ、ハ、ハ、ハラスメント？」

いきなり後部ドアが開かれた。コートニーが振り向くと、そこには黒いスキーマスクに覆われた顔があった。

その男はズボンから拳銃を引っ張り出し、デイヴィッドの鼻に銃口を向けた。「携帯をよこせ」

コートニーの肺から一気に空気が吐き出された。マスクの穴からにらみつけてくる灰色の目を、彼女は唖然《あぜん》として見つめた。

男は銃でデイヴィッドの首を小突いた。「さっさとしろ！」

コートニーは元彼に目をやった。あの尊大さは恐れへと変わっていた。デイヴィッドは動かなかった。早く！　彼女はそう念じたが、その体は凍りついたままだ。だがついに彼は、一方の手をダッシュボードにつき、もう一方の手を胸ポケットに入れた。

コートニーは必死のまなざしを車外に向けた。誰もいない。そんな馬鹿な。真っ昼間だっていうのに。たしかにきょうはいつもより暑いけど、それでもひとりくらいは――

銃がさっとこちらに向けられ、彼女の度胸は消え失せた。

「おまえのもだ」

コートニーはゆがんだピンク色の口を凝視し、男の言葉を分析しようとした。わたしのも。

わたしの携帯。この男はわたしの携帯をほしがっている。お金もほしいの？　携帯はバッグのなかにある。護身用のペッパー・スプレーと一緒に。

「ぐずぐずするな！」

デイヴィッドが自分の携帯を男のほうに放ると、それはガチャンと後部座席の床に落ちた。男は携帯を拾いあげ、トラックスーツのポケットに押しこんだ。

それからマスクの顔をこちらに向けた。「早くしろ、こいつの脳みそが吹っ飛ぶぞ」

デイヴィッドは蒼白《そうはく》になった。彼はすがるような目で彼女を見つめた。「急いでくれ、コートニー！」

バッグは足もとにある。床の上に。そしてペッパー・スプレーはバッグのなかだ。彼女は膝にバッグを引っ張りあげ、そのなかに手を入れた。ペッパー・スプレーの缶をさぐったが、手に触れるのはいつも持ち歩いているがらくたばかりだった。**わたしはまだ死ねない。やりたいことが山ほど残っているんだから。**

「早くしないか！」穴から見つめるあの目が細くなった。

汗ばんだ手が携帯をつかんだ。彼女はそれを引っ張り出し、男に差し出した。

時間がのろのろと過ぎていく。そのあいだ、携帯は震える手に握られたまま、宙に止まっていた。やがて男が手を伸ばした。そいつはぴったりした黒い手袋をはめていた。そして彼女は——突然、はっきりと——悟った。何か恐ろしいことが起ころうとしている。

男が彼女の手首をぎゅっと締めつけ、携帯は床に落ちた。しかし男は、彼女の手を放さなかった。

「財布をやろう」デイヴィッドがそう言って、尻ポケットから財布を引っ張り出した。「なんでもほしいものを持ってってくれ」

魅入られたように見つめるコートニーの前で、黒い手袋の手が彼女のてのひらをこじ開けた。こいつは指輪がほしいのだろうか？　サンタフェで買った、この銀の安物が？

「金ならある」デイヴィッドの声がつかえた。「〈ロレックス〉もだ」

拳銃がてのひらに押しつけられた。太く黒い指がコートニーの手を締めつけ、強引に銃把《じゅうは》を握らせる。不意に、男の目的がわかった。腕をもぎ離そうとしたが、無駄だった。

「いや！」彼女は絶叫し、肩が燃えだすほど思い切り腕をうしろに引いた。

デイヴィッドの目が彼女の目と合った。

パーン！

ふたりの体が同時にびくんと動いた。デイヴィッドの目に驚愕《きょうがく》の色が閃《ひらめ》き、白いワイシャツに赤い色が広がった。彼はゆっくりと横に倒れていき、やがてその頭がフロントガラスにゴツンとぶつかった。

耳鳴りがした。甲高い声がきしるように喉から漏れ出ては、吸いこまれていく。コートニーは自分の手のなかの拳銃を見つめた。手袋の手がふたたび彼女の手を包みこむ。彼女は身をよじり、腕をもぎ離そうとした。

「いや!」自由なほうの手を使い、スキーマスクに力一杯拳をたたきこむと、その衝撃で腕全体に痛みが走った。

パーン!

フロントガラスが砕け散った。コートニーは悲鳴をあげ、座席の上で体を丸めた。その視線が、自分の脚とドアのあいだにはさまれたバッグへと落ちる。ペッパー・スプレーが見えた。缶がバッグのなかからのぞいている。だが、男に無理やり銃把を握らされ、右手は押しつぶされていた。彼女は左手でスプレーをつかんだ。手首がねじ曲げられ、痛んでいる。銃口がこちらを向いた。

親指が缶のてっぺんにかかった。マスクの穴からのぞく醜いピンクの口めがけ、液がシューッと噴射された。

「くそっ!」

突然、腕が自由になり、コートニーは背中からハンドルにぶつかった。悪態とうめき声が車内に広がる。彼女は半狂乱でドアのラッチをかきむしった。ドアがパッと開き、彼女は砂利の上に横向きに投げ出された。砂の味を口に感じながら、両脚を車内から引き出す。うしろを振り返ると、ダッシュボードにぐったりもたれたデイヴィッドの姿が見えた。

後部のドアがきしみとともに開いた。

コートニーはよろよろと立ちあがり、走りだした。

ネイサン・デヴェローは病院の自動販売機に二十五セント玉を数枚投入し、ランチを選んでボタンを押した。このシフトは午前二時に始まっており、彼はコーヒー以外何も腹に入れないまま、すでに十四時間ぶっ通しで働いていた。

「何かいらないか？」彼は、待合室の向こう側に立つ相棒を振り返った。そいつは、ミニ・ブラインドの隙間からノース・ラマー通りの車の流れを見おろしている。これは、いまの質問が聞こえなかったか、あいつが大ボケ野郎であるかのどちらかだ。ウィル・ホッジズとは知り合ってまだ四十八時間にもならないが、ネイサンは後者に金を賭けてもいいくらいだった。

「ホッジズ！」

相棒の視線がさっと上がった。「うん？」

「何かほしくないか？」

「いや」

やっぱりボケてやがる。ネイサンは自販機からマーズ・バーを取り出すと、似顔絵作成係がそろそろ出てきはしないかと、ぶらぶらと廊下に向かった。彼女の姿はどこにもなかった。もう一時間にもなるが、六三二号室のドアは閉ざされたままだ。つまり似顔絵作成係はまだそのなかにいて、容疑者のスケッチを描くため目撃者から話を聞いているということだ。

ネイサンはランチの袋を破いた。こういう日には、つくづく年だなと思う。まだ四十にもならないが、十年、殺人課の刑事として働き、なおかつ、ジャンクフードを食べつづけていると、さすがに上々のコンディションではいられない。いまでも、バーに行けばそれなりにお誘いがかかる程度の見てくれは保っているが、気力も体力も昔と同じとは言えなかった。

彼は部屋の向こうにいる新しい相棒を見つめた。その若造は、フォルクスワーゲンでベンチプレスがやれそうな体つきをしていた。たぶん朝飯にプロテイン・シェイクを飲み、週に六日ジムに通っているんだろう。

まあ、一年もしてみな。

ネイサンはマーズ・バーにかぶりつき、腕時計に目をやった。

「すんだわよ」

おなじみの声に、彼はくるりと振り向いた。フィオナ・グラスが使い古した革の画材鞄と一枚の画用紙を手に、部屋の入口に立っていた。服装は、オーソドックスなベージュのパンツスーツ。赤みがかった金髪は、きちんとうしろになでつけて、ヘッドバンドで留《と》めてある。

ネイサンはそちらに行って、差し出されたスケッチを受け取った。ひと目見たとたん、胃袋がしぼんだ。

「横顔か。彼女、それしか見てないのかな?」

「うしろから羽交い締めにされて、まともに顔が見えたのは、そいつが逃げていくときだけだったんだって」

ネイサンはその声の棘《とげ》に気づき、目を上げた。「どうした?」

フィオナはすばやく室内を見回した。人に聞かれていないのを確かめているのだろうか。その目がちょっとホッジズに留まった。それを見て、ネイサンは悟った。彼女はまだあの男を信用していないわけだ。フィオナはなかなか人に心を開かない。そしてホッジズは、オースティン警察に来てまだ一週間にもならないのだ。

「何が問題なんだ?」ネイサンは重ねて訊《たず》ねた。

「何もかも」フィオナはスケッチを目顔で示した。「それ、あなたにはどう見える?」

「さあな。黒人、男。二十五歳。平均的な顔立ち」

「表情は?」

ネイサンはじっとスケッチを見おろした。フィオナはその絵を灰色の厚い画用紙に木炭で描いていた。紙からは定着液の匂いがした。それはつまり目撃者が、これでよし、と承認したということだ。

高名な判事とその夫が真夜中すぎに自宅の車庫で襲われた。その犯人だという男の顔を、ネイサンはじっくり眺めた。「退屈そうな顔だな」彼は言った。

「そのとおり」

フィオナの目に視線を向け、ネイサンは彼女と働くのが好きなわけを思い出した。彼女はアーティストの目を持っているが、思考回路は刑事なのだ。

「その男は銃を突きつけてふたりの人間から金を奪い、そのうちひとりの顔面を撃ったのよ」彼女は言った。「だったら、攻撃性、怯《おび》え、焦りが見られて当然でしょう。退屈そうだなんておかしいわ」

「証人が嘘をついてるってことか？」

「顔の向きも気になってるの」彼の質問には答えず、フィオナはつづけた。ネイサンにはその理由がわかっていた。証人は市の判事なのだ。自分の夫を射殺した犯人に関し、彼女が偽証している可能性など指摘しようものなら、どえらい騒ぎになるだろう。

「顔の向き？　横顔だからか？」

「横顔しかわからないというのは、非常にめずらしいことなの。とくに右側というのは」

ネイサンは眉を寄せてスケッチを見つめた。「左の横顔でなきゃおかしいって言うのかい？」

フィオナは肩をすくめた。「いいえ、ただそのほうがふつうだってだけ」

「どうして？」

「銀行強盗だ」

ネイサンはホッジズに目をやった。相変わらず窓際に立ってはいるが、どうやらそこでずっと聞き耳を立てていたらしい。「なんの話だよ?」

「目撃者が横顔しか見てないとしたら、それは通常、逃走車を運転しているやつを見たということなんだ」ホッジズは言った。

こりゃすごい、丸々一文しゃべったぞ。ネイサンはフィオナを見やった。彼女はふたたび、彼の新しい相棒に目を向けていた。今度は感心した様子で、だがまだ信用しきれずに。

彼女はネイサンに視線をもどした。「さっきの聴取と、与えられた情報と、与えられていない情報から、わたしはあの証人の信頼性には問題があると思う」

なんてありがたい。信頼性に問題がある、人望の篤《あつ》い判事とはね。世間の反応が待ちきれないくらいだ。

彼はわざと異論を唱えてみることにした。「彼女の怪我はどうなんだ? 本人は殴り倒されたと言っているし、頭部の強打もその主張を裏付けているだろう」

「殴り倒したのが誰かはわからない」フィオナは言った。「顔見知りの人間だったのかもしれないわ」

ネイサンは頭ががんがんしだした。殺人事件の解決、政治的駆引き、新米刑事の指導。彼はこの三つを同時にこなさなければならない。これは悲惨なことになりそうだ。

フィオナは茶封筒を取り出すと、似顔絵をそのなかにすべりこませ、彼に手渡した。スケッチは二〇×三五センチ、彼の事件ファイルにぴったり収まるサイズだった。彼女はそういう細かい気配りができる人間なのだ。

「ほかに何かあったらいつでも電話して」フィオナはホッジズに顔を向けた。「オースティンにようこそ。今後ともよろしく」

彼女はエレベーターのなかへと消えた。ネイサンはホッジズに目を向けた。彼は相変わらず部屋の向こう側に立っている。

「全部聞いたか？」

ホッジズはかすかにうなずいた。

「彼女と同意見かい？」

今度も反応は同じ。あまり話し好きじゃないようだ。自白を引き出す技をこいつに教えるのは、骨だろう。

ビーッと音がし、ネイサンはサイド・ホルスターのすぐ下に留めてある携帯に手をやった。

「デヴェローだ」

「ジルカー・パークでコード三七」

「おれはグッドウィンの事情聴取でシートン病院に来ているんだ。ウェッブをやってくれ」

「彼はまだ裁判所なの。あなたとホッジズでお願い」

この悲惨な日がさらにひどくなるなんてことがあるだろうか？　ネイサンは剥ぎ取り式のノートを取り出すと、必要事項をいくつか書き留め、通話を切った。それから一本電話をかけ、尊敬すべきグッドウィン判事が勝手に病院を抜け出そうとした場合に備え、制服警官を一名大至急ここによこすよう指示した。電話がすむと、彼は相棒のほうを向いた。

「ジルカーで銃撃だ」彼は鮮度の落ちてしまったマーズ・バーの残りをゴミ缶に放りこんだ。「運転はおれがする」

十分後、ふたりはマークのない警察車両に乗って、オースティン一大きな公園へと向かっていた。ホッジズは病院を出て以来、ひとことも発していない。ネイサンは彼の顔をちらりと盗み見た。短くカットされたその髪は、この男がしばらく前まで軍隊にいたことを思い出させた。ネイサンはもう少し努力してみることにした。

「これまでに殺人事件を扱ったことは？」

「麻薬課だったんだ」

「いいか、現場に着いたらルールは三つだ。どこにも触るな。どこにも触るな。そして、何があろうとどこにも触るな、だ」

ホッジズは前方の道路に目を据えたままだった。

「それともうひとつ。最初に現場に到着するのが、バッジをつけてるなかでいちばんトンマなやつになることは、まあまちがいない。いつだってそうなんだ。それに、どうやらきょうは厄日《やくび》みたいだしな」

ネイサンは急ハンドルを切り、公園をまっすぐ貫く四車線の道路、バートン・スプリングズ・ロードに入った。前方にはすでに混雑が見られた。制服警官がタウン・レイクに平行して走る小径《こみち》の前の駐車場から車を遠ざけた結果だ。ネイサンは十数メートル路肩を走行していき、バリケードの前にいた男に身分証をすばやく見せた。男は木製の仕切りをどけにかかったが、ネイサンは仕切りを迂回《うかい》して男の手間を省いてやった。狭い道路は曲がりくねって水辺へと下っていき、生い茂る草木に囲まれた砂利敷きの駐車場で終わっていた。

ときどきここでジョギングするので、ネイサンもその一帯をよく知っていた。こんな酷暑の日でも、通常ならこの駐車場はもう満杯になっているころだ。しかしきょう、ここに駐まっているのは、警察の車と鑑識課のバン、それに、沈黙した黄色い救急車だけだった。記者どもはまだいないが、遠からず到着するだろう。ネイサンは救急車の隣に車を寄せ、見覚えのある医療員に手を振った。

彼は車を駐め、相棒とともに犯行現場に向かった。そこにはすでにテープがめぐらされていた。立入禁止区域の、木陰になった砂利の一画に、青いビュイック・スカイラークと黒のポルシェ・カイエンが駐まっている。どちらの車もメスキートとクワの茂みに鼻先を向けていた。カイエンのドアは閉まっている。ビュイックの左側のドアふたつは開いたままだ。カメラマンがそのドアのあいだに膝をついて、写真を撮《こ》っていた。

ネイサンは、犯行現場の南東の角に当たる木挽《び》き台の横に立つ、気むずかしげな女性警官に歩み寄った。いちばんトンマなやつが最初に現場に着くという彼の説は、やはり正しかったわけだ。

彼はうなずいた。「ブレンダ」

女性警官は会釈を返すと、目を細めてホッジズを眺めた。

「こちらはウィル・ホッジズ」ネイサンは言った。「新入りだよ」

「被害者の名前は、ジョン・デイヴィッド・アルヴィン」女性警官は誇らしげに報告した。

「四十二歳。サンセット・コーヴ六八九」

「被害者の財布をあさったのか？」

女性警官の顔が沈んだ。「ああ、いえ、ただ――」

「被害者は絶対動かすな」

「動かしてはいません。財布が車の床に開いて落ちていたんです。窓から身分証を見ただけですよ」

ネイサンは、彼女の差し出すクリップボードを受け取って、犯行現場への出入りの記録――一枚の破けた紙――に自分の名前とバッジ番号を走り書きした。ホッジズもこれに倣い、そのあとふたりはテープをくぐった。

ジョン・アルヴィン。覚えのある名前だ。しかしネイサンには、なぜなのかわからなかった。アルヴィン。アルヴィン。どこで聞いた名前だろう？

彼はカメラマンの背後に歩み寄って、ビュイックの車内をのぞきこんだ。新しい死の匂いが日射しにあぶられた車から漂ってくる。ハエの大群はすでに忙しく活動していた。ときどきネイサンは、ぜひミネソタで仕事がしたいと思う。あるいはバンクーバーでもいい。虫どもが死体にとりつくまでに十秒以上かかるところならどこでも。

「よう、バート」ネイサンはカメラマンの隣にしゃがみこんだ。すでに嗅覚が麻痺しているらしく、その男は匂いなどものともせずに写真を撮りまくっていた。

「近くから撃ってる」バートは言った。「一メートルくらいだろうな」

ネイサンはもっとよく見ようと、腰をかがめた。するとかろうじて被害者の顔がわかった……

ジョン・デイヴィッド・アルヴィン。弁護士。この男には一月に会っている。

「くそっ」そうつぶやいて、立ちあがった。なんだかいやな予感がする。車のうしろに回って、ナンバープレートを見た。

「目撃者がひとりいるんですが。被害者が撃たれたとき、一緒に車内にいたんだそうです」

いやな予感がひどくいやな予感に変わった。ネイサンはくるりと振り返った。その制服警官は、午後の日射しのなかで顔を火照らせ、汗を滴らせていた。色白で肥満体、制服の腋は濡れそぼっている。

「車内に？」ネイサンは聞き返した。

「そうです。どうやら強盗みたいですね」

「その目撃者はどこなんだ？」

警官は駐車場の東端に駐められた警察車両を顎で示した。車の後部ドアは開け放たれており、そこに女がひとりすわっている。彼女は裸足《はだし》で、膝に肘をつき、両手に顔を埋《うず》めていた。

「くそっ」

「どうしたんだ？」ホッジズが近づいてきて、ネイサンの視線を追った。事情聴取を待つ目撃者は、ところどころ鮮やかな赤の交じる長い黒髪の持ち主だった。彼女は低く頭を垂れており、どうも左右のこめかみをもんでいるらしい。ネイサンにはその顔が見えなかった。だが、顔を見るまでもなかった。あの果てしなく長い脚をひと目見るなり、それが誰なのかはわかった。

「くそっ」一度を失うあまり独創的な悪態も出てこず、ネイサンはまたそう言った。

「彼女は誰なんだ？」

ネイサンはホッジズを見あげた。「ほら、さっき会った似顔絵作成係な」

「病院にいたスーツの女か」

「ああ」

「彼女がどうした？」

「覚悟しな」ネイサンは言った。「おまえはこれから彼女の妹に会うんだ」

2

ハエどもがさかんにスカイラークを出入りしている。

コートニーは必死になって連中を無視しようとした。しかし、どうしても見ずにはいられなかった。連中はデイヴィッドと一緒にあのなかにいるのだ。彼は死んだのだ。もしも彼女がもう少ししっかりしていたら、もう少しのみこみが早かったら、彼はいまも生きていたろうし、彼女はこのブンブンという不気味な羽音を聞くことも、あのハエどもを目にすることもなかったろう。

車から無理やり視線を引きはがす。背中が妙にくすぐったい。誰かに見られている。彼女はそんな気がして不安になった。肩越しにちらりと振り返り、これで何十回目かに思う。あのスキーマスクの男はどうなったろう？　あれは誰なんだろう？　いまどこにいるんだろう？　傷をなめるためどこかへ逃げていったのか？　それとも、この近くにいて、こっちを見ているんだろうか？

「ミス・グラス？」

コートニーはぐいと頭をめぐらせた。またあの警官だ。あの角刈りの太ったやつ。マッコイ？　それともマホニーだっけ？　彼女から一部始終を聞いたあと、警官はここで待つよう彼女に言った。ほかの人間も話を聞きたがるだろうから、と。

彼はぱらりと手帳を開いた。「もう少し情報が必要なんですが」

コートニーは、しゃべっている警官の口を見つめた。ピンク色の唇。白い肌。背は低いがボリュームがある。スキーマスクの男もボリュームがあった——

「フルネームをどうぞ」

コートニーは警官の目を確認した。青灰色。あの男ほど灰色じゃない。第一、自分に銃を突きつけたのがこの太鼓腹の警官じゃないかと思うなんて、イカレてる。

「もしもし？」

「コートニー・ジェイン・グラス」

「ご住所は？」

「オーク・トレイル、九二五、アパートメントB」

質問が単調につづき、彼女は淡々と答えていった。視線があの車へ、彼女の車へとさまよっていく。なかには、黒鞄を手にした白いつなぎ服の男が乗りこんでいる。あの男はあそこで何をしているんだろう？　体に震えが走った。

彼女は周囲に目を走らせた。あたりには木々が生い茂っている。隠れるところはいくらでもあった。あの男はどこにいてもおかしくない。いまもこっちを見ているのかもしれない。そう思うと、胃袋がぎゅっと縮んだ。警察車両の窓は防弾ガラスになっているんだろうか。

彼女は駐車場を見回した。制服警官の一団が端のほうに寄り集まっている。そのそばで、私服の男が向こう向きに立ち、携帯電話で誰かと激しくやりあっている。さらにもうひとり、別の男が警察車両のひとつのトランクにもたれかかっている。この男もやはり私服で、腰には拳銃を帯びていた。

彼はコートニーをじっと見ていた。

「ミス・グラス？」

彼女はハッとして、警官に注意をもどした。あの灰色の目が見おろしている。ふたたび体に震えが走った。「失礼。いまなんて？」

「公園に何時に着いたか教えていただけませんか？」

あれは何時だったろう？

「さあ。三時半くらいかしら。彼は、三時半に来てくれって言ってたし」

視線がふたたび車へともどっていく。いまそこにはストレッチャーがあった。助手席側のドアのすぐそばに。

「ミス・グラス？」

「えっ？」ああ、なんなんだろう、この男は。これっていまじゃなきゃだめなわけ？　頭がまともに働いてないっていうのに。

警官は眉間《みけん》に皺《しわ》を寄せた。「まだいくつか質問があるんですが――」

「休憩だ」あの私服の男、拳銃を帯びたやつが近づいてきて、警官の背をぴしゃりとたたいた。

「誰なんだ、あんたは？」警官は問いただした。

「ホッジズ刑事」男はコートニーに青いウィンドブレーカーを差し出した。「寒いだろう」

自分が凍えていることに、彼女は気づいた。身に着けているのは、薄手のライムグリーンのサンドレス一枚で、全身が震えている。

「気温は三十八度なんですよ」警官が抗議する。

刑事は彼に顔を向けた。「水を二本、持ってきてくれないか？　医療班のところにあるだろう」

これは依頼ではなく命令だった。制服警官はぴしゃりと手帳を閉じ、のろのろと救急車に向かった。

コートニーはウィンドブレーカーを受け取った。それは灰色のフランネルの裏地がついたやつで、背中にオースティン警察署の頭文字〝ＡＰＤ〟がブロック体の黄色い文字で入っていた。その袖に腕を通すと、寒さや周囲の男たちの視線から多少護《まも》られている感じがして、たちまち気分がよくなった。

刑事がそばにしゃがみこんだ。これで目の高さが同じになったが、彼はコートニーではなく湖を見ていた。刑事の沈黙がつづく。セミの声が聞こえる。

それとも、これは銃が発砲されてからずっと聞こえている、あのしつこい耳鳴りだろうか。

「チックタックをどう？」

コートニーはちらりと目を向けた。チ、チ、チックタ、タ、タック？「いいえ、どうも」

刑事は大きなてのひらに何粒かミンツを振り落として、口に放りこんだ。

「よくここでサイクリングするのかい？」

この質問に彼女は警戒を新たにした。「いえ」

「おれもあんまり自転車には乗らない」

するとこの男はオースティンの人間じゃないわけだ。この町は、〝乗る〟のが大好きで、サイクリングにのめりこんでいる、ランス・アームストロング（テキサス州出身のプロ・ロードレース選手）かぶれでいっぱいなのだ。このあたりの自転車好きは、ハーレーの自転車に乗る。

彼女はなんとも言わなかった。じきに事情聴取が再開されるだろう。あるいは、これが事情聴取なのかもしれない。たぶんこの男は情報をさぐり出そうとしているのだ。サイクリングは好き？　ジョギングはどう？　元彼の胸を撃った？

コートニーは身震いした。

「きみはショック状態なんだ」

「へえ?」刑事を見あげ、彼女は少しほっとした。その目は茶色だった。琥珀っぽい色。それに、仮にそうでなかったとしても、体格があの襲撃者とはぜんぜんちがう。

「ショック。それで体の全機能がおかしくなる。心拍数も、体温も、何もかも」

コートニーは顔をそむけた。この刑事はおしゃべりがしたくてここにいるわけじゃない。彼は何かをほしがっている。おそらくは何項目もある疑問への答えを。

彼がかすかに身じろぎして、ポケットから何か引っ張り出した。きちんとたたまれた白いハンカチ。すり傷のできた彼女の膝を、彼は目顔で示した。

コートニーはハンカチを受け取った。彼女の知っている男で、ハンカチを持ち歩いているのは祖父だけだ。そしてその祖父は八十一歳になる。

彼女は傷口から土と砂利をそっとぬぐいとった。傷は腕にもある。それにたぶん顔にも。森に飛びこみ、あの醜悪なスキーマスクから逃げているときこしらえたやつが。彼女は蔓《つる》や木の根につまずきながら、一度も振り返ることなく、心臓が破れそうになるまで走りつづけ、やっと小径の出発点にたどり着いて、緊急用の青電話を見つけたのだ。

それらの傷は洗浄の必要があった。バッグには手の消毒剤があるが、そのバッグはスカイラークのなかにある。デイヴィッドのいる車内に。

コートニーは立ちあがって、ハンカチをポケットに押しこんだ。もう耐えられない。これ以上一分たりともここにはいられない。

「家に帰らなきゃ」

刑事も立ちあがり、その背の高さと重量とで彼女を圧倒した。身長百七十八センチのコートニーは、自分自身もかなり長身だと思っているが、それでもこの男の顔を見るためには首をそらさねばならなかった。恐れ入った様子は見せまいと彼女は肩を怒らせた。

「行ってもいいかしら」

刑事はなんとも言わなかった。その目がゆっくりと彼女を眺め回す。彼が自分の裸足の足、汚れた膝、激しく上下する胸をとらえていくのを、コートニーは感じた。

「もうすんだんでしょ？」懸命に声を平静に保ち、彼女は訊ねた。

返事はない。

なぜこの男は答えないんだろう？　こっちには権利があるのに。そう、ありとあらゆる権利がね！　わたしを延々拘束しておくことなど、この連中にはできないはずだ。喉の奥でいらだちが燃えあがり、彼女はそれを飲みこんだ。取り乱しちゃだめ。取り乱しちゃだめよ。とにかく、この警官たちの前ではいけない。

さっきのそばかす面の警官が、不機嫌な顔をしてのろのろとやってきた。彼はコートニーに水のボトルを差し出した。

「結構よ」実は喉はからからだったが、その渇きもここを去りたいという欲求ほど差し迫ってはいなかった。

警官は刑事をにらみつけると、またコートニーに向き直った。「すみませんが、正式な供述のため、署までご同行願わねばなりません」

正式な供述。

「選択の余地は？」

警官の左右の眉がくっついた。「来ていただけないということですか？」

「行かないとは言ってない。選択の余地があるのかどうか訊《き》いただけよ」

「ここでやってもいいよ」刑事が穏やかに言った。「本当にそのほうがよければだが」

コートニーはあたりを見回した。これから数時間、警察署で拘束されるのかと思うと、頭がずきずきする。とはいえ、このままここにいることはとてもできない。彼女は動転し、弱気になっているのだ。どこか気持ちを立て直すための場所が必要だった。

「わかった」彼女は腕組みした。「でも誰かに乗せてってもらわなきゃね。わたしの車は使用中だもの」

彼女の車は犯行現場なのだ。そちらに目をやると、ちょうどあのつなぎを着た男たちがデイヴィッドの遺体を黒い袋が広げられたストレッチャーに下ろすところだった。彼らはデイヴィッドの両腕をぴったり脇に押しつけた。それから、なかのひとりが袋のジッパーに手をやり――

「おっと」

体がうしろにぐらりと傾き、誰かに肘をつかまれた。視界の縁《へり》がぼやけた。「ほら、落ち着いて」あの刑事が眉を寄せて見おろす。彼の手が腕を強くつかんで彼女を支えている。

コートニーは彼を押しのけ、車のドアにつかまった。「ごめんなさい」いったいどうなってるの？　これまで一度だって気絶なんかしたことないのに。

「すわったほうがいいな」刑事が言う。

「いいの」

「水を飲まないと」

「大丈夫」自分の車に目をやらないかぎりは。

「本当に？」

「いいから行きましょ」コートニーは言った。「さっさとすませちゃいたいの」

ウィルは第二聴取室に証人を残し、自動販売機をさがしに行った。彼はわざと遠回りして、途中自分のデスクに立ち寄り、電話の留守録とEメールをチェックした。しばらく証人をやきもきさせたかったのだ。それに、デヴェローとふたりで事情聴取を始める前に、情報もいくつか必要だった。

数分かけて一階をくまなくさがしていくと、紙幣の使える自販機のある休憩室が見つかった。彼はコークを二本買った。ひとつは自分の分、もうひとつはコートニー・グラスの分だ。いつも飲んでいるのはたぶんダイエット・コークだろうが、彼女の体は、たとえ本人がほしがらなくても、糖分を求めているはずだ。

二本の缶を手にエレベーターで上にのぼり、パーティションと廊下の迷路をくねくねと進んで、自分の部署にもどった。見ると、警部補のオフィスの入口に刑事がひとり、向こう向きにだらんと寄りかかっている。ウィルは足音を忍ばせて、そちらに歩み寄った。

「ああ、そりゃ彼はまだ十二の小僧ですからね」

室内からデヴェローの声がする。

「二十九だ」こちらは警部補の声だ。「それに彼は退役軍人だぞ」

「彼がなんだろうと知ったこっちゃない。とにかく殺人事件の捜査経験はないわけでしょう」

ウィルが部屋の入口で足を止めると、そこにいた刑事はぎくりとした。この男、ウェッブとはきのう会ったばかりだ。ウィルは室内の各人の表情をさぐった。腹を立てている（彼の相棒）、うんざりしている（警部補）、そして、ちょっとおもしろがっている（ウェッブ）。

「証人は第二聴取室です」ウィルは報告した。「マッケロイにドアを見張らせています」

サーナク警部補は咳払いをした。「誰かがその娘の供述をとらんとな。きみがやれ」

「ほう。なぜわたしなんです？」

「彼女に気に入られているみたいだからさ。それにデヴェローはこの件からはずれることになったんだ」

ウィルは相棒に目をやった。デヴェローの顎がこわばる。彼は目をそらした。

「彼女は弁護士を呼ぶ権利を放棄した」サーナクはつづけた。「どうやら一刻も早く家に帰りたいらしい。彼女をしゃべらせ、細かな点まで漏れなく確認しろ」

「了解、警部補」

デヴェローが腕組みをした。「ヘマをするなよ」

ウィルは奥歯を嚙みしめた。

「必要とあれば、彼女とじゃれあうんだ」警部補が言う。「信頼を得るためなら、どんな手を使ってもいい」

サーナクはデヴェローと目を見交わした。

「彼女の話はどうもうさんくさい」警部補は言った。「GSRテスト（皮膚の電気抵抗の変化を測る。嘘の発見に用いられるテスト）の結果といい、あの九一一通報といい。それにいまのところ、スキーマスクの男とやらが車にいたという物的証拠もないしな」

「彼女が嘘をついていると思っているわけですね」

ウィルの発言に、デヴェローの肩がこわばった。彼がジレンマに陥っているのは明らかだ。

そしてウィルの見たところ、そのことには例の似顔絵作成係がからんでいそうだった。

「すじが通らんと言っているだけだ。いいか、これはデリケートな事件だからな」サーナクはありもしない髪をなでつけるように、太った手で頭をなであげた。「ガイシャは名の通った法廷弁護士。そのかみさんは資産家の娘。そのうえ、目撃者の姉貴はわれわれのもとでフリーで働いているんだ」

そのことならすでに把握している。これは三角関係の果ての事件なのだろうか？　不倫が悲劇につながったというような？　そう考えると、無差別の強盗というシナリオに複雑さが加わる。どのみち、そのシナリオにはさほど重きを置いていなかったわけだが。

サーナクが立ちあがった。これは行ってよしという合図だ。「何か質問は？」

そりゃわからないことだらけさ。「いいえ、警部補」

「では行って、証人をしゃべらせろ」サーナクは腕時計に目をやった。「迅速にやるんだぞ。ニュースが始まって、わたしの電話がジャンジャン鳴りださないうちに」

マッケロイは腕組みをしてドアの前に立っていた。その顔は憂鬱《ゆううつ》そうだった。彼は退屈な午後を過ごしたうえ、書類仕事でいっぱいの夜を迎えることになりそうなのだ。今夜はフットボールのプレシーズン・マッチがあるというのに。

ウィルは彼にコークを渡した。

「あとをよろしく」マッケロイはそう言って、歩み去った。

部屋に入るなり、ウィルは変化に気づいた。犯行現場にいた、あの危なっかしい、心ここにあらずの女はもうどこにもいない。性能アップした新しいコートニーが、会議用テーブルの端で、組んだ脚を美しい角度に傾け、プラスチック製の椅子にすわっている。彼女はあのサンドペーパーみたいなもので爪の手入れをしており、しばらくのあいだ目を上げなかった。

「どうも。お待たせてすみませんでしたね」

コートニーは彼の丁重な言葉遣いに眉をつりあげたものの、なんとも言わなかった。いまその黒い髪はすべすべで、光沢を放っており、公園ではまったく血の気がなかった唇もしっとりした濃い赤になっていた。彼女は美人ではない。しかし巧みに自分を美しく見せている。

ウィルは一本残ったコークをプシュッと開け、彼女の前へと缶をすべらせた。それは、彼女の髪にところどころ交じる赤と同じ色だった。

「いいかな？」彼は椅子を引き出して、彼女の隣にすわった。彼女は驚きの色を見せた。きっと彼が立ったまま自分をにらみおろし、質問を連発すると思っていたのだろう。

彼女はコークを飲みながら、用心深くこちらを見つめた。目の下の隈《くま》はもう消えている。

ウィルはその足もとのバックパックに気づいた。彼がビュイックのトランクから彼女のために取ってきたやつだ。彼は——自分でなかを調べたので——その中身が化粧品ひと山と、縞《しま》模様のブルーのビキニと、ｉＰｏｄであることを知っていた。あのときなかにあった、光り物のついたビーチサンダルはいま彼女が履いている。

「お時間を割いてくれてありがとう」ウィルは小さなテープレコーダーを取り出してテーブルに載せた。「録音してもかまいませんよね？　字がひどく汚いんで」答えを待たず、彼はレコーダーのスイッチを入れた。

コートニーはコークを置いて、レコーダーに目をやった。ウィルには彼女が不安を感じているのがわかった。しかしコートニーは肩をすくめた。「どうぞお好きに」

ウィルが日付と時刻とふたりの名前を録音するあいだ、彼女の注意はまたつややかな赤い爪にもどっていた。

「では最初から行きましょうか」彼がさらに椅子を寄せると、コートニーはわずかに身を引いた。「きょうの午後、あの公園に着いたのは何時ですか？」

「三時半」

「あそこに行った理由は？」

「デイヴィッドが会ってくれというメッセージを――それも何度も――よこしたからよ」

「ジョン・デイヴィッド・アルヴィンが？」

「ええ」コートニーはいらだたしげにフーッと息を吐き出した。「ねえ、この話ならもうマカロニ巡査にしたわよ。あなたたち、お互いに口をきかないわけ？」

ウィルはこの質問を無視した。「あなたは三時半に着いた。それから？」

コートニーは爪やすりを下に置いた。そして深呼吸をひとつすると、うしろを振り返って何かを見つめた。おそらく天井の隅に取り付けられたビデオカメラを、だろう。

「しばらく待った。ほんの一、二分よ。そしたら彼の車が入ってきたの」

「あのポルシェ・カイエンが？」

「ええ」

「あなたたちはあそこでよく会うわけですか？」

コートニーの目が鋭く彼の目をとらえた。「いいえ」

「以前にあそこで会ったことは？　たとえば夜に？」

コートニーはむっとした。「六カ月前に別れて以来、どこであれ、彼とは会ってないわ」

「なぜ別れたんです？」

彼女はレコーダーに目をやった。「彼が結婚しているのがわかったもので」

「つきあいだしたときは、それを知らなかった？」

コートニーは腕組みした。「ええ」

ウィルは彼女がもじもじするかどうか見極めるべく、しばらくその顔を見つめていた。腹立たしげではあったものの、彼女は平静だった。

「では、ミスター・アルヴィンはあなたに嘘をついていたわけだ。婚姻関係の有無について」

コートニーはせせら笑った。「彼はあらゆることについて嘘をついていたの。名前はデイヴィッドだとか、仕事でダラスから来てるとか。わたしは彼のファーストネームさえ知らなかった。彼がオースティンに住んでいたことも。グーグルで調べて、勤め先の法律事務所を突き止めるまではね」

ウィルは長いことじっと彼女を見つめていた。彼は嘘を見破るコツを心得ている。それはアフガニスタンで習得した技だ。あそこでは、嘘を見抜く能力が軍用銃を撃つ能力とまったく変わらず重要なサバイバル術だった。

そしてこの女は真実を述べているように見える。少なくとも、いまのところは。彼は話題を変えることにした。

「彼が車のエンジンを切っていなかったことを覚えていますか？」

「ポルシェの？」コートニーは眉を寄せた。「わからない。なぜ？」

「キーがイグニションに挿さっていたんですよ。さて、彼の車が入ってきた、と。それから？」

「彼がわたしの車に乗りこんだ。そしたら、それとほとんど同時に、あの男が後部に飛びこんできたの。そいつはスキーマスクをかぶってた。わたし……」コートニーは咳払いした。

「死ぬほど怖かったわ」

その目に浮かぶ恐怖の色は本物らしく見えた。彼女の目はオリーブ・グリーンだった。肌は白いが、少し日に焼けてそばかすが散っている。まるで夏のあいだずっと日向にいたみたいだ。髪の色はもともとは赤茶色なのだろうとウィルは思った。

「タイミングの点で、まちがいはありませんか？」彼は訊ねた。

「どういう意味？」

「つまりその男があなたたちふたりのいる車内に侵入してきたタイミングですが。本当に数分も経っていなかったんですか？」

「デイヴィッドが乗りこんできた直後だった。わたしたちは、そうね、ふたことくらい言葉を交わした。そしたらいきなり男が飛びこんできて、わたしたちに銃を突きつけたの」

これが、彼女の話が目撃者の証言と一致しない点のひとつだ。あの小径で犬の散歩をしていたある女性が、銃が発砲される前に、カップルがビュイックのなかで数分にわたり言い合っていたと言っているのだ。女性は、自分は銃声がしたとき小径の三十から四十メートル先にいたと主張している。

しかしウィルはまだその点に焦点を当てたくはなかった。「その男の特徴を教えてもらえますか？」

コートニーは大きく息を吸いこんだ。「黒いスキーマスク。紺色のトラックスーツ。黒の革手袋」

彼女は爪やすりでテーブルを連打した。証人は通常、襲撃者のことを思い出すと動揺する。また、作り話をしているときも。

「体つきは？　大柄？　それとも小柄でしたか？」

「ボリュームがあったわ」コートニーは断言した。

「ボリューム？」

「わかるでしょ、ボ、リ、ュ、ー、ム」彼女はウィルの全身を眺め回した。「あなたとはぜんぜんちがう。ぶよぶよ。ビール腹だった」

「背の高さは？」手玉にとられているのを充分認識しつつ、彼は訊ねた。

「わたしより低かった。百七十三センチくらいかな。確かじゃないけど」

「人種は？」

「白人。目は灰色。マスクの切れ目から見えた」

「オーケー。それから？」

コートニーはまた大きく息を吸いこんだ。「男が言ったの。『携帯をよこせ』って。デイヴィッドは凍りついてた。それから相手がもう一度同じことを言って、デイヴィッドはその言葉に従った。すると、男が銃をこっちに向けて言ったのよ。『おまえのもだ』」

ウィルはうなずいた。

「わたしはペッパー・スプレーがバッグにあることを思い出した。それで、携帯をさがしてバッグのなかをさぐっているときに、そのスプレーをつかんだの」コートニーは唾《つば》をのみこみ、視線を落とした。ウィルは待った。

「そしたら、男がいきなりデイヴィッドを撃ったのよ。なんの前触れもなく。なぜあんなことをしたのかわからない。デイヴィッドは携帯を渡したし、財布まで取り出そうとしていたのに」

「そいつはデイヴィッドが銃を出そうとしていると思ったんでは？」ウィルは言った。

「わからない。そうかもしれないわね」爪やすりがふたたび動いている。高速でタッタッタとテーブルをたたいている。

「それから？」

コートニーは息をつまらせ、視線を落とした。爪やすりの動きに気づいたらしく、彼女は手を止めた。「そのあとのことは、よく覚えてないのよ。気づいたら、男と銃を奪い合っていた」

「あなたは男から銃を取りあげようとしたわけですね？」ウィルは身を乗り出して、テーブルに肘をついた。この部分には違和感がある。戦うか逃げるかという局面では、子供が巻き添えになっていないかぎり、女性の大半は逃げるほうを選ぶ。それにコートニーの話から判断すると、この襲撃者は少なくとも二十キロは彼女より体重があるだろう。

「わたし……どうしてそうなったのかは、よくわからないのよ。とにかく、デイヴィッドが撃たれたあと、パニックに陥ったんだと思う。『つぎはわたしだ』って思ったの」

「やってみせて」

「何を？」コートニーは目を見張った。

「どんなふうに男と格闘したかを」現場で彼女が受けた硝煙反応検査の結果がなぜ陽性と出たのか、ウィルはぜひとも知りたかった。

コートニーは、彼を怖がっているように、じりじりと身を引いた。「はっきりとは思い出せない。わたしはただ——」

「がんばってみて」ウィルは椅子をすべらせ、彼女のうしろに回った。「こっちは後部座席です。その男は右利きでしたか、左利きでしたか？」

コートニーが振り返り、ウィルは彼女が大いに不快がっていることを知った。彼女はしばらく唇を嚙んで、彼の胸を凝視していた。

「右利きよ、たぶん。右手に銃を持っていたから」

「どんな銃だったか覚えていますか？」

「いいえ。黒いやつだったけど」

「ほかに何か思い出したら、知らせてください。銃の特徴は役に立つので」ウィルは銃を持っている格好をし、架空の助手席の男に向けた。「オーケー。あなたがどうしたのか、やってみせてください」

ちょっとためらってから、コートニーは手を伸ばし、彼の手をてのひらで包みこんだ。その指はやわらかくひんやりしていた。

「はっきり覚えていないの。たぶんこうしたんだと思う」コートニーは彼の手をぎゅっとつかみ、押しさげようとした。ウィルは抵抗した。彼女がびくりとした。彼はその手首に目をやり、痛々しい紫色のみみずばれに気づいた。

「そのうち銃が暴発したの。わたしはスプレーを持ちあげて、男の顔に向けた」コートニーは左手でその動きをやってみせた。

「男の反対の手はどうなっていました？」

コートニーの眉がアーチを描いた。「え？」

「男の左手は？　あなたが武器を奪おうとしているあいだ」

「覚えてない。フロントガラスが砕け散って、それから、わたしがスプレーを噴射して、男が手を放したの。わたしの頭には、逃げることしかなかった」

彼女は両手を下ろし、椅子をきしらせて数センチうしろにずらした。それからほーっと息を吐き、腕組みをした。

ウィルは椅子をぐるりと移動させ、彼女と向き合った。彼の膝はいまにも彼女の膝に触れそうだった。彼はそこにある擦り傷を目顔で示した。

「その傷は……？」

「砂利ですりむいたのよ。わたしはドアを開けて駐車場に転がり出た。男は毒づいたり、うめいたりしていたわ。それから、後部ドアが開く音がしたので、わたしは走りだした」

「緊急用の電話をめざして」

「ええ、そうよ。茂みに駆けこんでね。蔓草やら何やらにつまずいてるうちに、靴も脱げちゃったけど、裸足のほうがかえって走りやすかったわ。それから、とにかく先へ先へと進んで、やっと電話を見つけたの」

「まっすぐそこに行ったわけですか？　それとも途中止まりました？　たとえば、靴をさがすために？」

コートニーは唇を引き結んだ。「わたしは銃を持った変質者に追われていたの。靴のことなんか気にしちゃいられなかったわよ」

ウィルはうなずいて、椅子にもたれた。コートニーは彼を自分の個人空間から追い出せて、ほっとしているようだった。

「それからどうしました？」

「九一一に電話して、オペレーターに何もかも話した。それからサイレンが聞こえてくるまで、そこで待っていた」

「車にもどろうとは思わなかったんですか？　デイヴィッドに心肺機能回復法が必要ないか確認しに行こうとは？」安っぽい攻撃だが、どうしても彼女の反応を見たかったのだ。

「彼は死んでたの」コートニーの声が震えた。それでも彼女はまっすぐに彼の目を見つめていた。「わたしにはわかってた。それに、あのスキーマスクの男がどこにいるか知れなかったし。だからサイレンが聞こえてくるのを待ったの。実は隠れてたのよ。木の茂みのなかに」

「隠れていた？」

「ええ。そうよ！　隠れてた。わたしは怖かったの、わかる？　一度、銃を持った変質者から命がけで逃げてみたらどう！　わたしは姿を隠したかったの」

ウィルはじっと彼女を見つめた。もしもこの話が本当だとすれば、彼女は合理的な行動をとったことになる。もしも、本当ならば、だが。

「それからどうなりました？」

「サイレンの音がすごく大きくなって、警官が大勢来たって感じがした。それで車のところにもどったの」

コートニーはコークを取って、長々と飲んだ。彼女がそうしているあいだ、ウィルはそのほっそりした喉もとを見つめていた。そこには無数のひっかき傷があった。彼女の両腕も同様だ。それらは彼女の話の一部を裏付けている。しかし穴はまだいくつもあった。

彼女はテーブルに缶を放り出した。

ウィルは立ちあがって、レコーダーのスイッチを切った。「いいでしょう。これで終わりにします」

コートニーの眉がひょいと上がった。「これだけ？」

「ええ、とりあえずは」

「もう行っていいの？」

「書類に記入が必要ですが、そのあとは帰ってかまいません」ウィルは彼女の椅子を引いてやった。その背もたれには、ＡＰＤのウィンドブレーカーがかかっている。彼はあのハンカチがまだそのポケットにあるかどうか、あとで確認しようと思った。

コートニーが安堵《あんど》と困惑の入り混じった表情で彼に向き直った。「わかった。どうもありがとう」

「そうそう、もうひとつだけ」ウィルは彼女の背後に手をやってドアを開けた。

「何かしら？」

「町の外には出ないように」


コートニーは雨樋《あまどい》から下りてきている排水パイプのうしろに手をやり、鍵を入れてあるマグネット・ボックスをさぐりあてた。二世帯用アパートの自分側の玄関を開け、なかに入って、息を吸いこむ。何時間ぶりかで呼吸したような気がした。

サンダルを足から蹴飛ばし、バックパックを床に放り出すと、緊張が解けていくのがわかった。いつもと変わらぬ我が家に――外のランタナの香り、足もとのやわらかなカーペット、壁越しに低く聞こえてくる隣家のテレビの音に――ほっとしながら、彼女はリビングの奥へと進んだ。

帰り道、バスに乗っているあいだじゅう、コートニーは一杯の冷たい水を思い描いていた。しかしいま頭にあるのは、汚れを落とすことだけだ。彼女はまっすぐにバスルームに向かった。サンドレスは途中でボタンをはずし、廊下に脱ぎ捨てた。きょうまで、それはお気に入りの夏服だった。裾がひらひら、軽くてさわやかなワンピース。でもいまは、それを燃やしてしまいたかった。彼女はシャワーのつまみをホットに合わせ、鏡の前に立った。バスルームが蒸気で満たされていく。

彼女は悲惨なありさまだった。聴取室で待っているとき、手早く化粧を直したが、ほとんどなんにもなっていない。首や腕は一面小さな切り傷だらけだし、目は充血している。コートニーは鏡から視線をそらし、シャワーの下に立った。熱いお湯が全身を包みこんでいく。彼女はいちばんごわごわしたヘチマを手に取り、懸命に――なおかつ虚《むな》しく――体をくまなくごしごし洗った。さらに、二度シャンプーをし、モイスチャリング・コンディショナーで仕上げをすると、シャワーから出て、リネンの戸棚から新しいタオルを取り、それを体に巻きつけて寝室に移った。

室内は暗かった。彼女はクイーンサイズのベッドの上にへたりこんで、クロゼットを見つめた。

デイヴィッドは死んだのだ。

どんなにがんばっても、あの表情を頭から締め出すことはできなかった。ぐったり倒れる直前のあの驚愕の色……

コートニーは身震いした。シャワーによって洗い流された緊張がもどってきた。首の付け根の筋肉がぴくぴくしている。彼女は手を伸ばしてベッドサイドの明かりをつけ、ナイトテーブルのいちばん上の引き出しを開けた。

空っぽだ。

彼女はしばらく、ただじっと引き出しを見つめていた。それからその奥に手をやったが、そこにあったのは、古いマッチがひと綴りと白檀《びゃくだん》のお香の袋だけだった。つぎにクロゼットのほうに行き、いくつかのバッグをさがすと、ようやくペッパー・スプレーが見つかった。ひんやりしたなめらかな缶に指が巻きつく。

誰かが自分を殺そうとしたのだ。なぜなのか、それはわからない。しかし彼女には確信があった。あれは強盗なんかじゃない。

彼女はナイトテーブルにスプレーを置き、明かりを消した。それから、ふわふわした枕の山に背中をあずけ、頭をクリアにしようとした。全身の神経がぴりぴりしている。体は疲れ果てていたが、眠れないことはわかっていた。それに、フィオナのこともある。話を聞きつけるなり、姉は電話してくるはずだ。いや、それよりここにやってくる見込みのほうが大きい。それに応対するのは、気が重かった。

彼女は起きあがって、ドレッサーの引き出しを開けた。暗闇のなか、手さぐりで衣類をさがす。パンティー、Tシャツ、ヨガ用のパンツ。持っているなかでいちばん着心地のいいものを身に着けると、キッチンに行った。食べ物のことを考えただけで吐き気がするが、体は栄養を求めていた。

冷蔵庫のドアをぐいと開け、なかを調べた。〈ホールフーズ〉で買った、ダイエット・コーク、カテージ・チーズ、パスタ・サラダ。視線が薄切りハムのパックに落ちる。彼女はサンドウィッチを作ることにし、材料を調理台に並べて作業にかかった。

デイヴィッドは死んだ。嘘つきのインチキ野郎だったが、もう死んだのだ。

コートニーは彼の妻に憐れみを覚えた。以前はそんな気持ちはなかったが。その女の存在を初めて知ったとき、彼女はデイヴィッドに対する怒り以外、何も感じなかった。いや、怒りなんて生やさしいもんじゃない。実際、憤りで目がくらんだほどだった。

あのポルシェ・カレラの一件はそのせいだ。衝動に任せ、デイヴィッドの車を破壊したのは、利口とは言えなかった。以来、彼女は心を入れ替えるべく修行に励んでおり、タバコもパーティーも男も断っていた。

タバコ断ちとパーティー断ちは驚くほど簡単だったが、男断ちのほうは彼女の調子を狂わせている。きょうはとくに。でなければ、ぜんぜんタイプじゃない男になぜいきなり惹《ひ》かれてしまったのか、わけがわからない。彼女が好きなのは、見栄えのいい男だ。カッコよさか個性、または、その両方をそなえた男。カッコよさと個性をそなえていながら心のなかったデイヴィッドは例外だが、そういう男たちには、ミュージシャンや物書きや野心的なアーティストなど、クリエイティヴなタイプが多いのだ。

いばりくさった軍人など、彼女の好みじゃない。

コートニーはパンを二枚引っ張り出し、その一方の縁にぽつんとできたカビに目を留めた。彼女はため息をついた。今月はクレジットカードの請求額を減らそうとしていつもより余分に働いており、食料品店に行く暇もなかったのだ。彼女はもう一度、冷蔵庫をのぞきこんだ。

こいつの脳みそが吹っ飛ぶぞ。

あのゆがんだ口、怒声とともに飛んできた唾を思い出すと、腕一面にさーっと鳥肌が立った。

期限切れの六個パックのヨーグルトに視線が落ちる。その奥には、しなびた葉っぱでいっぱいのサラダ用カット野菜。彼女は食料庫を開けて、ゴミ容器を引き出した。

ドサッ。ヨーグルトはゴミ箱行き。ドサッドサッ。期限切れのマヨネーズと、ランチ・ドレッシングを装う食中毒のもとも右に同じ。バサッ。一年前の〈ピルズベリー〉のビスケット。ドサッ、バサッ。マーガリンの容器と、去年のクリスマス・パーティーのとき春巻についてきた中国からし。

コートニーは冷蔵庫の中身をどんどん捨てていった。作業が終わると、彼女はうしろにさがった。

ダイエット・コーク。それに、ハラペニョの容器。

コートニーはコークを一本取って、リビングに行った。そしてソファにぐったりすわりこみ、ついていないテレビの画面をぼんやりと見つめた。

呼び鈴が鳴った。彼女はパッとソファを離れた。

いったい誰だろう？　もう九時だというのに？　フィオナのわけはない。姉はいつも車回しに駐車して、裏口に来るのだ。

コートニーはつま先立って玄関に行き、のぞき穴に目を近づけた。

エイミー・ハリスだ。

コートニーの肩が落ちた。わたしったら、おかしくなりかけてる。彼女は差し錠をはずし、さっとドアを開いた。

「どうも」

エイミーはひとりではなく、息子のデヴォンも一緒だった。ヒューストン・ロケッツのTシャツを着たその八歳児は、むくれているようだった。コートニーには、隣人の訪問の理由がすぐにわかった。

「急にごめんね」エイミーが言った。「ちょっとたのまれてくれないかなと思って」

「当ててみようか」コートニーは言った。「誰か髪を切ってほしい人がいるんでしょ」

デヴォンはしかめっ面で自分のバスケット・シューズを見つめた。彼は髪を切られるのが苦手なのだが、それを認めることはプライドが許さないのだった。

「やってもらえる？」エイミーがそう訊ね、息子の髪をかき乱す。「もうぼさぼさなんだけど、連れてってやれる時間に仕事が終わったためしがないの」

コートニーはうしろにさがって、手振りでふたりを招き入れた。こういうことは初めてではない。ふつう、友人にただでカットをたのまれると腹が立つが、今夜は気にならなかった。いまはあまりひとりでいたくないし、カットをしていれば気がまぎれるだろう。

エイミーがデヴォンをキッチンへと連れていく。コートニーは四脚あるダイニング・チェアのひとつを引き出した。それから、こういうときのために掃除用具入れのてっぺんの棚に置いてあるビーズ・クッションを取ってきて、それを木の座面に置いた。

「すわって」

相変わらず強情そうな顔をしながらも、デヴォンは従った。

「ほんとにいいの？　面倒かけたくないんだけど」

「ちっとも面倒じゃないわよ」コートニーは言った。もっとも、ふだんは面倒なのだが。パーティーや友達の家で、誰かに脇腹をつつかれ、「ねえ、ハサミ持ってる？」と訊かれたことがこれまで何度あったことか。これはものすごく失礼な話で、ちょうど医者に歩み寄って、グリルのバーガーが焼きあがる前に、ちょっと健康診断してくれないか、とたのむようなものなのに。

でもまあ、エイミーは特別だ。彼女にはかわいい子供がいるし、金欠という点ではコートニー以上なのだから。

「お任せして大丈夫そうなら、わたしはコンロにかけてあるものを見に、うちに飛んで帰らないと」

コートニーは手を振って、彼女を追いたてた。「わかった」

エイミーが行ってしまうと、コートニーはうしろにさがってデヴォンを眺めた。その髪は伸び放題だった。きっと二カ月前の無料カット以来、切っていないのだろう。

「どんなふうにする？」彼女はぶっきらぼうに訊ねた。相手がこの子の場合は、このほうがうまくいく。

「モヒカン刈りにしたい」

コートニーは予備のハサミがしまってある引き出しを開けた。「それだと、ママがあんまり感心しないいんじゃない？」

「だから？」

「まっすぐすわって」彼女はスプレーのボトルにぬるま湯を入れた。「ママに頭に来てるみたいね」

少年は唸《うな》った。

「肩を引いて」お客の姿勢が悪いと、きちんと切りそろえるのはむずかしい。そのせいもあって、コートニーはティーンエイジャーの髪を扱うのが嫌いなのだ。

それと、〈ベラドンナ〉の料金が払えるのは、甘やかされたくそガキばかりだから。

彼女は少年の髪にスプレーした。「きょうはざっとそろえるだけにしようか」本当はそろえるだけではとてもすまないのだけれど。彼女は子供の前では、切るという言葉を使わないようにしている。子供たちはそれを文字どおりに、彼女が自分を切り刻もうとしているものと受けとるからだ。

見るからにほっとした様子で、デヴォンはうなずいた。

「ママがいいって言ったら、ハロウィーンには偽モヒカンにしてあげる」

少年は疑わしげに彼女を見た。「それって、気合の入ってないモヒカン？」

コートニーは何時間ぶりかで顔がほころぶのを感じた。「気合が入ってないわけじゃない。ただ一時的ってだけ。まんなかの髪を立てて、スプレーで固めるの。で、洗えばもとどおりになるわけ。ママからオーケーが出たら、ヘアペイントをしてもいいわよ」

この展望に、デヴォンはかなり元気づいた。つぎの数分間、コートニーは切ったり梳《す》いたりしながら、少年がよさそうな色を検討するのを聞いていた。やがてキッチンの床は長さ二センチの茶色の毛の房だらけになり、彼女は少年の首をふきんで払った。

「さあ、できた」

デヴォンは椅子から飛びおりた。「ありがと。ハロウィーンのこと、ママに話してくる」

そう言うなり、彼は飛び出していった。いつも彼女があげているキャンディ・バーのことなど忘れ果てて。

コートニーは箒《ほうき》を取って、落ちた毛髪を掃き寄せにかかった。埃《ほこり》の塊もいくつか集まり、それを見て彼女は考えた。最後に家を掃除したのはいつだったろう？

ふたたび呼び鈴が鳴った。

コートニーは食料庫からキャンディ・バーを一本取ると、玄関に行った。そして、いつもの癖でのぞき穴をのぞいた。

そこにいたのは八歳の少年ではなく、馬鹿でかい刑事だった。

わたしを逮捕しに来たわけ？　にわかに鼓動が速くなった。もしかすると、居留守を使ったほうがいいのかも。

とそのとき、刑事が持っているバッグに目が留まり、コートニーはドアを開けた。

「刑事が出張サービスしてくれるとは知らなかったわ」彼女は言った。

彼はコートニーの全身に視線を走らせ、しばらく臍《へそ》を眺めていた。短いシャツにヨガ用のパンツという自分の格好を彼女は思い出した。

「どうぞ」自らの無防備さが急に気になりだし、それを隠すためにわざと大げさに手招きした。彼女はブラジャーさえ着けていないのだ。

彼が入ってくると、コートニーはドアを閉めた。鍵をかけようかと思ったが、刑事の腰の拳銃に気づき、必要なしと判断した。だがそのとき、あのスキーマスクが脳裏に閃き、いちおう差し錠をかけた。この男は武装しているが、射撃の腕はないかもしれない。

「ホッジズ刑事でしたっけ？」

「ウィルだよ」刑事は、彼女の手のキャンディ・バーに目を向けた。「食事の最中だったかな？」

「いいえ、まだだけど」コートニーは強いて両腕を脇に垂らしていた。腕組みして自信のなさを表わしたりしないように。

刑事は黒革のバッグを差し出した。それは彼の太い指からぶらさがっていた。女物のバッグを持っているというだけのことで、彼がばつの悪い思いをしているのがわかった。

コートニーはバッグを受け取った。「ありがとう」

「いいんだ」彼の視線が室内をさまよい、その細部をとりこんでいく。

コーヒーテーブルには、すごい額のビザの請求書がむきだしのまま置いてあった。コートニーは大股でキッチンへと向かい、途中、さりげなくそれをつかみとった。そして請求書をバッグに入れ、全部一緒に調理台に置いた。

「わたしの車について何か通知はない？」あの車はもう二度と見たくないが、何か話の種が必要だった。

「いや」

「飲み物をどう？」コートニーは戸棚を開けて、グラスをふたつ出した。

「いや」

彼女はうしろを振り返った。刑事はCDでできた塔の前に立ち、そのタイトルを見ていた。

彼が顔を上げた。「ありがとう。でもまだ勤務中だから」

「こっちはちがう」コートニーは戸棚から何本かボトルを取り出すと、グラスの一方にグレイグース（フランス産の最上級のウルトラ・プレミアム・ウォッカ）をツーフィンガー注《そそ》ぎ、そこに生ぬるいクランベリー・ジュースをたっぷり加えた。

それからリビングにもどり、ゆったりとソファにすわった。家に刑事がいたってどうということはない。わたしは完全にくつろいでいる。隠すことは何ひとつない。

刑事は、無地の白いシャツに炭色のズボンとフォーマルな黒の靴という格好だった。いちばん上のボタンはかけておらず、下に着ている白いTシャツがのぞいている。まさに型どおり。そのいでたちには、個性のかけらもない。

コートニーは酒をひと口飲み、テーブルにグラスを置いた。「もう結構、遅いわよね？奥さんのところに帰らなくていいの？」

刑事はこちらに目を向けたが、その表情は読めなかった。「結婚してないんだ」彼はステレオ・キャビネットの上の油絵、砂漠を描いた風景画を目顔で示した。「きみが描いたのか？」

「うちの家族で画才があるのは、フィオナなの。彼女にはもう会ったでしょ？」

刑事は唸り、コートニーはこれをノーと解釈した。

「いまに会うわよ。警察は殺人だの強盗だののときはいつも彼女を呼び出すもの。性的暴行のケースもよく扱ってるし。姉は人あしらいがうまいの」

刑事はなんとも言わなかった。まあしかたない。ここへはフィオナの話をしに来たわけじゃないんだから。彼はソファの肘掛けに尻を載せた。コートニーの心臓がドキドキしだした。

「実は追加の質問があってね」

「じゃあ、したら」コートニーは膝を折り、自分の足の爪を刑事が見ているのに気づいた。男は赤を好む。どうしてなのかはわからないが。

「前に携帯のことを話していたろう。そいつによこせと言われて、バッグのなかをさがしたとき、護身用スプレーを見つけたとか」

「そのとおりよ」コートニーは協力的にほほえんだ。

「じゃあ、どうしてその携帯が後部座席にあったのかな」

「え？」

「きみの携帯さ。後部座席から回収されたんだが」

コートニーはあの格闘を思い返した。彼女はあの男に携帯を渡そうとした。男が彼女の手に銃を握らせる直前に……

「わからないわ」

刑事の眉が上がった。

「何よ？　どうして携帯がそこにあったのか、わたしにわかるわけないでしょ。たぶんわたしが逃げたあと、あいつがバッグをかきまわしたのかもね」

「顔一面にペッパー・スプレーを浴びた状態で？」

コートニーは勢いよく立ちあがった。「きっとあいつならなんだってやれたでしょうよ！それか、共犯者がいたのか。逃走車の運転役とかね。そのことは考えてみた？」

刑事は小首をかしげ、彼女を見つめている。彼は冷静だ。彼女はちがう。自分の供述に関する些細《ささい》な問題で、ひどく感情的になっている。コートニーは強いて肩の力を抜き、なんとか表情を消そうとした。

「ほかにご質問は？」

「もうひとつ、時間的な問題も気になっているんだ――」

パーン！

「銃よ！」コートニーは金切り声をあげ、がばと床に身を伏せた。

3

両腕で頭をかばい、ぴったり腹這いになった女を、ウィルは見つめた。

「コートニー」彼は彼女のそばにしゃがんだ。「いまのは銃じゃなかったよ」

コートニーは怯えきった目で彼を見あげた。

「じゃあなんだったの？　あの音は？」

ウィルはなだめるような声を出そうと努めた。「さあ、わからない。キッチンの何かだ。銃声じゃなかった」

彼女は彼の腰の拳銃に目を向けた。ウィルはそこに手をやってもいない。これこそ彼がまったく危険を感じていない証拠だ。それを見て彼女は少し落ち着いたようだった。同時にその頬がカッと燃え立ち、ウィルは気づいた。この女は早合点したことをきまり悪がっているのだ。彼は片手を差し出して、コートニーを立ちあがらせた。

「爆発音みたいに聞こえたけど」彼女はキッチンをのぞきこんだ。どうやらウィルの手を強くつかんでいることには気づいていないようだ。

「どれどれ」彼はそう言って、手をもぎ離した。彼女は自分の手へと視線を落とし、さらに赤くなった。

ウィルはその小さなキッチンに入っていった。箒がひとつ、調理台に立てかけてあり、床には髪の房が散乱している。そう言えば、あの女はどこかの小洒落《こじゃれ》たイタリアっぽい名前の店の美容師だった。彼女はアルバイトもしているわけだ。

床の中央には、ボトルや広口瓶やプラスチックの容器であふれんばかりのゴミ缶が置かれていた。爆発したビスケットの生地の缶はそのてっぺんに載っていた。

「犯人を見つけたよ」ウィルは生地の缶を手に取った。

コートニーは食卓の横にやってきて、居心地悪げに立っていた。

「たしかにあの音は銃声に似ていたな」ウィルは嘘をついた。

彼女は顔にかかった髪を払いのけ、ふうっと息を吐いた。それから椅子にへたりこんだ。

「ごめんなさい」その目が閉じられた。「神経がすり減ってるの」

ウィルは調理台に載っていた空のグラスを手に取ると、そこに水道の水を入れ、彼女の前のテーブルに置いた。

この訪問からは期待していた以上の収穫が得られた。この女の振る舞いは、犯人ではなく被害者のものだ。そう、彼女の話には相変わらず穴がある。だが彼女が元彼を殺していないという確信は強まる一方だった。硝煙反応が出たのは、銃撃者と争ったためなのかもしれない。

だがしかし、彼女のタイトなパンツとブラジャーを着けていないその胸とに、彼の脳が惑わされているということも考えられる。ここはしっかり距離を保たなくては。

「晩飯は食べた？」彼は調理台にもたれた。

「いいえ」彼女は水をちびちび飲んだ。彼と目を合わせようとはしない。その頬はいまもほんのり色づいていた。

「何か食べないと。そしてよく眠ることだ」

呼び鈴が鳴り、コートニーは飛びあがった。彼女はリビングへと急ぎ、ウィルはそのあとを追った。

「誰か確認するんだ」

彼女はのぞき穴をのぞいた。「お隣さんよ」

彼女はキッチンに引き返し、キャンディ・バーを手にもどってくると、ドアを開けた。そこには、七つか八つくらいの笑顔の男の子が立っていた。彼女は男の子にキャンディを渡して何か言ったが、その内容はウィルには聞こえなかった。

子供が行ってしまうと、彼女はドアノブに手をかけたまま、こちらに向き直った。「バッグを持ってきてくれて、ありがとう」

話は終わりということだ。こっちもそれでかまわない。彼女に休養が必要なことは目に見えているし、彼はすでに期待していた以上の情報を入手している。ここにはまた来ればいい。彼の経験では、尋問は何時間もがんがんやるより、さみだれ式に行なうほうが効果的なのだ。この方式は、相手の不意をつくのにとくに有効だ。意外なときに顔を出すと、人はうろたえ、うまく嘘がつけなくなる。

外に出しなに、ウィルはドアをチェックした。そこには頑丈な掛け金と差し錠がついていた。

「警報器はついているのか？」彼は訊ねた。

「いいえ」

ウィルは通りの左右に目を走らせた。すばらしい住環境とは言えないが、それほどひどくもない。街灯は明るく輝いている。芝生もまあまあよく手入れされているようだ。

彼はコートニーの目を見つめた。「ちゃんと鍵をかけるように」

「もちろん」

歩道を途中まで行ったところで、ウィルはうしろを振り返った。たぶん気のせいなのだろうが、彼女は彼が行ってしまうのを残念がっているように見えた。

コートニー・グラスがまた面倒なことになっている。そしてネイサンは、彼女を助けたいという恐ろしく愚かな衝動に駆られていた。彼はオースティン警察の新入りが駐車場をやってくるのをじっと見守った。ホッジズは警察のマークのないトーラスの横で足を止めた。ネイサンの姿を見ても、彼は少しもうれしそうではなかった。

「あんたはグッドウィン事件をやってるんじゃないのか」

「鑑識の報告待ちでね」ネイサンは言った。「今朝だけこっちを手伝ってやろうと思ったんだ」

ふたりはトーラスに乗りこんだ。駐車場を出るまで、ホッジズは無言だった。

「レイマー通りを行ってランチ・ロード二二二に入れよ」ネイサンはアドバイスした。

「そうすりゃ環状一号線の混雑を避けられる」

ホッジズはなんとも答えなかったが、いちおう指示には従った。車内の空気は張りつめていた。この男がネイサンに敵意を抱いているのは確かだった。

「もう容疑者のリストはできてるのか」

相手はわずかにうなずいた。

「そこに誰が載ってるか、おれに話してみないか」

ホッジズはうしろに手をやって、茶色のアコーディオン・ファイルを床からつかみとった。ネイサンはそのファイルを開いた。ＰＯＩというインデックスの下に、分厚い書類があった。ネイサンはそれに目を通していった。参考人《パーソンズ・オブ・インタレスト》には、地元の複数の公園で武装強盗をやったことがある中年男二名が含まれていた。また女も三名いた。現在のミセス・アルヴィン、コートニー・グラス、そして、離婚の際さんざんな目に遭ったアルヴィンの前妻だ。
「おまえたち、雇われ殺人の線を考えてるのか？」前妻の運転免許証写真を眺めながら、ネイサンは訊ねた。十歳のときの、〝飲酒または麻薬の影響下での運転〟以外、彼女に前科はない。

「さあな」ホッジズは言った。

ネイサンはコートニーに関する情報をざっと眺めた。最後のページに至ったとき、彼はホッジズの視線が注がれているのを感じた。

「奇妙だよな。彼女は今年の一月に逮捕されてる。なのにあんたはそのことを黙ってた」ホッジズは言った。

「彼女は引っ張られた直後、留置場の責任者によって釈放されてる。書類は一切ない。どうやってそのことを知ったんだ？」

「ロペスから聞いた」

ネイサンはうなずいた。ロペスは、酩酊《めいてい》したコートニーがハンマーとペンキのスプレーとでアルヴィンの赤いポルシェ・カレラを襲撃したとき、オースティンの居酒屋街を回っていたパトロール警官のひとりだ。

「二度と隠し立てはするな」ホッジズが言う。「何かつかんだら、すぐおれに言え」

ネイサンはファイルを閉じた。この若造の言い分は正しい。フィオナの妹を窮地から救うためにあちこちに手を回したことを、ネイサンは改めて後悔した。あのとき彼は、情緒不安定な若い女に善行を施し、なおかつ、自分のために何度となく骨を折ってくれたフィオナに恩返しをしているつもりだった。そして、アルヴィンが穏便に事をすませたがっていたので、それは比較的簡単にできる恩返しだったのだ。

あのことがいつか自分に返ってくることを、彼はわかっているべきだった。

「ああたしかにな。話しておくべきだったよ」ネイサンは認めた。「おまえがこれからどうする気かはわかってる。だが言っておくぞ、おれは彼女じゃないと思う」

ホッジズは前方に目を据えたままだった。「いずれにせよ、あの一件は関係している。もしあんたが彼女の姉貴とつるんでるとしても、こっちはそんなことは知りたくない。とにかく二度と情報を伏せるな」

ネイサンは首を振った。「あの姉貴とはつるんじゃいないさ。いいか、おれは来月、彼女の結婚式で新郎の付き添いをするんだ。おまえはおれじゃなく自分の心配をしたほうがいい。あの女はこすっからい。それにすぐ爆発する。そのうえごくあたりまえに嘘をつく」

「それでも、彼女じゃないと言うんだな」

「そうだ」ネイサンは言った。「彼女を調べなきゃならないのはわかる。だがそこにばかり時間をつぎこむなよ。この件は、単なる強盗や前の女の復讐なんてもんじゃない」

顎をこわばらせながらも、ホッジズは沈黙を守った。この男はアドバイスをもらうのが好きではないらしい。しかしネイサンは平気だった。これはでかい事件なのだ。ヘマをしてもらっては困る。

ランチ・ロード二二二は、オースティンの西の丘陵部をくねくね通っていく道だ。どんよりと熱気をはらむその朝からは、汗みどろの午後が予想された。なのに彼らは葬儀に備え、会葬者にうまくまぎれこめるようダークスーツを着こんでいる。

「この葬式には、民主党の大物が勢ぞろいするぞ」ネイサンは気楽な話題に移った。「アルヴィンは腕利きの原告弁護士だった。二年ほど前には、トラクター会社に対する百万ドルの訴訟で勝利しているし、この冬は、どこかの製薬会社から六十万ドル、勝ち取っている。奥方の一族は食肉加工業を営んでいてね、世間じゃ彼女を〝ウィンナの女王様《ウィーニー・クウィーニー》〟と呼んでるんだ」

ホッジズはさっと彼に目を向けた。

「からかってるわけじゃない。その女はひと財産持ってるのさ」

ホッジズは信号で左折し、教会を見つけるのにネイサンの指示が必要ないことを示した。

アルヴィンとその妻は、レイクウェイにある小さな監督教会派信徒会の会員だった。その昔、町はゴルフ好きの退職者の安息の地だったが、近ごろのオースティンの人口急増は町の周辺部にまで波及しており、レイクウェイはいまや郊外の住宅地と化している。そこに立つ家の多くは、トラヴィス湖が望める注文建築の豪邸だ。アルヴィンの家は、二年前、彼が裁判で思わぬ大勝利を収めたあと購入されたもので、いちばん最近の査定では三百五十万ドルと評価されている。

ホッジズは、サルスベリの白い木々に囲まれた駐車場に車を入れた。葬儀が始まるのは一時間後だが、駐車場は早くもいっぱいになりだしていた。いまのところ駐まっているのは、レクサスと、BMWと、超豪華なSUVばかりだ。グレイのトーラスは人目を引くにちがいなく、ホッジズにはそれを比較的目につかない木の陰に駐めるだけの知恵があった。また、その場所からは、教会に入っていく人々の姿が何ものにも邪魔されずに見通せた。

ホッジズは、ネイサンの足もとにあったアコーディオン・ファイルを拾いあげた。

「あそこに男がいるだろ?」

ホッジズは目を上げた。「グレイのスーツのやつか?」

「ああ。あれは、あの大手ソフトウェア会社、〈ファイアブレーカー〉の最高経営責任者だ」

「セキュリティ・ソフトウェアの?」

「そう、それだ」ネイサンはつづけた。「それに、ダークブルーの服を着たあの金髪な。あれは、アルヴィンの勤め先〈ウィルカーズ&ライリー〉の訴訟担当者だよ」

ネイサンの視線はしばらくその弁護士に留まっていた。彼女ならどんな陪審団が相手でも、そのなかに精力旺盛な男がひとりいれば、必ず成功を収めるだろう。

しかしホッジズは周辺のチェックに忙しく、彼女に見惚《みと》れる暇もないようだった。これまでのところ、この男は人間味などみじんも見せていない。何かに反応を示したのは、情報を伏せられたことに苦言を呈したときだけだ。

「あのしじら織りのスーツを着た男は誰なんだ？」彼は訊ねた。

ネイサンはその視線を追った。「さあな」

「じゃあ、戸口にいるあの背の低いやつは？」

「見覚えがないね」

「あの赤い服の女はどうだ？　三時の方角だ」

ネイサンはそちらに目をやった。「ほう、驚いたね。ありゃアルヴィンの前のかみさんじゃないか」

四十一歳のその女は、運転免許証の写真とはかなりちがっていた。髪はショートヘアで黒っぽい。服は仕立てのよい赤いスーツ、ローヒールの靴を履いている。彼女はすべての点で控えめだが、選んだ色だけは別で、それは故人に対する自らの思いを宣伝しているようだった。ティーンエイジャーの少年がひとり、彼女と並んでとぼとぼと歩いている。少年はカーキ色のズボンにサイズの合わない紺色のブレザーという格好だった。

「彼女、あまり悲しんでるようには見えないな」ホッジズが言った。

「ああ、それは期待できない。彼女はロースクール時代のあの男を、幼稚園の先生をしてずっと支えたんだ。ところがやつは、〈ウィルカーズ＆ライリー〉での仕事にありつくと、彼女をあっさり捨てたんだよ」

「彼女をお払い箱にして、ホットドッグ屋の女相続人に乗り換えたわけか」

「いいや、女相続人の登場はもっとあとさ」

「すると、あれがアルヴィンの第一子なんだな」ホッジズはファイルを眺めた。「遺言によれば、あの子は二十五歳の誕生日に一千万ドル、相続することになっている」

ネイサンはヒューーッと口笛を吹いた。「ワオ」

「たしかに」

ネイサンは感心して、ホッジズに顔を向けた。「遺言状を差し押さえる令状を取ったのか」

「殺しのあった翌日、遺言執行者が裁判所に提出したんだ。すでに公的記録になってるんだよ」

「ふつう、検認の手続きに入るまでには、もっと時間がかかるもんだがな」ネイサンは言った。「誰か分け前を早くほしがってるやつがいるんじゃないか」

「前妻は、子供が二十五になるまで、信託財産の受託者を務めることになってるが」

ネイサンはその線を考えてみた。

「あれは誰なんだ？」

彼はホッジズの視線を追って、歩道の向こうに目を向けた。均整のとれた体と豊かな白髪を持つ長身の男が教会の戸口に立ち、入っていく人々と親しげに握手を交わしている。

「あれはジム・ウィルカーズだ」ネイサンは言った。「アルヴィンがいた法律事務所の創設メンバーのひとりだよ」

「あまり参っている様子はないな」

「ああ。実のところ、誰も大して悲しんじゃいないみたいだ」

ようやく霊柩車《れいきゅうしゃ》が教会に到着した。黒のリムジンが一台、そのすぐうしろに停《と》まった。ダークスーツの男が数人、降りてくる。ぴったりした黒のドレスの小柄な女性がそのあとにつづいた。ホッジズは月曜にその女に会っている。彼とウェッブとで、夫の死を伝えるというつらい任務に当たったときに。

小さな女の子が車から出てきた。ラベンダー色のドレスに、白い靴。髪は母親と同じ金色だ。ただしこの子のは天然の色だった。

「マッケンジーにはもう会ったのか？」ネイサンは訊ねた。

「いや」

「あの子は被害者のもうひとりの子供だ。ほかに子供はいない。われわれの知るかぎりはな」母親の脚にまとわりつく四歳児を見つめながら、ネイサンは言った。「おれにはどうにもわからんよ。金持ち連中はなんだって自分の子供にコンサルティング会社と同じ名前をつけたりするのかね」

ホッジズはサイドミラーにじっと目を注いでいる。ネイサンも自分の側のミラーに目をやり、駐車場の反対側に停まった白いハッチバックに気づいた。彼らのトーラスと同じく、その車も木の下に駐車されていた。

「あれが誰か知ってるか?」ホッジズが訊ねた。

ネイサンはそのドライバーのシルエットに目を凝らした。短く髪を刈りこんだ、サングラスをした女のようだ。急いで教会に入る気はないらしい。

「いや」

「ナンバーは見えるか?」ホッジズが訊ねる。

「この距離じゃ無理だな。出ていくとき見りゃいいさ」

霊柩車のドアはすでに開かれており、柩《ひつぎ》がひとつ、三十から六十までのさまざまな年齢の男六人によって後部から運び出されようとしている。ネイサンは地元の判事に気づいたが、そのほかの担《にな》い手には見覚えがなかった。もっとも彼らの名前は新聞に載っていた。だからホッジズはそれを記事ごとファイルに加えればいい。仮にまだやっていないとしての話だが。

携帯が鳴り、ホッジズがポケットからそれを引き抜いた。ネイサンは待った。ホッジズの受け答えからは、ほとんど何もわからなかった。この男には物事を秘密にしておく才能があるようだ。

ついに彼は話を終えて、携帯をしまいこんだ。「ウェッブからだ」

「それで?」

「誰かがジルカー・パークをジョギング中、凶器に躓つまずいたらしい」

六カ月間、一滴も飲まずにいたというのに、ここに来てコートニーは、この五日間で三杯目のウォッカ・クランベリーを空けてしまった。何もカウントすることはないのだが、これは習慣となっている。彼女の人生の明確な目標のひとつは、自分の母親のようにならないことなのだ。

「ケープ・コッドをもう一杯どう？」

バーテンが笑みを閃かせ、空いたグラスを目顔で示す。

「いいえ、結構よ」コートニーは笑みを返したが、色目までは使わなかった。いまはとてもそんな気分じゃない。それに、頭もがんがん痛んでいる。

ジョーダンはいったい何をしてるんだろう？

〈エミリオの店〉に飲みに行こうと誘われたとき、最初、彼女はことわった。しかし友人のジョーダンはあきらめようとせず、コートニーもついに行くしかないと悟ったのだ。ジョーダンは何がなんでもコートニーを連れ出し、誕生祝いをする気でいたし、彼女自身、家にこもっているのにはもううんざりだった。その週はずっとよく眠れず、ひとりで過ごす果てしない夜のせいで、彼女はおかしくなりかけていた。

グウェン・ステファニーの曲の一節が流れた。コートニーはバッグから携帯を取り出した。

そのつるりとした折りたたみ式携帯電話は、最近買ったもの——最悪な一週間を過ごした自分を元気づけるための、少し早めの誕生日プレゼントだった。

「ほんとにもう、ごめんなさいね！」ジョーダンの声が耳を打つ。

「いまどこ？」

「もうずいぶん待ってる？」

「一時間近く」コートニーは言った。「ボウル三杯目のオリーブを食べてるとこ」

「ブリアナに引き留められて、棚卸しをさせられちゃって！」ジョーダンが泣き声で言う。「この分だとひと晩じゅうここにいることになりそう。うちの店が製品を変えるなんて知ってた？」

「今朝聞いたわ」

美容サロンのオーナー、ブリアナは、いま店に置いているメインの商品と同じものが食料雑貨店に並びだしたのを見て、取り扱う製品を一新しようと決めたのだ。〈ベラドンナ〉は何よりも高級感が売りなのだから。コートニーはその日の午後、ボスのオフィスで、天井まで積みあげられた箱を目にしており、ジョーダンもろとも囚《とら》われの身とならずにすんだことに心ひそかに感謝した。

「手は足りてる？」彼女はいちおう訊ねてみた。空っぽの家に帰ると思うと、耐えられない。四夜にわたり、彼女は狭い自宅のクロゼットや戸棚をひとつ残らず整理してきた。シャワーそうだ。


の水漏れの修理もしたし、フェイシャル・トリートメントもやった。目下のところ、やることはもうない。それに、もう一分でもテレビのリアリティ番組を見たら、頭がおかしくなりそうだ。

「絶対だめ」ジョーダンが言う。「どんな人間だって木曜の夜をこんなふうに過ごすべきじゃないわ。これは残酷かつ異常な刑罰よ。あたしたち、お祝いをすることになってたのに！」

「そのことなら気にしないで」コートニーは言った。「ほんとの誕生日は来週なんだし」彼女はバーテンに、お勘定を、と合図した。ジョーダンはなおもボスを呪いつづけている。同情の言葉を並べたあと、コートニーはどうにか電話を切りあげた。

「ぼくの誕生日も来週なんだ」

コートニーは声のほうに目をやった。隣の席のその男は、ここ十五分、ずっと彼女に色目を使っていたのだが、どうやらこれをいいきっかけと見たようだ。

「へえ、そうなの？」コートニーは男にほほえみかけた。男の髪はカワウソの毛皮並みにつるりとしていた。いったいどれだけジェルを使っているんだか。男はＢＭＷのキーホルダーをこれ見よがしにカウンターに放り出しており、彼女はこのあざとさにより何点かマイナス点をつけた。「てことは、射手座？　それとも山羊座《やぎ》？」

男は一瞬、意味がわからないようだった。「ああ、山羊座だよ」

でしょうねえ。コートニーは財布から二十ドル取り出して、グラスの下にすべりこませた。

「それで、きみは？」男がほほえんで、身を寄せてくる。「星座はなんなの？」

コートニーはバッグを肩にかけ、スツールからするりと下りた。「かまわないで」

「ちょっと待った」BMW男は強硬だった。「つぎの一杯をおごらせてよ」

「いいえ、結構」

「せっかくの誕生日なのに」

「ちがうのよ。悪いけど」彼女は向きを変え、誰かの大きな胸に危うく衝突しそうになった。

「帰るところかい？」ウィル・ホッジズがあのウィスキー色の目でじっと彼女を見おろした。

「帰ろうとしているの」

ウィルはコートニーの頭越しに、あのカワウソ頭の男に恐ろしい視線を投げた。

「行こう」彼が腕をつかんだ。「家まで送るよ」

返事をする間もなかった。彼はコートニーの腕をとらえたまま混んだ店内を通り抜けていき、重たい木のドアを開けた。ふたりはバーの喧騒《けんそう》のなかから湿っぽい八月の夜へと足を踏み出した。

「何しに来たの？」腕をつかむ彼の手を強く意識しながら、コートニーは訊ねた。

「きみをさがしに」

「ええ、でもどうして？」

「話があるんだ」

歩道を歩いていくうちに、コートニーは不安になってきた。この男はどうやってわたしの居場所を知ったんだろう？　わたしは逮捕されちゃうの？　連行されて、また尋問されるとか？　彼を目にしたときの安堵が恐れへと変わった。

「じゃあ話したら？」コートニーは腕を引っこめ、くるりと彼に向き直った。ウィル・ホッジズはダークスーツを身にまとい、厳しい顔をしていた。彼は両手を腰に当てた。コートニーはその上着から拳銃の台尻が突き出ているのに気づいた。

「髪を変えたんだね」

「さすがじゃない、刑事さん」コートニーは腕組みした。髪の色は、真紅のハイライトを入れた漆色から、紫がかったクールな赤に変えてある。彼女にはどうしても変える必要があったのだ。またジョーダンは軽くハサミも入れ、彼女の長いレイヤーヘアをきれいに整えていた。「それで、話というのはなんなの？　髪のこと以外に？」

彼は歩道の左右に目を走らせた。「ここじゃまずい」

「いいわよ。なかにもどりましょ」警察署でなければ、どこだっていい。コートニーはあの場所が嫌いだった。この六カ月で二度行ったが、また行くと思っただけで吐き気がした。

ウィルが手を伸ばして、古ぼけたシボレー・サバーバンのドアを開けた。「乗って。家まで送るよ」

「あなたの車なの？」

彼はうなずいた。

コートニーは口をすぼめて、目の前の車を眺めた。その黄褐色のトラックには助手席側だけで三つも凹みがあった。彼女のビュイックより古い車を運転している人には、めったにお目にかかれない。

コートニーは車に乗りこみ、ひびの入ったビニールのシートに目を見張った。どうやらウィルは車で女を感心させようとするタイプでないらしい。そのことは妙に彼女をほっとさせた。

「足をはさむなよ」彼がドアを閉めると、ギーッと音がした。

ウィルが運転席側に回るあいだに、コートニーは髪をなでつけ、ドレスの裾を引っ張った。黒のホールター・ドレスは〈エミリオの店〉でジョーダンと過ごすのにぴったりに思えたのだが、こうなると露出しすぎという気がする。両腕には一面鳥肌が立っており、収まる気配はまるでなかった。

たぶんこれはウィルのせいなのだろう。彼は男性ホルモンを発散しているし、彼女は禁断症状のさなかにあるのだから。彼が接近するたびに、五感は緊張した。

ウィルが運転席に乗りこんできた。トラックのエンジンは驚くほど簡単にかかった。

「わたしがここにいるのがどうしてわかったの？」コートニーは訊ねた。

「きみの姉さんに聞いたから」

するとこの男はフィオナと話したわけだ。それがいいことなのか悪いことなのか、彼女にはわからなかった。一時間ほど前、フィオナは携帯にメッセージを残している。ちゃんとそれを聞いておけばよかったとコートニーは後悔した。

「どうしてわたしに足がないってわかったの？」

「車がないからさ」

たしかにそのとおりだ。でも借りるという手だってある。この男、わたしのことをさぐってたわけ？

もちろんそうに決まっている。彼は刑事、彼女は事件の一要素なのだ。コートニーは膝の上で両手を組み合わせ、そわそわすまいとした。尋問が始まろうとしている。そう察知して、気をしっかり持とうと努めた。

「きょうは一日、何をしていた？」車の流れに入っていきながら、ウィルが訊ねた。

「仕事」

「ほかには？」彼がコートニーの脚を横目で眺め、彼女は軽い満足を覚えた。この大きなロボコップもやっぱり人間なのだ。

「いろいろ家のことをした」コートニーはバッグを膝に載せ、リップグロスをさがした。

「ほかには？」

コートニーはウィルに目を向けた。彼の視線はいま、前方の道路に据えられており、彼女はその横顔を観察するチャンスに恵まれた。がっしりした四角い顎、まっすぐな鼻。首は太い。サバーバンのハンドルを切るとき、その腕は隆起して上着の生地を突っ張らせた。この男はとにかく大きくて威圧的だ。もっとも、彼女の不安をかきたてるのは、その体格ではないが。

「そんなとこよ」彼女はバイザーを下ろした。もちろん鏡はない。そこで、鏡なしでグロスを塗った。今夜は、メンテナンスが必要なふっくらリップと、ドラマチックな煙る瞳で決めている。それが彼女の夜のお出かけ用メイクなのだ。

車が交差点で停まり、彼がこちらに目を向けた。その視線が彼女の唇へと下りていく。

「なんなの?」コートニーはグロスのチューブをバッグにもどした。

「なぜきみが嘘をついてるのか、その理由を考えてるんだ」

「嘘なんかついてない。それに、わたしがどう一日を過ごそうが、あなたには関係ないでしょ」

「きみはアルヴィンの葬式に来ていたろう」彼は言った。「見たんだ」

コートニーはバッグを床に放り出し、まっすぐ前を見つめた。「信号、青になったわよ」

車はふたたび走りだした。彼らは図体のでかいそのサバーバンで通りをすいすい進んでいった。コートニーは忙しく頭を働かせ、どうして彼に正体を見破られたのか考えていた。彼女は何時間もかけて支度をしたのだ。あのウィッグはすごくよくできていたし。実の姉だって、そう簡単には正体を見破れなかったろう。

「なぜ嘘をつくんだ？」ウィルがちらりとこちらを見る。

「嘘だなんて誰が言ったの？」

ウィルはかすかに首を振った。胃がぎゅっと収縮し、恐怖がこみあげてきた。この男にはわたしの心を見透かすことができるんだ。あらゆることが見えるんだ。本当は何があったか、なぜか彼にはわかってる。きっとわたしは刑務所行きになるだろう。

「正直になれよ、な？　そうすりゃ自分が助かるんだから」

選択肢を検討しつつ、コートニーは唇を噛んだ。正直になれ。そう言うのは、この男には簡単だろう。彼は殺人の容疑をかけられてはいない。殺人犯につけ狙われてもいない。毎日、狭い二世帯用アパートで、部屋から部屋へとさまよい、明かりをつけてまわり、誰か潜んでいないかと耳をすませながら、夜を過ごしてもいないのだ。

「そう、わたしはあそこに行った。だからなんなの？　ここは自由の国でしょう？」彼女は、〝文句ある？〟とばかりに腕組みをした。誰かの葬式に行くのは犯罪じゃない。

「訊きたいのは、なぜ行ったか、だよ。そして、なぜ変装して行ったかだ」

コートニーは彼と目を合わせたくなかった。「理由はいくつかあるの」

ウィルは待っていた。聞こえてくるのは、古いエンジンの唸りばかりだ。

「彼の娘を見たかったのよ」コートニーは言った。

これは本当だ。だが口に出して言うと、変な感じがした。なぜわたしが会ったこともない小さな女の子に興味を持たなきゃならないの？　その身勝手な父親との不倫によって、自分が破壊しかけた家庭の子供に？

「マッケンジー・アルヴィンを見たかったって？」

「ええ」

「どうして？」

ここが奇妙なところだ。「わからない」彼女は肩をすくめた。「ただね、なんと言うか、あの子とのあいだにつながりみたいなものを感じるのよ」

ウィルがちらりとこちらを見た。「つながりというと、どんな？」

「うちの父は、わたしが小さいときに死んでいる。だから感情移入してるだけかもね」コートニーはため息をつき、膝の上で手を組み合わせた。「でもあの子は元気そうだった。お母さんがついてるのも見たし、少し気が楽になったわ。きっと大丈夫だと思う」

コートニーとはちがって。それにフィオナとも。父が死んだとき、ふたりの母はすっかり参ってしまった。母は娘たちを学校から引っこ抜き、〝一から出直す〟ためカリフォルニアに移ると、つぎなる生涯の恋人を求めて、男から男へと渡り歩いた。男をあさっていないときは、幼い妹をなんとか育てようとするフィオナをよそに、アルコールで自分をなぐさめていた。フィオナとコートニーはいくつも年がちがわない。しかしこれまでの人生の大部分、コートニーにとってはあの姉が母親だった。

父の死後、二十年以上かけ、なおかつ、国を横断して、ようやくフィオナとコートニーは母にめちゃめちゃにされた人生から逃れることができたのだ。

でもマッケンジーの母親はしっかりしているようだ。それに、あの女性には金もある。それは助けになるはずだ。少なくとも彼女は、生活のためにやみくもに夫をさがしたりはしないだろう。

コートニーはウィルに目をやった。彼はもとどおり前方に目を据えていた。たぶん彼女が嘘八百を並べていると思っているのだろう。

「ほかの理由は？」彼は訊ねた。

「理由って？」

「さっき言ったろう。〝理由はいくつかある〟と」

コートニーは窓の外に目を向けた。見慣れた家々が飛ぶように過ぎていく。自宅の通りまであと少しだ。作り話をすれば、この会話はほんの数分で終わらせることができるだろう。いい、いい、もっともらしい話をでっちあげれば、この男は何日か彼女を放っておいてくれるかもしれない。

そして、さらに質問をするために、また連行するわけだ。コートニーはふたたびドレスの裾を引っ張り、咳払いした。「あの男がいるかもしれないと思って」ありのままにそう言った。

「誰が？」

「わたしたちを襲った男よ。あいつが来ているかもしれないと思ったの」

ウィルは、彼女の家のすぐ前の歩道際に車を寄せた。車回しにはエイミーの白いハッチバックがあり、それを見てコートニーは、ウィルが葬儀のとき自分に気づいたわけを悟った。あの車は月曜にもそこにあったし、彼は観察眼が鋭い男だ。

ハッチバックのうしろには、エイミーの彼氏の小型トラックが駐まっていた。ということは、彼らはキスして仲直りしたのだろう。今夜、コートニーはふたりが言い争っているのを耳にしたのだが。これが二世帯用アパートってやつだ――この手の家に住んでいると、隣家で何が起きているか否応《いやおう》なくわかってしまう。

「なぜそいつが葬式に来なきゃならないんだ、コートニー？」

彼女はウィルに視線をもどした。彼はコートニーの顔をさぐり、答えをさがしているようだった。彼女が何か隠していることが、彼にはわかっているのだ。

「あれは場当たり的な強盗じゃなかったんだな？」

「だと思う」コートニーは答えた。

そう、あれは強盗なんかじゃなかった。あのスキーマスクの男はデイヴィッドを殺し、それを無理心中に見せかけようとしたのだ。何者かがふたりが死ぬことを、そしてコートニーがその罪を負うことを望んだのだ。彼女はすじの通るその理由を見つけようと、もう何日も脳みそをしぼりつづけている。

「で、そいつは葬式に来ていたのかな？」

コートニーは首を振った。「いなかったみたいね。もし見かけたら、あの目と体つきでわかったはずだもの。少なくとも、わたしはそう思う。似たような人さえいなかったわ」

ウィルはフロントガラスの向こうを見つめたまま、親指でハンドルをたたいている。沈思黙考といった様子だ。と突然、彼はエンジンを切り、トラックを降りて助手席側に回ってきた。

帰宅。ひとりぼっちの新たな一夜。頭はすごくさえている。まるでバーではなく、カフェで宵を過ごしてきたようだ。

ドアがギーッと開いた。コートニーは車を降りた。

「送ってくれてありがとう」ウィルがバタンとドアを閉めると、彼女は言った。彼はその場に立ったまま、彼女をじっと見おろしている。こっちの考えを読もうとしているんだ。彼女にはそんな気がした。この男の目的は事件の解決なんだろうか？　それともほかにも何かあるんだろうか？　その顔からは何も読みとれなかった。だがそのとき、ほんの一瞬、彼の視線がコートニーの唇へと落ちた。

突然、彼女は抑えきれない衝動に駆られた。たぶんウォッカの影響だろう。あるいは、夏の夜気の。あるいは、自分自身の孤独な子供時代を思い出させる、あのラベンダー色のドレスを着た女の子の。

いや、たぶん欲望のせいだ。

なんであれ、コートニーはそれに屈した。彼女は伸びあがってウィルにキスした。彼はその場にまっすぐ突っ立ったまま、彼女のウエストを支えていた。彼女がそっと唇を触れ合わせるあいだ、キスを返しもせずに。彼女は彼をさいなんでいる。それはわかっていた。その体の緊張からも、指先に触れるざらついた顎のこわばりからも、そのことは感じとれた。いま彼女をくらくらさせているのはウォッカではない。興奮だ。自分がこの大男にある種の作用を及ぼすことがわかったのだから。彼女がその口の端をなめると、案の定、彼の抑制は効かなくなった。彼にヒップをつかまれ、トラックに押しつけられると、足が地面を離れ、体が浮きあがった。彼女は彼にキスしており、彼もキスを返している。その口は熱く刺激的で、ほのかにペパーミントの味がした。

突然、彼がうしろにさがり、彼女の足は地面へとすべり落ちた。

「うちにあがって」コートニーはささやいた。

彼はそうしたがっていた。その顔にはありありと欲望が表われていた。

しかしなんとかそれを払いのけたらしい。彼の目が急に冷たくなった。

「そうはいかない」ウィルは言った。

コートニーは笑顔で彼を見あげた。昔からそなえているが、最近は使っていない、あのはにかんだ温かな笑顔で。

ウィルは顔をそむけた。「ドアまで送るよ」

「その必要はないわ」

彼の目に怒りが閃いた。「いや、そうする」ウィルは彼女の腕を取り、遅刻しそうな聞き分けのない子供を引っ立てるように、強引に小径を進ませた。

「何も引きずってくことないでしょ」腹を立てて、彼女は言った。怒るほうが傷つくよりも楽だから。

「無事になかに入ってもらわないとな」

ドアに着くと、コートニーはバッグから鍵を取り出した。鍵を開けながら、彼女は歯を食いしばっていた。なぜなら、すぐ横にいる彼が――別にそこになくてもいいその強大な存在がひしひしと感じられたから。彼女は怒りを抑えつけ、満面に笑みをたたえて向き直った。

そして手を伸ばし、彼の下唇から口紅をぬぐいとった。その接触に、彼はびくりとした。それを見てコートニーは悟った。今夜は彼にとってつらい一夜となるだろう。よかった。こっちだけじゃないわけだ。「おやすみ、刑事さん」彼女は甘くささやいた。「ぐっすり眠ってね」

そして家に入ってドアを閉めた。

容疑者にキスしてしまった。

キスしただけじゃない――もう少しで、彼女をベッドに引きずっていくところだった。

殺人課の刑事になるために、五年間、がんばってきた。なのにこれだ。出走して一周目でもうしくじりかけている。

彼女は容疑者だ。犯人じゃないことは直感的にわかっているが、これは明らかに少数派の意見だ。サーナクは彼女が引き金を引いたものと確信しており、自白を引き出してほしいと自らの希望をはっきりと伝えてきた。しかしウィルはその気になれない。なぜなら彼は――あれだけ嘘をつかれても――コートニーは九十九・九パーセント、シロだと信じているからだ。

とはいえ、それはまちがいかもしれない。コートニー・グラスのようなホットな女と寝ることを想像しただけで、彼の脳みそはショートしたのかもしれない。

いや。

ビスケットの生地が爆発した夜、彼はその場にいたのだ。あの九一一への電話の録音も聞いたし、事件の午後には公園で直接、彼女に会ったのだ。彼女は心底怯えていた。経緯に関しては嘘をついているかもしれない――いや、嘘をついているのはわかっているが、だからといって、彼女があの男を殺したということにはならない。彼はほぼ確信している。彼女は一緒に犠牲になるはずだった二名の一方なのだ。あとはただ、彼女の潔白を証明する証拠を集め、事件の裏に誰がいるのか突き止めるだけだ。

そのあとなら、いくらでも彼女にキスできる。ベッドに引きずっていくのだって自由だ。くそっ、おれはイカレちまっている。なんだってこんなに長く女なしで過ごしたのやら。ウェイト・トレーニングも大いに結構。だがジムで解消できるフラストレーションなんてわずかなものだ。近いうちに、誰か優しいいい女とデートしなくては。

何もコートニーがいい女だってわけじゃない。それにあれは優しい女でもない。男に痛い目に遭わされれば、たぶん彼女は、そいつのタマを切り落とし、皿に載せて本人に差し出すだろう。ウィルには、アルヴィンの戦利品としてのコートニーを思い浮かべることはできなかったが、あの男のポルシェを破壊する彼女の姿なら難なく想像できた。

彼は、町の南側にある、自分の住む低層集合住宅の駐車スペースのひとつに車を入れた。その建物は無味乾燥だ。彼のワンルームの部屋も無味乾燥、安い家具も無味乾燥だ。そして彼はそんなことはなんとも思っていない。この五年は、アメリカの基準でもっともさえない住まいでさえ、彼にしてみればリッツ・ホテルも同然だった。三年にわたって、固い地面で眠っていると、人間はこうなる。三年にわたり、埃と寒さにさらされ、山地を行軍し、人を狩ったり、狩られたりしていると。

彼は車を駐め、自室に向かって金属の階段をのぼっていった。部屋の前には何かの包みがあった。すぐさま疑いを抱き、身をかがめて拾いあげた。

クッキーだった。水色のタッパーウェアを透かして見たところ、チョコレート・チップ入り。これもまた、アフガニスタンでは手に入らない贅沢品だ。

彼は室内に入った。ドアの近くのテーブルにキーホルダーを放ると、差し錠をかけた。キッチンでは、留守録の〝着信あり〟のライトが点滅していた。再生ボタンを押してから、タッパーウェアのふたを開け、なかに入っていたメモを読んだ。

〝ありがとう！　キス&ハグ。ロリ〟

謎が解けた。彼が新しいテレビを階段の上まで運んでやったあの女性が、クッキーを焼いてくれたわけだ。

電話セールスの単調な声がつづくなか、ウィルはこの新たな展開について考えた。隣室のロリは独身。しかも美人。彼の相手としては少々背が低いが、すごくいい女だ。彼はクッキーをむしゃむしゃ食べた。ロリはなかなか料理がうまい。それに、新品のサラウンド・サウンドつきHDテレビを持っている。容疑者にかかずらっている場合じゃないだろう。そりゃあ愚の骨頂ってものだ。

彼は二件目の電話セールスを消去し、電話帳に載っていないはずの自分の電話番号を漏らした、どことも知れぬ公共サービス会社を呪った。とそのときネイサンの声が入り、ウィルはクッキーを噛むのをやめた。

「ホッジズ。どこにいる？　携帯にかけるたびに留守録じゃないか。弾道検査の結果が届いたんだが――」

ウィルは、〝折り返し〟ボタンを押した。ネイサンはすぐさま電話をとった。

「この野郎。電源はつねに入れとけ。いったいどうやって連絡をつけろって言う――」

「弾道検査の結果を教えてくれ」

「一致したよ。例のベレッタと弾丸だ」

凶器がわかったわけだ。これは大きな前進だ。

「それだけじゃない」ネイサンは硬い声で言った。

「なんだ？」

「銃はコートニー・グラスの名で登録されていた」

4

コートニーは遅刻しかけていた。

すばやく髪をねじりあげて、黒い箸二本で留め、腕時計を見る。八時三十一分。乱れたベッドの上のノートパソコンに、彼女はちらりと目をやった。画面に出ているバスの時刻表によれば、一〇／二〇番はあと四分で角の停留所に着く。それを逃したら、つぎのバスが来るまで半時間も待たねばならない。

靴はどこなの？　彼女は寝室を見回した。おめあてはストラップつきの黒のサンダル。だが、どこにも見当たらない。クロゼットのそばの赤いやつに目が留まり、きょうはそちらでいくことにした。白と黒の日本っぽい柄のスカートにぴったり合うとは言えないが、うまくすればコントラストを狙ったように見えるかもしれない。彼女は赤の口紅をバッグに放りこみ、ドアへと向かった。

鍵をかけたとき、玄関ポーチのエイミー側に目がいった。エイミーはきのう、コートニーが車を返したとき、まだ帰宅していなかった。そしてコートニーが植木鉢に入れたキーはいまもそこにある。昨夜、ジョーダンに会うために出かけたときも、キーはそこにあったが、彼女は恋人同士の喧嘩に割りこむ気になれず、それをそのままにしておいたのだ。

コートニーは腕時計に目をやった。あと三分。彼女はポーチの向こう側へ行くと、植木鉢からキーを拾いあげ、呼び鈴を鳴らした。

デヴォンが出てきた。

「いったいどうしたの?」少年の目の下の痣《あざ》に唖然とし、コートニーは訊ねた。

「なんでもない」少年はちらりと背後を盗み見た。コートニーはその場に立ちつくしていた。学校で喧嘩したってこともありうる。でもそれなら、なぜそう言わないの?

「お母さんはいる?」

「おい、誰だ?」家の奥から男の声が聞こえてきた。

デヴォンの目がコートニーの目と合った。彼女はその表情を読みとり、少年の手をつかんだ。

「おいで」そう言って、少年を外に引っ張り出し、ドアを閉めた。それから、大急ぎで自宅のドアの鍵を開け、彼をなかへと押しこんだ。

「すわって」コートニーは肘掛け椅子を指さした。

そしてドアを閉めた。デヴォンは椅子にすわって、足もとを見つめた。彼はTシャツにスウェットパンツという格好だった。たぶんそれが寝巻なのだろう。

「デヴォン！」壁の向こうから男の声が聞こえてきた。

「あの男にやられたの？」コートニーは訊ねた。

デヴォンはちらりと彼女を見あげ、また足もとに目を落とした。

コートニーは歯ぎしりした。雄々しくも悪態をつくまいと努め、その代わりにバッグから携帯電話を引っ張り出して、カメラ機能のスイッチを入れた。

「顔を上げて」少年はその言葉に従い、彼女は一枚写真を撮った。「いい？　わたしが外に出たら、ドアに鍵をかけるのよ。わたしかお母さんが来るまで、絶対ドアを開けないで」

困惑の色を見せながらも、少年はうなずいた。外に出たコートニーは、差し錠がカチリというのを確認した。それから、九一一にかけながら、階段を下りていった。車回しの端に駐まった小型トラックに近づくと、彼女はそのナンバープレートを見た。ボディーやクロムめっきのステップと同様に、そこには泥がはね飛んでいた。

「こちらはオーク・トレイル、九二五ですが」彼女はオペレーターに言った。「警官をよこしてほしいんです」

「どういった事件でしょうか？」

コートニーはかがみこんで、ナンバープレートの泥をぬぐい落とした。通話中もカメラ機能が使えるのかどうか、彼女にはわからなかった。カシャッ。どうやら使えるらしい。

「家庭内騒動です」コートニーは言った。「すぐ誰かよこしてください」

「何があったのか具体的に話していただけますか？」

玄関のドアがさっと開き、コートニーは目を上げた。「男の身長は百七十七、八。坊主頭。にきび面」

エイミーの彼氏が、ブルージーンズ一丁で、芝生の向こうからすっ飛んできた。「おい！何してやがる？」

「場所はオーク・トレイル、九二五。お願い、急いで」コートニーはバッグに携帯を入れたが、通話は切らずにおいた。

「おはよう」男の名を思い出そうとしながら、彼女はそう声をかけた。

「おれのトラックに何してるんだよ？」彼はコートニーの前で足を止め、両手を腰に当てた。ヒールのおかげで、彼女の目の位置は相手よりほんの少し高くなっていた。

「ただ見せてもらっていただけよ」彼女は言った。「わたしもこういうのを買おうかなと思って」

「写真を撮ってたろう！」

「ええ。このタイヤが気に入っちゃったの。ほんとにすごいわ」

男はしかめっ面で泥道専門の巨大なタイヤを見おろした。

「大きいタイヤをつける男に関しちゃ、わたし、一家言あるの」彼女は言った。「エイミーに話して、どう思うか訊いてみなきゃね」

男は疑わしげに彼女を眺めた。「デヴォンはどこだ?」

コートニーはがらんとした通りを見渡した。警察の車はない。サイレンも聞こえない。角の〈ダンキンドーナツ〉にも、ただのひとりも警官はいない。もしいれば、そいつが到着第一号だったろうに。胸の鼓動が速くなった。

「ドーナツを買いに行かせたの」コートニーはにこやかに言った。「きっとあなたにもひとつ買ってきてくれるわよ」

男の視線が彼女のバッグに注がれた。「さっきのカメラをよこしな」

コートニーはじりじりと後退した。「あれはカメラじゃないわ」

「あの携帯さ。何をする気かこっちはお見通しなんだ」

男がバッグを取ろうとし、コートニーはうしろによろけた。彼は大きく手を伸ばして、彼女の肩からバッグをひったくった。

「ちょっと!」コートニーはバッグをつかもうとしたが、男は一方の肘でその邪魔をしながら、バッグのなかをかきまわしはじめた。彼女の持ち物がばらばらと地面に落ちた。サングラス、口紅、八百ドルのハサミの入ったスエードのポーチ。

「やめて! これはわたしのものよ!」コートニーはバッグをつかんで、奪い返そうとした。つぎの瞬間、彼女は道のまんなかに尻餅《しりもち》をついていた。しばらくはショックで動けなかった。それから彼女はさっと立ちあがった。グレイのセダンがタイヤをきしらせ家の正面に停まった。警察だ。やっと来たか。

ウィル・ホッジズが車から降りてきた。コートニーは大股でそちらへ向かった。「この男を逮捕して！　こいつ、わたしとうちのお隣さんに暴行を加えたんだから！　それに、わたしのバッグを盗んだのよ！」

「でたらめだ！」

ウィルはエイミーの彼氏に冷ややかな視線を投げた。その馬鹿はコートニーのバッグをまだ持ったままそこに立っていた。

「車のほうを向け」ウィルが命じた。

エイミーの彼氏は顔をしかめた。「おまえ、誰なんだよ？」

ウィルが身分証をさっと出し、コートニーはその機に乗じてバッグを奪い返した。彼女は落ちたものを拾い集めにかかった。

ウィルがこちらを向いた。「車に乗れ」

「は？」

「車に乗れ。いますぐにだ。さもないと逮捕する」

「わたしを？　この男は？」

ウィルは彼女に背を向けた。「両手をルーフに。足を広げろ」

エイミーの彼氏は手順を心得ているようだった。「おい、勘弁してくれよ！　この女はおれのトラックをぶっ壊そうとしてたんだぜ！」

ウィルはコートニーをにらみつけ、セダンの後部ドアを開けた。「これ以上言わせるな」

コートニーは後部座席に乗りこんだ。バッグをひっかきまわし、携帯の通話を切るとき、彼女の手は憤りにぶるぶると震えていた。わたしを逮捕するなんて。まったくどうかしてる。

どこか遠くでサイレンの音がした。ウィルが男のボディチェックをし、手錠をかけているうちに、その音は徐々に大きくなった。窓の外をのぞくと、エイミーとデヴォンがポーチに立ってこちらを眺めているのが見えた。エイミーに何か言われて、デヴォンは家のなかに引っこんだ。それからエイミーが、タオル地のローブの襟をかき寄せながら、こちらへとやってきた。

ドアを開けようとしたが、それはロックされていた。音で気づいたのだろう、ウィルがコートニーにさっと警告のまなざしを向けた。こんな馬鹿な。

彼女は着色ガラスの窓越しに、ふたりの制服警官がカップルと言葉を交わすのを見守った。エイミーは心配そうな顔をしていたが、それがデヴォンのためだとはコートニーには思えなかった。エイミーはそれよりも、自分の彼氏が警察署に連行されるのがいやなのだろう。

コートニーはウィルの背中を見つめた。そして、あの大きな肩のこと、昨夜、手を触れたときのあの感触を思い出した。九一一のオペレーターが家庭内騒動の処理に殺人課の刑事を差し向けるとは思えない。彼はちょうどここに来るところだったのだ。コートニーの心拍数がまた一段階上がった。

ついに警官たちが、手をもみしぼるエイミーの目の前で、彼氏を車に乗せた。警官の一方はクリップボードとペンを手に、エイミーのところにもどった。

ウィルがトーラスの運転席に乗りこんできた。

「どうなってるの？」彼女は問いただした。

彼は無言でエンジンをかけた。

「ウィル？　どうなってるのよ？」

彼はこちらに顔を向け、首を振ってみせた。「きみは逮捕されたいのか？」

コートニーはぽかんと口を開けた。

「悪いことは言わない。署に着くまでひとこともしゃべるな」

「わたしを連行するつもり？」

答える代わりに、彼はギアを入れた。

「ウィル？　どういうことよ、これ？　あの男はわたしに暴力をふるったのよ。それに、デヴォンにも。たぶん、あの子の母親にもよ！」

車がいきなり発進した。ウィルの目がバックミラーのなかで彼女の目と合った。「それで？　あの男が危険だから、喧嘩を売ることにしたってわけか」

「喧嘩なんか売ってないわよ！　あいつがバッグをひったくって、わたしを突き倒したの！」

ウィルは首を振って、何かつぶやいた。

「何よ？」

「そのことは黙ってろよ。いいな？」

コートニーは腕組みをして、ミラーのなかの彼をにらんだ。「ああもう、むちゃくちゃ。わかってる？　この国の法制度は絶望的よ」

ウィルは彼女をにらみ返したが、何も言わなかった。

「ハラスメントで訴えを起こしてやる。オースティン警察に対する訴えを」

ウィルはなんの反応も見せない。

「その訴訟で最初に名前が出るのは、あんただからね」

「コートニー」

「何よ？」

「きみはもう充分、面倒をかかえてるんだ。悪いことは言わないから、とにかく口を、閉じ、て、ろ」

ウィルにはどうにもこの女が理解できなかった。なにしろ、殺人事件の捜査の渦中にありながら、しゃべることといえば、隣人の彼氏のことばかりなのだ。

「言ったろう。きちんと手を打つから」聴取室に彼女を通しながら、ウィルは言った。椅子を引き出してやったが、彼女はすわらなかった。

「わたしは本気よ」彼女は赤く光る爪を彼の胸に突きつけた。「見過ごしたら承知しない。今度あのろくでなしをうちの近所で見かけたら、警官を呼ぶからね」

「おれも警官なんだが」

たぶん侮辱の言葉だろう、彼女は何かつぶやくと、椅子にすわった。ようやっと。

「証拠だってあるのよ」彼女はつづけた。「写真を撮ったの。あなたたち、きちんと対応したほうがいいわよ」

ウィルはテーブルにてのひらをついて彼女を見おろした。「わからないかな？　きみを署まで連れてきたのは、きみのお隣さんの問題を話し合うためじゃない。きみはアルヴィンの件でここにいるんだよ」

コートニーの顔色が変わった。しかし彼女は平気なふりをした。「何が知りたいって言うの？　覚えてることはもう全部話したけど」

ネイサンは正しかった。この女はごくあたりまえに嘘をつく。最初に口を開いた瞬間から、彼にキスした昨夜に至るまで、彼女は嘘をつきまくってきた。そして、いまもそれはつづいている。

「きみには弁護士を同席させる権利があることを言っておこう」

コートニーは脚を組み、小首をかしげた。「弁護士はあんまり好きじゃないから」

「きみ自身のために、弁護士を呼んだほうがいいと言ってるんだがね」

「ねえ」彼女は腕時計に目をやった。「あなたのおかげで、わたしはもう遅刻しているの。早くしてもらえない？」

ウィルはテープレコーダーを取り出し、スイッチを入れてテーブルに置いた。「いいだろう」

ドアが開いて、サーナクがふらりと入ってきた。すばらしい。この新しいボスは、モニターで聴取の模様を監視していたわけだ。たぶん彼は、ウィルが容疑者に弁護士を呼ぶようすすめるのを聞いて、心臓発作を起こしそうになったろう。

「ドン・サーナク警部補です」彼はコートニーに手を差し出した。

彼女はサーナクの手を握り、冷やかに言った。「コートニー・グラスです」

サーナクは彼女の向かい側の椅子にすわり、ウィルに目を向けた。「かまわずにつづけてくれ」

ウィルは咳払いした。「ミス・グラス、事件に関することで、さらにいくつか質問があるんです」

コートニーはそのかしこまった口調に眉を上げた。「ええ、どうぞ、刑事さん」

「あなたは銃を所有していますか？」

「ええ」

「それはいつ購入したものですか？」

コートニーの足の片方がぶらぶら揺れだした。「正確には覚えてないわ」

「だいたいいつごろでしょう？」

さらに足が揺れる。「去年の夏かな。八月よ、たぶん」

「どこで購入しました？」

「州間高速三五号線からちょっと入ったスポーツ用品店。店の名前は忘れたけど」

ウィルが彼女の足に目をやると、その揺れが止まった。

「それはどんな種類の銃ですか？」

「覚えてないわ」

「ショットガン？　拳銃？　それとも、ライフルですか？」

コートニーは一瞬ためらった。「拳銃よ」

「どんな種類の拳銃ですか？」

コートニーはウィルからサーナクへと注意を移した。「覚えてないわ」

「覚えてない？」サーナクが驚いて言った。

コートニーはふたたびこちらに目を向けた。それから、ウィルの背後のビデオカメラをちらりと見やった。その呼吸は浅かった。彼女は唇を嚙みたいのをこらえているようだった。

「ミス・グラス」サーナクが肘をついて身を乗り出した。「本当なんでしょうね？　あなたは自分の買った拳銃の種類を覚えていないんですね？」

コートニーは椅子の背にもたれた。その視線がウィルへと移る。

「気が変わったわ」彼女は言った。「弁護士と話をさせて」


どうやら安物のスーツと法学の学位があれば、〝この聴取は終わりだ〟と言うだけで、五百ドル請求することができるらしい。

プライバシーが保てるという一室での十分間の打ち合わせがすみ、コートニーが不渡りとならないよう祈りつつ小切手を切ったあと、ロス・アッカーマンは彼女の代理人としてこの簡潔な通告をポーカーフェースのサーナク警部補に伝えたのだった。

ふたりの男はふたことみこと法律用語を交わし、その後、アッカーマンはコートニーに付き添って薄暗い警察署からまぶしい日射しのもとに出た。

ふたりはいま、向き合って歩道に立っている。

「裁判所に遅れそうだな」彼はプラスチック製の厚ぼったい〈アイアンマン〉の腕時計に目をやった。コートニーはアッカーマンの名を薄汚い電話帳で見つけたのだ。そして受付係が〝早くて安い〟と言ったにもかかわらず、彼女は彼が現われるまで二時間待たされた。神経をすり減らしながら二時間も。

「きょうは一日、忙しいんですが」彼はスーツの胸ポケットに手を入れて、名刺を取り出した。「今夜またお話ししましょう。五時半でどうです？　事件の詳細をお聞きしないとね」

コートニーは差し出された名刺を受け取って、弁護士に目を向けた。年はたぶん四十くらい。男性型のハゲだが、毛髪の不足を均整のとれた肉体ときれいに手入れした爪とで補っている。

「アッカーマンというのは本名ですか？」灼熱《しゃくねつ》の太陽のもと、彼女は目を細めて彼を見つめた。

「なぜです？」

「ずいぶん都合のいい名前だなと思って。ほら、電話帳に載せるのに」

弁護士はほほえんだ。「〝アードヴァーク〟にしようかとも思ったんですが、妻が絶対反対だと言ったものでね」

コートニーは名刺をバッグにしまいこんだ。この人なら信頼できる。家庭的な男性だし。ファッション・センスのほうは我慢するとしよう。

「六時に仕事が終わるんです」そう言ったとき、おなじみの白のホンダが歩道に寄せられた。「では、そのあとわたしのオフィスで会いましょう」弁護士は手を差し出した。「よろしくお願いします、ミス・グラス。お仕事をさせていただくのを楽しみにしていますよ」

弁護士が歩み去ると、コートニーはフィオナの車の助手席に乗りこんだ。

「いまのは誰？」去っていく彼をバックミラーで見つめながら、姉が訊ねた。

「わたしの弁護士」

フィオナは鋭い視線をこちらに向けた。「あんたに必要なのは本物の弁護士よ」

「値段が手ごろなの」コートニーはそう言って、バッグのファスナーを開けた。スリムファースト・バーをさがしたが、結局、トライデント・ガム一個で我慢するしかなかった。

フィオナが車を発進させた。「値段のことは忘れなさい。大事なのは腕。お金なら貸してあげる。どこへ行けばいいの？」

「サロン」

姉は唖然として彼女を見つめた。「仕事に出るつもり？」

「もう午前の半分を無駄にしちゃった。クビになるわけにはいかないのよ」

フィオナは首を振り振り、赤信号の前で車を停めた。「わかってないみたいね。最悪の状況なのよ、コート。警察はあんたの銃を見つけたんだから」

「その話、誰から聞いたの？」コートニーの鼓動が速くなった。姉の口から聞くと、同じことがずっとリアルに感じられた。

「ネイサンから。いったいどうしてあんたの銃がジルカー・パークの犯行現場の近くになんかあったわけ？」

「彼はほかに何か言ってた？」

「現状はあんたに有利じゃないって。弾丸はあんたのベレッタから発砲されていた、それに、あんたの指からは硝煙反応が出たって」

コートニーは姉の顔がこわばっているのに気づいた。フィオナは不安なのだ。そしていかにも彼女らしく、冷静に振る舞ってその気持ちを隠そうとしているのだ。「ほかには？　彼、なんて言ってた？」

「それだけで充分でしょ。いったいどうなってるの、コートニー？」

「どう見える？　わたしははめられたのよ」コートニーは頭痛を鎮めようとしてこめかみをさすった。いまはフィオナを相手に〈二十の質問〉をやりたい気分ではなかった。

「わけがわからない」

「でしょうね。こっちもご同様」コートニーはぴしゃりと言った。「さっぱりわけがわからないわ」

「どうしてあんたがはめられるの？」

「知るわけないでしょ」

「それに、その連中はどうやってあんたの銃を手に入れたのよ？」

「さあね。ナイトテーブルに入れておいたんだけど」

「誰かに家に押し入られたの？」

コートニーはため息をついた。「わからない。もちろん、そのはずだけどね。でも事件のあとまで、気づかなかった」

フィオナはコートニーに疑わしげな目を向けた。「それは不自然な気がするけど」

「不自然？　何よ、それ？　わたしを信じないわけ？」

「そうじゃなくて。ただね……つまりその、ただ、本当らしく聞こえないって言ってるだけ」

コートニーの胸のなかに塊が生まれた。ここ数日の恐怖と怯えと不安とがもつれあい、ひとつになったものが。「どうとでも好きに考えてよ」

「何もあんたを信じないって言ってるわけじゃないのよ。わたしはただ――」

「ネイサンはほかになんて言ってた？」

「とくには何も」

コートニーは自分に不利な点を頭のなかに並べた。警察は彼女の拳銃を押さえている。それに指紋も。そして彼女の指からは硝煙反応が出た。それにもちろん、車のなかで彼女がデイヴィッドと言い合っているのを見たという目撃者もいる。

でも現場にはもうひとり男がいたのだ。何か彼のいた証拠があるはずだ。DNAか、繊維か、何かが。

「それだけなの？」コートニーは訊ねた。「彼が話したことは、それで全部？」

「ええ、そうよ。でも……」

「でも、なんなの？」

フィオナは左に折れて、〈ベラドンナ〉のある高級ショッピング街に入った。

「話してよ、フィオナ。こっちは情報が必要なんだから！」

「ただ、警察はほかにも何かつかんでいるにちがいないってだけ。あんたにとって有利な何かをよ。でなきゃ、もうとっくに逮捕されているはずだもの」

涙がどっと湧《わ》きあがった。警察は何かつかんでいるのだ。彼女の話を裏付けるような何かを。安堵のあまり、コートニーは泣きたくなった。

涙をこらえ、窓の外をじっと見つめていると、車が減速し、一軒の店の前で停まった。

「コートニー」

彼女は姉に顔を向けた。

「何があったかちゃんと話してくれなきゃ」

「ちゃんと話したけど」

「拳銃のことは言ってなかったじゃないの」

コートニーは目をそらした。姉には話せなかった。ウィルにも話せなかった。口にするのは恐ろしすぎるから。話せば、あの悪夢があまりにもリアルになってしまうから。誰かがなんらかの方法で彼女の拳銃を手に入れ、それを使って彼女に無理やりデイヴィッドを殺害させた……

そんな話は本当らしく聞こえない。本当らしく感じられない。ところがそれは実際に起こったことなのだ。コートニーにはなぜなのかまるでわからなかったが。

そしていま、警察は彼女が犯人であるという反論の余地のない証拠を握っている。

息が苦しかった。コートニーは車のドアを開けた。

「コートニー?」

「仕事が終わったら、電話する」

「でも話し合わなきゃ! 警察はウォルターのことを知ってるの?」

その名を耳にしただけで、コートニーの胃はよじれた。「さあ、わからない」彼女は言った。

「あんたは話さなかったのね?」

コートニーはせせら笑った。「どう思う?」

「わかってるでしょ。どのみち警察はさぐり出すわよ」

そしてもちろん、このこともまたフィオナにとってストレスとなっているのだ。それに、コートニーにとっても。ウォルターは、コートニーが警察に嘘をついたふたつの大きな理由のひとつだ。もしきちんと調べる警官がいれば、その警官はコートニーが過去に一度、殺人容疑で取り調べを受けているという事実をつかむにちがいない。彼女は逮捕も起訴もされなかった。だからその件は記録としては残っていないが、継父の不審死に関し彼女が調べられたという事実はどこかのファイルに収められているはずだ。腕利きの刑事ならおそらく突き止められるだろう。入念かつ意志強固な人間なら。

ウィル・ホッジズのような人間なら。

恐怖が押し寄せてきた。「いまはその話はしたくないわ」

「あんたは逃げてるのよ」

フィオナは心理学者だ。コートニーはその手の話は聞きたくなかった。

〈ベラドンナ〉の凝った装飾の入口に目をやった。彼女はすでにカット二件とカラーリング一件をすっぽかしている。しかも、その予約客のうちひとりは、いちばんたくさんチップをくれる人なのだ。

「ジャックに相談すべきよ」フィオナが言った。「彼なら力になれるわ」

「考えておく」

フィオナのフィアンセは元警官で、現在、地区検事局に勤めており、事件捜査、証拠、警察の手続きについては熟知している。フィオナやネイサンと同様に、彼も何度かコートニーを窮地から救い出してきた。そのたびにコートニーは、自分では何もできない出来損ないの幼い妹という気分にさせられたものだ。

「なんとかするわよ」彼女はフィオナに言った。

「コートニー、事態は深刻なのよ――」

「わかってる。だから弁護士を雇ったんだもの」

フィオナは〝現実を見て〟という顔をした。すぐに逃げ出さなくては。コートニーはバッグをつかむと、するりと車を降りた。

「お願いだから、いまは仕事になんか出ないで。一緒に問題を解決しなきゃ」

「ちゃんとやるから」コートニーはありもしない自信を装って言った。「心配いらないって」


会議テーブルを囲み、まずいコーヒーを飲みながら、アルヴィン殺しについてあれこれ論じ合っている刑事たちを、ウィルはひとりひとり観察していった。ウェッブはできる男のようだが、働きすぎだ。サーナクは経験豊かだが、彼にとって何より気になるのは事件の枝葉にすぎない政治的側面らしい。そしてそこには、デヴェローもいる。公式には担当をはずれたものの、彼は事件の手がかりを追うことにウィル以上に時間を使っているのだ。

「とにかくすじが通らん」デヴェローが、朝から主張している持論になおもこだわって言った。

「いや、すじはちゃんと通ってるさ」ウェッブが反論した。「男が彼女を捨てて、金蔓《かねづる》のかみさんのもとへもどった。彼女は嫉妬《しっと》し、男を殺した。たぶん自分も死ぬ気だったんだろう。ところが土壇場でおじけづいたってわけだよ」

「ふたりの関係は半年前に終わっているんだぞ」デヴェローが言う。「とにかく、彼女は彼を捨てた。そして、彼の車を破壊したんだ」

「それは彼女側の言い分だろう」サーナクが〝彼女側の〟を強調して言った。「われわれはアルヴィン側の言い分を知らない。報告書がないんだからな」

デヴェローは首を振って、立ちあがった。彼はぶらぶらと窓辺に歩み寄り、ポケットに両手を突っこんだ。一月のその不幸な夜、アルヴィンが何を話したか、デヴェローはすでに一同に伝えており、そのすべてがふたりの関係に関するコートニーの話を裏付けている。しかしどうやらサーナクは、鉄壁の証拠と言えないものには関心がないらしい。

ウィルもそれはやむをえないと思う。いざ裁判となれば、細かい点のすべてが弁護士は言うに及ばず、メディアにまでほじくり返されるのだ。ウィルがほかの何より物証にこだわるのは、だからだった。

彼はウェッブに目をやった。「じゃあ、護身用スプレーのことはどうなるんだ。ビュイックの天井と後部座席一面に痕跡《こんせき》が残っていたろう」

「偽装工作したのさ」ウェッブは答えた。「たぶん殺し屋を雇って、そのあと強盗に見せかけたんだろうよ」

「それから、自分の銃を仕込んだってわけか」デヴェローが部屋の向こうから茶々を入れた。

「それに、体液はどうなる?」ウィルは付け加えた。「あれも彼女が仕込んだって言うのか?」

ウェッブは発泡ポリスチレンのコップからコーヒーをがぶがぶと飲んだ。一方サーナクは目を細くしてホワイトボードを眺めている。そこには、捜査員たちがここまでに入手した物証がリストアップされていた。

体液の痕跡は、車の後部の床板、および、後部ドアのハンドルから見つかった。DNA鑑定にかけ、データベースに照合できれば最高だろう。しかしDNA鑑定は金がかかるので、サンプル照合の対象となる容疑者がつかまるまでは、通常、行なわれない。

その体液こそが鍵だ。それは、後部座席にもうひとり男がいた、自分がそのくず野郎にスプレーを噴射したというコートニーの供述を証明するのに、きわめて有効なのだ。

「ひょっとすると、あのかみさんが殺し屋を雇ったのかもな」デヴェローが言った。「浮気者の旦那《だんな》とその女を同時にやっちまえってわけだよ。彼女には旦那の稼ぎなんぞ必要なさそうだし」

これはなかなかいい仮説だ。ウィル自身も、近いうちにレイクウェイまでひとっ走りし、その線を追ってみようと思っている。嘆きの未亡人がどうしているか、彼は見てみたかった。

「しかしな、なんでただ離婚しないんだ?」ウェッブが訊ねた。

デヴェローは肩をすくめた。「子供がかわいいからじゃないか。監護権を分け合いたくなかったんだろう」

「つじつまが合わないね」ウェッブは言う。「子供がかわいい。だからその子を、パパがどこかのあばずれと車のなかで殺されるなんて試練にさらすってのか？」

コートニーを指したこの〝あばずれ〟という言葉に、ウィルは思わずむっとした。誰も気づいていなければいいのだが。そう思ってあたりを見回すと、デヴェローがじっとこちらを見つめていた。

ウィルはホワイトボードに注意を移した。そこには容疑者候補もリストアップされている。

「事務所のパートナーはどうだろう？」

「どの？」デヴェローが訊ねる。

「どれでも。ライリー。ウィルカーズ。好きなのを選んでくれ。葬式ではどの同僚もさほど悲しそうには見えなかったろう」

デヴェローは首を振った。「ライリーとウィルカーズについてはもう調べた。ふたりとも鉄壁のアリバイがあったよ。一方は飛行機に乗ってたし、もう一方は州会計監査官と会議中だったんだ」

ウィルは歯ぎしりした。今度の事件には、犯人らしき者がひとりも──コートニーは明らかに例外だが──いない。彼らは謎の殺し屋を、その男が存在したものと仮定して、追わねばならないのだ。ウィルは、フォートワースの麻薬課にいたころの戦術をあれこれ思い浮かべてみた。マル秘の情報屋は、汚い連中だが、彼の最高の情報源だった。

「情報屋を使う必要があるな」ウィルは言った。「誰かが殺し屋を物色していたなんて話が街《まち》で流れてないか、確かめよう」

「その誰かってのはコートニー・グラスのことか？」サーナクが訊ねた。

「たぶん」ウィルは言った。「前妻という線も考えています。レイチェル・アルヴィン。彼女はいまも被害者の姓を名乗っている。たぶんまだ離婚の痛手を乗り越えてないんでしょう。彼女が、息子に渡る一千万ドルを好きにするために、殺し屋を雇ったのかもしれません」

「だが、どうやって財産に関する被害者の意思を知ったんだ？」

「方法はいくらでもありますよ」ウィルは肩をすくめた。「被害者自身が彼女に話したのかもしれないし」

「あるいは、コートニーが前妻とぐるだったのかもな」ウェッブが口を出した。「怒った女ふたりが復讐したってわけだ」

「例の犬の散歩をしていた女性を調べないと」デヴェローが巧みに話題を変えた。「名前はなんていったかな？」

ウィルはファイルを繰った。「ベアトリス・ムーア。二十八歳。ウェイトレスだ」

「彼女の証言は時間的に食いちがっている」デヴェローは言った。「もう一度、話をしてみよう。あの車の目撃に関し、何か新しいことを思い出せないかどうか」

サーナクがうしろへ椅子を押しやって立ちあがった。彼はホワイトボードに歩み寄り、腕組みをしてそれを眺めた。「コートニー・グラスの話もまた聞きたいね。ホッジズ？」

「はい」

「きみがやれ」サーナクは向きを変え、デヴェローをにらんだ。「おまえは口出しするなよ。われわれには、彼女から聞き出すべき事柄があるんだ」

「彼女にはすでに弁護士がついていますが」ウェッブが一同に思い出させた。

「わかっている」警部補の強い視線がウィルへと移った。「必要とあれば、あのイタチ野郎を突破して行け。とにかく彼女ともう一度、話をするんだ。あの銃のことをぜひ説明してもらわんとな」

5

　ジョーダンが従業員休憩室に顔をのぞかせたのは、ちょうどコートニーが帰ろうとしたときだった。

「ああ、よかった。もう帰ったかと思ってたのよ」

「そうよ、もう帰った」コートニーは革製のバックパックから小さな瓶を取り出すと、日本製のハサミの上にオイルを一滴しぼり出し、ねじの部分にすりこんだ。

「ねえ。お願い。緊急事態なの。助けてよ」

　コートニーはスエードのポーチにハサミを収め、バックパックのなかにもどした。「できればそうしたいけどね、ジョーダン、これからホットなデートなのよ」

「午後の四時半に？」

「ロッククライミングをするんだもの」

「そんなあ。あたしのいちばんのお得意さんなのよ。絶対、助けてくれなきゃ――」

「花嫁はやらない」ジョーダンの子犬のような目を見ないよう用心しながら、コートニーはバックパックを肩にかけた。

「花嫁さんじゃないの。そっちはもうすんだ。お願いしたいのは、その妹――」

「花嫁の付き添いも絶対やらない」コートニーはいらだたしげにジョーダンを見やった。すると相手は、ビーグルを思わせる表情でこれに応《こた》えた。小首をかしげ、小さくクーンと鼻まで鳴らして。

コートニーはため息をついた。「緊急事態ってどういうこと？　カットをやる時間なんて、ほんとにない――」

「髪のほうはもうすませた」ジョーダンはコートニーの手を取って、フロアのほうへ引っ張っていった。「でもお肌に問題があって、それをなんとかしなきゃならないの。二十分ですむと思う。長くてもね。自分でやりたいとこだけど、六時まで予約がぎっしり詰まってるのよ」

「メイクなんてここ一年やってないんだから」コートニーは抗議した。「エリカにたのみなさいよ」

「彼女はもう帰った。たよれるのは、あなただけなの」ジョーダンはコートニーの手を引いて、シャンプー台の列を通過し、その先へと進んだ。サロンのトップ・アーティストたちがめくるめく奇跡を日々起こす、神聖なる場所――絢爛《けんらん》豪華な、天窓付きの、花崗岩《かこうがん》で設えられた、〈ベラドンナ〉のスタジオへと。コートニーは、祭壇に向かう時を待つ、完璧に髪をセットした女性の三人組に目を留めた。母親とふたりの娘。ブリデジッラは、透き通るばかりの白いベールをまとい、その下にボタンダウンのシャツを着て、ジーンズをはいている。もちろんそれらは、数時間後に特注のドレスへと替わるのだろう。ピンクの薔薇《ばら》を一輪、シニョンに挿した彼女の妹は、十四歳くらいだろうか。コートニーはひと目見て、これがどういう緊急事態なのかを悟った。その少女は、どうしようもなく姿勢が悪く、十数キロ太りすぎているうえに、ひどいにきび面だった。

「ママと花嫁さんは何カ月も前からうちに来てたんだけど、あの妹のために予約を入れようとは誰も思わなかったわけ」ジョーダンが耳もとでささやいた。「信じられる？　かわいそうに、あの子をなんとかしてあげなきゃ」

何やら議論を戦わす母親と姉をよそに、女の子は端のほうにむっつり立ってさかむけを噛んでいた。

花嫁は——社交界にデビューする、やせすぎたテキサスのお嬢様風に——美しいのに、妹のほうはなんともぱっとしない。背丈が同じくらいなうえ、双方とも黒い目に黒髪なので、ふたりのちがいはなおさら際立つばかりだった。コートニーは、この少女が姉のかたわらに立ち、列席者に埋めつくされた教会で視線を浴びているさまを思い浮かべた。彼女はため息をついた。

「ね、わかったでしょ？」ジョーダンが言った。

コートニーは心のなかで今夜の予定を消去した。ロッククライミングもホットなデートも作り話だが、ゆっくり入浴し、『プロジェクト・ランウェイ』の再放送を見るのを、本当に楽しみにしていたのに。

彼女はジョーダンを振り返った。「今回かぎりだからね。知ってるでしょ。わたしは結婚式なんてくだらないと思ってるんだから」

「あなたは命の恩人よ」

コートニーはいちばん近くの空いているスツールにバッグを放った。「それと、わたしのメイク道具はうちにあるの。あなたのを貸してよね」

「もちろん」ジョーダンはナオミ・キャンベル風にパッとほほえんだ。「必要なものは全部そろってる。きっと、あっと言う間にかたづいちゃうわよ」


ウィルは女の行方を追い求め、ミダス王がその手で装飾したかのような高級美容サロンにたどり着いた。サロンの入口には金色のシャンデリアが下がっており、その下には、古風な金色の電話機の載った大きなガラスのテーブルがあった。ウィルが入っていくと、そこにいた受付嬢は、好奇の色もあらわに彼を見つめた。

「ご用件を承ります」受付嬢は、年収の半分がつぎこまれていそうな一対の乳房を襟が深くくれた白いブラウスで包んでいた。

「コートニー・グラスに会いたいんですが」

「ただいま接客中ですが。ご予約はなさっていますか？」

ウィルは身分証をちらりと見せた。「いや」

受付嬢は一方の眉を上げた。「どうぞこちらへ」彼女はテーブルのうしろからするりと出てきた。

ウィルは彼女のあとにつづいて、ヘア雑誌の散らばるマッシュルームを象《かたど》った紫色のソファを通り過ぎた。店内はいたるところ鏡だらけだった。ごてごてした金色の装飾に縁どられた巨大なやつが、あちこちでローマ風の円柱に立てかけられている。ウィルははっきり何とは言えない果実のような香りをとらえた。それとともに、まちがえようのない焦げた髪の匂いも。

彼は、床屋用の椅子の前にかがみこみ、十代の女の子に話しかけているコートニーの姿に気づいた。なんの話なのかは知らないが、その子は明らかにコートニーの言葉に心を奪われている。コートニーは何かの小さな瓶を片手に持っていた。彼女はそれを刷毛《はけ》で軽くなで、女の子の唇につけてから、手鏡を差し出した。大きな笑みに女の子の顔がほころび、歯を覆いつくす矯正器がむきだしになった。

「コートニー？　あなたに会いに来たかたがいるんだけど」

コートニーは頭をめぐらせ、凍りついた。

ウィルはジーンズのベルト通しに両手の親指をひっかけた。「ちょっといいかな？」

どうやらゴシップのネタがほしいらしく、受付嬢はぐずぐずしていた。

「ありがとう、ジャスミン」コートニーは立ちあがって、受付嬢に作り笑いを見せた。「こちらのお客様のお会計をお願いしてもいい？　ベネット様の結婚式の分よ」それから彼女は女の子に目をやった。「今夜は楽しんでね。あなた、とってもきれいよ」

女の子は口のなかで、ありがとうとつぶやき、ジャスミンに導かれていった。

コートニーはウィルに背を向け、メイク用品を金属の道具箱にしまいはじめた。「弁護士に自分が同席しないかぎり警察には話をしないよう言われているの」

彼女はぴっちりした黒のTシャツを着ていた。その裾は、あと三センチのところでローライズのジーンズに届かない。彼女は丸くていい尻をしているし、いまはこちらに背を向けている。だから彼はそれを観賞した。

「わたしの言ったこと、聞こえた？」彼女がくるりと振り返った。「もう事情聴取は受けないから」

「事情聴取に来たんじゃないよ」

コートニーは格好のよいヒップを花崗岩のカウンターにもたせかけた。「へえ、そうなの」

彼女はポンプ式の消毒液をてのひらに吹きつけて、両手をこすり合わせた。「じゃあ何しに来たわけ？　カットとカラーリング？」

「カットだけでどうだろう？」

「わたしに髪をカットしてほしいの？」

「男もやれるかな？」

コートニーはかすかな笑みを浮かべて、首をかしげた。「そりゃもちろん」

「よかった」ウィルは空いたばかりのふかふかの椅子にドンと腰を下ろした。

「そんなお金ないでしょ」

「あるとも」

いまや彼女は満面に笑みをたたえていた。いや、笑みというよりあざけりの表情かもしれない。彼女はカウンターを離れ、歩み寄ってきた。「じゃあ本気なのね？」

「本気だよ。形を整えてくれ」そうひどいことにはなりっこない。軍隊では、実際、羊みたいに刈りこまれていたのだ。

コートニーがペダルを踏むと、椅子が十センチほど低くなり、彼の目の高さと彼女の胸の高さが同じになった。彼は視線を上げた。彼女の手が伸び、頭に触れる。そのとき初めて、彼はかすかな不安を覚えた。

「さほどやることはないわね」耳の上の髪を指で梳きながら、コートニーはしかめっ面で彼を見おろした。「ラインをすっきりさせることはできるけど」

彼女は香辛料のような匂いがした。店に漂っているのとはちがう匂いだ。彼は少し身を引いた。これはあまり利口な手じゃなかったかもしれない。

「整えるだけでいい」

「仰せのままに」彼女は両の拳を腰に当てた。「ただ言っておくけど、過酷な取り調べなんか始めたら、終わりですからね。〈スーパーカット〉みたいにしてやるから」

コートニーは引き出しを開けると、黒いクロスをつかみとり、さっと彼にかけた。それから、鏡の横のフックからバリカンを取った。

「ハサミでやってくれよ」

彼女は軽蔑《けいべつ》の眼を彼に向けた。「これは刈りこみ用。うなじをやるの。髪にはバリカンなんか使わない」

彼女はうしろに回って、彼の肩に手を置いた。

「バリカンを使わないってどういうことだ？」

彼女がジージーと手際よく皮膚の上をなでていく。「ここは商店街じゃないの。あなたがお金を払ってるのは、特注のカットのため。そしてあなたは、そのサービスを受けられるわけ」

うなじがすべすべになると、彼女はバリカンをフックにもどした。

「ふだんはどこで髪を切ってるの？」

〈スーパーカット〉だ。

「あちこちさ」ウィルは言った。「きみは？　自分でやってるのか？」

コートニーは笑顔で彼を見おろした。「ヘアスタイリストには、ひとつ金科玉条があるの。自分のうしろ髪は絶対にカットするなっていうのがね」

「ほう」

「わたしはたいていジョーダンにやってもらってる。こっちも彼女のをやるし」コートニーは彼の前に回って、肩の位置を直した。「足の裏をぴったり床につけて。基準点がわからなくなっちゃうでしょ」

「すみませんね」彼はワークブーツの底をタイルの床にぴたりとつけた。なるほど、基準点があるわけか。

銀色に光るハサミがコートニーの手に出現し、彼女は横に移動した。その指がまた髪を梳き、ハサミがシュシュッと音を立てた。

「イメージチェンジを考えたことはない？　これじゃまるで軍人って感じ。よかったら最新流行のスタイルにしてあげるわよ」

シュシュッ、シュシュッ。

もしかすると、こっちが少し心を開けば、彼女の口もほぐれるかもしれない。「実は以前、軍にいたんだ」彼は言った。

「ほんとに？　イラク？」

「アフガニスタン」

彼女はなんとも言わなかった。世間には、兵役と聞くと黙りこんでしまう人もいる。

「わたしは海外に行ったことがないの」コートニーが言った。「きっとすごい経験だったでしょうね。いつかその話をして」

「ああ」しかし、自分がそうしないことはわかっていた。彼は誰にもその話をしたことがない。兄弟たちにさえ。

「ねえ、こういう太い首だと、丸みのあるラインのほうが似合うかもよ」

「丸みね」

鏡のなかで目と目が合った。「まっすぐなのじゃなく」

ウィルは椅子のなかで身じろぎした。どうも思うようにいかない。彼がここに来たのは、イメージチェンジのためではなく、偵察のためなのだが。「いまのままでいいよ」

「アイアイ、サー」

「ところで、どうしてこの仕事をするようになったんだい？」経歴についてしゃべらせれば、アルヴィンや彼との関係のことに話を持っていけるかもしれない。

コートニーは肩をすくめた。「十代のころからやってたのよ」

「なんだって？　髪のカットを？」

「髪、メイク、ネイルケア。何もかもよ。ハイスクールになんでもやらせてくれる友達がふたりいたの」

「で、そういうことが好きなのか？」

「大好き」彼女は鏡の彼に笑いかけた。「自分を作り変えるチャンスは万人に与えられるべきだと思うのよ」

興味深い哲学だ。

コートニーが前に来て、しげしげと髪を見つめた。彼は足もとに視線を落とした。

「それはともかく、わたしはカリフォルニアで免許をとったの。向こうは要件がとっても厳しいのよ。だからこっちのに切り替えるのはすごく簡単だった」

ウィルは事件ファイルのことを思い出した。彼女は三年ほど前、テキサスの運転免許証をとっている。それ以前にいたのは、ロスだ。デヴェローの話では、彼女はフィオナとともにこちらに移ってきたという。ふたりはなぜロスを去ることになったのだろう？

コートニーの指が髪のあいだをすべっていく。シュシュッ、シュシュッ。彼女は非常に手際がいい。それに、すっかりくつろいでいる様子だ。警察署にいたときとは正反対に。

「男のお客も多いのかな？」ウィルは訊ねた。

「まあ、いるにはいる。ほとんどが議員。ロビイストも少し。あとは弁護士が何人か」

「それでアルヴィンに出会ったのか」

コートニーの手が止まった。彼女は鏡のなかの彼をまっすぐ見据えた。きっと答えは返ってこないだろう。

「いいえ」意外にも、彼女はそう答えた。「わたしたち、サウス・コングレスで出会ったの。〈コンチネンタル・クラブ〉に行ったことはある？」

「いや」

「あなたはきっとこの町に来たばかりなのね」

「ああ」

「だと思った。あそこはいわば伝説的なライブ会場なのよ。デイヴィッドは、仕事でオースティンに来ているって言っていた。彼は大きな訴訟を手がけていたの」

「どういう訴訟かは話した？」

コートニーは口をすぼめ、髪を切りつづけた。今度こそ怒らせてしまったらしい。固くこわばった肩を見れば、それはわかった。

「コートニー？」

「下を向いて」頭を押しさげられ、顎が胸についた。ハサミの冷たい刃が首をかすめていく。ややあって、彼女の指が後頭部をさするのを感じた。

「二カ所に逆毛があるわね」コートニーは言った。「寝かせられるかどうかやってみるわ」

「十歳のとき以来、逆毛はないんだがね」

彼女が頭皮の上でくるくる指を動かした。突然、体を覆うクロスの存在がありがたくなった。彼女はこの椅子にすわる男たちに自分がどんな作用を及ぼすか、知っているにちがいない。髪のカットを引き受けたのは、たぶんだからなのだろう。彼の任務は情報を入手すること、そして、彼女の任務は彼の気をそらすことなのだ。

「逆毛はなくならないの」コートニーは言った。「遺伝的なものだしね。たぶんあなたのお父さんにもあるわよ。ほら、ここ」

彼女がまた頭をさすった。ウィルはいらいらしはじめた。彼は顔を上げて、鏡に映る彼女を見つめた。

「おれはきみを信じている。わかっているだろう」

彼女の目が鏡のなかでさっと彼の目をとらえた。

「きみがいくつか嘘をついていることはわかっている。だがおれは、きみが彼を殺したとは思っていない」

コートニーは一方の眉を上げた。それからぐるりと椅子を回ってきて、ウィルの真正面に立った。彼女は手を伸ばし、彼の両サイドの髪を指で梳いたが、そのあいだも目を合わせようとはしなかった。

聴取ならこれまでに何百回も行なってきた。しかしこういうのは初めてだ。彼女は美しい肉体をそなえている。本人もそれは知っているはずだ。こうやって間近に立ち、手を触れ、芳香を漂わせることで、自分が相手にどんな思いをさせているか、わかっているはずなのだ。

ウィルは彼女の顔に目を据えたが、頭にあるのは、彼女を膝に引き寄せたいという思いばかりだった。

彼女は横に回って、もみあげに取りかかった。「まっすぐよね？」

「おれはきみを助けたいんだ」ウィルは言った。

コートニーは鼻で笑った。

「嘘じゃない」

「まあ、なんていい人なの。だけど、当ててみましょうか。あなたはお返しに何かほしいんじゃない？」

「おれは誰がやったかを知りたいんだよ。もしきみの話が本当だとしたら――」

「信じてるって言ったくせに」

「信じてるとも」くそっ。「だからさ、それはつまり、アルヴィンを殺し、きみに罪を着せようとしたやつがいまも野放しになっているってことだろ」

「あれは罠だったのよ」コートニーは背後に回って、彼の耳のうしろ側を整えだした。

「罠？」

「会いに来てくれって、わたしに連絡をよこしたのは、デイヴィッドじゃないと思うの」

6

「どうしてそう思うんだ？」

コートニーはウィルの頭を見おろした。彼の目を見たくはなかった。ああ、わたしったら、いったい何してるんだろう？　あの弁護士はかんかんになるにちがいない。

「最近の連絡は、全部、携帯かパソコンからのメールだったし」彼女は言った。「一度も話はしてないのよ」

「しかし彼からだったんだろう？　そのメールは？」

コートニーは肩をすくめた。「確かじゃないの。そう思ったけど。でもきっとちがったのよ。たぶんほかの誰かが彼の携帯を使ったんでしょうね。あの日、わたしを彼に会わせようとした誰かが」

コートニーの脈がドクドク鳴りだした。ついに始めてしまった。わたしはこの男に真実を告げようとしている。そして彼はひとことひとことに聞き入っている。

「車に乗りこんできたとき」彼女はつづけた。「デイヴィッドがあることを言ったの——正確には思い出せないけど——でもこんな感じのこと、『いやがらせはやめてくれ』とかなんとか。だから、彼のほうもメールを受け取っていたんだと思う」

「きみのコンピューターを見せてもらってもいいかな」

コートニーはエプロンにハサミをしまった。不安を隠すために、ブラシを取って、彼の肩と首を払うことに集中した。

彼女はこの男を信じたかった。彼に助けてもらいたかった。彼女自身とはちがい、彼ならばありとあらゆる手が使える。もしかすると何が起きているのか、さぐり出せるかもしれない。今度のことになんとか説明をつけようと彼女は頭をしぼってきた。しかし説明はまるでつかなかった。彼女は情報のすべてを持っているわけではない。そして警察の持つ情報は、すべて彼女が犯人だと告げている。

「コートニー？」

「わたしの弁護士なら、令状を持ってこいって言うでしょうね」

「おれはきみの弁護士に訊いてるわけじゃない」

コートニーは彼の肩を払い終え、クロスをめくりとった。それからカウンターにもたれて、彼を見おろした。彼は温かな茶色の目をしていた。信頼できる目だ。でもそれは、年老いて見えた。彼のほかの部分よりもはるかに。これは、かつて軍人だったせいなのだろうか？

「考えておくわ」彼女は言った。

　これは彼のほしがっていた回答ではなかった。

「メールは何回送られてきた?」

「わからない。五、六回かな。かなり強引になりだしていた。わたしが最初の約束をすっぽかしたあと――」

「最初の約束って?」

　しまった。あのことに触れるつもりはなかったのに。

　でもこれでよかったのかもしれない。たぶん彼に何もかも話すべきなんだろう。警察の力のすべてを、こちらに不利にではなく、有利になるよう使ってもらうためにも。

「最初の約束ってなんだ?」

　あるいは、分別を取りもどし、弁護士に相談すべきなのか。

　ああ、もう。わたしはまた衝動に負けようとしている。彼女にはそれがわかった。

　ウィルが椅子から身を乗り出してきた。「コートニー?」

「前にも一度、会う約束があったの。ランドルフ・ホテルで」

「いつ?」ウィルの視線が鋭くなった。

「二週間前。七月二十五日」

「それをきみがすっぽかした?」

「行くと言っておいて、行かなかったの」

「それは全部、パソコンでのやりとりで？」

「最初はね。わたしがすっぽかしたあと、向こうから携帯メールが来たけど」

「行かなかったのはどうして？」

あれは子供じみていたと思い、コートニーは唇を噛んだ。「初めから行く気なんてなかった。ただ、じらしてやっただけ」

「じらす？」

「わかるでしょ。思い切り張り切らせておいて、がっかりさせたわけ」

ウィルの眉がひょいと上がった。

「わたしって根に持つタイプなのかもね」

おかしそうな表情がちらりとウィルの顔に浮かび、すぐさま消えた。「もし彼に会いたくなかったなら、どうしてジルカー・パークへは行ったんだ？」

コートニーはため息をついた。「メールがしつこくなる一方だったから。最後のやつには、ほんとビビッちゃった」

「どうして？」

「彼、奥さんと別れるつもりだって言うんだもの。このわたしのためによ」それを読んだときの気持ちを、彼女は思い出した。あのときは全身が冷たくなったものだ。「とても耐えられなかった。だから会うことにしたの。説得して思いとどまらせようと思って。あんな馬鹿な話ないわよ。こっちはもう六カ月、彼を目にしたことすらなかったんだから」

彼女の話を残らず吸収しながら、ウィルは椅子に背中をあずけた。

「鉱脈に行き当たったって感じでしょ？　髪のカットに来たなんてよく言うわ？」

ウィルはただ彼女を見つめている。

コートニーは顔をそむけた。「わたし、ちょうど弱気になってたの。ひどい一週間だったから。ほとんど眠れなかったし――」

「用心しないとな。きみは誰かの計画に水を差したわけだからね」

コートニーには彼を見ることができなかった。「わかってる」

ウィルは立ちあがり、彼女は喉のつかえを取り除こうと咳払いした。彼にはもう帰ってもらわねばならない。

「コートニー」

彼女はウィルを見あげた。すると、その目に浮かぶ気遣いの色に、ふたたび喉がつかえた。彼女は男にすがるような女ではない。それは母の専門分野だ。でもウィルといると、どうしてもその胸にすがりつき、庇護《ひご》を求めたくなってしまう。

「いずれ、きみのパソコンを調べることになるよ。どちらにしても」

コートニーは彼に背を向け、引き出しを開けた。そして、心を鎮めようとしながら、請求書を書いた。

「はい」彼女は請求書を突き出し、その金額を目にした彼のショックの表情を楽しんだ。

「五十ドル？」

「GIジョー割引よ。出来栄えが気に入ったなら、遠慮なくチップをちょうだいね」この調子だ。軽口をたたくことができた。

ウィルは小さく首を振り、それから財布に手をやった。

「わたしに払うんじゃないの。ジャスミンに払って」

彼はその場に立ったまま、しばらく彼女を見つめていた。

「パソコンの件でまた来るよ」

「わかってる」

「用心して」強い口調だ。

「そうする」


ランドルフ・ホテルは小さいながら高級なホテルで、タウン・レイクの北岸に立っていた。ビジネス街と議事堂が近いことから、ウィルは客層として、会社役員や議員などのお偉いさんを予想していた。そして、ボーイにキーを放り投げ、ベベルガラスの扉を通り抜けたとき、彼が目にしたのはほぼ予想どおりのものだった。

ホテルは、ウィルが〝テキサス金ずく風〟とみなす様式で設えられていた。いかにも高そうなロビーの敷物の上には、鹿の角でできた巨大なシャンデリアが下がっている。ロビー西側には特大の石灰岩の暖炉があり、その前にむやみに大きな革製のソファが置かれている。ゴルフウェアの男ふたりがそこでくつろぎ、日曜版のスポーツ欄を読んでいた。

ウィルはまっすぐ東側の受付カウンターに向かった。そこにいた職員のひとり——女性、二十代半ば——は、年かさの男と談笑しており、もうひとり——男性、三十代半ば——は、身なりのいい女のチェックインを受け付けていた。

ウィルは女性職員のほうでいくことにし、携帯をいじっているふりをして、彼女側のカウンターが空くのを待った。

「お客様、ご用件をどうぞ」

彼はカウンターに歩み寄り、努めて感じのいい顔をした。「オースティン警察の者ですが」

女性の額に皺が寄った。「ある人物が数週間前ここに宿泊したかどうか知りたいんです」

「何かあったんでしょうか？」

ウィルはほほえんだ。「ええ。しかしお宅のホテルとは無関係だと思いますよ。ただ名前をひとつ確認したいだけです。七月二十五日の夜なんですが」

受付の女性は相変わらず不安げだった。「支配人を呼んできましょう」

ウィルは腕時計に目をやった。「実は急いでいましてね。あなたのほうでちょっと調べてもらえませんか？」

女性は唇を噛んだ。「お客様のお名前をうかがってもよろしいでしょうか?」

彼は安心感を与える笑みをしっかり顔に貼《は》りつけて、身分証を取り出した。「ウィリアム・ホッジズ。オースティン警察の者です」

「それで、どなたをおさがしですの?」

相手は死人だし、別にさがしているわけじゃないが、彼は身を乗り出した。「ジョン・デイヴィッド・アルヴィン。またはデイヴィッド・アルヴィン。どちらかです」

ピンクに塗られた爪がキーの上でカタカタ音を立て、受付の女性はコンピューター上に何かを呼び出した。「土曜日ですね。あの夜はわたくしもおりましたが、アルヴィン様のことは覚えていませんわ」

あいつを知っているような口ぶりだ。もしかするとランドルフ・ホテルは、あの男が人と会うのによく使った場所なのかもしれない。もしかするとやつはその夜、コートニーとここで過ごしたのかも。そう思うと、ウィルの口にいやな味が広がった。

「たしかにいらしていますね」女性が言った。

コンピューターは受付カウンターの端に斜めに置かれている。まぶしい光のせいで、ウィルにはその画面が見えなかった。

「ですが、あのかたはすぐチェックアウトされたようです。その日の夜のうちに」

アルヴィンはチェックインした。そして立ち去った。

あるいは、誰かが彼の名でチェックインしたのか。

「その夜、あなたもここにいたと言ってましたね？」画面をのぞき見しやすいよう、ウィルは立つ位置を変えた。

受付の女性は顔を上げた。「ええ、そうです。土曜日はいつも出ていますので」

「彼がどの部屋を使ったかわかりますか？」

女性は唇を嚙んだ。まだカウンターの上にあった彼の身分証を、彼女はすばやく一瞥《いちべつ》した。

「四二六号室です」

ウィルはうなずいた。「車は自分で駐車場に入れました？　それとも、ボーイにたのんだんでしょうか？」

「あのかたはいつもボーイにたのんでいらっしゃいます」彼女は調べもせず言った。

アルヴィンは常連だったのだ。ボーイもおそらくやつを知っているだろう。とくに、やつがチップに関し、格別気前がいいかケチかだったなら。

「その夜ですが、何か変わったことはありませんでしたか？」

「変わったこと？」

「たとえば、騒音に対する苦情が寄せられたとか、誰かが支払いを忘れたとか、そんなことですが」

女性の指がキーの上を飛び回る。「そういった記憶はありませんわ。記録にも何も残っておりませんし」

ウィルはロビーを見回した。エレベーター・ホールの少し先にほの暗いバーがあるのに、彼は気づいた。〈ラリアット・ラウンジ〉。入口の脇にはイーゼルが置かれている。ウィルには読めなかったが、その張り紙は歌手かピアニストの宣伝のようだった。

「同じ階にもうおひとり、すぐチェックアウトなさったかたがいますが」

彼は女性にさっと注意をもどした。「いまなんて？」

「もうおひとり、入ってすぐチェックアウトなさっているんです。何か変わったこと、とおっしゃいましたよね。これはわたくしどもにしてみれば、ちょっとめずらしいことなんです。そのお客様は十時半ごろチェックアウトなさっています。アルヴィン様のすぐあとに」

「そのお客はどの部屋だったんです？」

「四四一号室です」

「予約の名前は？」

ウィルは息を止め、協力が得られるよう祈った。令状をとることは可能だが、この女性が進んで情報提供してくれれば、そのほうがはるかに簡単にすむ。

「ベアトリス・モリス様です」

ベアトリス・モリス。ウィルの脈拍数が急上昇した。「たしかにモリスなんですか？　ムーアではなく？」カウンターを飛び越え、自分の目で確かめたいのを我慢するのがやっとだった。

「モリスとなっていますが」

それでも、ベアトリスはあまりない名前だ。同じ事件の捜査の過程で、ベアトリス・ムーアとベアトリス・モリスに出くわす可能性はどれくらいだろう？　そう、かなり小さい。

受付の女性が不安げに背後を盗み見た。「ほかにもまだ何かあるようでしたら、本当に支配人を呼んでこなければなりませんが」

「どうかそうしてください」ウィルは言った。「まちがいなくほかにもいろいろあるので」


またもや三十八度を超えた週末に太陽が照りつけるなか、コートニーが一〇／二〇番のバスから降り立ち、ハイヒールで生まれてきた女のようにすたすた歩道を歩きはじめた。ウィルはドーナツ店のボックス席からそんな彼女を見守っていた。彼はコートニーのその靴が気に入った。彼女の靴はどれもいいが、きょうのはまた格別にセクシーだ。そのヒールはとても細く、黒のストラップは足首をぐるりと囲っている。ウィルは一秒だけ彼女の脚を観賞し、それからコーヒーのカップを屑入《くずい》れに放りこんで店を出た。

彼は半ブロックほど彼女をつけていった。左に曲がってオーク・トレイルに入るものと思っていたが、彼女はそのまままっすぐ歩きつづけ、信号無視して道を渡ると、日の射さない路地を一本通り過ぎ、チェーン店の小さな食料品屋の出口からするりとなかに入っていった。

ウィルもあとにつづいた。

最初はただちに接近するつもりだったが、ここで戦略を立て直した。買い物の習慣は、その人間について多くを教えてくれる。自分のものを買うのか、ほかの誰かのものを買うのか。どれくらい飲むのか。処方薬を買うのか、売薬を買うのか。現金で支払うのか、クレジットカードを使うのか。

彼女は果物の大箱の横から赤い籠《かご》をさっと取り、バナナをひと房、そこに入れた。それから、自分の尻を眺めている陳列係の若い男には気づかずに、青物のコーナーをジグザグに進んでいった。日用品をいくつか籠に入れたあと、彼女はパンの通路に入った。

そのあとを追い、店内をめぐり歩きながら、ウィルは一歩ごとにいらだちをつのらせていた。彼は身を隠していない。距離をとろうとさえしていないのだ。なのに彼女は、つけられていることにまるで気づいていないらしい。スキンケア用品の通路で立ち止まり、ものすごく長い時間をかけて洗顔石鹸を選んだあと、コートニーはレジへと向かった。レジ係に笑いかけ、キングサイズのスニッカーズをキャンディの棚からひとつ取り、クレジットカードを読み取り機に通す。それから、三つのレジ袋をひょいと持ちあげ、彼女は店から出ていった。

ウィルはそのすぐあとにつづいた。身を隠そうとも、足音を忍ばせようともせずに。何かが視野の隅でちらりと動いた。縮れた灰色の頰髯《ほおひげ》を生やしたひょろ長い男が、道を渡ってまっすぐコートニーに向かってくる。ウィルの手がホルスターにかかった。とそのとき、コートニーが足を止め、男にほほえみかけた。ふたりはちょっと言葉を交わし、彼女はレジ袋のひとつをかきまわして、男にスニッカーズを渡した。彼はそれを受け取ると、のろのろと歩み去った。

コートニーはふたたび歩きだした。ウィルは何歩か大股で進んでふたりのあいだの距離をつめた。

「おい！」

彼女はくるりと振り向いた。その顔の表情が一瞬で怯えから怒りへと変わった。「まったくもう、脅かさないでよ！」

「いつも夜ひとりで外をうろついてるのか？」

「心臓が止まるかと思ったわよ！　いったいここで何してるの？」

「話があるんだ」

「いつからわたしをつけてたわけ？」

「しばらく前からさ」ウィルはさらに歩み寄り、〝なめるなよ〟という顔で彼女を見おろした。これはかつてギャングや情報屋相手に使った顔だ。ときにはテロリストにも。しかし彼女は恐れをなすどころか、腹を立てているようだった。

「じゃあ今度はわたしをスパイしてるんだ。これってどういうことよ、お兄さん？」

「きみは用心するって言ったろう」

「用心してるわよ」

「いや、きみは不注意だ。おれは半時間きみを尾行していた。きみは交通法規を二度破った。そして暗い路地を二度通り過ぎた。スナック菓子の通路ではどこかの男にひっかけられそうになった。そのうえ、ゴミ収集容器のそばで足を止めて、ホームレスの男と話をし――」

「ひっかけられそうになんかなってないわよ！」

「チップスのところにいた、あのいい体をした男だよ。あいつがナンパしなかったとは言わせないぞ」

「あの人はナンパなんかしてない！」

「へえ？　じゃあやつはなんて言ったんだ？」

彼女の口がぽかんと開いた。

ウィルはその手から荷物を奪い取り、コートニーの家に向かって歩きだした。

「ちょっと！」彼女がうしろから叫んだ。

かまわず歩きつづけると、ついに歩道を打つヒールの音が聞こえてきた。彼女が追いつこうとしている。

「どういうつもりよ？」

「きみを家まで送ろうと思ってね」

コートニーは横に並んで歩きだした。その長い脚で、彼とほぼ同じ歩幅で。「言っておくけど、わたしは身の安全に関しては不注意じゃないから。護身術も習ってるしね」

「それは結構」

「もちろんあなたには関係ないけど」

ふたりは彼女の家のある通りに入った。ウィルは周辺に目を走らせた。あたりは静まり返っている。街灯以外、明かりはない。向かいの家にドーベルマンがいるのは、好都合だ。

「エイミーの彼氏から何か言ってきたか？」

「いいえ」コートニーの声はそれまでより穏やかだった。

ウィルはそちらに目をやった。彼女は体にぴったりまとわりつく袖なしの黒いワンピースを着ていた。きょう彼女のもので色があるのは、ワインレッドの髪と同色の唇だけだ。

「エイミーからは？」彼は訊ねた。

「彼女、わたしを避けてるの。あの日以来、話していない。きっとばつが悪いのよ」

ふたりは家の前にたどり着き、彼は先に行くよう手振りで彼女を促した。コートニーは大ぶりの黒いバッグから鍵を取り出し、階段を上がった。彼もそのあとにつづいた。

「あいつはまちがいなくきみをナンパしていた」

コートニーは首を振り振り、ドアの鍵を開けた。それから向き直って、彼を見あげた。

「ここに来た本当の理由を話したら？」

「令状が下りたんだ」

7

コートニーの胸は苦しくなった。「逮捕令状？」

彼はキッチンに入っていき、彼女の買い物の袋をひとまとめにテーブルに載せた。

「ウィル？」

「捜索令状だ。この飲み物、冷蔵庫でいいかな？」彼は食料品を取り出しにかかった。コートニーは玄関のドアを閉めて鍵をかけ、答える前に少し時間を稼いだ。彼はパソコンを引き取りに来たのだ。それと、おそらくは家を捜索するために。ここはたぶんアッカーマンを呼ぶべきなんだろう。

彼女はキッチンに入っていき、ダイエット・コークの六缶パックを手に取った。「自分でやるから」

袋の中身を手早く出していくあいだ、ウィルはカウンターに寄りかかって、彼女を見守っていた。

「ランドルフ・ホテルに行ったよ」彼は言った。

ランドルフ・ホテル。その名を聞くと、なぜか落ち着かない気分になった。彼女とデイヴィッドは少なくとも六回はそこで夜を過ごしている。あのホテルはふたりのロマンチックな隠れ家だった。凄腕《すごうで》探偵ウィルはおそらくそのことをさぐり出したろう。

コートニーは買ってきたものすべてをしまった。ただし、パンとチーズとバターを残して。いまは絶対に元気の出る食べ物が必要だった。

「それで、何がわかったの？」彼女はさりげなく訊ねた。

「あれこれおもしろいことがね」ウィルは腕組みした。

コートニーは身をかがめ、ガス台の下の戸棚から、こびりつき防止加工のフライパンを取り出した。そしてコンロに火をつけた。

「どうやらジョンを〝デイヴィッド〟・アルヴィンの名で知っていたのは、きみだけじゃなかったらしい。それは彼があのホテルに泊まるときいつも使っていた名前なんだ。彼はその名で発行されたクレジットカードまで持っていた」

コートニーは小さな四角いバターの包装紙をはがした。いまの話でいくらかは救われた気がした。自分があの男の嘘を信じこんでしまったという事実が、彼女はどうにも気に食わなかったのだ。

もっとも完全に信じこんだわけではない。何かおかしい気がしてならず、あの男のポケットやスマートフォンを調べ、ついにはネット検索までして、オースティンの法律事務所、

〈ウィルカーズ&ライリー〉のジョン・デイヴィッド・アルヴィンにたどり着いたのだから。

「彼はこの一年のあいだに十六回あのホテルに泊まっていた。きみが最後にあそこに行ったのは、いつなんだ？」

コートニーは四角いバターがフライパンのなかで溶けていくのを見守った。その角が泡立ち、茶色くなりだした。彼女はスライス・チーズの包みを開け、何枚かをめくりとった。

「一月」

「確かなんだな？」

コートニーは新鮮なハチミツ入りウィートブレッドを開けた。「わたしたちの関係は一カ月もつづかなかったの。彼が一月よりあとにランドルフ・ホテルに行ったとしても、わたしは一緒じゃなかったわ」彼女はフライパンを傾けて、バターを全体に広げると、パンを二枚そこに置いた。「お腹すいてる？」そう言って、ウィルに目をやった。彼の視線はフライパンに釘付《くぎづ》けだった。

「いや、いいよ」

「わたしは丸一日、何も食べてないの」コートニーは、それぞれのパンの上にチーズを二枚敷き、その上にさらにパンを載せた。

昼食抜きだったばかりか、きょうはコーヒー・ブレイクさえとれなかったのだ。十時からずっと立ちっぱなし。サロンは日曜にしてはやけに忙しかった。ああ、明日が休みでほんとによかった。コートニーは身をかがめてサンダルのストラップをはずすと、ひんやりしたリノリウムの床に裸足の足を下ろし、ほっと安堵のため息をついた。このほうがずっといい。

目を上げると、ウィルが眉を寄せ、じっと見つめていた。

「そういう靴は、痛いのか?」

「ええ」

「それじゃなんで履くんだよ?」

コートニーは小馬鹿にした笑いを浮かべ、絨毯《じゅうたん》の敷かれたリビングの隅にサンダルを放った。「カッコいいから。それに美容関係の仕事をしてるから。そっちはどうして四六時中ホルスターをつけてるわけ?」

「銃が入っているんだよ」

「それに、おっかなく見えるものね。タフガイのイメージを投影してる」

ウィルはフライパンを目顔で示した。「もういいんじゃないか」

コートニーはへらを取り出して、サンドウィッチをひっくり返した。「ランドルフ・ホテルではほかに何がわかったの?」

「いろいろさ」

コートニーが近づいていくと、ウィルはうしろにさがった。彼女は彼の向こうに手を伸ばし、食器棚を開けた。

彼女はウィルを緊張させるらしい。たぶん、あのキスのせいだろう。彼はいまも、彼女が襲いかかってくるものと思っているのだ。きっと〈良い警官の手引き〉に、第一容疑者とはしちゃいけないとかなんとか書いてあるんだろう。

彼女は大きな皿を二枚出して、コンロの脇に置いた。ホットサンドを皿に移し、それぞれを斜めに切ると、食料庫からラッフルズの袋を取ってきた。なかのポテトチップスをウィルの分のグリルド・チーズ・サンドの横に山盛りにし、彼に皿を渡した。

「腹はすいてないって言ったろう」彼はものほしげに皿を見おろした。

「嘘ばっかり」

コートニーは水のボトルを二本、冷蔵庫から取り出してテーブルにポンと載せ、椅子のひとつに身を沈めた。それから、ホットサンドの半分を手に取った。チーズはすっかり溶けてやわらかくなっており、彼女は目を閉じて、最初のひと口を味わった。

ウィルが床をきしらせて椅子を引き、向かい側にすわった。彼はポテトチップスをひとつつまみあげた。

「きみは低カロリーのベイクド・チップスが好みかと思っていたよ。あるいは、ヒマワリの種か何かが」

コートニーは鼻に皺を寄せた。

「うまいね」ふた口、三口と食べたあと、彼は言った。

「でしょ。コツは塩入りバターを使うことよ」

ボトルの蓋を開け、水をひと口飲みながら、ウィルは彼女を見つめていた。彼とともに食卓に向かっているのは心地よかった。まるで友達同士みたい。彼のポケットに令状が入っているなんて嘘みたいだ。

「ベアトリス・ムーアという名前に心当たりはないかな？」

コートニーはホットサンドに注意をもどした。「ないわね」

「じゃあベアトリス・モリスは？」

「ベアトリスという名前の人はひとりも知らない。どうして？」

ウィルは無言で彼女を見つめた。

「誰なのよ、その人？」

「よくわからない」彼は言った。「彼女、町を出たらしいんだよ」

どうも話が見えない。コートニーはチップスをかじりながら、説明を待った。しかしウィルはただ彼女を見つめるばかりだった。

「確か、きみたちがつきあっていたとき、アルヴィンは大きな訴訟を手がけていたんだよな。それは作り話だったのかな？　それとも本当のことなんだろうか？」

「それは本当のことよ」コートニーはぐいとひと口、水を飲んだ。「何かの裁判がだらだらと何週間もつづいていたの。スマートフォンにしょっちゅう電話やメールが入っていた」

「どうしてそれを知ってるんだ？」

彼女は一方の眉を上げた。

「彼のスマートフォンをのぞき見したのか？」

「なんだか怪しいと思って。ときどき態度がおかしかったのよ。こそこそしててね。ほかに誰かいるんじゃないかと思ったの」

「それで何がわかった？」

コートニーは皿を押しやった。「弁護士がむやみやたらと専門用語を使うってこと。オーケー、いつでもどうぞ」

ウィルは噛んでいたものを飲みこんだ。彼はホットサンド丸一個を五分足らずで平らげたわけだ。「どうぞってなんのことだ？」

「いつでも手錠をかけてよ」

ウィルの目が細くなった。「どうしてきみに手錠をかけなきゃならない？」

「うちを捜索したいんでしょ？　この椅子に手錠でつなぐんだろうと思って。そうすれば逃げ出したり証拠を仕込んだりできないものね」

彼の口の端がぴくりと上がった。「どうしてきみが自分に不利な証拠を仕込むのかな？」

コートニーは肩をすくめた。「さあね。この手のことは未経験だから。あなたがいろいろ教えてくれなきゃ」

ウィルは立ちあがり、空いた皿をシンクに持っていった。彼女もあとにつづき、カウンターに置かれた彼の皿の横に自分の皿を置いた。それから向きを変えて、じっと彼を見あげた。自分が彼をさいなんでいることがわかった。その目のなかで、いらだちと欲望とがせめぎ合っている。彼はおそらく彼女を切望する自分自身にいらだち、彼女に食事を作らせたことを後悔しているのだろう。コートニーはほほえんだ。

「ふざけてるのか？」

「いいえ、ぜんぜん」

彼は厳しい顔になった。「きみは殺人容疑で調べられているんだ。そのことを忘れないほうがいいぞ」

コートニーは腕組みした。「そういうことを忘れるとは思えないけど」

「きみはまだ窮地を脱してはいないんだからな」

「よくわかってる。わざわざどうも」

ウィルはジャケットのなかに手を入れ、折りたたまれた書類を取り出した。「ほら、令状だ。例のパソコンを引き取らせてもらうよ」

コートニーはベッドに横たわって天井を見つめ、ウィルのことを考えていた。**きみは殺人容疑で調べられているんだ。**その言葉を頭から締め出すことができない。また、そう言ったときの彼の口調を忘れることは、それ以上にむずかしかった。

彼の顔には緊張が表われていた。それに、怒りも。わたしは自分で思っていた以上に厄介なことになっているらしい。そんな思いを払いのけることができなかった。

アッカーマンは心配するなと言っていた。もし確証をつかんでいるなら、警察は拳銃を回収したあとすぐに、彼女を逮捕したはずだと。彼がいかにも自信ありげだったので、コートニーも安堵を覚えた。ウィルがサロンにやってくると、彼女はさらに元気づき、彼に秘密を打ち明けた。おかげで肩の荷が下りたものだ。それに、あのときは彼が自分を助けたがっているような気がした。彼が助けてくれるような気が。

いまは、どうなのかよくわからない。

ウィルは彼女に惹かれている。そこまではわかっていた。でも彼が心のままに行動しないことが彼女を悩ませていた。**きみはまだ窮地を脱してはいない。**もしかすると、脱することはできないのかも。ウィルもそれを知っていて、いずれ逮捕せざるをえない女とはかかわるまいとしているのかも。新米刑事にとって、それは利口なことじゃないのだろう。

コートニーは寝返りを打ってうつぶせになり、ぎゅっと目を閉じた。刑務所、女同士の喧嘩、オレンジ色のジャンプスーツ。でもそれが最悪の筋書きじゃない。この州では、女でも死刑囚監房に行き着く可能性がある。

とても耐えられなかった。そんなことがあるわけはない。そんなことにはなりっこない。

でもそのときウィルの顔が頭に浮かんだ。あの警部補とともに聴取室にいたとき、彼がどれほど深刻な顔をしていたかが。それに、今夜、この家のキッチンでも。彼女は悟った。わたしはすごくまずい立場なんだ。

逃げたほうがいいのかもしれない。外見を変え、名前を変え――

ドサッ。

彼女はさっと身を起こした。ポーチに誰かが？　エイミーとデヴォンはもう帰宅している。きっとエイミーの彼氏がもどったんだろう。

ギーッ。

彼女は上掛けを蹴りのけ、大急ぎでベッドから這い出した。護身用のスプレーをひっつかみ、半狂乱であたりを見回す。隠れるべきなの？　九一一に通報する？　とたんにパニックが全身を駆けめぐった。携帯はキッチンだ。充電器に差してある。

でもバッグはすぐそこの床の上にあった。彼女はすばやくそれを拾いあげ、肩にかけた。空いているほうの手でなかをさぐり、ハサミをさがした。もう一方の手はスプレーをしっかりつかんでいる。ゆっくりと、忍び足で、彼女は廊下に出た。

何か物音はしないかと耳をすました。ハサミが手のなかで冷たくなめらかに感じられる。廊下を進んでいくあいだは、自分の心臓がドクドクいっているのが聞こえていた。リビングと玄関を隔てる出入り口の前で、足を止め、向こう側をのぞきこむ。薄闇を透かして玄関のドアを見つめ、彼女は息を止めた。

異状なし。

のろのろと一分が過ぎた。そしてまた一分が。

音を立てずにドアに近づき、のぞき穴の向こうに目を凝らす。

誰もいない。彼女はリビングの窓へと移動し、ブラインドの隙間から外をのぞいた。ポーチは空っぽだった。庭も同じだ。歩道際に駐められた数台の車にとくに注意を払いながら、彼女はその区画に視線を走らせた。

ふと向かいの家が目に入り、彼女はほっと吐息を漏らした。あの家にはドーベルマンがいる。その犬はなんにでも吠えかかるのだ。どんな車にも、どんなリスにも。ほんの少しでも通りに動きがあれば、彼はただちに吠えだす。いつもうるさいやつだと思っていたが、この瞬間、あの犬は彼女のお気に入りだった。彼はうんともすんとも言っていない。

だからたぶん、さっきのは気のせいだったんだろう。

ほっとして、胃の緊張が解けた。彼女は振り返って、暗いリビングを見つめた。ケーブル・ボックスのデジタル表示がベージュの絨毯に緑っぽい光を投げかけている。製氷機がカラカラと音を立てた。あたりにはまだグリルド・チーズ・サンドの匂いが残っていた。テーブルに向かっていたウィルを彼女は思い出した。キッチンを満たしていたその存在を。いまここに彼がいてくれたら、と思った。目の前に延びている長い夜から、気をそらしてくれたら、と。

彼女は肘掛け椅子からシュニールのショールを取り、肩に巻きつけた。そしてリモコンを手に取ると、ソファの隅に丸くなり、新たな果てしない夜に備えた。

「ご立派な門だな」その精巧な造りの鋳鉄のゲートにウィルがトーラスを寄せると、デヴェローが皮肉った。

「屋敷本体はこんなもんじゃないよ」ウィルは窓を巻きおろし、スピーカーの横のキーパッドを見つめた。前回やったように緑のボタンを押すと、しばらく雑音と人の声がつづいたあと、ゲートがするすると開いた。

「大したセキュリティだ」デヴェローがつぶやく。

「ああ」

「なあ、最近おまえのとこに何か手紙が来てないか？」

ウィルはちらりと彼を見やった。「いや」彼はゲートを通り抜け、カーブを描くシュロの並木の私道を走らせていった。

「おれのとこには来てるんだ」デヴェローが言う。「職場に。それに郵便受けにも——」

「自宅に送られてきたってことか？」

「何通かはな」

「なんて書いてあるんだ？」

デヴェローは首を振った。「それがわけがわからなくてな。奇っ怪至極さ。われわれの事件のどれかに関係あることなんだろうがね。そっちには何も届いてないか？」

「ああ」

デヴェローはため息をついた。「グッドウィンがらみなのかもな。サーナクはあの件でずっと責めたてられてるし」

ウィルの知るかぎり、あの警部補が責めたてられていない事件など一件もない。ここ二週間だけで、彼らの署は七件の殺人事件に見舞われている。オースティンの町でこんなに立てつづけに殺人事件が起きたことはなく、人々は浮足立っているようだ。このすさまじい暑さと、メディアが連中のいわゆる〝殺人熱波〟について絶えず報道していることで、状況はさらに悪化していた。

私道の終わりで、シュロの並木は熱帯植物でいっぱいの花壇にその座を譲っていた。周囲の芝生はきれいに整備されており、ゴルフ・コースと見まごうばかりだ。地中海様式の大邸宅の正面には玉石の敷かれた駐車区画があり、その中央部は巨大な噴水に占められていた。

「ひとりめのミセス・アルヴィンはミスショットをしたわけだ」デヴェローが言った。「きっとほぞを嚙んでるだろうな」

噴水と玄関のあいだには、車高の低いシルバーのロータスが駐められていた。ウィルがそのすぐうしろに車をつけると、デヴェローはヒューッと口笛を吹いた。

「前妻に注目してるのか？」ウィルはそう訊ね、エンジンを切った。

「通話記録を調べたんだ。殺人事件の日から、レイチェル・アルヴィンは〈ウィルカーズ＆ライリー〉に十六回電話している。すべて、事務所きっての原告弁護士への直通電話だ。電話でその男と話してみたが、そいつ、彼女と何を話したのか教えようとしなくてね」

「たぶん前妻は、例の信託財産を手に入れたくてしょうがないんだろう」ウィルは言った。

ふたりはトーラスを降りた。ウィルがロータスのナンバーを覚えこんでいるあいだ、デヴェローは感嘆の眼でその車を眺めていた。デヴェローの車は、ヴィンテージの黒のフォード・マスタングだ。どうやらこの男はカー・マニアらしい。

「それで、どんな女なんだ？」玄関前の階段をのぼっていくとき、デヴェローが訊ねた。

「礼儀正しい」ウィルはそう言って、呼び鈴に手を伸ばした。

またメイドが出てくるものと思っていたのだが、今回、戸口に現われたのは、クレア・アルヴィンその人だった。彼女はキャラメル色のスーツを着て、首にヒョウ柄のスカーフを巻いていた。ウィルは、その耳のダイヤのイヤリングをそれぞれ約三カラットと見積もった。

「ホッジズ刑事」彼女はうしろにさがって、大理石のホールに彼を招き入れた。

あたりには甘い香りが漂っていた。ウィルは、リビングのグランド・ピアノに、白い薔薇の飾られたクリスタルの花瓶が載っているのに気づいた。

また、白髪交じりの弁護士が両手をポケットに入れ、くつろいだ様子でドア枠にもたれかかっているのにも。

「確か、お目にかかるのは初めてですわね」ミセス・アルヴィンがそう言って、デヴェローに手を差し出した。ふたりは挨拶を交わし、そのあと彼女はアルヴィンのパートナーを指し示した。「ピーター・ライリーにお会いになったことは？」

ライリーは前に進み出て、デヴェローと握手を交わした。「オフィスで一度ね」彼はそう言って、ウィルに顔を向けた。「あなたはいらっしゃらなかったと思いますが」

こいつはここに何しに来たんだろう？　そう思いながら、ウィルは彼の手を握った。この男には妻子がある。月曜の午後にアルヴィンの未亡人を訪れるのは妙な気がした。

「お目にかかれてよかった」ライリーはうなずいた。「わたしはちょうど帰るところだったのです」

弁護士が立ち去ると、ミセス・アルヴィンがアンティークと思《おぼ》しき家具の並ぶリビングにふたりを通した。これは〝テキサス金ずく風〟ではなく、富とヨーロッパ旅行の匂いのするもっと女性的なスタイルだ。その部屋からは、ボートやジェット・スキーがさかんに行き交うトラヴィス湖の壮大な景観が望めた。

「捜査の進展を知らせに来てくださったんでしょう？」ミセス・アルヴィンは手振りでふたりに椅子をすすめた。彼女がこちらに目を向けたとき、ウィルは悟った。落ち着いてほほえみながらも、これが単なる〝進展を知らせる〟訪問でないことを彼女は知っているのだ。この女には自分が容疑者リストに載ることがわかるだけの鋭さがあるらしい。

ウィルは詰め物でふくれあがった白いカウチにすわると、巨大なクッションに体が沈みこまないよう、座面の前のほうに腰をずらした。

「われわれは多数の手がかりを追っています」デヴェローが言った。「有望な情報もいくつか得られました」

ミセス・アルヴィンは肘掛け椅子に優雅に身を沈め、脚を組んだ。

デヴェローは首をかしげた。「ところで、奥さんご自身は大丈夫ですか？」

ウィルはこの〝同情的な友人〟の小芝居にはだまされなかった。また彼女には、未亡人もだまされていないのがわかった。

彼女はうっすら笑みを浮かべた。「ええ、どうにか。夫を撃ったあのあばずれをいつ逮捕する予定なのか、教えていただけません？」

デヴェローの眉がアーチを描いた。彼女はその冷やかな目をウィルに向けた。「刑事さん？」

「そう簡単にはいかないんですよ」彼は答えた。

「その女は車にいた、そうでしょう？　銃も彼女のだったわけですし」

デヴェローがちらりとこちらを見た。どうして彼女が銃のことを知っているのだろう？

凶器が見つかったことは、まだ新聞に載っていない。

「奥さん」ウィルは言った。「情報をどこから入手しているのか、うかがってもいいでしょうか」

答える代わりに、彼女はデヴェローに向き直った。「ねえ、あの女は頭がおかしいんですよ。前の冬には、うちのカレラをハンマーででこぼこにしたんですからね。あなたがたもご存じのはずだわ。ジョンはすべてをもみ消すために警察署でひと晩過ごしたんですよ」

デヴェローは驚いた顔をしてウィルに目を向けた。

「あら。わたしが彼女のことを知らないとでも思っていたのかしら？」彼女は皮肉っぽく言った。「ジョンにはいろいろな面がありますが、そのなかに口の堅さは含まれていないんです。どんな秘密だってしゃべらずにはいられないんですから。わたしは彼がゴルフ仲間に彼女のことを話しているのを聞いてしまったんです」

ウィルはなんと応えたものかわからず、ただ彼女を見つめていた。それから咳払いして言った。「ミセス・アルヴィン、捜査は現在、進行中――」

「やめてください」ミセス・アルヴィンは立ちあがった。「わたしはあの女を逮捕してほしいんです。彼女は危険です。他人《ひと》の家庭をいくつめちゃめちゃにしてきたか、わかったものじゃありませんわ。なんとしても刑務所に入れなくては」

ウィルとデヴェローはそろって立ちあがった。事態は急速に悪いほうへと向かっている。

「われわれは二十四時間体制で捜査に当たっています」デヴェローのルイジアナ訛《なまり》はふだんより顕著になっていた。この男は彼女をなごませようとして一ランク、訛を強くしたのだろうか？「しかし法廷で使える証拠がほしければ、すべて規則どおりに進めなければならないんですよ」

ミセス・アルヴィンは彼をにらみつけ、それからウィルに顔を向けた。

「それで、ジョンの事務所でつづいているあれはなんなんです？　もう誰が夫を殺したかはわかっているでしょう。あんなふうに個人情報をほじくり返して、いったいなんになるのかしら？」

「というと？」デヴェローがわけがわからないふりをした。

「刑事たちがジョンの同僚や友人のみんなに話を聞いて歩いているでしょう。プライバシーの侵害だわ！　うちの夫婦の問題について町じゅうが噂しだしたら、どうするんです？　わたしは娘のことも考えてやらなきゃいけないのに！」

ウィルは痛恨の表情を作ろうとした。「警察の手続きのせいでお気を悪くしたなら、お詫び申し上げますよ。しかしわれわれとしては、入念な捜査を——」

「ライリーはそのことで来ていたんですか？」デヴェローが口をはさんだ。「事務所で立っている噂のことで？」

ミセス・アルヴィンはデヴェローに目を向けた。「いいえ、ちがいます。彼は売りこみに来ていたんですの」

「え？」

彼女はウィルをにらみつけた。しとやかなレディの面影は完全に消え失せていた。「売り、こみ。彼はジョンが亡くなったのを機にうちの一族が弁護士を替えるんじゃないかと、心配しているんです。自分の事務所が上得意を失うのを恐れているんですわ。自分のお金のことを気にしているわけです」彼女の顎が震えている。左右の手は両脇で握り拳になっていた。「ジョンのことを少しでも思っているのは、わたしだけなんでしょうか? 誰かが罰せられるのを見たいという人間は、わたしだけなんでしょうか? あなたがたの手続きの話はもう聞きたくありません。とにかく犯人を逮捕してください！」

二分後にはもう、ふたりは外の私道にいた。ロータスは消えていた。

「うまくいったな」デヴェローが言う。

ウィルは運転席にすべりこんだ。「おつぎは？」

デヴェローは窓を下ろして、ドアに肘を載せた。「どうしたもんかねえ。気温三十八度。晴れ。ジルカー・パークでジョギングするのにうってつけの天気じゃないか」

コートニーはヨガ・マットの上に木のポーズで立ち、午後のあいだに体が取りこんだ緊張とカフェインをすべて除去しようとしていた。彼女はその日、早引きをし、いま何が起きているのか少しでもわかればとインターネット・カフェに行ったのだ。

インストラクターをまねて、彼女はゆっくりつま先立ちになった。そのポーズを維持していると、汗が首すじをたらたら伝い落ちていった。Tシャツはぐっしょり濡れている。レギンスも湿っぽい。ビクラム・ヨガはリラクシング効果があり、元気になれるが、この室温が最悪だ。

彼女は深く息を吸いこみ、デイヴィッドがらみの問題をすべて頭から締め出そうとした。午後の作業は徒労に終わった。法律雑誌や新聞記事を何時間も調べてみて、結局わかったのは自分が探偵の仕事に向かないということだけだった。日々謎に取り組み、手がかりを追っているウィルに、彼女は新たな敬意を覚えた。

もちろん彼の仕事は、ただコンピューターを眺めていればいいってものじゃない。彼は実際、犯行現場に赴くのだ。それに拳銃も携帯している。まるで刑事ドラマの『ロー&オーダー』、すごくエキサイティングだ。コートニーにはエキサイティングすぎる。先週のことを思うと、彼女としてはもう二度と犯行現場や死体には近づきたくなかった。

コートニーはあおむけに横たわり、深く呼吸した。それから、つぎつぎとヨガのポーズをこなしていった。彼女は頭を空っぽにしようとした。ただそこに存在しようと。そして、筋肉をゆるめ、全身に熱が流れるのを感じながら、最後のポーズに入った。ここが彼女のいちばん好きな部分だった。心安らぐ、この静かな、流れるようなひとときが。

その時間はあまりにも早く終わった。

「ナマステ」ほかの受講者らのあとにつづいて、スタジオを出るとき、インストラクターが穏やかに会釈した。

歩道に立つと、街《まち》の往来の音が彼女を地上に引きもどした。信じられないことに、蒸し暑い夜の空気はスタジオのなかより涼しかった。彼女はマットを脇にはさみ、三ブロック先の家へと向かった。コインランドリー、ヌードル店を通り過ぎたところで、その夜をどう過ごしたものか考えはじめた。何かテイクアウトして、フィオナをうちに招《よ》ぼうか。それとも、ジョーダンに電話し、一杯つきあってくれるかどうか訊いてみようか。

ふたつの選択肢のいい点、悪い点を秤《はかり》にかけながら、彼女はオーク・トレイルに入った。ジョーダンとの夜は楽しいだろう。でもその場合は、かなり散財することになる。フィオナとの夜は安あがりだが、そのあいだ彼女はずっと姉を心配させないよう元気なふりをしていなくてはならない。

コートニーは前方の通りに目をやった。とたんに全身の血が冷たくなった。

あの黒いSUV。昨夜、例の物音がしたあとも、それはそこに駐まっていた。彼女は強いて足を動かしつづけ、無表情を保った。その車の形状と黒い窓には覚えがあった。きのうまで、このあたりで見かけたことのない車だ。そしていま彼女は、それがこの界隈《かいわい》のものでないことを悟った。

視線があちこちに飛ぶ。彼女の二世帯用アパートに明かりはない。通りはしんと静まり返っている。私道は、彼女が家を出たときとまったく変わらず、空っぽだった。

家へは帰れない。なぜなのかはよくわからないが。でも鎖骨のあたりが妙にぞくぞくしている。ちょうどジルカー・パークにいたときと同じ。誰かがこちらを見ているのだ。

まずい状況だ。彼女は無防備に姿をさらしている。それに、バッグも携帯も護身用のスプレーも持っていない。もちろんベレッタも。いまここにあるのは、スニーカーに結びつけた家の鍵、脇にはさんだゴム製のマット、そして、手に持った水のボトルだけだ。

彼女はくるりと向きを変え、ドーナツ店に向かって足早に歩きはじめた。背筋がますますぞくぞくしてきた。もうまちがいない。誰かに見られている。彼女は必死であたりを見回した。車は一台も走っていない。人通りもない。ドーナツ店は輝いているが、何キロも彼方《かなた》に思えた。

背後でエンジンが低く唸って、息を吹き返した。心臓がドキンとした。これってほんとに

―――


低い唸りが轟音《ごうおん》へと変わった。彼女はだっと駆けだした。持っていたものを何もかも落としながら、救いのネオンサインめがけて全速力で走った。脚がつった。音が迫ってくる。

彼女は横っ飛びして歩道に上がった。そして肩越しに振り返った。

黒い車。銀色のフロントグリル。それがぐんぐん迫ってくる!

彼女はまた左へ飛び、街路灯をかわした。足はほとんど舗道に触れていない。彼女は明かりをめざして走った。あと少し、もう少し、もうすぐそこだ。背後でブレーキがキーッと鳴り、彼女は悲鳴をあげた。

8

携帯が鳴ったのは、警察署を出たときだった。ウィルは画面を確認したが、その番号に覚えはなかった。

「ホッジズです」

「いまどこ？」

この声なら知っている。「署を出たところだ」

「迎えに来てほしいの。いますぐ」

ウィルは自分の車に近づき、ポケットからキーを出した。コートニーの声には緊張が表われていた。「どこに行けばいい？」

「急いでよ。もう行っちゃったみたいだけど、ぐるっと回ってまた来るかもしれない。それに、あの男はたぶん――」

「ちょっと待てよ。行っちゃったって誰がだ？」

「あの男。SUVでわたしを轢《ひ》こうとした――」

「なんだって？　いったいいまどこにいるんだ？」彼は車に飛び乗った。

「うちの近所のドーナツ屋だけど――」

「店内か？」

「そう。でもあいつはまだ近くにいると思う。早く来てくれなきゃ。えっ？　ちょっと待って！　ねえ、たのむから落ち着いてよ」

「なんだって？」

「あなたじゃない。ここにいる人に言ったの。いまその人の携帯を借りてるのよ。お願いだから早く来て。車の特徴ならちゃんと話せる。ナンバーは見えなかったけど――」

「怪我はないのか？」

「ええ。でも怖くてたまらない！　その車、ゆうべのと同じ黒のタホなの。ポーチで物音がしたあと、外の通りを見たら駐まってたやつで――」

「警察には通報した？」

「え？　いいえ。ねえ、もう切らなきゃ。この人、自分の大事なアイフォンに関しちゃ、少しばかり神経質なの。ちょっと待って、いま警察と話してるんだから」声が遠くなった。言い合っている声が聞こえる。「もう切るわね、ウィル。大急ぎで来て」

通話が切れた。

ウィルは助手席に携帯を放って、アクセルを踏んだ。黄信号を突っ切って三五号線に入り、コートニーの家の近くまで数キロ走った。いくつか交差点を通過すると、あのドーナツ店が見えてきた。路面の穴に突っこみながら、すばやくハンドルを切って駐車場に入った。

コートニーは腕組みをして入口の前に立っており、ウィルがそばに車を寄せると、助手席側のドアをぐいと開けた。

「遅い！　なんだってこんなに時間を食ったの？」

「その車はどこなんだ？」

「黒のエスカレードよ」

「さっきタホと言ったじゃないか」

「エスカレードだった。二度目に通っていったとき、よく見たのよ」彼女はオーク・トレイルのすぐ北の通りを指さした。「あっちに行った。この区画をぐるぐる回ってるみたい。うしろからこっそり接近してやれるかも」

それはどうだろうか。しかし、コートニーの神経をなだめるため、ウィルはとりあえずその指示に従った。

「そいつがきみを轢こうとしたって？」

「そうよ」

「きみを狙ったというのは確かなのかな？　ただ急いでただけじゃなく？」

コートニーは恐ろしい目で彼をにらんだ。

「なあ、ただ訊いてるだけじゃないか」

「そこを左。そいつがいるかも」

「本当にきみに危害を加える気だったなら、もうとっくに逃げただろうよ」

「でしょうねえ、でもまあ、ちょっとつきあってよ」

彼は横目でコートニーを見た。彼女はワークアウト・ウェアを着ていた。そのうえ、ぐっしょり濡れている。

「泳いでたのか?」

コートニーはいらだたしげな顔をした。「ヨガよ。ねえ、スピードを上げてくれない?」

彼はスピードを上げた。しかし黒のエスカレードやタホは、近隣のどこにも見当たらなかった。

「ナンバーはわからなかったの」コートニーが言った。「猛スピードで行っちゃったから」

「ドーナツ屋からそいつを見たのか?」

彼女は周囲を見回した。「歩いて家に帰る途中、気づいたのよ。そいつ、うちのそばに車を駐めてたの。それを見て、ゆうべ、まったく同じ車が通りに駐まっていたのを思い出したわけ」

「確かなのか? タホとエスカレードはまるで似てないんだが」

「確かよ」

「ドライバーを見た？」

「いいえ」

ウィルはもう一度その区画を一周した。それからさらに十分、近隣を走り回ったが、とくに目を引くようなものはなかった。彼はふたたびオーク・トレイルに入り、コートニーの家の前で車を停めた。

「ポーチでした物音のことを話してくれないか」

コートニーは深く息を吸いこんだ。「ゆうべ眠ろうとしていたときなんだけどね。ドスンっていう音がしたの。足音みたいな」

「どうしておれに電話しなかったんだ？」

彼女が〝そうよねえ〟とばかりにこちらを眺め、ウィルはこれにむっとした。

「誰かに電話したのか？」

「ベッドから出て、様子を見に行ったけど、誰もいなかったのよ」

ウィルはドアを押し開け、車を降りた。「そこにいるんだ。すぐにドアをロックしろよ」

向かいの犬が狂ったように吠えたてるなか、彼は敷地内をすばやく見て回った。車にもどると、コートニーが身を乗り出してドアのロックを上げた。

「侵入された形跡はないよ」彼は運転席にすべりこんだが、ドアは閉めなかった。「念のためになかを見て回らないとな」

コートニーは通りに目を走らせた。その眉間には小さな皺が刻まれていた。「まだうちに入る気になれないわ」

「わかった」怯えているからといって、彼女を責めるわけにはいかない。「いつなら入る気になれるかな？」

「もう少ししたら」

「エイミーはどうしたんだ？」

「今週は親戚のところに行っているの」コートニーは彼に目を合わせた。「お腹がぺこぺこよ。あなたは？」

「いや」実は、飢え死にしそうだった。

「そう、でもこっちはお腹がすいている。ピザを食べましょうよ」

「ピザか」

「生地のお好みは？　チーズは？　トッピングは？」

もう立ち去るべきだ。でなければ、彼女を家に入らせ、室内をチェックし、それから立ち去るべきだ。

しかしそうはせず、彼はエンジンをかけた。「確か、この先に〈ホームスライス〉があったな」そう言って、歩道際から車を出した。

「こんな状態で、レストランの席につく気ないから」

ウィルはちらりと彼女を見やった。「どうして?」

「だって汗だくだもの。でもお持ち帰りにして、あなたのうちに行くって手があるわね」

ウィルは歯を食いしばった。自宅アパートほど、コートニー・グラスに来てほしくない場所はない。このぴたっとしたヨガ・パンツでは、なおさらだ。「それはだめだね」

「どうして?」

「当然だろ」

「あなたが刑事だから?」

「ああ」

彼女は冷笑した。「あなたたち、家に女を招ぶことを禁じられてるわけ?」

彼は答えなかった。〈ホームスライス〉の看板を見つけ、ウィンカーをつけた。

「ついこのあいだの夜、わたしのうちで夕飯を食べたじゃないの」

ウィルはピザ屋に乗り入れて、トラックを駐車した。「あれは別だよ」

コートニーは腕組みをした。「なぜ?」

その差は意志のあるなしだ。彼はコートニーの家で食事をしようと思っていたわけではない。あれは自然の成り行きだった。しかし、もしいま彼女を自宅に連れていったら、シナリオはちがったものとなり、おそらくは結果もちがってくるだろう。

「あなたもちょっと匂ってるわよ」コートニーは彼のショートパンツとTシャツを眺めた。

「ジムからまっすぐ来たって感じ。確か、仕事をしてたって言ってたわよね」

「その前、ジルカー・パークでジョギングをしたからな」ウィルはエンジンを切って、コートニーに顔を向けた。

彼女は小首をかしげていた。彼には実際、その脳の働いているさまが見えた。「何時に？」

「三時半ごろかな」

「おもしろいわね。それ、仕事だったの？　それとも、レクリエーション？」

「仕事だよ」

「それで、何かわかった？」

「いろいろとね」

コートニーは熱心に身を乗り出してきた。「いいこと、悪いこと？」

両方だ。だが、それについて彼女と話す気はなかった。少なくともいまはまだ。

彼はドアを押し開けた。するとピザの匂いが車内に漂ってきて、彼の決意を激しく揺さぶった。「さあ。ピザがほしいって言ってたろう？」

「レストランに入れる格好じゃないとも言ったわよ。ひとつ、持ち帰り用に買ってきて」

「コートニー――」

「生地は薄いのがいいわ」

「こういうのはまずいよ」

彼女は笑みを浮かべた。「それと、ペパロニを追加してね」

ネイサンはその六〇年代風の農家に車をつけ、じっくりあたりを見回した。この家の主はかなり稼いでいるようだ。彼の調べたかぎりでは、言語学の教授というものはタリータウンに住めるほどリッチではない。だが、きっと彼のめあての男にはほかにいろいろ収入源があるのだろう。ネイサンはマスタングを降り、ドアをロックし、途中、ビニールに入った新聞を拾いあげながら、歩道を歩いていった。玄関まで行ったが、呼び鈴が見当たらなかったので、ドアを強くノックした。

そして待った。ドアに身を寄せると、なかの音楽が聞こえた。はっきり何とは言えないが、聞き覚えのある曲だ。彼は車回しまで敷石をたどっていった。車庫の前には、白いメルセデスが一台、駐められていた。車庫の扉はしまっている。その車は古かったが——たぶん八〇年代半ばのやつだろう——よく整備されているようだった。青みを帯びた光がそのぴかぴかのセダンの車体にちらちら映っている。見ると、その光は車回しから少し離れた窓から射していた。なかでテレビがついているのだ。ネイサンは車を迂回して進み、裏口を見つけた。ガラス越しになかの洗濯室をのぞきこむ。するとその向こうに、明るいキッチンが見えた。例の音楽は居間のテレビから聞こえてくるようだ。ようやくその曲が何かわかった。『ゴッドファーザー』だ。

ネイサンは窓をコツコツたたいて、待った。そうしているあいだに、新聞からビニール袋をひきはがし、見出しのすぐ上の、きょうの日付を確認した。

片手を軽く丸め、ポーチのまぶしい光を防ぎながら、彼はもう一度、家のなかをのぞきこんだ。今度はガラスに触れないよう用心した。

「ペンブリー博士？」彼は大声でそう呼びかけ、もう一度ノックした。

視線が洗濯室の床に落ちた。乾燥機のそばに、放り出された衣類の山がある。Tシャツ、ソックス、丸まったジーンズ、バスタオル。

「くそっ」タオルの塊をじっと見つめ、彼はつぶやいた。

その一枚は何か黒っぽいもので汚れていた。それがなんなのかは瞬時にわかった。

血だ。


左折してオーク・トレイルに入り、コートニーをまっすぐ家に送り届けるには、自制心を総動員しなければならなかった。車を停めるとき、ウィルは彼女の肩がこわばるのを目にした。

「ここにはいたくないわ」彼女は膝に載せたピザの箱を、手の関節が白くなるほど強くつかんでいた。

「いつかは入らなきゃならないんだ。どうせなら、いまのほうがいいよ。おれがなかをすっかりチェックするから」

彼女は返事もせずドアを開け、車から飛びおりた。ウィルは周囲に油断なく目を配りつつ、彼女につづいて歩道を進んだ。ドアに着くと、彼女はピザの箱を彼に押しつけ、身をかがめて鍵をつけてあった靴ひもをほどいた。それからドアを解錠して押し開いた。

ウィルは先になかに入り、すぐさま、コートニーがヘアサロンで漂わせていたあの香りに気づいた。たぶん彼女の香水なのだろう。

コートニーは明かりをつけ、ウィルはピザの箱をコーヒーテーブルに載せた。

「一緒になかをひとまわりしよう」彼は言った。「何かおかしな点がないかどうか」

異議を唱えるかと思いきや、彼女はウィルの脇をすり抜けると、先に立って廊下を進み、家の奥へと向かった。彼はあとにつづいて寝室に入り、コートニーがあたりを見回すあいだ、そこに立っていた。

「大丈夫そう」彼女は言った。どうやら、デスクを埋めつくす化粧品や、ベッドの上に散乱した衣類には、驚いていないようだ。

彼女はドレッサーの引き出しをいくつか開けた。ウィルは目をそらしたが、そのときにはもう、彼女が非常に興味深いランジェリーを取りそろえているのを見てしまっていた。彼は開いていたクロゼットにぶらぶらと歩み寄り、ぎっしり吊るされた衣類を眺めた。その下には、靴が整然と一列に並んでいた。なかの何足かは、彼も見たことがあった。

「何も問題ないわ」コートニーが宣言した。

ウィルは部屋を出て、バスルームにたどり着いた。シャワーカーテンを引き開けると、そこにはぴかぴかのバスタブとすりガラスの小窓があった。彼は鍵を点検し、それが錆《さ》びてはいるがしっかりかかることを確認した。

振り返ると、腕組みしたコートニーがドアのところに立っていた。ひとことも言わずに、彼女は彼に背を向け、キッチンに入っていった。ウィルはそのあとにつづき、窓と裏口をチェックしたが、どこにも異状はなかった。

「大丈夫みたいね」コートニーは言ったが、その声の何かが、ぜんぜん大丈夫じゃないと彼に告げていた。

ウィルは調理台にもたれ、彼女を見つめた。かなり動揺しているようだ。それに、疲れもうかがえる。何日もちゃんと眠れていないらしい。彼女はもちこたえようと必死にがんばっているように見えた。

「シャワーを浴びなきゃ」コートニーは彼をかすめていき、肩越しに振り返った。「ピザを全部食べちゃったりしないでよね」

彼女が行ってしまうと、ウィルはその薄暗いキッチンに立ったまま、首をひねった。おれはいったいここで何をしてるんだろう？　事件捜査のためだと自分に言いきかせようとしたが、もちろんそんなのは嘘っぱちだ。彼がここにいるのは、彼女のことが心配だからだ。相手は事件の容疑者だというのに。しかも、手練手管で窮地を脱しようとしているのは明らかなのに。ウィルは、彼女がアルヴィンを殺したとは――公園できょうわかったある事実からも――思っていない。しかし彼女はたしかに、アルヴィンが殺されるに至った事情になんらかの形でかかわっている。それに、本人が認めているよりはるかに多くを知っているにちがいないのだ。

ウィルはリビングに移って、ソファに腰を下ろした。シャワーの音が聞こえる。コートニーが、石鹸だかシャワー・ジェルだか知らないが、あのいい匂いのするものを使い、全身、泡に包まれているさまを、彼は想像した。彼女の裸を――このところ始終しているように――想像し、一緒にシャワーを浴びて彼女の手管に屈したいという衝動に駆られた。

気をまぎらわせるため、彼はピザの箱を開けた。薄い生地のダブル・ペパロニを目にし、なおかつ、その匂いを嗅ぐと、唾が湧いてきて、家じゅうに浸透しているコートニーの香りのことも頭から消えかけた。彼はそのひと切れに手を伸ばし、それから思いとどまって蓋を閉じた。ピザの代わりにリモコンを取ると、つぎつぎチャンネルを変え、野球をやっている局を見つけた。

フェニックスでアストロズがダイヤモンドバックスに挑んでおり、五回の現在、ウィルの贔屓《ひいき》のチームは四対〇で勝っていた。彼は派手な色のクッションにゆったりもたれ、ダイヤモンドバックスのエース投手の球が大きくそれるのを見守った。ゴロゴロいう胃袋を無視し、彼はその回のあいだずっとそうしてすわっていた。

「アストロズのファンなの？」

彼は顔を上げた。コートニーがTシャツと色のさめたジーンズに着替え、ソファのうしろに立っていた。

「うん。きみは？」

「祖父に洗脳されちゃってね」彼女は濡れた髪をねじあげてまとめた。「ノーラン・ライアン以来、祖父は熱狂的なアストロズ・ファンなのよ」

彼と並んでソファにすわると、彼女はピザの箱の蓋を開け、そのひと切れを取った。「それで、ジルカー・パークでは何がわかったの？」

ウィルは彼女のほうに寄って、自分もピザに手を伸ばした。「デヴェローとふたりで三時半ごろあそこに行ったんだ。常連さんをつかまえられればと思ってね。先週、あのエリアを調べたとき、逃した連中がいるかもしれないから」

彼はピザにかぶりついた。それはもうジュージューいうほど熱くはなかったが、まだまだいけた。

「それで？」コートニーの口の端にはトマトソースがついていたが、ウィルは黙っていた。

「デヴェローがある人物を見つけた。きみは、三時半ごろ、ランニングパンツの男が通り過ぎたのを見てないかな？　イヤホンをつけてたそうなんだが？」

コートニーは首を振った。

「とにかく彼は、きみがビュイックの車内にすわっているのを見た、ひとりだった、と言っているんだよ」

コートニーは眉を上げた。

「それに、黒のキャデラックのSUVを見たとも言っている。あの道を四百メートルほど行ったパーキングメーターの前に駐めてあったそうだ。エンジンはアイドリング状態だったらしい」

「キャデラックのSUV?」コートニーは身を乗り出した。「つまりエスカレードのこと? クロムめっきのステップがついてなかった?」

「細かいことはいま調べているところなんだ」ウィルはその目撃者が、車はまちがいなくエスカレードだと言っていたことは伏せておいた。それに、彼がもっと手前で反対方向に向かう紺色のトラックスーツの男とすれちがったと言っていることも。目撃者は、この暑いのにその格好は奇妙だと思ったので、その男をはっきり覚えていると言っていた。

コートニーはコーヒーテーブルの上にピザを置き、クッションに背中をあずけた。それから目を閉じて、ほーっと息を吐き出した。「ありがとう」

「何が?」

彼女は目を開いた。それは光っているように見えた。「自分はイカレてなんかいないって思わせてくれたのは、あなたが最初だもの」

「きみはイカレてなんかいないさ」

コートニーは身を乗り出した。「犬の散歩の女性もそのキャデラックを見たのかな?」

「なんとも言えないね」ウィルは言った。「彼女はどこにもいないみたいなんだ」

コートニーの目が大きくなった。「嘘でしょ」

「残念ながらほんとなんだよ。女性の名前はベアトリス・ムーア。おそらくはね。そして彼女は消えてしまったらしい。パトロール警官に彼女が教えた住所はでたらめだった」

「ああ、やっぱり、だから言ったじゃない!」コートニーは身を乗り出して、ウィルの腕をつかんだ。「あれは罠だったのよ! わたしのベレッタ、あのメール、デイヴィッド。全部つながってる。これで信じてくれるでしょ?」

ウィルには答えられなかった。彼は視線を落とし、ピザを見つめた。

「ウィル?」

「まだ新たな目撃者を調べているところなんだ。もっと情報が得られればいいんだがね。いまのところ、彼の話にはかなり信憑性がありそうだよ」

コートニーはふたたびクッションに身を沈め、虚空を見つめた。「連中はわたしを殺す気よ」ウィルには、その声が震えているのがわかった。「誰だか知らないけど、デイヴィッドを殺したやつは、わたしも死なせたがっている。これはそういうことなんじゃない?」

「用心しないとな」ウィルは厳しい顔をしてみせた。「親戚のうちに泊めてもらうことはできないかな？　お祖父《じい》さんか、姉さんのところに？」

「祖父は介護施設にいるの」彼女は言った。「フィオナは最後の手段ってとこね。彼女、ものすごく狭いうちに、フィアンセと一緒に住んでるんだから。わたしが行ったら、邪魔でしょうがないわよ」

「そのフィアンセは警官なんだよな？」

「元警官」

「そうだったな。それこそいまのきみにぴったりの場所じゃないか」

「考えておく」

ダイヤモンドバックスがホームランを打ち、スタジアムは歓声にどっと沸き返った。バッターが塁を回り、試合を同点に持ちこむのを、ウィルは見守った。ピザはすでに魅力を失っており、彼はその箱を閉じた。コートニーは脚を折ってすわり、ソファの肘掛けに頭を載せている。しばらくのあいだ、ふたりはただそうしてテレビを眺めていた。

彼はコートニーにそそられていた。たぶん、彼女のルックスか、〝くそくらえ〟的な態度か、それらの陰に垣間《かいま》見える傷つきやすさのせいだろう。なんであれ、それを前にすると、彼女と距離を置かねばならない理由もどこかにいってしまう。

アストロズが押さえのエースを投入した。そして二球後、ダイヤモンドバックスの打球がふたたびフェンスを越えた。ウィルはコートニーを見やったが、彼女の目は閉じられていた。もう行くべきだ。家に帰って、決まって電話が鳴るように思える、深夜の一時に備え、ひと眠りすべきだ。しかし、いますぐ立ち去る気にはなれなかった。

車のキーと一緒にテーブルに載せてあった携帯電話が震動した。さっとコートニーに目をやったが、彼女は動かなかった。

彼は携帯をつかんだ。「ホッジズです」

「デヴェローだ。タリー・トレイル一六二番地に大至急来てくれ」

ウィルは立ちあがり、キッチンに移動した。「何があったんだ？」

「事件だよ。おれが前に話した手紙のこと、覚えてるか？」

「それがどうした？」

「差出人の男を突き止めたんだ。タリータウンに住んでいるテキサス大の教授だったよ」

ウィルはリビングのコートニーに目をやった。ソファに丸くなった彼女はまるで子供のようだった。あと半イニングもしないうちに、本格的に眠りこんでしまうだろう。

「どんな事件なんだ、デヴェロー？　こっちはここに釘付けの状態なんだが」

「じゃあ、釘をひっこ抜くんだな。おれはその教授の家にいる。どうやらここは犯行現場らしい」

9

ウィルは教授の家の前に車を寄せ、鑑識のバンのうしろに駐車した。バンに警察のマークは入っていない。どうやらここで起きていることは秘密らしい。デヴェローの車は道のずっと先に駐まっており、あたりに警察のマークのある車両は一台も見当たらなかった。

〝Name No One Man（全員に罪あり）〟――ウィルは思い出した。デヴェローの受け取った手紙のひとつにあった言葉だ。意味はまったくわからない。デヴェローから見せられたそれらのメモは、すべて罫線《けいせん》入りの黄色い紙にペンで走り書きされていた。ウィルは注意深くそれらを読んだが、どれもみな、関連性はなく支離滅裂に思えた。しかしデヴェローは、それらとアルヴィンの事件のあいだにはつながりがあると確信していた。手紙が届きはじめたのが、あの殺人事件の数日後だったからだ。

デヴェローは庭に通じる門の前でウィルを迎えた。庭の一画には、何年も誰も掃除していないらしいプールもあった。「こっちへ」デヴェローは言った。ウィルは彼につづいて中庭《パティオ》を横切り、開いたままの裏口まで進んだ。

サーナクが入ってすぐのところに立って、この地域の巡査と話をしていた。ドア枠は指紋採取用の粉にまみれている。パトロール警官はいないかと、ウィルはあたりを見回した。誰か犯行現場の記録をしている人間は？　しかしそんな者はどこにもいなかった。

「どういうことなんだ？」ウィルは訊ねた。

デヴェローは彼をリビングに招き入れた。なかでは、ＤＶＤプレイヤーが『ゴッドファーザー』の〝メニュー〟のところで止まっていた。

「例の手紙のひとつをたどっていったら、キャンパスの北にある〈メール・Ｎ・サッチ〉の私書箱に行き着いた。その私書箱がこのペンブリーって男のだったんだ」

ウィルは細部に注意しながら室内を見回した。家具は高級だがシンプル。男性的。キッチンとリビングを仕切るカウンターに載った、汚れた灰皿と蓋の開いた酒のボトルをのぞけば、よくかたづいた住まいに見える。

「それで、その教授はどこに？」

「いい質問だ」デヴェローは言った。「おれは教授と話しにここに来た。だが家は空っぽだったんだよ。テレビはついたまま、それに、裏口は開いていた」

「で、どうしてここが犯行現場なのかな？」

デヴェローはキッチンを顎で示した。そこではふたりの鑑識員が紙の証拠袋にラベルを貼っていた。

「乾いた血液。かなりの量だった。洗濯室のタオルについてたんだがね。裏口の窓ガラスから見えたんだよ」

「髭を剃っていて、顔を切ったのかもしれない」

「ここを見てみろよ、ホッジズ。何か気がつかないか？」

新米扱いにむっとしながら、ウィルはあたりを見回した。殺人事件を扱ったことがないとはいえ、彼も警察の仕事の経験はあるのだ。それでも、とりあえず調子を合わせた。見ると、革製の大きな肘掛け椅子の横のエンドテーブルに、半分空いた飲み物が載っている。部屋の向こうに行って、カウンターの上のボトルをチェックした。デュワーズだ。電話の横の灰皿には、ウィンストンの赤が五本。うち四本は最後の六ミリまで吸ってあり、一本はフィルターすれすれまで燃えきって、長い灰の筒を残している。人間、喫煙に関する癖はめったに変わらないものだ。

「教授はタバコを吸いながら電話で話していた」ウィルは自分の推理を述べた。「そのとき誰かが裏口にやってきた。あるいは裏庭で何か物音がしたのかもしれない。教授はそちらに行ってドアを開け、誰かが家に入ってきた」

デヴェローはうなずいて、つづけるよう促した。ウィルは室内にゆっくり視線をさまよわせた。何も壊れてはいないようだ。争った形跡はない。おれは何か見落としているのだろうか？　空気を嗅いでみたが、火薬の匂いはしなかった。視線がテレビの前の肘掛け椅子で止まった。

コーヒーテーブルは、テレビのキャビネットから十センチほどのところに、少し斜めに置かれていた。テーブルから肘掛け椅子までは二メートル半ほどあるため、誰であれ、そこに足を載せたり飲み物を置いたりすることはできない。

ウィルは再度、室内を目で精査した。ソファの張り地に調和したカーテン、壁に飾られた額入りの絵、ハードカバーの本がぎっしり並んだ本棚、数々の手回り品、絹でできた植物まである。誰かが、いつの時点かで、この住まいの装飾に手間をかけたわけだ。

「敷物だな」彼は言った。「ここには敷物があったはずだ。それが消えている」

「そのとおり」デヴェローが言った。「それに、ペンブリーもな」


顔に降り注ぐ日の光と首のひきつりとで、コートニーは目を覚ました。彼女はテレビン油の匂いをとらえ、自分がどこにいるのかを思い出した。しばらくは姉のリビングの天窓をただ見あげていて、それから、昨夜、自分をここへ引きずってきたウィル・ホッジズを呪った。彼は事実上、フィオナの家の戸口に彼女を放り出し、〝重要な用件〟とやらで出かけてしまったのだ。おおかたどこかで死体が出たということだろうが。

コートニーは両肘をついて身を起こし、状況を見極めようとした。リビングのカーテンは閉まっている。でも天窓から見える青空の断片と、部屋の明るさから見て、もう八時にはなっていそうだ。ジャックはすでに出勤しただろうが、フィオナはまだ家だろう。昨夜、厳《いか》めしい顔をした殺人課の刑事に付き添われ、あんな遅くにコートニーが現われたことは、ちょっとした騒ぎを引き起こした。姉は当然、最大レベルの心配モードに入っているにちがいない。

鍋のぶつかりあう音がした。

コートニーは上掛けを蹴りのけ、そろそろとキッチンに入っていった。フィオナはコンロの前に立ち、フライパンのバターを溶かしていた。コートニーが食卓の横の椅子にドスンとすわると、姉は顔を上げた。

「おはよう」快活な声だ。

「おはよう」

「朝食、食べる？　いまフレンチ・トーストを作っているんだけど」

「ううん、コーヒーだけでいい。ありがとう」コートニーは首をつまんで、ひきつりを治そうとした。フィオナは例によって味気ないベージュのパンツスーツを着ていた。これは、きょうは一日、警官や泥棒に囲まれて過ごす予定だということだ。そのつややかな赤みがかった金髪はきちんとまとめられ、ポニーテールになっている。コートニーとちがって、フィオナは自分の性的魅力で人目を引くのを好まない。せっかく第一級のをそなえているのにだ。

「いま何時？」コートニーは訊ねた。

「八時半。ジャックはもう仕事に入ってる」

コートニーはどうにか気力をかき集め、コーヒーポットのところまで高価なカフェインの香りをたどっていった。ことコーヒーとなると、姉はけっして金をケチらない。コートニーは戸棚からマグカップを出して、一杯注いだ。一方、フィオナは卵とオレンジ・ジュースを取り出した。彼女はグラスにジュースをついで、コートニーの横のカウンターに置いた。

「はい」

「どうも」コートニーはいらいらしながら言った。「それで？　またレイプ事件？」

「わからない。サーナク警部補からメッセージが入っていたの。わたしは九時に誰かと面談することになっているのよ」

コートニーは目を閉じて、ブレックファースト・ブレンドを味わった。フィオナはコンロの前で忙しく働いている。これが彼女のストレスへの対処法なのだ。いつもながらのふたりのパターン――コートニーの人生が制御不能に陥る。すると、フィオナがそばに付き添い、母親役を務めようとする。

ともかく今朝は喧嘩をする気にはなれない。そこでコートニーはコーヒーを手に隣室に移った。その部屋の床はセメント、壁は何も塗られていない石膏ボードだ。ふたつの大きな天窓からは、光がさんさんと降り注いでいる。部屋の中央には、すり切れた垂れよけ布が敷かれ、その上に絵の具の飛び散ったイーゼルが立ててあった。

「順調じゃない」彼女は言った。

「うん、もうちょっとで完成」

小さな家の奥に最近造られたそのアトリエは、ジャックからフィオナへのウェディング・プレゼントだった。

これこそ愛だ。こういったものは、ロスでの子供時代、ふたりとも期待したことがなかった。グラス姉妹はリアリストなのだ。それでもフィオナには相手が見つかった。善良で、堅実で、彼女にすっかり惚れこんでいる相手が。そのアトリエを見ただけで、コートニーの胸は疼《うず》いた。彼女には姉の幸せがすごくうれしかったし、またちょっぴり妬《ねた》ましくもあった。

コートニーは室内を歩き回って、壁に立てかけられたキャンバスをひとつひとつ見ていった。レイプ犯を描いていないとき、姉は自然の風景を描いている。カリフォルニアにいたころは、砂漠専門だったが、最近、彼女は水を描くことに専念している。

「朝食ができたわよ」

コートニーはキッチンにもどって、フレンチ・トーストと赤いマスクメロンの皿の横にすわった。それを食べる気はなかったが。フィオナはフライパンをシンクに置くと、自分用にトーストを一枚取って、車のキーを手にした。

「バスでちゃんと行ける？」彼女は訊ねた。「もし〈ベラドンナ〉まで乗せていってほしければ、十時半くらいまでに帰ってこられるけど」

「大丈夫。最初のお客さんが正午からなの。ここでしばらくぶらぶらしてる」フィオナは唇を嚙んだ。その先回りをして、コートニーは言った。「ドアの鍵はかけておくから」

「警報機もオンにするのよ」

「警報機もオンにする」彼女は約束した。「ねえ、コンピューターを借りてもいい？　Eメールをチェックしなきゃいけないの」

「どうぞ。それと、冷蔵庫に挽き肉の缶詰があるから」

「知ってる」

「えーと……じゃあね」フィオナはドアに向かい、コートニーは従順にそのあとにつづいて、姉が出ていったあと差し錠をかけた。

コーヒーのところにもどる途中、居間の壁の鏡に自分の姿がちらりと映るのが見えた。その目は腫《は》れぼったく、顔色は悪かった。彼女はため息をついた。それから、フィオナの食料庫のドアを開け、あちこちあさってオートミールを見つけ出した。ボウルと木杓子《きじやくし》を取り出すと、水と卵白を混ぜ合わせ、一緒に泡立てはじめた。

そのとき呼び鈴が鳴り、コートニーの手は凍りついた。

静かにリビングを通り抜け、表側の窓を覆う薄いカーテンを細く開いた。褐色のサバーバンが歩道の前に駐まっていた。

コートニーはいま身に着けているジーンズとくしゃくしゃのTシャツを悔しい思いで見お

ろした。ブラはバッグや靴と一緒にソファの横に放り出してある。もっともウィルがこの格好に気づくとは思えなかった。彼女は差し錠をはずし、ドアを開けた。

「どうも」

ウィルは彼女をじろじろ眺め回した。どうやら気づいたらしい。「やあ。入ってもいいかな?」

「どうぞ」コートニーはうしろにさがって、彼を通した。「車で眠ったみたいね」

ウィルは何か低くつぶやくと、彼女の脇をすり抜けて奥へと進んだ。彼はナイキの靴に至るまでゆうべとまったく同じ服装だった。

「あれはコーヒー?」

「ええ。もしお腹がすいてたら、朝食もあるわよ」コートニーは先に立ってキッチンに入っていき、戸棚からもうひとつマグカップを出した。

「当てさせて」彼女は言った。「張り込みをしてたんでしょ?」

「まあそんなとこかな」

なるほど、その話はしたくないわけね。コートニーにはすぐわかった。フィオナも本当にひどい事件となると、ときどきそんな態度を見せる。

「ブラック?」

「うん」

彼女はウィルにカップを手渡すと、テーブルに行って自分のカップにもう一杯注いだ。ふたたび振り返ると、彼はとまどった表情をしていた。

「これ、朝食なのかい？」

コートニーはべとべとになった彼の指を見て、ほほえんだ。「それはパック」

「なんだって？」

「顔につけるのよ」彼女はウィルにふきんを差し出した。「朝食はテーブルの上。食べて」

彼はフレンチ・トーストの前にすわって、そこにたっぷりシロップをかけた。この男は一日に何千億カロリーも消費するにちがいない。彼女はその背筋《はいきん》がTシャツを突っ張らせるのを見つめ、不思議に思った。この人はいったいいつトレーニングをしているんだろう？

彼女はテーブルに着いて、ぐっと胸を張った。「ここへは遊びに来たわけ？」

ウィルは用心深い目で彼女を見つめ、フォークを口もとへ運んだ。「いや」

コートニーは眉を上げた。「あら残念。わたしは午前中休みだし、あなたにはシャワーが必要なのにね」

彼はコーヒーに手を伸ばした。なんとその首に赤みが広がるのを彼女は目にした。この男をからかうのは楽しい。彼がやり返してくれたら、もっと楽しいだろうけれど。

「また訊きたいことが出てきたんだ」

「どうぞ」コートニーは彼の皿のメロンをひと切れつまみあげ、口に放りこんだ。

「マーティン・ペンブリーという名前を聞いたことはないかな？」

メロンは甘くてジューシーだった。そこで彼女はもうひと切れくすねた。「ないみたい」

「ペンブリー教授だよ？　テキサス大学の」

コートニーは軽いいらだちを覚えた。「わたし、大学には行ってないの。だけど、そのことなら知ってるはずじゃない？　全部、ファイルに載ってるんでしょ？」

ウィルはポケットから紙を一枚取り出して広げた。それは運転免許証写真らしきもののコピーだった。彼はコートニーにそれを見せた。「言語学の教授。博士だった」

「だった？」コートニーは写真に目をやった。「つまり死んだってこと？」

ウィルはため息をついた。「おそらくね」

それが何を意味するにせよ。

「ねえ、わたしはその人を知らないから。昨夜、殺してもいないしね。もしあなたの考えてるのがそのことなら。今回は、あなた自身がわたしのアリバイになれるでしょ」

ウィルは鋭い目を彼女に向け、ポケットに紙をしまいこんだ。それからまた、ふた口、三口とフレンチ・トーストをかきこんだ。「冗談はよせ、コートニー。これはまじめな話だからな」

「思い出させてくれて、ありがとう」コートニーは腕組みした。「なぜその人のことをわたしに訊くの？　デイヴィッドの件に関係あるわけ？」

「デヴェローはそう見ている」ウィルはコーヒーの残りを飲み干して立ちあがった。「うちに帰って、シャワーを浴びないと。きみはきょうは何をするんだ？」

「あら、知ってるでしょ。つぎの悪行三昧《ざんまい》の計画を立てるつもりよ」

ウィルは両手を腰に当て、またあの怖い顔で彼女をにらんだ。この男はいつかすばらしい父親になるだろう。コートニーは彼のティーンエイジャーの娘らに同情を覚えた。仮に彼が娘を持つことになるとしてだが。

「仕事をしてる」ついに彼女は言った。「正午から六時まで。バスに乗っていく」

「用心しろよ。何か変わったことがあったら、おれに電話してくれ」

「わかった」

「必ずだぞ。少しでも妙なことがあったら。ただそんな気がするってだけでも。人間の体は意識的にはとらえられない信号まで捕捉《ほそく》するようにできているんだ。何かおかしいと感じたら、とにかくどこか安全なところに行って、電話を取れよ」

コートニーは彼を見あげた。なんと言えばいいのかわからなかった。この人はわたしを心配してくれているんだ。姉がこういう態度を見せると、彼女は屈辱を覚える。でも相手がウィルだと、気持ちがなごんだ。

彼が腕時計に目をやった。コートニーは立ちあがった。「寄ってくれてありがとう」彼女は言った。「何かあったら電話する。あなたはきょうはどこにいるの？」

「署に」ウィルはドアに向かった。「きみのパソコンは、できればきょうの午後、家に返すよう手配するよ」

コートニーは彼のためにドアを開けた。「もういいの？　何かわかった？」

ウィルはこちらに向き直った。「Eメールについてはきみが正しかった。あれはアルヴィンからじゃなかったよ。少なくともちがう可能性が高い」

「じゃあどこからだったの？」

「議事堂の近くの公立図書館。誰かコンピューターに詳しいやつがアルヴィンの法律事務所を経由させたんだ」

コートニーは唇を噛んだ。凝ったやりかただ。それに脅威も感じる。殺し屋に、コンピューターのプロ。消えた目撃者に、死んだ大学教授。これってどういうことなの？　わたしとどう関係してるわけ？

彼女は身震いし、ウィルはそれに気づいた。

「用心しろよ」彼は言った。「それと、自分の直感を信じることだ」

コートニーは気丈な顔つきで彼を見送り、そのあとソファにへたりこんだ。彼女は自分の直感を信じている。そしていまそれは、職場に病欠の連絡し、ベッドの下に隠れろ、と命じている。

隠れる代わりに、彼女はコーヒーのところに引き返した。病欠はとれない。お金が必要なのだから。

彼女はフィオナとジャックが食卓に置いていった新聞を拾いあげた。ウィルの話のテキサス大の教授のことが何か出てはいないかと、第一面をざっと眺める。何もなし。そこで都市部のページを取って、見出しに目を走らせた。

紙面のいちばん下のひとつの写真が、彼女の目をとらえた。

〝事故死したサイクリング愛好家を讃《たた》え、記念基金〟

心臓がドキンとした。その女性には見覚えがあった。ぽっちゃり体型。三十がらみ。ボブカットの黒髪で、象牙色《ぞうげいろ》のきれいな肌をしている。キャプションによれば、名前はイヴ・コールドウェルだ。その名前に覚えはない。だがコートニーにはわかっていた。自分はその女性を見たことがある。そしてそのとき、そばにはデイヴィッドがいた。あれはどこだったろう？　ふたりはどこにいたんだろう？　コートニーはじっと写真を見つめ、その光景を目に浮かべようとした。

ランドルフ・ホテルだ。

デイヴィッドと最後にあそこで会ったとき、イヴ・コールドウェルはバーの向こうからコートニーをにらみつけていた。この女性こそ、コートニーのなかの警報装置を作動させた人、デイヴィッドにはほかに女がいるんじゃないかと疑いを抱かせた人だった。その後、彼女は、デイヴィッドのポケットやスマートフォンをこっそり調べ、証拠をさがした……

コートニーは愕然として椅子にすわり、女性の写真を凝視した。何者であるにせよ、イヴ・コールドウェルは死んだのだ。そしてデイヴィッドも死んだ。そして誰かがいま、コートニーを殺そうとしている。

いったいどういうことなんだろう？

コートニーは紙面に向かってかがみこみ、情報をあさった。イヴ・コールドウェルは三十二歳だった。記事によれば、彼女は環状三六〇号線で自転車の事故で死んだらしい。しかし、その記事は事故に関するものではなかった。それは、彼女を讃えて設立された奨学基金に焦点を当てていた。追悼式はきょう執り行なわれるという。

コートニーはマグカップをしっかりつかんで、窓の外を眺めた。事故死したサイクリング愛好家。殺害された弁護士。死んだ大学教授。

死んだヘアスタイリスト。

彼女は逃げだしたかった。とにかく車に飛び乗って、ここを離れたかった。行き先はどこにしよう？　まるでわからない。そして、もし自分にわからないなら、ほかの誰にもわかりっこない。

でも、いまの彼女には車がない。それに彼女は、身の隠しかたなどまるで知らない。

コートニーは両手で頭をかかえ、深く息を吸いこんだ。何がなんだかわからないが、こんなの正気の沙汰《さた》じゃない。この死んだ人たちとわたしとのつながりとはなんなのだろう？

わたしが犯人だとサーナクが思いこむのも無理はない。わたしは何かの渦なかにいる。そして状況は悪くなる一方だ。あの警部補がウォルターのことを知ったら？　わたしが前に一度、殺人容疑で調べられたことがあると知ったら？　彼はすぐさま逮捕状をとるだろう。

コートニーは立ちあがった。ただ姉の家に閉じこもってすわりこんではいられない。何かしなくては。何が起きているのか、解明しなくては。わたしは否応なくこれらの死に結びつけられている。そしてもしかすると、点と点をつなぐことができるのは、わたしだけなのかもしれない。

キッチンの時計に目をやって、彼女は決断を下した。きょうはウィルの忠告どおり、直感に従うとしよう。サロンには病気で休むと電話を入れよう。

しかし彼女はベッドの下に隠れるつもりはなかった。


「彼女、ここで何してるんだ？」

ネイサンが振り返ると、背後にホッジズが立ち、ビデオ・モニターを見つめていた。画面には、フィオナ・グラスの行なっている聴取の模様がリアルタイムで流れている。

「サーナクが呼んだんだよ」ネイサンは音声を消した。「いま話してる相手は、ペンブリーのご近所さんでね。なんでも彼は、二日前の夜、ゴミを出しているときに、教授のうちの車回しにSUVがバックで入っていくのを見たんだそうだ。七日と八日のあいだだな」

ホッジズはさらに部屋の奥へと入ってきた。「サーナクが彼女を使いたがったのか？　この件がアルヴィン殺しとつながってたらどうするんだ？」

ネイサンは肩をすくめた。「サーナクの判断だからな。とにかく、彼はつながりについては懐疑的でね。少なくとも、ここまではそうだった。スケッチの第一弾を見れば、考えが変わるかもしれないが」ネイサンはホッジズにスケッチを渡した。フィオナが数分前に完成したやつだ。

「これは誰だ？」ホッジズは訊ねた。

「このご近所さんの見た、ＳＵＶから降りてきた男。白人男性。四十代半ば。背は低く、がっちり体型」

「ジョギングの男がジルカーで見かけたやつに似てるな」ホッジズは言った。

「おれもそれを考えていた。それに車の特徴も一致している」

サーナクが狭苦しい部屋の入口で足を止めた。その視線がちらりと画面に向けられる。

「まだやってるのか」

ホッジズがサーナクにスケッチを手渡した。

サーナクは渋い顔でその絵を見おろした。「こいつがそれなのか？　じゃあ彼女がいま描いているのはなんなんだ？」

「手です」ネイサンは言った。

「手？」

ネイサンはモニターに目を向け、フィオナの仕事ぶりを見つめた。証人はくつろいで笑顔を見せている。その男はもう一時間以上そこにいて、ほぼノンストップでしゃべりつづけているのだ。フィオナはいつも、いいスケッチを描く鍵は聞き取りだと言う。そしてネイサンは、その技にかけて彼女に並ぶ者がないことを知っていた。

「証人が運転席の男は見えなかったと言っているので――」

「どうして男だとわかるんだ？」ホッジズが訊ねた。

ネイサンは笑みを浮かべた。「それこそフィオナが知りたがったことなのさ。で、彼がハンドルを握る手を一瞬見ていたことがわかった。本人は彼女が質問しだすまで、そのことに気づいてさえいなかったんだがね」

サーナクが何かつぶやいて首を振った。この警部補はソフトスキルをあまり重んじてはいない。フィオナの出す結果を気に入ってはいるが、その手法のほうは必ずしも信用していないのだ。

フィオナが画板をくるりと回し、証人にスケッチを見せた。証人は熱心にうなずいて、何か言った。ネイサンはボリュームを上げたが、どうやら聴取はもう終わりのようだった。フィオナはスケッチに定着液をスプレーし、男と握手を交わした。そして男を部屋から送り出し、書類に記入させるため制服警官に引き渡した。

「どうも気に入らんな」サーナクがそう言ったちょうどそのとき、フィオナがモニター・ルームに顔をのぞかせた。

「終わったわ」彼女はネイサンに二枚目のスケッチを渡した。

彼女のいつものスケッチとちがい、そこに描かれているのは、車の運転席側のドアと、その窓から見える、ハンドルにかけられたふたつの手だった。ドライバーは左手の小指に特徴のある指輪をはめている。フィオナは画用紙の左下にその拡大図を描いていた。それはずんぐりした四角張った指輪だった。男は毎日、同じ装身具を着ける傾向がある。だからこれは有益な情報だ。

「これはダイヤモンドですかね？」ネイサンはサーナクにスケッチを回した。

「いずれにせよ、ダイヤのように見える何かよ」フィオナが言った。「証人は、光が反射したからそれに気づいたと言っているの」

「これは使えるな」ネイサンはわかりきったことを言った。サーナクが渋い顔でスケッチを眺めていたからだ。この警部補は、フィオナのスケッチにはいい面と悪い面があると考えているのだろう。いい面は、これでペンブリー事件の手がかりが得られたこと。悪い面は、その手がかりがアルヴィン殺しとのつながりを示唆しており、それゆえにフィオナのスケッチの証拠能力がたったいま消えてしまったことだ。警察としては、その妹が容疑者である事件を解決するのに、フィオナの絵を使うことはできない。

少なくともあからさまに使うことは。

ネイサンはホッジズと目を見交わした。否でも応でも、フィオナはたったいまつながりを立証したのだ。つぎの仕事は、そのつながりが何を意味するのか解明することだった。

サーナクがスケッチを返した。「これを署内で配布しろ」彼はびしりと命じた。「だがこのことが少しでもメディアに漏れたら、おまえら、ただじゃすまんからな」

コートニーはスツールにするりと腰かけ、カウンターに片肘をついた。店内をざっと見渡したあと、彼女はバーテンに視線を据えた。彼はコートニーがこの〈ラリアット・ラウンジ〉に足を踏み入れてからずっと彼女を目で追っていた。

バーテンはコートニーの前にナプキンを置き、じっと彼女を見つめた。コートニーのよく知っている目つきだ。この男は、お客の誰かに先を越されなければ、彼女を口説くつもりなのだ。「何にしましょう?」

「ケープ・コッド」コートニーはほほえんだ。「レモンをひと切れ添えてね」

彼が飲み物を作っているあいだに、彼女は店内にくまなく目を走らせ、以前はデイヴィッドを見るのに忙しくて目に入らなかった細かな部分をとらえていった。小さなステージの前のフロアは、キャンドルに照らされた十二卓ほどの小さなテーブルに占められている。両サイドにも席はあり、四角いテーブルが、壁際に置かれた革のベンチの前に並べられている。

いまは何組かのカップルがそこにすわって、低い声で話をしながら、カクテルを飲んでいた。男のほとんどは、出張中の金のあるビジネスマン、女のほとんどはその美しき連れといった感じだ。

「はい、どうぞ」

コートニーはバーテンに顔を向け、その注意を確実に引きつけるべく肩をくねらせた。今夜の服として、彼女はスパゲッティ・ストラップの黒いベビードール・ドレスを選んでいた。

「ありがとう」彼女は笑顔でバーテンを見あげた。彼は長身黒髪のいい男で、本人もそのことを自覚していた。「わたし、以前よくここに来ていたのよ。でもあなたのことは覚えてないな。新しい人なの？」

「もう三年」バーテンはほほえまなかったが、あのじっくり値踏みする男の眼で彼女を見つめた。

コートニーは手を差し出した。「コートニーよ」

バーテンはその手を握った。「ジェイソンです」

コートニーは細長い赤いストローで飲み物をかきまわし、ひと口だけ飲んだ。軽く頭をめぐらせ、テーブル席のほうを眺めると、ちょうど何組かのカップルが新たに到着し、席に着くところだった。「今夜は結構忙しそうね」

「歌手が来るからね」バーテンは、つややかな黒いピアノとともにステージに据えられたスタンドマイクを目顔で示した。「ルシンダ・メイソン。聞いたことあるんじゃない？」

「最近の音楽はよく知らないの」

カクテル・ウェイトレスがバーの向こう端に現われた。「ちょっと失礼」ジェイソンはコートニーにウィンクして、オーダーを聞きに行った。彼がいなくなると、コートニーは膝のバッグをカウンターの飲み物の横に置いた。そのブロンズ色の革のクラッチバッグは、きょう履いてきたバックストラップの靴にぴったり合っている。彼女はバッグのファスナーを開け、写真の切り抜きを取り出した。

ジェイソンは数人のお客をさばいたあと、もどってきて、カシューナッツの器を彼女の前へとすべらせた。

「ねえ、ジェイソン、わたし人をさがしてるのよ」彼女は赤い爪で新聞にあったイヴ・コールドウェルの写真を軽くたたいた。「前にここでこの人を見たことはない？」

バーテンは写真を見おろした。「あるよ」

「今夜はわたし、ツイてるみたいね。彼女を最後に見たのはいつ？」

「一時期、始終来ていたけどね。最近は見てないな」

「彼女、誰と一緒だった？」

バーテンはカウンターに腰をもたせかけ、首をかしげた。「きみと同じじゃつさ」

10

コートニーの息が止まった。「確かなの？」

「あの男は弁護士だろ？　金のある大物。チップをケチるやつ」

「その人よ」

「最近見ないな」バーテンは写真を顎で示した。「彼女もね」

それはふたりが死んだからよ。

コートニーは笑顔を保とうと努めつつ、切り抜きをバッグにしまった。「ふたりのどっちかが別の誰かと来たのを見たことはない？」

「きみ以外に？　ないね」

コートニーは飲み物を口にした。ふたりはしばらく熱い視線をからませ合っていた。そこへまた別のウェイトレスがやってきて、彼はオーダーを聞きに行った。

コートニーはスツールをくるりと回して、ステージのほうを向いた。まだ歌い手が現れる気配はないが、店内はすでにいっぱいだった。男たちの多くは、彼らが不適切な相手とここに来ていることを告げる、あのうしろ暗い雰囲気を漂わせている。なぜわたしはこれまでそのことに気づかなかったんだろう？　なぜ、同じこのバーにすわっていながら、自分が三千ドルのスーツを着た、チップをケチる弁護士に遊ばれているとわからなかったんだろう？　そのことを考えただけで、彼女の胸は焼けるようだった。しかし、店内を見回すうちに、激しい怒りは恐怖へと変わった。ここの常連だった人間のうちふたりはすでに死んでいる。いや、もっとかもしれない。

このホテルとそれらの死とのあいだには、どんな関係があるのだろう？　すべてを結びつけるものはデイヴィッドなのか、それとも、彼女自身なのか？　コートニーはカウンターに目をもどしたが、酒のボトルの奥にある鏡で人々の出入りを見守ることはやめなかった。

ジェイソンが彼女のグラスをさげて、新しいグラスに氷を入れた。彼はグレイグースとクランベリー・ジュースのミキシングにしばらく時間をかけ、それを見てコートニーは思った。何カ月も前のことなのに、この人はわたしの好みを覚えてたわけ？　それとも、これはただのあてずっぽうなの？　どうもはっきり覚えているようだけれど。

バーテンはコートニーの前に飲み物を置き、カウンターにてのひらをついた。「彼氏のこと、すごく怒ってるんだろうね」

「鋭いわね」

彼はさらに身を寄せてきた。「よかったら、彼のことを忘れられるように手を貸してあげてもいいよ」

コートニーは彼を見あげた。思わず頬がゆるんだ。六カ月ものブランクがあっても、この腕はまだ錆びついていないらしい。彼女には、魅力的な男に自分をほしいと思わせる力があるのだ。でもコートニーがいまほしい唯一の男は、彼女に何も感じていない。

少なくとも、感じていないふりをしている。

「とってもいい話ね」彼女はバッグから二十ドル札を一枚出して、手をつけていない飲み物の横に置いた。「そのうちお返事するわ」


コートニーはすぐに見つかった。彼女はボーイのそばに立ち、バッグから取り出した何かをその男に見せていた。ウィルはボーイの持ち場に乗りつけ、ギアをパーキングに入れると、サバーバンを降りた。

「失礼」彼はコートニーの腕をつかみ、あっけにとられて立ちつくす大学生のボーイから強引に彼女を引き離した。

「なんなのよ、ウィル？」

彼は助手席のドアを乱暴に開けた。「乗るんだ」

コートニーは小さなバッグを脇にかかえ、一方の手を腰に当てた。「どういうこと？　あなた、いまわたしを無理やり引きずってきたわよね？　頭がおかしいんじゃない？」

「乗るんだ」彼は繰り返した。

「いやよ」

ウィルはさらにそばに寄り、パワー全開、ブレーキなしの彼一流の死の眼で彼女をにらみおろした。彼女はびくともしなかった。くそっ。「これは警告だ、コートニー。おれはいま機嫌が悪いし、目下のところぐずぐず駆引きする気もない。さっさとそのケツを車に乗せろ」

コートニーはその一瞬、ただ彼を見つめていた。それから驚いたことに、彼女は言われたとおりにした。

ウィルはドアを閉め、運転席側に回った。「姉さんのところにいろと言ったはずだが」

「自宅監禁じゃあるまいし。わたしはどこへでも自分の好きなところに行けるのよ」

「なあ、事件の捜査をしてるのはきみじゃないんだよ。そこに気づいたことはないかな？捜査してるのは警察なんだ。それに、少女探偵のナンシー・ドルーみたいにあれこれ質問しながら町じゅう駆け回るのは、利口じゃないと思わないか？」

コートニーは手鏡を開いて、口紅を塗り直した。今夜、その口は消防車の赤だった。だが彼はそれを赤信号とみなさねばならない。

彼女は口紅を塗り終えて、バッグにしまった。「たぶん、警察が事件を解決してくれたら、こっちが代わりに捜査をしてあげることもないかもね。あなたたちは、わたしが苦情を申し立てもせず手を貸していることに、感謝すべきなんじゃないかしら」

ウィルは首を振って目をそむけた。それからサバーバンを発進し、ランドルフ・ホテルをあとにした。もう九時を回っている。彼はここ二日、眠っておらず、ここ十二時間、食べていない。なのに、睡眠と栄養を補給する前に、まずコートニーをなんとかしなくてはならないのだ。

「それはそうと、どうしてわたしの居所がわかったの？」

ウィルは考えた。ホテルで情報源を開拓したことを彼女に話していいものだろうか。先日、話を聞いたあの受付の女性は、ベアトリス・モリスや、アルヴィンと交流のあったそのほかの女を見かけたら、彼に連絡することに同意してくれたのだ。だがコートニーがそういったことすべてを知る必要はない。

「きみを監視しているからさ」彼は言った。「同じことをしてるやつはおそらくほかにもいるだろう。たしかきみは用心すると言ってたよな」

「用心してる。でも役に立とうともしてるの。あなたはデイヴィッドがイヴ・コールドウェルという女性とつきあってたのを知っていた？」

「いや」わずかに興味をそそられ、ウィルは言った。「それは誰なんだ？」

「三十二歳の不動産業者。テキサス大卒。どこに行くつもり？」

「きみの姉さんのところだ」

「あそこには行きたくないな。その信号を左折して」

「どうして？」

「見せたいものがあるの」

「そうじゃない、どうして姉さんのところに行きたくないんだ？」

コートニーはいらだたしげな目をこちらに向けた。きっとはぐらかすな、とウィルは思った。「あそこは居心地がよくないのよ」彼女はそう打ち明けて、彼を驚かせた。

「実の姉貴だろうに」

「でも婚約してるし。三人じゃ多すぎるの、わかる？　ここで曲がって」

ウィルは交差点の前で停止し、ため息をついた。こんなことをしている暇はないのだ。それに、彼女が何をする気にせよ、それはおそらくいいことじゃない。

「事件に関係あることなのよ」彼女は言った。「絶対ほんと」

ウィルは彼女に目を向けた。座席の破れたビニールの上の、きらきら輝く蠱惑的《こわくてき》なその姿に。それから彼はウィンカーをつけた。「おれの住んでた田舎じゃ、そんな格好をしてるだけで逮捕されかねない。きみはもっと目立たない服装を考えるべきだな」

コートニーはぐるりと目玉を回した。「勘弁してよ」

「これは冗談じゃないんだ」ウィルは彼女の脚を眺めた。このドレスは短すぎる。それに、靴は――

コートニーが脚を組んだ。視線を上げると、彼女はこちらを見ていた。彼は前方に注意をもどした。信号が青に変わった。

「どこへ行く気なんだ？」

「ハイウェイ三六〇号線」コートニーは言った。「橋の南よ」

「ホテルでは誰と話した？」

「いろんな人。バーテンもボーイも、デイヴィッドとそのイヴという女を覚えていた」

「なるほど、彼は女たらしだったわけだ。だからなんなんだ？」

「彼女、死んだの」

ウィルは歯ぎしりした。彼はちらりとコートニーを見やった。「いつ？」

「この前の火曜日」

ウィルはオースティン西の丘陵部を行くカーブの多い道をたどっていった。視野の隅に鹿が現われはしないかと、彼は絶えず警戒していた。また、尾行も警戒していたが、つけてくる者はいなかった。

「その女性はどんな死にかたをしたんだ？」彼は訊ねた。「オースティン警察はイヴ・コールドウェルの事件を扱っていないが」

「〝自転車事故〟だったの。新聞によればね。でもわたしはそんなこと信じてない」

「事故のあった場所は？」

「これから見せてあげる。つぎの信号を右折して」

ウィルは右折車線に入った。頭蓋骨のなかの痛みが鬱陶《うっとう》しい。もう何日も軽度の頭痛がつづいており、彼にはその原因がわかっていた。それを引き起こすのは、コートニーが大きな危険のただなかにいるという確信なのだ。

その危険の正体を、彼は一刻も早く知らねばならない。

「ところで」コートニーが言った。「あなたはオースティンに来たばかりなんでしょ?」

「三週間前だな」

「それじゃたぶん知らないだろうけど、わたしたちはいま、この町屈指の景観を誇るサイクリング・ルート、〈キャピタル・オブ・テキサス・ハイウェイ〉を走っているのよ。春はとくに、自転車乗りの連中に大人気。どこもかしこも青いルピナスに覆われるの」

景色を観賞するにはもう暗すぎたが、丘と丘のあいだからは、議事堂のドームとテキサス大の時計塔がひときわ高くそびえるダウンタウンの稜線《りょうせん》がのぞいていた。道はカーブした深い小径となって石灰岩のあいだを走っており、その小径が下りに入ったところでウィルは減速した。

コートニーがドアを開けて車から飛びおり、ウィルもそれに倣《なら》った。彼女は坂道を下っていく。そのあとを追っていくと、小石を踏みしめ靴がジャリジャリいった。サバーバンのヘッドライトが長く黒いふたりの影をアスファルトに落としていた。

コートニーが足を止め、あたりを見回した。「あったわ」

「え？」

「十字架。彼女が転落したのはここよ」コートニーは草深い斜面を下りはじめ、ヘッドライトから遠ざかっていった。ウィルはポケットからペンライトを出し、黄色と白の新しい花束に取り巻かれた白い十字架を照らした。「事故の調査をした連中によると、彼女は早朝、サイクリングをしてたんだって。目撃者はいないけど、連中は彼女がこの丘まで来て、自転車の運転を誤り、あの谷にすべり落ちたものと見ているの。ヘルメットはかぶっていなかったのよ」

ウィルは崖の上から岩だらけの暗い谷間をのぞきこんだ。「ありうるな」

「ただし、彼女の仲間たちはそうは思ってない」

「なんだって？」

「彼女がヘルメットなしでサイクリングに行くはずはないって」

いらだちの新たな波が押し寄せてきた。「いつその仲間たちと話したんだ？」

「彼女のお葬式で。きょうの午後だったの」

「彼女の葬式に行って、仲間たちにあれこれ訊いたっていうのか？」ウィルはコートニーの腕をつかんで、こちらを振り向かせた。

「彼女は殺されたんだと思う。殺されて、あの谷に捨てられたのよ。でなきゃ、道路から追い落とされて――」

「おい、いい加減にしろ、きみは捜査員じゃないんだぞ！」

コートニーは自分の腕をつかむ彼の手を見おろした。ウィルは手を離した。

「イヴはヘルメットなしでは絶対、サイクリングに行かなかったのよ」彼女はなおも言った。「なのに、そうしたとたん、ひどい事故に遭ったわけ？　それじゃ話ができすぎてる。だってほら、あれを見てよ！」彼女は谷を指し示した。「ハイウェイから十五メートルもある。どうしてあんなところにたどり着くのよ？　彼女はサイクリング歴が長かった。道は乾いていた。彼女が運転を誤るわけないし、ヘルメットなしであそこまで行くわけないわよ」

「コートニー――」

「彼女はわたしと同じころ、一月に、デイヴィッドとつきあっていた。自分がランドルフ・ホテルで彼女に気づいて、嫉妬したのを覚えているの。あの人はデイヴィッドに気があるんだとわたしは思った。そして彼女は、デイヴィッドが殺された翌日、死んだのよ」コートニーは向きを変え、にわか造りの墓標を見つめた。そこに立つ彼女はひどく悲しげに見えた。その女性と知り合いですらないというのに。

「あのね、わたし、父親が死んで以来、お葬式に出たことがなかったの」彼女の声は沈んでいた。「なのに、一週間のあいだに二度も出るなんてね」

自分を抑える間もなく、ウィルはつい手を伸ばして彼女に触れてしまった。コートニーは彼を見あげた。

「行こう」顔をそむけて言った。

ウィルは斜面を踏みしめ、トラックまで登っていった。背後からは、コートニーの足音が聞こえていた。彼は助手席側のドアを開けた。

「わたしたち、これからどうすればいいの？」

「おれたちは何もしない」彼はコートニーを車内へと追いたてた。「きみは姉さんの家に行くんだ。おれはこの手がかりを追う」


フィオナのソファで二度目の夜を過ごしたあと、コートニーは本格的に整体師を必要とする状態になっていた。彼女の予算が許すそれにもっとも近いものは、〈ベラドンナ〉のマッサージ師だ。そこでコートニーはきょう、どの休憩時間かに、その女性に無料のネック・マッサージをたのむことにした。肩をもみながら、彼女はキッチンに入っていった。すると食卓にはジャックがいた。

「おはよう」

ジャックは新聞から顔を上げた。ボタンダウンの白いシャツに黒いズボンという格好の彼は、芸術家肌のフィオナには保守的すぎる感じがした。もっとも、フィオナとジャックはそもそも、正反対のものに惹かれ合うパターンだったわけだが。

「濃いコーヒーがあるよ」ジャックにそう言われ、コートニーは気づいた。わたしはひどい顔をしてるにちがいない。きょうはいつもより長めにメイクに時間をかけなきゃ。

彼女はマグカップを出して、コーヒーを注いだ。「フィオナはもう出かけたの？」

「六時にね」ジャックは言った。「コンビニ強盗だそうだ」

「その店、防犯カメラはなかったの？」

ジャックは立ちあがってコーヒーのおかわりを注ぎ、コートニーは自分のにクリームを入れた。「作動していなかったんだろうね」

コートニーは椅子にドスンと腰を下ろし、キッチンのこちらから未来の義兄を眺めた。彼女には男のきょうだいがいない。本当の意味では、父親もだ。彼女にとって身近な男性と言えば、祖父だけだった。ふつうの家族を持つというのはどんなものだろうと彼女は思った。

「フィオナがきみのことを心配してるよ」コーヒーを飲みながら、ジャックが言った。

「わかってる」

「ぼくも心配だ」

コートニーはため息をついた。

「どうだろう、何週間か休暇をとってみたら？　カリフォルニアの友達を訪ねるとか。海のほうに行ってもいいね。パドレ島なら、車でたった五時間だし」

「そうできたら、すてきだと思う。でも旅行したり休みをとったりする余裕はないのよ」

「その分は、フィオナとぼくに持たせてもらえないかな」

喉に塊がこみあげてきた。ジャックとフィオナだって余分な金はないのだ。蓄えは全部この家と間近に迫る結婚式に注《つ》ぎこんだのだから。

「ありがとう」コートニーは言った。「でもそんなことしてもらうわけにはいかない。それにどのみち、だめなのよ。警察に町から出ないように言われてるから」

ジャックはコーヒーを脇に置いた。「実は、あれこれ調べてみたんだけどね」

「わたしも」

彼は厳しい目をこちらに向けた。「これは複雑な事件で、複数の人物がかかわり、複数の工作が行なわれている。つまり金がかかってるってことだよ。何者かがきみの家に押し入った。何者かがよそを介してきみのパソコンにメールを送った。何者かがきみを巻きこむために、公園と、おそらくランドルフ・ホテルに、目撃者を仕込んだ。何者かがふたりの人間を殺そうとした。また、別の何者かがその人物を現場まで車に乗せていった。そして今度は、消えた教授だ。ネイサンはこの人物も事件に関係ありと見ている。ぼくが何を言わんとしているか、わかるかい？」

「わたしは何か恐ろしいことのただなかにいる。それはわかった。ありがとね」コートニーは深く息を吸いこんだ。もうジャックにイヴ・コールドウェルの話をする気はなくなっていた。

「最初、ぼくらはただ、きみが罪を問われることだけを心配していた。でもいまでは、きみの身の危険まで案じているんだ」

「わたしもよ」

ジャックはあの灰色がかった青い目でじっと彼女を見つめた。彼は気遣わしげな顔をしていた。兄貴らしく。こんな経験は初めてだ。そう気づくと、胸がきゅんとした。コートニーはほぼいつも、友人や家族としてでなく、恋人か敵として男を見てきたのだ。

「きみがフィオナを心配性だと思っているのは知っているよ。でもそれは、彼女がきみを思っているからなんだ」

「わかってる」コートニーは立ちあがって、ジャックの肩をたたいた。「それに、ちゃんと用心するから。ほんとよ」

「駆けずり回ってあれこれ調べていたんじゃ、用心してることにはならないよ」

グウェン・ステファニーがキッチンの調理台で歌いだし、コートニーは邪魔が入ったことにほっとした。彼女はタイルの床の上を進み、携帯電話を取った。表示されていたのは、ウィルの番号だった。

「もしもし」

「サロンへの出勤は何時だったかな?」

コートニーは電子レンジの上の時計に目をやった。「一時間後ってとこ。どうして?」

「おれが迎えに行くよ」

二週間前、コートニーはひとりだった。それがいまは、保護したがる強い男たちに取り囲まれている。「そんな必要ないわよ。バスに乗るから」

「四十分くれ。家のなかで待っていろよ」

ウィルは通話を切り、コートニーはバッグに携帯を入れた。

切れる警官ジャックは、すべてを見抜いていた。「ホッジズかい？」

「ええ」

彼は顔をしかめた。「あの男には気をつけないとな。きみを調べているわけだからね。信用しちゃいけないよ」

「ご心配、痛み入ります」なぜ彼の意見が気に障《さわ》ったのか、わからない。しかしそれは気に障った。ジャックは、昨夜ちょっと言葉を交わしただけで、ウィルにはほとんど会ったこともないのだ。

「ネイサンなら信用できる」ジャックはつづけた。「あいつは警官である以前に友達だからね。ホッジズは新人だ。これはあの男にとって初の殺人事件だし、本人はたぶん自分の能力を証明したがっているだろう。だから彼の前では発言に注意するんだ」

コートニーが時計に目をやると、ジャックはその含みに気づいた。

「ぼくが出かけたら、ドアに鍵をかけるんだよ」彼はカウンターから鍵をつかみ取り、シン

で、
た。

コートニーはこちらに向き直って、腕組みした。

「キャンセルできない？」

「無理」

「誰かに代わってもらったらどうだろう？」

コートニーはしばらく彼を見つめていた。それから、腕時計にちらりと目をやり、ため息をついた。「なんとかしてみる」

彼女は廊下の奥へと消え、ウィルは、変身のさまざまな段階にある女たちの好奇の視線を浴びながら、サロンの中央に取り残された。彼はコートニーの作業スペースに目を向けた。そこはきれいだった。清潔そのもので、床にも髪の房ひとつない。私物もほぼ皆無。鏡の下の角部に写真が一枚はさんであるだけだ。ウィルは身をかがめて、その写真をのぞきこんだ。そこにはコートニーとフィオナが写っていた。ふたりともセーターにジーンズという格好。雪だるまの横に膝をつき、カメラに向かって笑っている。

「いいわよ」

ウィルは顔を上げた。コートニーはバックパックを肩にかけ、光沢のある赤いハンドバッグを手に持っていた。

ふたりは冷え冷えしたサロンから蒸し暑い戸外に出た。すばやくあたりを見回しながら、ウィルはサバーバンまでコートニーを連れていった。彼女は車の床にバッグを放って、助手席にひょいと飛び乗ると、膝の上でスカートをなでつけた。きょうの彼女は、白いサンドレスを着て、髪をポニーテールにしていた。ドレスはまさに五〇年代の主婦風なのだが、どういうわけかその赤いハイヒールは彼にあらぬことを想像させた。

「きょうはもう上がり」ウィルが運転席に着くと、コートニーは言った。「残りの予約二件はほかの人に代わってもらった」

「どんな手を使ったんだよ?」

駐車場を出ると、コートニーは身を乗り出して、ラジオのつまみをいじった。「今夜デートなんだけど、彼が待ちきれずに来ちゃったって言ったの」

ウィルは彼女を見た。

「みんな、あなたのことをわたしの新しいホットな彼氏だと思ってるのよ」彼女は座席に寄りかかって、横目でちらりとこちらを見た。「何か？　わたしがみんなに、あれは殺人課の刑事だなんて言うとでも思ってた？　自分が調べられてるなんて？　冗談じゃないわ」

ウィルは左折して、午後の車の流れのなか、すいすい車を進めていった。ふたたびコートニーに目をやると、彼女は笑みを浮かべていた。

「なんだよ？」彼は訊ねた。

「なんでもない」

「どうして笑ってるんだ？」

「ボスに信じてもらえなかったから。彼女、あなたがわたしのタイプだとは思えないって言うの。だから、あの人はベッドで最高なんだって言っておいた」

ウィルは歯を食いしばった。

「ボスはエロチックなマッサージ・オイルをすすめてくれた。だからもしその気になったら――」

「おい、コートニー」

「冗談よ。ああもう、ほんとくそまじめなんだから。それはそうと、いまどこに向かってるの？」

「洗車場」

コートニーは周囲に目を走らせた。「なるほど。それで、わたしが必要だってのは、どうして？」

「見せたいものがあってね。とりあえず、これに目を通してくれないか」ウィルはうしろに手をやって、茶色っぽい紙のファイルを床から拾いあげた。なかには、犯罪者の顔写真や運転免許証写真がずらりと並ぶコピー用紙が数枚収められている。そのまんなかに位置するのは、ジルカー・パークのジョギング男の運転免許証写真と、前科のあるアルヴィンの元義弟の顔写真だ。

「この人たち、容疑者なの？」コートニーはぱらぱらとページを繰った。

「それについてはコメントできない」

彼女は目玉をぐるりと回した。「で、何をさがせばいいわけ？」

「ただ、見覚えのあるやつがいないかどうか教えてくれ。ランドルフ・ホテルで見かけたとか。ほかのどこでもいい。とにかく見たことのあるやつだな」

ベアトリス・ムーアことベアトリス・モリスはいまだ行方不明だ。ジルカー・パークでの彼女の話は、ジョギング男の話と食いちがっている。つまりどちらかが嘘をついているわけだ。アルヴィンの元義弟はと言えば、彼はずっと昔に加重不法侵入で二年服役している。この男はドラッグをやっていたが、保護観察官によればいまはもう手を出していないという。彼の身体的特徴は、ジョギング男の話やペンブリーの隣人の話とは必ずしも一致していないが、それで彼を除外できるとまでは言えない。ウィルには、コートニーがこの男を知っているかどうか確かめる必要があった。

しかしコートニーは何も言わず、その顔写真を通過した。やがて彼女は最後のページにたどり着き、フィオナのスケッチのコピーを見つけた。

「姉が描いたのね」彼女はスケッチを掲げ、端のほうに押された日付印の横のイニシャルを指さした。

「そのとおり」

「これは誰？」

「わからない。見覚えあるかい？」

コートニーはスケッチをじっと見つめて首を振った。「ぜんぜん」

ウィルは、とあるファーストフード店の駐車場に乗り入れた。その店は〈バブルハンド・カーウォッシュ＆ディテイリング〉に隣接している。車を入れたスペースは、アルヴィンの元妻の弟が立ち、クリップボードに何か書きこんでいる洗車場の真向かいだ。そいつはラップアラウンド型のサングラスをかけているが、その体型やしぐさはコートニーの記憶を呼び覚ますかもしれない。ウィルは後部座席から小型の双眼鏡をストラップをつかんで引きあげ、彼女に渡した。

「オーケー、入口の持ち場にいるあの男たち、わかるよな？　連中をようく見てくれ。見覚えのあるやつはいないかな?」

コートニーは双眼鏡を受け取り、男たちのほうに顔を向けた。「どの男?」レンズを調節しながら、彼女は訊ねた。

「ただ、見覚えのあるやつがいたら、そう言ってくれ。あの日、ジルカー・パークで見かけたやつはいないかな? きみはランドルフ・ホテルであのなかの誰かを見てるかもしれない。あるいは、近所をうろついているのを」

ウィルは待った。

「そうね、あのまんなかの男。サングラスをかけてるけど……」

「うん」

「彼はさっき見せてもらった写真のなかのひとりに似てるわね」

「なるほど。だが、あの男をほかのどこかで見たことはないかな? あの動作をようく見て。それと、体つきも」

コートニーは双眼鏡を返した。「あの人じゃないわ」

「確かなんだな」

「絶対よ。あれじゃ背が高すぎるもの」

ウィルはコートニーの顔をじっと見つめた。どうやら確信があるようだ。おそらく彼女の言葉を信じるべきなんだろう。長年にわたる事情聴取の経験から、彼は身長をもっとも正確に見積もるのは平均より背の高い独身女性だということを知っていた。彼女たちはそこに注目するのが習いとなっているため、男の背丈を瞬時に見定められるのだ。

しかしコートニーがあのときの襲撃者だと認めなかったとしても、あいつが関与した可能性はまだ残っている。彼がレイチェル・アルヴィンに雇われて車の運転役を務め、実際の襲撃はほかの誰かが行なったということも考えられる。ネイサンは明日、あいつを連行し、この線を追及するつもりでいる。

「誰かがあの男を雇って、デイヴィッドを殺させたって言うの?」コートニーが訊ねた。

「それについてはコメントできない」

だが、まさにそれこそ彼が考えていることだった。アルヴィンの前妻は、アルヴィンが死んでからというもの、毎日のように〈ウィルカーズ&ライリー〉を悩ませている。それに事件のほんの数週間前には、株式の口座から多額の金を引きおろしているのだ。

ふつうならこれですべて説明がつく。ほかに犠牲者がいる可能性さえなければ。仮に前夫に死んでほしかったとしても、なぜレイチェル・アルヴィンはコートニーまで殺そうとしたのか? それに、アルヴィン殺しとペンブリー失踪のつながりはなんなのだろう? また――コートニーの仮説に考慮の価値があるとしてだが――イヴ・コールドウェルの死とのつながりは?

この事件はとにかく厄介だ。彼の最初の殺人事件だというのに、どうにも手に負えない。

ウィルはバックで車を出し、駐車場をあとにした。

「ご協力に感謝するよ」彼は言った。

「そりゃどうも。時間の無駄だったわね」

ウィルはため息をついた。

「ねえ、あなた、疲れてるみたい。顔色も悪いし」

顔色だと？

「それに目も充血してる」コートニーは本気で心配しているようだった。「わたし、午後は休みなのよ。どこか一緒に行かない？　湖畔を散歩するとか？」

「無理だな」

「もっとあとならどう？　ひと晩休んだら？」

無理だ。彼女と一緒には。

彼はコートニーに目をやった。男に対してここまで自信のある女には、これまで会ったことがない。彼女は事実上、彼をデートに誘っているのだ。そう思うといい気分だった。それに心をそそられた。

とはいえ、なんともしようがない。どうして彼女はわからないんだろう？

あるいはわかっていながら、気にしていないのか。目的は、おれをおびき寄せ、操り、ちがう目で事件を見るよう仕向けることだから。

くそっ。考えかたがウェッブと同じになってきてるぞ。相手は運命の女《ファム・ファタール》なんかじゃない。コートニーだ。彼女に人を殺せないことはわかっている。しかしその証拠は何もない。だから彼女はいまも容疑者なのだ。

コートニーは期待をこめて彼を見つめていた。

「無理だよ」彼は言った。

彼女は目をそむけた。

「いまはまずいんだ――」

「もういい。わかったから」コートニーは顔をそむけたままだった。「どうせ、あとでフィオナと会う約束だったの。彼女、ドレスの仮縫いがあるのよ」

「ドレスの仮縫いにきみの立ち会いが必要なのかい？」

「結婚式のドレスだもの。もう行くって言ってあるし」

「楽しそうだな」ウィルは嘘をついた。

コートニーがちらりと目を向けた。

「わかった、認めるよ、退屈そうだ。なぜ彼女ひとりじゃだめなんだ？」

「フィオナはわたしの姉だから」

ウィルは首を振った。彼には女のきょうだいはいない。仮にいたとしても、服の試着につきあう気はなかった。

ウィルは信号で停止した。車内に沈黙が落ちた。彼は咳払いした。「そうすると……フィオナの家に行けばいいのかな？　それともサロンにもどろうか？」

「フィオナの家に行って」コートニーはきびきびと言った。「彼女と過ごすことにする」


「どうしても金の問題がひっかかるんだよな」デヴェローが言った。

ウィルは、発泡ポリスチレンのコップやサンドウィッチが散乱する会議テーブル越しに相棒を見つめた。彼らは土曜の休みを返上して、これまでにつかんだ手がかりを見直しているのだった。ウィルはたったいま、一同にコールドウェルという女のことを話したところだ。

「この事件の裏には誰か金のあるやつがいる」デヴェローはつづけた。「そしてコートニー・グラスは自分名義で二千ドルしか持っていない。だから犯人は彼女じゃないわけだ」

「ほう、どうしてわかる？」ウェッブが言った。「これは人を雇った殺しじゃないかもしれない。彼女が逆上して、元彼とその新しい女を殺したのかもしれないぞ。ありゃあ嫉妬深いタイプに見えるし」

ウィルは歯ぎしりした。なぜウェッブは嫉妬に狂った愛人という線から離れられないんだ？

サーナクがこちらに顔を向けた。「コートニー・グラスには自転車事故の朝のアリバイはあるのか？」

まずないだろう。事故があったのは、明けがたなのだから。「調べてみます」彼は言った。

「アルヴィンには資金源がふたつある」デヴェローが言った。「細君の実家と、本人の弁護士業だ」

サーナクが眉を寄せた。「彼が最後に扱ったでかい案件はなんだったかな？　例の薬がらみの訴訟か？」

「ダイエット剤です」ウィルは言った。

「しかしあれは、えー、どれくらいだ？　もう半年前の話だろう？　ほかには何がわかっているんだ？」

ウィルはぱらりとファイルを開き、アルヴィンの助手から引き出した情報を見おろした。

「被害者は去年一年、その薬剤の件にかなりの時間を割いています。裁判は一月でした。その後は、あれこれ小さな案件を手がけているものの、ほぼずっとのんびりしていたようです」

「ゴルフコースを回ったり」ウェッブが茶々を入れた。「尻軽どもをひっかけたり」

ウィルは用心深く無表情を保った。「彼と一緒にその裁判を担当した女も、やはりのんびりしているようです。事務所を創設したふたりのパートナーもです。助手によると、あの事務所で本当に仕事をしているのは、平弁護士と補助職員だけなんだとか」

サーナクは顔をしかめた。ウィルには、警部補が何を考えているのか見当がついた。これは犯罪の証拠というより、むしろ鬱憤のたまった従業員の愚痴のように聞こえる。

「薬の件を調べてみたんですが」ウィルはそう言って、剝ぎ取り式ノートを繰っていった。「それは、ある女性の死の原因とされるダイエット剤の製造物責任を問う裁判でした。その女性は投資銀行の行員で、二児の母でもありました。遺族は訴えを起こし、六千万ドル勝ち取りました。その大部分は、懲罰的損害賠償金です。事務所の取り分は、二百四十万となるはずでした。ところが原告側は上訴を回避するため、金額を下げて決着をつけ、賠償額はトータル五千百万、事務所の取り分は二百万ちょっとになったのです」

「なぜ金額を下げたんだ？」ウェッブが訊ねた。

「さあ」

「上訴となるとえらく時間がかかるからな」サーナクが口をはさんだ。「遺族はそれ以上待ちきれなくなったんだろうよ。額が減っても早くほしかったのさ。よくあることだよ」

「あるいは、何か不安材料があったのか」デヴェローが言った。「上訴となったら負けると思わせるような何かがな。上訴の果てに、判決がひっくり返ることだってあるわけだろ？そこには大金がかかってたわけだし」

この仮説にはみんな困惑顔だった。しかしウィルはその点を調べてみようと心に決めた。

「税金関係で何かないかな？」デヴェローがウィルを見て言った。「アルヴィンか事務所かに国税庁が目をつけてる形跡はなかったかい？」

ウィルは首を振った。「なかったね」

ウェッブが鼻を鳴らした。「当然さ。あそこのやつらの半数は、税法を扱ってるんだ。違法なことをしたって、当局にゃばれっこないね」

「オーケー、それじゃ〝ヴィンナの女王様《ウィーニー・クウィーニー》〟にもどろう」デヴェローは椅子の背にもたれた。「仮に彼女が旦那とその女を消したかったとしよう。彼女にはそれを実行するだけの金があるし、たぶん周囲には力になれる人間もいるだろう。親父さんはいまも現役なんだよな？」

「ああ、そうだ」ウィルは言った。

「だったら、その親父さんが娘の問題を解決するために殺し屋を雇ったのかもしれない」デヴェローはウェッブに目を向けた。「父親の銀行口座を調べたんだろ？」

「別に不審な点はなかったよ」

ウィルはイタリアン・サンドのぐちゃぐちゃの切れっ端を押しやって、サーナクに視線を向けた。この警部補はテイクアウトとコーヒーだけで生きているらしく、いかにもそんなふうに――トリプルバイパス手術まであと一歩に見えた。おそらく事件へのメディアの注目がいろいろな面で障害となっているのだろう。そのうえ――これが最大のストレス要因なのだろうが――デヴェローの得た情報によれば、警察署長はアルヴィンの義父のゴルフ仲間なのだ。当然ながらあの一族は捜査の進展を強く望んでいるはずであり、サーナクとしては一刻も早く犯人を挙げ、本件を地区検事に放り投げたいところだろう。

「例の教授のほうはどうなってる？　あのペンブリーって男は？」ウェッブがデヴェローに訊ねた。「彼はアルヴィンかそのかみさんを知ってたのか？」

「個人的なつきあいはなかったようだ」デヴェローは言った。「ただ、アルヴィンに関する記事がひとつ、彼の書斎に残されていた。何カ月か前の人物紹介だがね。教授はそれをある雑誌から破り取っていたんだ」

「レイチェル・アルヴィンの弟のほうは？」サーナクがデヴェローに訊ねた。「彼について調べてたろう？」

「いまも調べてますよ」デヴェローは答えた。「しかしあの金の引き出しは、結局なんでもなかったようです。彼女はそれを子供に買ってやる車の頭金にしていたんで。ですが資金源は追いつづけるべきだと思います。この件じゃ、誰かがそれなりの出費を強いられてるはずですから」

ウェッブがため息をついた。「おれはもういっぺんあの法律事務所に行ってみる。何かつかめるかもしれないからな」

「こっちは殺し屋の線を追いつづけるよ」ウィルは言った。「そろそろもう一度、風紀課を訪ねてみる頃合《ころあ》いだ。連中はプロが雇われた可能性について、彼らの情報屋に訊き回っているはずなのだ。

「コートニー・グラスともう一度話してみろ」サーナクがウィルに命じた。「アルヴィンの仕事について、何か知らないか確認するんだ」

「それならもう訊きましたよ」ウィルは言った。

「じゃあ、もう一度訊け。彼女はあの男と寝ていたわけだからな。われわれが知りえんようなことを山ほど知っているだろうよ」


コートニーはいらいらしながらサロンのウィンドウの外を眺めた。ウィルは遅れている。それもひどく。もし十センチのハイヒールを履いていなかったら、とっくにバスの停留所まで歩いているところだ。

「わたし宛《あて》のメッセージ、ほんとに入ってない？」

ジャスミンはコンピューター・ゲームのソリテアから顔を上げた。「二時にキャンセルが入ったきりよ」

コートニーはこれで十度目の携帯のチェックをし、それから、踊るように鏡のほうへと向かった。あの男のために、彼女はわざわざ化粧まで直したのだ。なのに彼は時間を守りもしない。そもそも送り迎えするというのは、向こうの思いつきだというのに。コートニーは意趣返しとして、ブラウスのボタンももうひとつ余分にはずした。

「来たわよ」ジャスミンが言った。

ウィンドウに目をやると、ちょうどウィルの巨大なサバーバンが歩道の前に停まるところだった。それを見ただけで顔がほころんだが、彼女はすばやくその笑みを消し、サロンの正面口からつかつかと出ていった。ウィルは歩道の途中で彼女を迎え、厳しい顔をしてみせた。つまり、なかで待っているべきだと言いたいわけだ。

彼が助手席のドアをぐいと開けると、そいつは豚みたいにキイキイと悲鳴をあげた。

「この車、いつから乗ってるの？」コートニーは訊ねた。

「十八年前」

「うわ、年代物」彼女は車内を眺め回し、足もとの床に点々と散る小さな錆びにひそかに好感を抱いた。

「きみの乗るバスにはアルマジロの絵が描いてあるよな」

コートニーは笑顔で彼を見あげた。「ええ、でもちゃんと時間どおりに来るわよ」

ふたたびギーッと音がし、ウィルはバタンとドアを閉めた。コートニーは運転席側へと回っていく彼を見守った。きょうの彼は、黄褐色のカーゴパンツに、黒のTシャツに、ワークブーツという格好だ。コートニーははっきり、これは何かあるなと感じた。

「わたしたち、どこへ行くの？」車が動きだしたところで、彼女は訊ねた。

「どうしてどこかへ行くと思うんだ？」

「あなたが刑事の服装じゃないから。拳銃はどこに隠しているの？」

「さあ、どこかな」ウィルの口の片端が上がり、コートニーはふっと胸が温かくなるのを感じた。この人、わたしをからかってるんだ。彼女は彼にキスしたくなった。

「で、どこに行くの？」コートニーは重ねて訊ねた。

「野球場」

「や、野球場？」

ウィルは咳払いした。「ラウンドロック・エクスプレスのチケットが手に入ったんだよ。エクスプレスは３Ａ《トリプルA》のチームで――」

「エクスプレスがどういうチームかは知ってる。あなた、一緒に野球を見に行こうって誘ってるわけ？　デートってこと？」コートニーは頬をゆるめずにいられなかった。デートという命名に、居心地悪げな彼を見ると、なおさら。

「姉さんのうちにうんざりしてるみたいだから、ひと晩外で過ごしたら気が晴れるかと思ってね」彼は肩をすくめた。「おれのほうも気分転換できるしな」

コートニーの笑みが広がった。野球観戦か。楽しいことをして夜を過ごすのは数週間ぶりだ。そして、男がそこにからむのは数カ月ぶりだ。

彼女はふたたびウィルのほうへと視線をさまよわせ、Ｔシャツに包まれた筋骨隆々たる肉体をほれぼれと見つめた。ウィルは前方に目を据えたままだったが、彼女には彼が自分の視線に気づいているのがわかった。

「コマンドー・ルックってカッコいいわよね」コートニーは言った。「あなたにはスーツよりそのほうが似合ってる。ねえ、わたしのうちにちょっと寄れない？　ジーンズをはきたいの」

ウィルはちらりと彼女を見た。「ジーンズならもうはいてるじゃないか」

「これはおしゃれなジーンズだもの」

「おしゃれなジーンズ？」

「タイトなやつだからくつろげないの。それに、すごく高いし。それにこのシャツ、サテンなのよ。野球観戦に向いてるとは言えない」

「あと二十分で試合開始なんだ。まっすぐ行っても、最初のイニングは逃すことになるんだよ」

コートニーはため息をついて、前方の道に目をやった。これでもなんとかなるだろう。とにかく、すわれるだけ御の字だ。座席の安い張り地に頭をもたせかけると、肩の緊張がほぐれていくのがわかった。わたしはこれから野球に行く。デートをするんだ。

何より驚くのは、それが警官とのデートだということだった。

11

球場はファネル・ケーキとホットドッグの匂いがした。ウィルは周囲を埋めつくす家族連れや若いカップルに目を走らせたが、おしゃれなジーンズをはいている女性はコートニーのほかにはひとりもいなかった。

「何か飲む？」彼はコートニーの腰に手を添え、雑踏のなかを進んでいった。ふたりは売り子たちやマルガリータ・マシンや百はありそうなビールの売店を通り過ぎた。

「まず席を確保しましょうよ。自由席なのよね？」

「バックネット裏だよ」

コートニーの口がぽかんと開いた。「嘘でしょ！」

「職場のやつが手配してくれたんだ」

「すごいじゃない！」コートニーは彼の腕をつかんだ。「投球がよく見えるわね！」

人混みをかきわけて進みながら、ウィルは彼女にほほえみかけた。どうやらコートニーは、セクシー・ガールであると同時におてんば娘の要素も持ち合わせているらしい。彼女は足を速め、やがてふたりはセクション一一九にたどり着いた。

「こっちだ」彼は先に立って何段か下の列まで下りていった。かなり高い位置だが、ダイヤモンドがすばらしくよく見える場所だった。コートニーは空いたままの自分たちの席を見つけると、デニムの尻を無理やり列のあいだにねじこみ、ずらりと並ぶ観客たちの前を進んでいった。

「ほんとに最高よね」彼女は座席に腰を下ろすと、笑顔でウィルを見あげた。「バックネット裏だなんて、信じられない」

体がくっついてしまうことにうろたえまいと努めつつ、ウィルは彼女の隣にすわった。仕事を離れたいまは、緊張もいくらかほぐれていた。コートニーも捜査の対象というより、この場かぎりのガールフレンドのように思える。

しかしウィルが彼女をここに連れてきたのは、その捜査の話をするためなのだ。彼は良心の疼きを感じた。これは腹黒い手段だ――情報を引き出すために、こんなふうに彼女を連れ出すというのは。しかし人間はリラックスすると心を開くものだ。そして、ウィルが思いつくかぎり、球場は最高にリラックスできる場所なのだった。

「どうかした？」

「いや。どうして？」

「しかめっ面をしてたから」コートニーは彼の膝を軽くたたいた。「くつろいで。いまは勤務時間外なのよ。そもそも、この前お休みをとったのはいつなの？」

仕事を始めてから、一度も休みはとっていない。それどころか、丸ひと晩、眠ったこともほとんどなかった。彼は初日からバリバリ働く決意でこの仕事に入ったのだ。

「ビールをおごらせて」コートニーが立ちあがって、売り子に合図した。「チケットをもらっちゃったものね」

ウィルは、ビールの売り子が途中、数十本もの足を痛めつけながら、すっ飛んでくるのを見守った。ふたりのうしろで売り子が止まると、その列にぶつぶつと不平の声が広がった。売り子は、受け取った二十ドルの釣りをコートニーに返しながら、彼女のシャツのなかを盗み見ていた。

コートニーはふたたびすわって、白く泡立つコップを彼に手渡した。「乾杯」彼女は言った。「野球を見に来るのって何年ぶりかよ」

「前はよく来ていたの？」

「ときどきね」彼女はビールのてっぺんをずるずるすすった。「ロスにいたころ、つきあってた人がエンジェルズの熱狂的ファンだったの。彼、シーズン・チケットを持ってたのよ」

ウィルは話題を変えたくなり、グラウンドに目をやった。エクスプレスはチームのエース投手を使っていた。

「このピッチャーはいいよ」彼はコートニーに言った。「まあ、こいつのスライダーを見てみな」

つづく数打席をふたりは無言で見守っていた。コートニーは沈黙をいちいち埋めようとはしない。彼にはそれが快適だった。今夜の蒸し暑さとはちがって。

ウィルは彼女に目をやった。太陽が髪のところどころにある赤褐色の部分に反射している。その胸は汗でしっとりしていた。自分が着替えをさせなかったせいで、このシャツはだめになったのだろうか、とウィルは思った。

オクラホマ・レッドホークスが三塁打を放ち、スタンドからうめき声があがった。コートニーはうなじから髪を持ちあげ、ぐいとひねってまとめた。

「じきに涼しくなるよ」彼は空を見あげて言った。「日が沈めば、すぐ十度くらい下がるんじゃないかな」

コートニーは試合から視線を引きはがして、彼にほほえみかけた。「このままでも平気だけど。風が気持ちいいもの」

すっかり警戒を解いた彼女を見つめ、ウィルはふたたびうしろめたさを覚えた。いまは殺人事件の話を持ち出すのにいい時とは思えない。そこで彼は、彼女の家族について訊くことにした。

「きみとフィオナはずいぶん仲がよさそうだね」

コートニーはちらりとこちらを見て、またグラウンドに視線をもどした。「まあね」

ROMANCE & MYSTERY

二見海外文庫
8月の新刊

1108／illustration by 上杉忠弘

ROMANCE & MYSTERY

7月の既刊

好評発売中

英国レディの恋の作法

キャンディス・キャンプ=著
山田香里=訳

1,000円(税込) ISBN 978-4-576-11092-9

両親を亡くし、伯爵である祖父を訪ねてアメリカからロンドンへ渡った四姉妹の長女マリーは、ロイスという紳士に導かれ伯爵邸を訪れる。そこで淑女《レディ》になるための厳しいレッスンが…

その夢からさめても

トレイシー・アン・ウォレン=著
久野郁子=訳

900円(税込) ISBN 978-4-576-11091-2

大雪に旅路を閉ざされ、ケイド卿の屋敷に助けを求めたメグ。渋々と滞在を認めた彼も、いつしか共に過ごす時間を楽しむようになるが、ひょんなことから偽りの婚約をすることに……!?

「うまくいってるんだよな？」

彼女は冷笑した。「お互い、相手のためなら火のなかにだって飛びこむでしょうね」

「なるほど。で、うまくいってるのかい？」

彼女の目が彼にじっと注がれた。「場合による。だめなときもあるの。わたしたち、性格がまるでちがうから」

ウィルはビールを口にした。それはキンキンに冷えていた。この暑さには、これでなくてはいけない。

コートニーがこちらを見た。「あなた、お姉さんか妹さんはいる？」

「男きょうだいがふたり」

「仲はいい？」

「うーん、そうでもないな。ここ数年、あまり顔を合わせてないし。ふたりとも軍の現役なんでね」

コートニーの眉がひょいと上がった。「家族全員が軍人なの？」

「前はそうだった。親父はもう退役してるんだ」

「お母さんは？」

「おれが十六のとき死んだよ」

コートニーの顔が沈んだ。「どうして亡くなられたの？」

ウィルは座席の上で身じろぎした。なんでこうなるんだ？　質問するのはこっちのはずなのに。「白血病でね」

「お気の毒に」コートニーは言った。その目には誠意があった。

くそっ。おつぎはお袋のことを訊かれるのか？　彼はそこには触れたくなかった。

どうやらコートニーのほうも同じだったらしい。その目がふたたびグラウンドに注がれた。レッドホークスがさらに二点入れると、彼女は小声で悪態をついた。すっかり試合に熱中にしているようなので、彼は当面、個人的な話はおあずけにすることにした。

つぎの数イニング、ふたりは野球を話題に雑談して過ごした。コートニーはスポーツに詳しく、エクスプレスのことはあまり知らなかったものの、レンジャーズやアストロズ関係の情報には精通していた。

エクスプレスの打者が一発放ち、観衆は総立ちになって歓声をあげた。コートニーは口に二本指を入れ、ピーッと鋭く指笛を吹いた。彼女は振り返って、ウィルにほほえみかけた。

「ねえ、お腹すかない？」人々がまたすわると、彼女は背後に頭をめぐらせた。「あのホットドッグ、すごくいい匂い」

「じゃあ夕飯を買ってくるよ」ウィルは立ちあがった。これは態勢を立て直すいいチャンスだ。「もう一杯ビールをどう？」

「最高」

「ケチャップ？　マスタード？」

コートニーは尻ポケットから金を出したが、ウィルは手を振った。「こっちのおごりだ」

「タマネギ以外、全部入れて」コートニーはほほえんだ。「本当に何もかもよ。もしあったらハラペニョもね」

ウィルは場内売り場へと逃げだした。タマ、ネ、ギ、以、外、全、部。あのほほえみを見ればわかった。彼女はあとで彼とキスすることを考えているのだ。

それにしても、なんだっていきなり高校生みたいな気分になっているんだか。

これじゃどうしようもない。軌道修正しなくては。ここにいるのは情報を得るためなのだ。だが、このソフトなアプローチは功を奏していない。ここはもっと直接的にいく必要がある。ただし、直接的な会話は、彼の大好きな色気たっぷりのコートニーにバケツ一杯の冷水を浴びせることになるだろうが。

とはいえ彼女は率直な女性だ。だから、とにかくこっちも本音でぶつかり、アルヴィンについて訊ねてみよう。彼の法律事務所に関し何を知っているのか？　結婚生活については？　仕事については？　寝物語のさなか、彼はどんな秘密を洩らしたのか？　自分には情報が必要だ。そしてこれまでのところ、コートニーはその宝庫だった。

ウィルはホットドッグを取り、そこにあらゆる具材を詰めこんだ。それから彼は、自分たちの席へと下りていった。コートニーは体をねじって、すぐうしろの三人連れの男たちと話をしていた。この五イニング、連中は彼女のおしゃれな銀のスタッドつき尻ポケットを眺めていたにちがいない。

「ウィル！」彼に気づくと、コートニーは興奮した様子で手を振った。「あなた、チキン・ダンスを見逃したわよ」

それはありがたい。彼はコートニーに食べ物を手渡し、ほどなくふたりはホットドッグをむしゃむしゃやりだした。そうしながら、彼は新しいアプローチを模索していた。しかしどうもうまくいきそうにない。ふたりは野球ファンに取り囲まれており、まうしろの連中の興味はコートニーと試合とに二分されているのだ。

「ちょっとそのへんを歩いてこよう」彼は言った。「まだ球場全体を見てないものな」

ふたりはホットドッグを手にコンコースまで上がり、グラウンドをぐるりと回りはじめた。それはいい野球場だった。家族指向が非常に強く、外野裏にはさまざまな子供向けのお楽しみも用意されている。彼らはムーンウォークとロッククライミング用の壁があるところに向かった。そこでは、へたばりかけた男どもが連れの女性を感心させようとがんばっていた。

コートニーはディナーを平らげて言った。「スタジアムのホットドッグって大好き」彼女は指をなめた。「なぜかほかのよりおいしいのよね」

ウィルは自分のをもうひと口食べたが、すでに空腹感は消えていた。彼は通り過ぎしな屑入れにその残りを放りこんだ。

「ねえ、あなたに訊きたいことがあるの。でも嘘をついちゃだめよ」コートニーにいたずらっぽくほほえみかけられ、彼は一抹の不安を覚えた。

「なんだい？」

「きょうがわたしの誕生日だってこと、知ってた？」

誕生日だって？　くそっ。そう、きょうは彼女の誕生日だ。いま思い出した。初めてふたりが会ったとき、彼女の書類に生年月日が書いてあったっけ。

「きょうで二十七なんだよな」彼はそう言ってごまかした。「はぐらかしたわね。知らなかったんでしょ？　今夜、誘ってくれたとき？」

「知らなかったよ」ああ、おれは最低なやつだ。彼女はこれをデートだと思ってる。

コートニーは足を止め、笑いながら彼の手を取った。

コートニーは彼の手を引っ張った。「別にいいの。正直に言ってくれてよかった。とにかくその誠実さに何点かあげる。わたし、デートなんてもう長いことしてなかったのよ」

ウィルは隣を行く彼女に目をやった。彼の手を包むその手は温かくやわらかい。彼女が長いことデートをしていなかったなんて、とても信じられなかった。「どうして？」

「わからない」コートニーはため息をついた。「デイヴィッドのせいで、人とかかわるのがいやになったのかもね。男を断っているの。少なくとも、断とうとしている。しばらく同性愛者になろうかと思ったんだけど、どうもうまくいかないみたい」

ウィルは返事につまった。この女性が同性愛者になるなどとんでもない。それは全男性に対する犯罪だ。

コートニーが彼の手をぎゅっと握りしめた。ウィルは彼女が自分を笑っているのに気づいた。「あなたって、すごく変なときに赤くなるのね」

ウィルは咳払いした。「ところで」なんとすばらしい皮切り。「デヴェローと話をしたんだ」

「へえ」

「彼は、金に注目すべきだと思っている」

「お金ね」コートニーはホットドッグの包み紙を屑入れに放りこんだ。それからこちらを向いて、尻ポケットに両手をすべりこませた。「デイヴィッドのお金のことを言ってるの?」

「まあな。いいか、ここまで見たかぎり、この件はかなり込み入っている。多数の人間が関与しているし、これはおそらく、どこかに資金源があるということなんだろう」

「まるでジャックみたいな言いかた」

「ジャック?」

「フィオナのフィアンセ。彼は地区検事局の捜査官なの」

地区検事局のやつが嗅ぎ回っていると思うとおもしろくなかったが、とりあえずそのことは頭から払いのけた。「とにかく、きみの意見を聞きたいと思ってね。アルヴィンが何か危ないビジネスにかかわっていた可能性はないかな？　何かの取引でもめたとか？」

コートニーは眉を寄せた。「何も思い当たらないけど」

「誰かに金を借りてたなんてことは？　ギャンブルの借金があったとかさ？」

コートニーはちらりと彼を見あげた。その目からは輝きが消えていた。どうやら彼女はこの新しい話題を気に入ってはいないらしい。「彼はギャンブルの話なんか一度もしなかったわ」

「賭けはどう？　競馬は？　あるいは、スポーツ賭博とか？」

「いいえ」

ウィルはいらだちを押しのけた。彼はネイサンに見せられた手紙、ペンブリーから来たやつのことを思い出した。「ドクター・オークワードという名前に心当たりは？（オークワードには不器用の意味がある）そういう名前の人に会ったことはないかな？」

「ドクター・オークワード？　それってあだ名じゃないの？」

「かもしれない。彼が誰かドクターの話をしたことはないか？　もしかすると、仕事関係の知り合いかもしれないが？」

コートニーはちょっと足を止め、グラウンドを眺めた。「わたしたち、あまり話はしなかったから」

なるほど。自ら招いたことだが、それでもそう言われると、腹を蹴られた気分だった。

「扱っている訴訟のことはどう?」

「何かのついでに、話したかもしれない。でも何も覚えてないわ」

「オーケー。不動産関係はどうだろう? イヴ・コールドウェルは町の最大手の不動産会社に勤めていたんだ。だから——」

「ねえ、わたしは彼の仕事のことなんかなんにも知らないんだけど」コートニーは腕組みした。「わたしはただ彼とつきあってただけ。奥さんじゃないのよ。そういうことは奥さんに訊いたらどう?」

彼女の顔は冷やかだった。それを見て、ウィルは気づいた。アルヴィンのほかの女の名を出したのは、いささか無神経だったかもしれない。「おれはただ事実をつなぎ合わせようとしているだけなんだ。きみなら何か知ってると思ったんだがな」

コートニーは冷笑した。「尋問したかったなら、まっすぐ警察署に乗せてきゃよかったのにね。何もわざわざ野球場なんかに連れてくることはなかったのよ」

「別に尋問してるわけじゃない。ただ話を聞きたいと——」

「もうやめて」コートニーはくるりと向きを変えた。「行きましょ。今夜はもう野球は充分よ」

家の反対側からギイギイと低い音が聞こえてくる。コートニーはそれを耳に入れまいとしながら、姉のソファに横たわっていた。あのふたりは努めて静かにしている。そのことはわかっていた。フィオナがシーッと言うのを彼女は一度ならず耳にした。しかし彼らが使っているのは古い錬鉄製のベッドだし、この家はとても小さいのだ。

音楽。それで少しましになるかも。コートニーは床からバックパックをつかみあげ、なかをかきまわした。とそのとき、バッグのなかがパッと明るくなり、『ホラバック・ガール』の最初の数ビートが携帯から流れてきた。

「もしもし」

「やあ」それはウィルだった。「起こしてしまったかな」

「あいにく、そうじゃないの」

彼がこの意味を解き明かすあいだ、電話の向こうはしんとしていた。コートニーは毛布をはねのけると、寝室から遠ざかるようリビングの反対側へ移動した。

「いまどこ？」

「署から帰る途中だよ」

すると、野球のあと仕事にもどったわけか。いったい何をしたんだろう？　ふたりの会話を記録した？　録音テープを証拠品に加えた？　怒りがふつふつ煮えたぎりだす。

「あやまりたくて電話したんだ」ウィルが言った。「今夜のこと。でも、ただ話を聞くのが目的できみを誘ったわけじゃ――」

「いいえ、そうよ」

沈黙。「わかった。そのとおりだよ。でも悪かったと思っている。だから、あやまりたいんだ」

コートニーは唇を噛んだ。彼女の心に触れる何かがこの男にあるとすれば、それは彼のきまじめさだ。

外で聞き覚えのある音がした。彼女は表側の窓に歩み寄った。「あなた、どこにいるの？」

「家への帰り道」

「そうじゃなくて。いまいる場所は？」

数秒が過ぎた。「実はちょうどきみの家を通り過ぎたところなんだ。フィオナの家をね。帰る途中、周辺をチェックしておきたかったから――」

「もどってきて」


ウィルは歩道の前に車を停めた。これが過ちであることはよくわかっていた。また、自分がこの流れを変える手を何ひとつ打たないことも。玄関ポーチの明かりが消えた。ほどなく家のドアが開き、コートニーがそっと出てきた。

彼はサバーバンを降り、できるだけ静かにそのドアを閉めた。コートニーは歩道の途中で彼を迎えた。暗闇のなか、その表情はよく見えなかったが、彼女が膝の半ばまでしかないシルクの黒いナイトシャツを着ているのはわかった。

「ハイ」彼女はささやいた。

「ハイ」

彼女は六瓶パックのビールを掲げた。それから彼の手を取り、家のほうへと誘った。ふたりはポーチの階段にすわった。今夜はこれで二度目だが、彼は高校生のような気分になっていた。ただ今回は、夜なかに家をこっそり抜け出してガールフレンドを訪ね、その子が親父さんのビールを盗んできたという設定だ。

コートニーがよく冷えた瓶を一本よこした。ウィルはその蓋を開けて彼女に返し、自分の飲む分を手に取った。

「コロナが好きだといいんだけど」彼女は言った。「ライムはなしよ」

「上等だよ」

彼女の瓶が彼のに触れてチンと鳴った。「最低な誕生日に」瓶を傾けるコートニーを、ウィルはじっと見守った。そよ風がその髪の一部を肩から舞い上がらせた。

「今夜はごめん」

「それはもう聞いた。忘れましょ」コートニーは彼の空いているほうの手を取った。「どういうわけでこんな遅くにここに来たの、ホッジズ刑事？」

ウィルは道の左右に目を配った。あたりは平和そのものに見える。フィオナとジャックが住んでいるのは、住人らが定期的に芝生を刈り、あたりまえの時間に就寝する、中流階級の地区なのだ。

「ちょっと寄ってみたかっただけさ」

コートニーはじっと彼を見つめた。何を考えているんだろう、とウィルは思った。このおれをどう思っているんだろう、と。

ああ、この馬鹿め。彼はビールをぐいとあおり、通りの彼方に目をやった。

コートニーが膝に膝をぶつけてきた。

彼もぶつけ返した。

すると彼女が肩に頭をもたせかけてきた。切なさのあまり、彼は息もできないほどだった。

もうひと口、ビールを飲み、必死で言うべきことをさがした。

「それで。試着はどうだった？　さっきは訊かなかったよな」

「うまくいった」コートニーは言った。「思っていた以上にね。姉にぴったりのドレスだった」

「きみも結婚式に出るの？」

「花嫁の付き添いだもの。でもひらひらの衣装はなし。ありがたいことにね」

彼女の髪からまたいい匂いがした。彼は顔をそむけた。

「コートニー……」

「なに？」

「タイミングが悪くてごめんよ。もし状況がちがっていたら――」

「あやまるのはやめて。こっちは罪悪感アレルギーなんだから」

「きみがすごく好きだよ」

「わたしの言ったこと、聞こえた？」

「きみが潔白なのはわかってる」

コートニーは手を引っこめて、ビールを階段に置いた。あたりは薄暗く、その顔は見えなかったが、ウィルは彼女の緊張を感じとった。どうやら怒っているようだ。やっちまったな。

彼女を責める気はなかった。

彼はこんなところで、こんなやりとりをしているべきじゃないのだ。今夜のことは一から十までまちがっていた。そう、たしかに彼は、再度コートニーに話を聞き、情報を引き出すよう命じられた。しかし彼女に個人的にかかわれと言われたわけじゃない。それに、毎晩、彼女の安全を確かめろ、ボディガードを務めろ、と言われたわけでも。

彼の見かたはもはや客観的ではない。これはつまり、事件の担当をはずれるべきだということだ。だが、コートニーの運命を他人に委《ゆだ》ねる気にはとてもなれなかった。サーナクやウエッブはもちろん、デヴェローにさえも。

彼は最後にもうひと口ぐいとやって、ビールを下に置いた。もう帰る時間だ。

「ウィル?」

彼は振り返ってコートニーを見た。すると今度は顔が見えた。彼女は心細そうで、はかなげだった。何かほしがっているのが彼にはわかった。彼女が身を乗り出し、キスしてくる。その唇がふたたび熱くやわらかく唇に触れる。ウィルは舌を差し入れた。彼女を、最初のときから忘れられないあの甘酸っぱい女の味を、味わうために。気がつくと、両手は髪のなかにあり、彼女をとらえていた。ウィルはキスを繰り返し、彼女はさらに奥へと彼を引き入れた。小さなうめきがその口から漏れると、彼は自分の膝へと彼女を引きあげ、ひんやりした薄い布地を両の手でなでまわし、ついにその胸にたどり着いた。コートニーが頭皮を爪でかきおろし、ぐいぐい体を押しつけてくる。やがて彼は何も考えられなくなった。頭にあるのは、とにかく彼女がほしいということ、上から下までくまなくほしいということだけだった。彼女はいい匂いがし、いい味がした。その温かな重みは彼の記憶にあるどんなものよりもすばらしかった。

何かがビーッと鳴り、ふたりはびくっとして体を離した。

コートニーはじっと彼を見おろした。「あなたよ」彼女はささやいた。

現実がどっと押し寄せてきた。ウィルは膝から彼女を下ろし、ポケットの携帯をさぐった。

「ホッジズです」

コートニーが立ちあがって向こうを向いた。彼女は彼を見ようとしなかった。

「ウィロー通り十五番街で、強盗殺人が発生した。出てこられるか?」

「ああ」ウィルは言った。相手はデヴェローだ。

「よし。もし容疑者を尋問中だったなら、彼女は解放するんだ。わかったな?」

ウィルは大きく息を吸いこみ、それから吐き出した。「ああ」

12

ネイサンはホッジズのあとにつづいて、ステンレス製の表札の前を通過し、なめらかなガラスのカウンターへと向かった。彼らが近づくと、受付嬢のほほえみは消えた。どうやらこの一週間でホッジズはこの事務所の疫病神となったらしい。

「ジム・ウィルカーズに会いに来たんだ」新米が受付嬢に言う。

相手はぎこちなくうなずいた。「おかけください、刑事さん」

ネイサンはタウン・レイクのすばらしい眺めが望める窓辺にぶらぶらと歩み寄った。一方ホッジズはステンレス製のコーヒーメーカーのところに行って、カップに一杯、コーヒーを注いだ。「おい、おれにも注《つ》いでくれないかな」

ホッジズは大きくひと口コーヒーを飲んで、カウチに身を沈めた。

ネイサンはまじまじと彼を見つめた。ホッジズはまたひと口飲んで、顔を上げた。「なんだい？」

「おまえ、難聴なのか？」

「えっ、おれのことか？」

「いいや、あそこにすわってておれを無視してる、別のくそ野郎のことさ」

ホッジズは人気《ひとけ》のない待合室に視線を走らせた。それから彼はかすかにうなずいた。

「戦傷か」

「左耳は六十パーセントしか聞こえないんだ」

ネイサンは腕組みをして、彼を見つめた。いったいどうやって警察の健康診断をパスしたんだか。この男は本当に謎が尽きない。そしておそらく最大の不思議は、これだけ能力のある警官がなぜひとりの女のためにキャリアをぶち壊そうとするのかだろう。

「で、昨夜はどうだった？　コートニーのほうは？」

ホッジズはカップから目を上げた。そして咳払いした。「問題なかったよ」

「新たな手がかりは得られたのか？」

ホッジズは肩をすくめた。「確認すべきことがいくつかな」

「おれたちはふたりとも、彼女じゃないのを知ってるよな」

相棒の顔は無表情なままだった。

「だがサーナクは彼女を気に入ってるんだ」ネイサンはつづけた。

「どうして？」

ネイサンは肩をすくめた。「彼はシンプルなのが好きでね。いつも賭けをするのさ。女が被害者なら、彼氏や旦那に注目する。男が被害者なら、ふつう仕事がらみの問題か、捨てられた女かだ。たいていの場合、結局それでうまくいく」

ホッジズは首を振り、ふたたびカップのなかを見つめた。そのガラスのマグカップの外側には、〝W&R〟とイニシャルが入っていた。

「おまえ、あの子が好きなんだろ？」

ホッジズはこの質問に視線を上げた。その顔はあまりに無表情すぎた。

「もし好きなら」ネイサンは言った。「彼女のためを考えろ。有利な証拠をぶっ壊すんじゃない。深入りするとはずされちまって、すべてウェッブ任せになるぞ。それがコートニーにとっていいことなわけないだろ？　だから彼女には手を出すな」

「ミスター・ウィルカーズがお会いになるそうです」

ネイサンは受付嬢に注意を移した。彼女は部屋の入口に身をこわばらせて立っていた。その声はエアコンよりもっとひんやりしていた。ネイサンは彼女のあとから長い廊下を歩いていった。彼女は窓のある会議室をいくつか素通りし、その先のドアを開けた。

「すぐに参りますので」

「なんだ、窓はないのかい」ネイサンはそう訊ね、テーブルの上座の黒い革張りの椅子に身を沈めた。

受付嬢は彼をにらみつけると、ホッジズに視線を転じた。「何かお持ちしましょうか？」

彼女はあてつけがましく彼のマグカップに目をやった。

「いいや、結構」

受付嬢がもうドアを閉めるというとき、ネイサンは声をかけた。「待った！」彼女が振り返ると、彼はにっこりした。「おれは水を少しもらうよ。泡の入ったのを」

受付嬢はぎゅっと口を引き結び、ドアを閉めた。ホッジズが部屋の向こう側からネイサンを眺めた。彼はまだ椅子にすわっていない。

「意外だったよ。あんたがここに来たがるとはな」ホッジズは言った。「きょうは忙しいんじゃなかったのか」

「まあ、先に延ばせない用事じゃないんでね」

ホッジズは彼をしげしげと見つめた。どうやらネイサンの動機を見極めようとしているらしい。彼は公式にはこの事件の担当ですらないのだが、これまでのところほかの誰よりもそこに時間を注ぎこんでいる。

これは実におもしろい事件だ。どこからどう見ても。自分の行動を随時、警部補に報告しているわけではないが、彼の動きにサーナクがいらいらしだしていることはわかっていた。しかしネイサンは屁とも思っていない。ほかの誰かが金で買った殺しのために、コートニー・グラスが炎に包まれ墜落するのを黙って見ている気はなかった。

ドアが開いて、ウィルカーズが入ってきた。事務所のもうひとりの上級弁護士、ピーター・ライリーも一緒だった。

「驚いたね！　ひとつ注文したら、ふたつ出てきたぞ」ネイサンは手を差し出したが、立ちあがりはしなかった。ふたりの男は彼と握手を交わしたあと、テーブルのドア側の椅子にすわった。ホッジズもようやくその反対側の席についた。

ウィルカーズはすぐさま本題に入った。「いいですか。ここまではわれわれも協力してきました。しかしこれはちょっとやりすぎではありませんか。ご存じのように、われわれにとって〝時は金〟なのです」

ネイサンは首を振った。「すみませんね。こういうことは時間がかかるもんで」

「しかし警察は拳銃を見つけたわけですよね？」ウィルカーズは言った。「犯人逮捕はもう近いと聞いていますが」

「あいにく、その点については何も話せないんです」ホッジズがしゃしゃり出てきた。

弁護士らが顎をこわばらせ、腕組みするのを、ネイサンは見守った。ボディランゲージを読み取るため、常日ごろ陪審コンサルタントを使っているふたりだが、この様子だと改めて勉強し直す必要がありそうだ。

「それで、きょうはどういうご用件なんです？」ライリーが訊ねた。

ホッジズが剝ぎ取り式ノートをポケットから引っ張り出し、ぱらぱらとページを繰った。

「すぐにすみますので。単なる形式なんですが、車についてお訊きしたいんですよ」

弁護士たちは目を見交わした。

「おふたりがどんな車に乗っているかですが」ホッジズはペンをかまえた。「ミスター・ウィルカーズ？」

「BMW五五〇。色は黒です」

ホッジズはペンを走らせた。「ナンバーは？　覚えてます？」

ウィルカーズはそらでナンバーを言った。その顔はいらだたしげだった。

「奥さんのほうはどうです？　おっと。すみません、結婚はなさってないんですね。車は一台だけですか？」

「ええ」

「ではミスター・ライリー、あなたはどうです？」

「シルバーのロータス・エリーゼです」彼は硬い声で言った。「もうごらんになったでしょう」

ホッジズはノートに何か書き留めた。「ナンバーは？」

「G、H、F、三、九、五」

「奥さんの車は？」

ライリーはいまや顔をぴくぴくひきつらせていた。誰もが知っていることだが、こういった情報はすべて警察署のコンピューターから入手できるのだ。

「白のレクサス。ナンバーはこの場ですぐにはわかりませんが、秘書に調べさせることはできます」

「それはどうも。助かりますよ。どちらもキャデラックはお持ちじゃありませんか?」ホッジズはウィルカーズに顔を向けた。

「ええ」

「ええ」ライリーも言い、ため息をついた。

「確かですね? セダンじゃなく、SUVなんですが。たぶんエスカレードです」

「持っていません」ライリーが言う。

「ミスター・ウィルカーズは?」

「持っていませんね」

ホッジズはため息をついて、また何かメモした。「オーケー、オーケー。これでよし」

彼が立ちあがると、ふたりの弁護士は驚いた顔をした。笑いをこらえ、ネイサンも腰を上げた。ホッジズはこいつらの意表を突いたわけだ。

「それだけですか?」ウィルカーズが疑わしげに訊ねた。

「それだけです」ホッジズは手を伸ばしてドアを開けた。ネイサンは先に部屋を出て、何歩か先の開いたドアの前まで進んだ。なかのオフィスでは、若い女がデスクに向かい、コンピューターのキーボードを打っていた。あの金髪の訴訟弁護士、リンジー・カーンだ。ネイサンは葬式で彼女を見かけていた。

「そうそう、あともうひとつだけ。ミスター・ウィルカーズ、あなたは石油会社の株をお持ちですよね？」

「えっ？　いいえ」

「本当に？　正確に言えば、石油会社じゃないかもしれない。東テキサスのどこかの採掘権を所有する合資会社ですが？〈ＴＷ・エンタープライズ〉という？」

ネイサンは女に目を据え、ウィルカーズに背を向けたまま、その返答を待った。

「ええ。株は持っていますよ。あなたがそのことをおっしゃっているなら」

「その会社はキャデラックを所有していますか？　黒のエスカレードを？」

キーボードの上で弁護士の手が止まった。その爪のマニキュアは、オーダーメードの赤いスーツと同じ色だった。ネイサンは彼女から緊張が発散されているのを肌に感じた。

「〈ＴＷ・エンタープライズ〉はあちこちにいろいろなものを所有しています。調べなくてはわかりませんね」

「それはどうも。大助かりですよ。行こうか」

振り返ると、相棒は出口に向かっていた。ネイサンはふたりの弁護士に笑いかけた。「お時間をどうも。お見送りは結構ですから」

これではっきりした。ジム・ウィルカーズは何か隠している。そしていま、あの男はウィルの容疑者リストのトップへと躍り出た。ようやく一歩前進した気分で、彼はエレベーターを素通りし、一段抜かしで自分の課まで階段をのぼっていった。

「ホッジズ！」

サーナクの部屋の前で、彼はぴたりと足を止めた。

ボスはデスクの向こうに立っており、ちょうど電話を切るところだった。「ずっとさがしていたんだ」彼は椅子にドサリとすわった。「ドアを閉めろ」

ウィルはなかに入ってドアを閉めた。警部補はふだんから渋い顔をしているが、今朝はその表情がいつにも増して不快げだった。ウィルはデスクの上の新聞に気づいた。それは、第一面の昨夜の殺人事件に関する記事が見えるよう広げられていた。

「すわるんだ」サーナクは新聞の下からファイルを取った。「これを見ろ」

ウィルはファイルを受け取った。とたんにビーッと音がし、彼はポケットから携帯を引き抜いた。コートニーだ。くそっ。電源を切って、携帯をもとどおりズボンに押しこんだ。

ファイルにはロス警察から届いた書類が収められていた。目を通すうちに、彼の胃袋はぎゅっと固くなった。

「あの女にはまえがあったんだ」サーナクが言った。「飲酒または麻薬の影響下での運転、不法所持、公然猥褻《わいせつ》。未成年時の記録もあるが、それは封印されている」

ウィルはボスのほうへファイルをすべらせた。全裸で泳いだり、ビーチでマリファナを吸ったりしたからといって、その人物が殺人まで犯すことにはならない。しかし、あまり急いでコートニーを擁護したくはなかった。

「きみはわれわれの第一容疑者にずいぶん時間を使っているな」サーナクは言った。

「話を聞けということでしたから」

「で、何かつかめたのか？　それとも、捜査に身が入らなかったかね？　きみの気持ちがどこを向いているのか、知りたいんだ、ホッジズ。わたしは彼女の逮捕に踏み切るまであとこれくらいなんだからな」彼は、一センチほど間を開けて二本の指を掲げてみせた。「あとで部下が彼女と寝ていたなんてことが知れて、検事局から責めたてられてはたまらんよ」

「そういうことなら、警部補、わたしを捜査の担当からはずしてください」この言葉を口にしたとき、舌は妙に厚ぼったく感じられた。

「彼女と寝ているのか？」サーナクは心底驚いているようだった。つまり彼は、知ったかぶりをしていたわけだ。

しかしそれは問題じゃない。ボスの考えは基本的には正しいのだ。ウィルはコートニーを客観的に見られなくなっている。

「いや」ウィルは咳払いした。「しかし、利害の抵触があることはまちがいありません」

サーナクは椅子の背にもたれて、疑わしげに彼を見つめた。「なるほどな。正直に言ってもらえてよかったよ」彼は顎でドアを示した。「ではきみは担当からはずす。もう行っていいぞ」

行く？　クビってことか？　ウィルはぼんやりと立ちあがった。自分がどれほどこの仕事をほしがっていたか、このとき初めてわかった。ここに来るまでには何年もかかった。なのにいま、すべてが水の泡となったのだ。

「別件にもどれ」サーナクが鋭く言った。「ここには糞《くそ》みたいな仕事が山ほどあるんだ。だが足もとに気をつけるろよ、ホッジズ。きみは薄氷の上を歩いているんだからな」


コートニーが見つけたとき、ウィルはショッピングモールの入口で、ベビーカーを押す女性のためにドアを押さえていた。彼はコートニーに気づいた。その視線がすぐさま自分の脚に移るのを見て、彼女は胸を躍らせた。

ところがウィルは、彼女の買い物の袋を見て顔をしかめた。

彼はコートニーの前で止まって、両手を腰に当てた。「仕事中のおれを買い物のために呼び出したのか？」

コートニーは首をかしげて、彼を見つめた。「どうしたの？」

ウィルは首を振り振り、〈メイシー〉の袋を取りあげた。中身はフィオナとジャックへの結婚祝い、それに、セールで売っていた新しいサンダルだ。彼はドアの外へと向かった。ずんずん行ってしまう彼に腹を立てながら、コートニーはそのあとを追い、駐車場を進んでいった。サバーバンに着くと、彼は買い物の袋を後部座席に放りこんだ。

「気をつけて！　壊れ物なんだから」

「気をつけるやつがよきゃ、運転手でも雇えよ」

コートニーは傷ついて足を止め、運転席に乗りこむ彼を見つめた。ふた晩前、彼女はウィルの膝に抱かれていた。なのにいま、彼は彼女をゴミのように扱っている。

それくらいなら来なければよかったのに。

たぶん彼は餌《えさ》に食いついただけなんだろう。きょうの午後、彼女はウィルの留守録に二件メッセージを残した。わざとあいまいに、〝犯人について、思い出したことがある〟と。

コートニーは心の痛みを払いのけ、助手席側に回った。「ねえ、何があったか知らないけど、やつあたりはやめてよね」

彼がいきなりバックで車を出したので、コートニーはダッシュボードに手をついた。

「お望みどおり、おれはここにいる」ウィルは言った。「話せよ。メーターが回ってるぞ」

黒いタンクトップのドレスの上からシートベルトを締め、コートニーは脚を組んだ。「きのう、あることに気づいたの。お客さんのひとりにハイライトを入れてたんだけど、その人がすごくおしゃべりでね」

ウィルはため息をついた。彼女は怒りがこみあげるのを感じた。「ねえ、聞きたいの？

聞きたくないの？　こっちは別に協力しなくたっていいんだけど」

「どんな手がかりなんだ？」

オーケー、今朝は何かいやなことがあったわけね。きょうは月曜だし、大目に見てあげよう。彼女はひとつ大きく息を吸い、最初からやり直すことにした。

「そのお客さんには強い訛があるの。ボストン訛よ。それで記憶をゆさぶられたのね。おかげであの男の声を思い出したの」

ウィルは横目で彼女を見た。「つまり犯人にはボストン訛があったってことかい」

「そう思う。でなきゃ、あの近くのどこか。まちがいなく北東部よ。あまりしゃべらなかったけど、訛ははっきりしていた。思い出したの」

ウィルはまっすぐ前を見つめている。その顎がぴくつくのを彼女は見た。

「悪くない手がかりだ」彼は言った。「ウェッブに話しておくよ」

「ウェッブに？」

「いまは彼がきみの事件の担当なんだ」

パニックがどっと押し寄せた。「でもあなたは？」

「担当をはずされた」

「でも――」

「やめてくれ、コートニー」ウィルは彼女をにらみつけた。今朝、いやなことがあっただけじゃない。彼は彼女に腹を立てているのだ。こんなことはこれまでなかった。

こうなったのは、野球よりあと、ポーチでのキスよりあとだ。

コートニーは窓の外に目を向けた。恐怖が襲ってきた。ネイサンは味方だ。でも彼は公式にはこの事件の担当じゃない。ウィルも味方だ。でも彼は担当をはずされてしまった。となると、彼女の運命を握っているのは、ウェッブとサーナクということになる。そしてもし犯人は彼女だと思っているなら、彼らはほかの誰かをさがしはしないだろう。

しかし、ほかの誰かのほうは彼女をさがしているかもしれない。

胃袋がうねった。口のなかに唾がたまり、彼女はそれをごくんと飲みこんだ。これからどうすればいいんだろう？

「どこに行く？」ウィルが訊ねた。その声は前より和らいでいた。きっと彼女の胸の内に気づいたにちがいない。

「フィオナの家に連れてって」

ウィルは彼女の姉の家まで無言で運転していった。ラッシュアワーの車の流れをかいくぐり、悪態ひとつつかずに。彼は歩道際に寄り、車を停めた。

「手がかりをありがとう」コートニーの顔を見ずに言う。「話は伝えるよ」

コートニーはしばらくウィルを見つめていた。彼は何か隠している。なんて意外な。でも彼女にはわかった。なんであれ、その隠し事は彼にとってひどいストレスとなっているのだ。

「ウィル……あなた、大丈夫?」

彼はちらりと彼女を見た。「大丈夫だ」

でも本当はちがう。

コートニーは彼を家に招き入れたかった。いや、それよりも、彼に夕食に誘ってほしかった。そうすれば何もかも話し合えるだろう。でもウィルの緊張度はレベル一〇を超えている。彼がひとりになりたがっているのは明らかだ。

しかたない。彼女はこの男に二度、自分を差し出した。同じことをまたするつもりはなかった。

コートニーはうしろに身を乗り出して、買い物の袋を取った。そうしてドアを開けたとき、ウィルが彼女の腕をつかんだ。

「なに?」彼女は訊ねた。

コートニーは振り返った。彼は何も言わなかったが、その表情は張りつめていた。

「用心しろよ」

「してるわよ」

すると彼は手を離した。


火曜日の午前中、コートニーはずっと不機嫌だった。これは夜よく眠れなかったせいもあるが、主な原因はウィルだ。抗議したにもかかわらず、彼はまたしても職場まで彼女を送ると言ってきかず、それは気づまりな車でのひとときと、さらに気づまりなさよならへとつづいた。トラックを降りるとき、彼女は敢《あ》えて黙っていたが、ウィルのほうはそっけなくうなずき、〝気をつけて〟と声をかけてきた。

コートニーはハサミで鬱憤を晴らそうと努めた。十時半予約のお客は長いレイヤーヘアの持ち主で、あちこちにハサミを入れ、二十分かけてブローする必要があった。しかも、ありがたいことに、そのお客は口数が少なかった。いまはセラピストの役を務める気分ではなかった。

十一時半、そのお客の肩を払っているとき、コートニーの思いはあの野球観戦へともどっていった。彼女はウィルの言ったことを考えずにはいられなかった。

デイヴィッドは何か今度の事件を暗示するようなことを漏らしていただろうか？　あれ以来、彼女は記憶をつぶさにたどってきた。ふたりの会話のなかに、デイヴィッドがよからぬ企《たくら》みにかかわっていたことを示すヒントはなかったか。それを思い出そうとがんばってきた。でも彼はあまり仕事の話はしなかったのだ。自分の手がけている裁判について少し口にしたくらい。それはかなり大きなやつだった。何かのダイエット剤に関する訴訟。コートニーがそれを覚えているのは、デイヴィッドにその薬を使ったことがあるかどうか訊かれたからだ。彼女が使ったことがないと答えると、彼はがっかりした顔をした。

あいつが無神経な豚野郎だってサインがあんなにもあったのに、なぜわたしは見逃していたんだろう？

「つぎのお客様からいま電話があったわよ。風邪引いちゃったんだって」

コートニーはジャスミンを見あげた。「予約の変更？」

「またあした電話するって言ってた」

コートニーはため息をついた。十一時半のお客は、チップをたっぷりくれる人で、髪全体にハイライトを入れる予定だったのに。まあ、キャンセルしただけましだけれど。ゴホゴホいいながら来店され、そこらじゅうにバイ菌をまき散らされるのが、コートニーは何より嫌いだった。

「お昼に行ってくる」彼女は唐突にそう言うと、戸棚からバッグをつかみとり、ジャスミンの脇を通り抜けた。「一時十五分にもどるから」

きょうもまたひどく暑かったが、〈ベラドンナ〉を出たコートニーは、顔に注がれる日の光を歓迎した。このところ、屋内に閉じこもってばかりだ。もっと戸外に出なくては。彼女は道の角で何分か待ち、テキサス大学行きのバスに飛び乗った。お気に入りのインターネット・カフェはグアダルーペ通りだ。彼女にはそこで調べたいことがあった。

チャイラテを二杯飲み干したころには、新聞の切り抜きと法律関係の記事を見つづけたせいで、コートニーの目はかすんでいた。まったくもう。法律ってほんと、つまんない。どうしてこれに耐えられる人間がいるのか、彼女にはわからなかった。

もちろん、儲かるということもあるだろう。デイヴィッドが最後に手がけた大きな裁判では、弁護士たちの取り分は二千万ドルだった。中央テキサス法曹新聞によれば、事務所やほかの訴訟弁護士と報酬を分け合っても、デイヴィッドには家に持ち帰る金が五百万ドルあったという。

文字がぼやけて見えだしたので、コートニーはテキストのページを閉じ、ビデオのサイトに移った。いくつかキーワードを入れると、地元のABC支局がアップした三十秒の映像が現われた。愛用の紺色のスーツを着たデイヴィッドが裁判所の階段に立ち、色めき立ったリポーターたちにマイクを突きつけられている。

「本日の陪審のメッセージは明快です」彼は言った。「アメリカ社会は罪のない人々の死によって大企業が利益を得ることを許さない。正義はつねに——」

コートニーは一時停止をクリックした。身を乗り出し、目を細めて画面を見つめる。デイヴィッドの背後の、階段を下りてくるこの人たちは誰だろう？　彼女は映像の冒頭にもどった。

「——ことを許さない。正義はつねに——」

一時停止。

あれはイヴ・コールドウェルだ。それに、ウィルに見せられた写真のあの教授。ふたりは裁判所をあとにしようとしている。デイヴィッドの裁判が終わったそのときに。

彼らは裁判に関係していたのだ。

その考えが頭に浸透してくるのとともに、全身の血が冷たくなった。大もとはこの裁判だったのだ。問題は六千万ドルだったのだ。ウィルは正しかった。これには大きな金がかかわっている。

コートニーはもっと映像がないかとさがした。キーボードを打つ手が震えている。何も出てこない。でももっと情報をつかまなくては。イヴと教授はこの裁判で証言したのか？　それとも、原告だったのか？

あるいは、陪審員だったとか？

デイヴィッドは、自分の裁判の陪審員と寝てたわけ？

「ああ、そんな」コートニーはそうささやいて、じっと画面を見つめた。そういうことなのかもしれない。たぶん彼は陪審を操作したのだ。不正工作を行なったのだ。

コートニーはさっと立ちあがってバッグをつかんだ。コンピューターをログオフし、クレジットカードをバッグに押しこむ。すぐここを出なくては。ウィルに話さなくては。彼女はカフェを飛び出し、通りに目を走らせた。

「ああ、もう！」彼女は地団太を踏んだ。乗りたかったバスが三ブロック先の角から離れていく。

でも電話はかけられる。別にどこにも行くことはない。ただ電話をすればいいのだ。彼女は携帯を取り出し、歩道際から後退した。電話帳をスクロールしだしたそのときだ。一台の車が速度を落とし、すぐ横に停止した。

黒のエスカレードだ。

ドアが開いた。

13

コートニーはあんぐり口を開け、車から降りてくる男を凝視した。灰色の目。でかい図体。男は彼女を見ていた。

そいつは突進してきた。コートニーは飛びすさった。男の手に金属が閃き、彼女の心臓はひっくり返った。

「銃よ！」金切り声でそう叫び、カフェの戸口に逃げこんだ。

背後でどたばた音がする。彼女はドアをぐいと引き開け、店内へと転がりこんだ。椅子につぎつぎぶつかり、床に置かれたバックパックにつまずきながら、ずらりと並ぶコンピューターの前をばたばたと通り過ぎる。半狂乱でうしろを振り返ったが、戸口には誰もいなかった。

黒い影が窓の外をさっと横切った。エスカレードが店の前から離れていく。連中はつねに動いているのだ。

カフェの横手のドアが勢いよく開き、視界の隅でちらりと何かが動いた。

あいつだ。わたしを追ってきたんだ。彼女の視線が男の手に落ちた。一方の手は、何か尖《とが》ったものと一緒に、トラックスーツのなかに突っこまれていた。

彼女はくるりと向きを変え、コーヒー・バーの人混みをかきわけて進んだ。

「助けて！」そう叫ぶと、人々は頭のおかしい女を見るような目で彼女を見つめた。コートニーは背後を振り返った。男はいなくなっていた。

どこに行ったの？

彼女はレジの横を駆け抜け、化粧室につづく廊下へと飛びこんだ。そこには裏口があるのだ。ドアを通り抜けたとたん、耳もとで警報機が鳴りだし、彼女は驚いて飛びあがった。

コートニーはハアハアあえぎながら、そこで足を止めた。警報はありがたい。襲われたときは、〝火事だ！〟と叫ぶのがいいんじゃなかったっけ？　彼女は路地の左右に目を走らせ、警官か警備員が飛んでくるよう祈った。

あの男が路地の先に現われた。背後で店のドアがカチリと閉まる。彼女はくるりと振り向いて、ノブをひねった。

開かない！

視線がさっと路地にもどる。男が突進してきた。

彼女はだっと逆方向に駆けだした。つるつるした路面に足がすべる。心臓が轟《とどろ》いている。残飯の悪臭を吸いこみながら、彼女は大型ゴミ容器の前を駆け抜けた。

「助けて！　火事よ！」

もう一度、うしろを振り返る。男がポケットに手を入れた。

前方に、牛乳運搬用の大箱で押さえてある開いたドアが見えた。彼女はそこをめざして走った。後方でドッドッドッと足音がする。音はぐんぐん迫ってくる。彼女はドアにたどり着き、よろよろとその建物に入った。それからふと思いついて、大箱を路地へと蹴り出した。このドアも自動的にロックされるかもしれない。

そこは厨房《ちゅうぼう》だった。左右には、汚れた皿の大桶と大きなコンロがある。あたりには食用油の匂いがした。

ドアがぐいと開かれ、巨大な手がコートニーの腕をとらえた。彼女は悲鳴をあげ、男めがけて脚をうしろに蹴り出した。それから、自由なほうの手でコンロの上の何かをつかんだ。中華鍋だ。彼女はそれをうしろに振った。

男が大声で吠え、体を折り曲げた。コートニーはまた走りだし、エプロンとヘアネット姿の人々をかきわけて進んだ。ステンレスのシンクや調理台の前を駆け抜け、目についた最初のドアを通り抜けると、そこは空っぽの暗い部屋だった。彼女は足を止め、目が慣れるのを待った。食堂だ。そしてそこは空っぽではなかった。あちこちにテーブルがあり、人々が料理の皿に向かって身をかがめている。声がやみ、箸が止まった。いくつもの驚いた目がコートニーをじっと見あげた。彼女はハアハアいいながら、そこに立っていた。

厨房のドアがさっと開き、縦長の四角い光が閃いた。

「火事よ！」彼女はそう叫んで、入口へと走った。ドアをぐいと引き開け、まぶしい日射しのもとに駆け出る。歩道。サンドウィッチ屋。〈アーバンアウトフィッターズ〉。そこはふたたびグアダルーペ通りだった。

コートニーは、つぎつぎ現われる学生とバックパックをかきわけ、インランド・スケートですべっていくやつまで追い越して、歩道を走っていった。

思い切って振り返ると、クラクションが鳴り響いた。コートニーは交差点のまんなかで立ち止まった。同じ車がふたたびクラクションを鳴らした。彼女は飛びのいて道を空け、警官か電話を見つけようと、必死であたりを見回した。

でも電話なら持っている。

彼女はバッグに手を突っこんで、携帯をさがした。ああ、どこなの？　いざというとき見つかったためしがないんだから。彼女は周囲に目を走らせた。あのエスカレードはどこ？早くここから逃げなくては。どこか安全なところへ。

ブレーキがシューッといい、オレンジ色と白のバスが二ブロック先の角で止まった。学生用の送迎バスだ。彼女はそちらに突進した。心臓がドクドクいっている。ふくらはぎは燃えるようだ。ハイヒール・サンダルのストラップは皮膚に食いこんでいた。

バスのドアの閉まる音がし、ブレーキ・ライトが暗くなるのが見えた。

「待って!」

バスがギシギシ前に進む。コートニーはその車体を平手でたたいた。「待って!」

バスが止まった。

ドアがはらりと開く。

コートニーは手すりをつかんで車内へ上がった。


いやなイメージを頭から追い出そうとしながら、ウィルは慎重に地面を踏みしめ、蔓だらけの山腹を登っていった。足首には葛《くず》がからみついている。そして、それは首にもからみつき、このよどんだ熱い空気までも締め出しそうに思えた。

「大丈夫か?」デヴェローが背後から訊ねた。

「ああ」

ふたりは峡谷のてっぺんにたどり着いた。そこまで行くと、かすかなそよ風が草木の葉をそよがせていた。ウィルはオークの木に歩み寄って、その幹に靴の底をこすりつけ、泥を落とした。

「問題はこの暑さだよ」相棒が言う。「何週間も日照りつづきだもんな。おまえ、ほんとに大丈夫か?」

「ああ」実を言えば、大声でわめきたい気分だった。デヴェローがいますぐ口を閉じてくれないと、たぶん本当にわめくことになるだろう。

「きっと検視官は解剖を急ぐだろうよ。子供の失踪届をチェックしてくれよな。何か出てくるかもしれない」

ウィルは喉にこみあげた胆汁を飲みこみ、背中を流れる汗を無視しようと努めた。デヴェローも同じ木に靴をこすりつけた。それからふたりは、この人里離れた道路の路肩に駐めておいたトーラスへとえっちらおっちら引き返した。鑑識のバンは北に百メートルほどのところに駐まっている。死体はその近くのぬかるんだ川底で見つかったのだ。

携帯が震動し、ウィルは画面をチェックした。コートニーだ。くそっ。彼女からの電話をもう二本逃している。しかしデヴェローにそのことを言いたくはなかった。彼はトーラスから離れ、絶対に声が届かないところまで歩いていって、コートニーに折り返した。

「おれだよ。どうした？」

「いったいどこにいるのよ？」彼女は問いただした。

「あることのまっただなか。なんの用かな？」

沈黙。

「コートニー？　どうしたんだ？」

「なんでもない」しかしその声はおかしかった。

「どうして電話をよこした？」

「ちょっと問題があったの。でももうかたづいたから」

かたづいたか。そう言われても信じられないのは、どういうわけだろう?

「どんな問題だよ?」

「ホッジズ!　行くぞ」デヴェローが、早く来い、と手を振った。

「仕事中?」コートニーが訊ねた。

「いま犯行現場なんだ。問題ってどんな問題だい?」

「忘れて。もう大丈夫だから。仕事は何時ごろ終わる?　ぜひ話したいことがあるんだけど」

彼女の声はやはり奇妙だった。動揺していながら、それを隠そうとしているような。その〝もう大丈夫〟な〝かたづいた〟問題というのがなんなのか、ウィルはぜひとも知りたかった。

「さあ、わからない」彼は言った。「たぶん遅くなるよ。きみは姉さんの車で帰ってくれ」

沈黙。

「ほんとに大丈夫なのかい?」彼は訊ねた。

「ええ、大丈夫」

「そうは思えないがな」

「ホッジズ!」

「忙しそうね」コートニーは言った。「またあとで話しましょ」

アレックス・ラヴェルは安っぽいスリルが大好きだった。

自分のほしいものが、望みどおりの形で得られそうになったとき、筋肉が張りつめ、鼓動が速くなる、その感じが大好きだった。

ワイヤレスのマウスをつかむ手に力が入った。彼女は画面を見つめた。そして息を止めた。

「やった！」彼女は小声でそう言って、目を閉じた。

ふたたび目を開け、コンピューターにほほえみかけた。

「さてと、ミスター・クレム。ここには何があるのかしらね」アレックスはずらりと並んだ数字に目を走らせ、自分の直感の正しさを証明する組み合わせをさがした。

やはり当たっていた。当然だ。何かひとつアレックスが知っていることがあるとすれば、それは人間には意外性などないということ。そして人をさがし出すいちばん手っ取り早い方法は、その人物の不品行をたどることなのだ。

ロナルド・クレムの場合、それはサイバーポルノだった。

アレックスはそのサイトをさらに調べ、彼のオンライン・アカウントにつながるアドレスをさがした。サイトはセキュリティ・スクリーンで保護されていたが、それはさして複雑なものではなかった。何度かクリックすると、お望みのものが得られた。

「こんちは、くず野郎」

彼女は電話の横のメモ用紙に情報を書き留め、椅子の背にもたれた。ここからがこの仕事のおもしろいところだ。元ミセス・クレムに電話をかけ、その元夫が——裁判所での最後の話し合いのあと姿を消した、十八カ月分の養育費を滞納している男が——フロリダ州ジャクソンヴィルで活動していることを伝えるという。

アレックスはあまりのあっけなさに舌打ちし、電話を取った。

入口側の部屋の呼び鈴が鳴り、彼女は右手のモニターに目をやった。お客だ。アレックスは白黒の画像を見つめた。腕時計をチェック。きょうは早めに店じまいしようと思っていたのだが、その計画は変更せざるをえないようだ。そのお客は、何か問題をかかえているように見え、なおかつ、その問題は先送りにはできない感じだった。アレックスはコンピューターをスリープにし、入口側の部屋に出ていった。

女は、アレックスのさえない応接室のまんなかに、とくに感銘を受けたふうもなく立っていた。彼女よりいくつか年下、おそらく二十代半ばだろう。その服装と肉体は完璧だが、足だけは別。それはすり傷だらけで汚れていた。オースティンのダウンタウンを靴も履かずにうろついていたのにちがいない。アレックスは、女の特大のバッグからハイヒール・サンダルが突き出ているのに気づいた。

「こちらは〈ラヴェル・ソリユーションズ〉ですよね？」女は訊ねた。

「そうですよ」

女の視線が、すり切れたカウチから、いくつもの引っ越し用の箱へ、さらに、折りたたみ式の椅子に載ったコーヒーメーカーへと移る。ここにオフィスを移して三カ月、アレックスは荷を解く時間をいまだ見つけられずにいる。でも、それはさしたる問題ではない。彼女は仕事の大部分をコンピューターでするのだから。アレックスには、Eメール・アドレスと携帯電話の番号はそらで覚えていながら、一度も会ったことのないお客たちもいる。

女の目が彼女の目をとらえた。「コートニー・グラスです」

「アレクサンドラ・ラヴェルです」

コートニーはいまにも崩れそうなソフトのマニュアルの山へと歩み寄り、てっぺんの一冊をぱらりと開いた。アレックスはその手の震えに気づいた。この女はヤクでもやっているんだろうか？

「どうしてここの住所がわかったんです？」アレックスは不快感というより好奇心から訊ねた。会社の住所は名刺にも印刷されていない。

「サンドラ・サマーズがわたしのお客なので」

アレックスは口をすぼめた。サンドラ・サマーズはテレビのニュース・キャスター。アレックスは昨春、しつこいファンに悩まされていた彼女を助けている。

「サンドラは元気にしてます？」アレックスは訊ねた。このコートニーという女は、サンドラのどんな仕事をしているんだろう？　まあ、税金関係ではないだろうが。

「ええ」コートニーは部屋の向こう側に歩いていくと、震える指でミニ・ブラインドの隙間を広げ、そこから外をのぞいた。

ここまでつけてこられたと思っているんだろうか？

彼女がこちらを向いた。「お金は時間でとるの？」

「いろいろですね。一件いくらの場合もありますよ」

「ひとつたのみたいことがあるんだけど、早急にやってもらわなきゃならないの」

「目下、予定がつまっているんですが」

「大事なことなのよ」

「どれくらい？」

コートニーはバッグをカウチに置いて、顔を上げた。その目には恐怖の色があった。「あなたの助けが必要なの」

「どういう助けが？」

「人をひとり消してほしいの」

14

機関車トーマスの毛布を見たとたん、ネイサンにはこれがどういう事件なのかわかった。

「あちこちの骨に骨折の既往《きおう》が見られる」検視官はX線写真をシャーカステン（X線写真をはめこみ、バックライトをつけて見るための器具）にパシリとはめこみ、ポインター代わりにペンを使った。「上腕にも骨折痕がある。わたしは六カ月前の傷と見積もっている。その後、適切に整骨されていない」

「これは？」

隣で、ホッジズが胸郭の写真を指さした。

「鋭いね」検視官は左の第二肋骨《ろっこつ》を指し示した。「毛髪様骨折だ。三カ月から六カ月前の傷だろう。確かとは言えないが」

ネイサンは腕組みした。こういう事例に出くわすと、死刑制度のある州に住んでいてよかったと思わずにはいられない。彼は検視官に目を向けた。「押入れのケースか」

「どうやらそのようだね。とくに、下中央の門歯一本がないところを見ると。その歯は永久歯だったはずだ。死因となった頭蓋骨骨折よりはるか前に折れていたんだよ」

「押入れのケースというと？」ホッジズが訊ねた。

「継続的な虐待と栄養不良の徴候から見て、この子供は長年にわたり監護者のもとで苦しんでいた可能性が高いんだ」検視官が言う。「これほどの虐待と育児放棄なら、教師の目に留まらないわけはない。ということは、この子供は学校に行っていなかったんだろう。おそらく親によって、押入れか屋根裏に隠されていたんだろうね」

「この子が就学年齢に達していたかどうかわからないでしょう」ホッジズが指摘した。「遺体はとても小さく見えます」

「わたしはこれを七歳の男の子の亡骸《なきがら》と見ている」

「七歳《いい》？　でもこの子の身長はせいぜい百二十センチってとこですよ！」

相棒の声にここまで感情が出るのを聞くのは初めてだった。

「それは栄養失調のせいだよ」検視官はネイサンに顔を向けた。「それに、この毛布。亡骸がこういうふうに毛布で丁寧にくるんであった場合、それは母親の関与を示唆している。その母親は虐待の主犯もしくは共犯者なんだ。おそらくは、殺害においても、だろう」

ホッジズは首を振った。「いったいどういうやつなんだ」

「ひどく自信に欠けた誰かよ」

男たちはそろって頭をめぐらせた。フィオナ・グラスが画材鞄を手に持って入口に立っていた。その視線はX線写真に釘付けだった。そう言えば、少し前、サーナクが電話で彼女に、身元を追うのに使う遺体のスケッチをたのんでいたっけ。

フィオナはシャーカステンに歩み寄り、ひびの入った小さな頭蓋骨の写真をじっと見あげた。その唇がぎゅっと引き結ばれた。

「ほんとに絵なんか描けると思うのか」ホッジズの声は疑わしげだった。

「やってみる」彼女は検視官のほうを向いた。「毛布と衣類も見せてください。それに、遺体と一緒にあったほかの遺留品も。何もかも描きたいんです。早く気づいてもらうためには、なるべくたくさんの情報を公開することが重要なので」

彼女はふたたび写真に目を向けた。その顔には奇妙な表情が浮かんでいた。怒りと嫌悪の入り混じったものが。

だが彼女はまだ遺体を見てさえいない。

フィオナを待ち受ける仕事のことを思うと、ネイサンはたまらなかった。おぞましい事件があるたびに彼女が呼び出されるのが、いやでならなかった。警官は、社会が垂れ流す最悪の汚物を処理するのが仕事だ。だがフィオナはちがう。彼女はそれほどタフじゃない。ネイサンは彼女に助力を求めるたびにうしろめたさを覚える。もっとも、彼女なしでやっていくとなると、どうすればよいのかわからないが。フィオナの働きでなんとか解決に至った事件は、枚挙にいとまがないのだ。

「失踪届は見つからなかったのね？」彼女が訊ねた。

「一致するやつはなかった」ホッジズが答えた。

となるとやはり、犯人は子供のお袋とその同棲相手のゴミ野郎か。そいつは実の父親かもしれないが、ネイサンはおそらく継父かボーイフレンドではないかと思った。きっとほかの男の子供がそこにいるのが気に食わなかった誰かだろう。

「母親は名乗り出はしないわよ」フィオナが断言した。「性格が弱すぎるもの。助けになるのは、ここしばらくこの子を見てなくて、気をもんでいる親戚よ」

ネイサンはX線写真を見つめた。子供が犠牲となる殺人事件はどんなやつでもむかつくが、今度のはとりわけ胸にこたえた。我が子が殴られているのを黙って見ている女とは、いったいどういうやつなんだろう？　連中はその男たち以下だ。母性本能は自然に生じるものとされている。だがネイサンは、長年にわたりその反例をいくつも見てきた。

「スケッチは用意する。ニュースで見てね」フィオナが厳粛な目をこちらに向けた。「いちばん見込みがあるのは、どこかにこの子のお祖母《ばあ》さんがいるというパターンね」


室内に誰かがいる。

どうしてそう感じたのかは定かでない。だがウィルには、誰かがそこにいるのがわかった。

彼は丸一分、ドアの前に立っていた。それから、鍵穴に鍵を挿しこんだ。右手がグロックの銃把に巻きつき、左手がゆっくり鍵を回す。彼は音もなくドアを開けた。

なかは暗かった。出かけたときのままだ。ガス台の上の電子レンジだけが、小さな光を放っている。あたりはしんとしていた。彼は敷居をまたぎ越し、玄関の間で立ち止まった。

中華料理の匂いがする。

右手で何かが動いた。彼は銃を抜いて、くるりと振り返った――

「ああ、びっくりした。脅かさないでよ！」

コートニーだ。

彼女は黄色い明かりを背に、バスルームの入口に立っていた。「入ってくるの、聞こえなかったわ」そう言って、リビングへと入っていく。

ウィルはソファのほうに目をやり、コートニーを見つめた。そう、まちがいない。たしかに彼女はベージュのタオルに身を包んでいる。彼はばつが悪くなり、拳銃をホルスターにもどした。「どうやって入ったんだ？」

コートニーは肩をすくめた。「簡単だったわよ」彼女は向きを変え、彼の寝室にぶらぶらと入っていった。ウィルはその肩のうしろに入った花のタトゥーに気づいた。

簡単だと？　鍵のかかったこの部屋に入るのが？

「すぐ行くから」コートニーはランプをつけた。「服を着させて」

寝室のドアがバタンと閉まった。彼はそこに突っ立って、そのドアを見つめていた。

コートニー・グラスがうちの寝室にいる。

タオルに身を包んで。

ウィルは再度、あたりに目を走らせた。もうまちがいない。これは中華料理の匂いだ。彼はキッチンに行って、明かりをつけた。調理台には何もない。テーブルにもだ。冷蔵庫を開けてみる。いつもどおり、整然と並んだビールとゲータレードが彼を見つめ返した。何もかもが出かけたときのままに見える――

寝室のドアが開き、コートニーが現われた。彼女は裸足で、脚もむきだしだった。着ているのは、ファスナーつきの黒のスウェットシャツと、裾のほつれたカットオフだった。

「食事はすませた？」彼女はすたすたとキッチンに入ってきた。

「タイム。どうやってここに入った？」

「下にいる家主のおばさんのおかげ」コートニーはレンジの戸を開けて、小さな白い紙容器を取り出した。「宮保鶏丁《ゴンバオヂィーディン》は好き？」

「家主がきみをうちに入れたって？」

「腹を立てる前に、これだけ言わせて。あの人はとっても優しいお婆《ばあ》ちゃまよ」彼女はさらにいくつか容器を取り出し、調理台の上に並べた。「わたし、きょうは記念日だから、彼を驚かしてやりたいんだって言ったの」

ウィルは料理の隣に鍵を放った。「で、あの人はそれを信じたのかい？　これまで一度もきみを見たことがないのに？」

コートニーは笑顔で彼を見あげた。「わたしは口がうまいの」

ウィルは彼女を見おろした。いらだち、なおかつ、感心しながら。濡れそぼった色気たっぷりの彼女がここに、このキッチンにいることに彼はいらだっていた。そして、彼女が自分の住所を突き止めたことに感心していた。

「おれがどこに住んでいるか、どうしてわかったのかな?」

コートニーの笑みが広がった。「そこがむずかしかったの。電話帳には載ってないし」

「知ってるよ」

「だから探偵を雇わなきゃならなかった」

「まじめな話、どうしてわかったんだ?」

「まじめな話、あなたには絶対わからない」コートニーは容器を開けはじめた。「あなたは牛肉が好きだろうと思ったの。でも、もしほしかったら、わたしのチキンを分けてあげてもいいわよ。それに、春巻とワンタン入りのスープもあるから」

「コートニー」

彼女は向きを変え、コーヒーメーカーの上の戸棚を開けた。「お皿はどこ?」

「コートニー、ここに泊めるわけにはいかないよ」

彼女は平皿を——四枚全部を——見つけ、そのうち二枚をシリアル用の深皿ふたつと一緒に出した。「炊きこみご飯も一緒に食べる?」

ウィルは彼女の肘をつかみ、こちらを向かせた。その腕に触れただけで、なぜ彼女がここにいてはならないか、彼は改めて気づかされた。「ここに泊めるわけにはいかないんだ」

「泊まるなんて誰が言った？　これはただの食事。野球観戦のお礼だと思って」

何かおかしい。今朝の彼女は恐ろしく機嫌が悪かった。それがいまは、こうして夕食を持ってきてくれている。

それに荷物は彼の寝室のなかだ。

状況がちがっていたら、ウィルも気にしなかったろう。実のところ、このところの色気のない生活を思えば、仕事からもどって、半裸の女が待っていたとなれば、大喜びしてしかるべきだった。

しかしこの相手はただの女じゃない。それに、きょうはただの仕事日でもなかった。彼は不機嫌だった。そのうえ疲れ果てていた。忍耐力は、意志の力とともに、過去最低レベルに落ちていた。

「何があったんだ？」ウィルは訊ねた。

「別に何も」

彼は歯を食いしばった。そして心のなかで三つ数えた。「じゃあなんで姉さんのうちにいないんだ」

コートニーは腕をもぎ離すと、あちこちの引き出しをさがして大皿を見つけ出した。「今夜はあそこには行けない。安全だとは思えないもの」

「何があったか話してくれよ」

コートニーはチキンを皿にすくい入れた。「そのことはあとで話しましょ。いまはとにかくリラックスしたいの」

彼女の望みはリラックスすること。そしてウィルの望みは、彼女に出ていってもらうことだった。彼はポケットの中身を調理台に空け、ふうっとため息をついた。

「何か飲みたいなら」コートニーが言った。「冷蔵庫に二、三本ビールがあるわよ」

「知ってるよ。おれが買ったんだからな」

「一本、飲んだら？　大変な一日だったんでしょ」

ウィルは凝りをほぐそうとしてうなじをさすった。すると彼女はデヴェローと話をしたわけだ。あるいはフィオナとか。たぶんデヴェローだろう。そしてあの馬鹿野郎は彼女にここの住所を教えたのだ。

コートニーは冷蔵庫を開け、バドワイザーのロングネックを取り出した。それから、スウェットシャツの裾をかぶせて、その蓋をねじ開けると、ボトルを彼に手渡した。

「今夜はアストロズの試合があるのよ。たぶんもう始まってるんじゃない」

「コートニー」ウィルは調理台にビールを置いた。「ここはホテルじゃないんだ。夕食を一緒にするのはかまわないが、それがすんだら、姉さんのうちまで送っていくよ」

ほら。ちゃんと言ったぞ。彼女がここで夜を過ごすことはない。あのスウェット姿の見栄えがどれほどよかろうとだ。

「わかった」コートニーはどうでもよさげに肩をすくめた。それから皿のひとつを手に取ると、リビングに移り、ソファにすわってテレビをつけた。

ウィルはほっと息をついた。コートニーが抗議しないことに安堵し、また、失望もしていた。「シャワーを浴びてくる」

彼は部屋から衣類を取ってきて、バスルームに逃げこんだ。コートニーが使ったせいで、そこにはまだ湯気がたちこめていた。また、香水の香りもした。これは彼をよけいいらだたせただけだった。いったい彼女は何をしたんだ？　香水に浸かったのか？　この分じゃ明日は女みたいな匂いで仕事に出ることになるだろう。

これは大ヘマもいいとこだ。オースティン警察はここ三週間のあいだに十件の殺人事件に遭遇した。そして、その一件の第一容疑者が彼の家のカウチで野球を見ているのだから。

しかも、そのことは相棒も知っている。これまで新しい仲間たちに自分への信用を根付かせようと努めてきたが、それもすべて水の泡。彼は明日にも殺人課から引っぺがされ、デスクワークにつかされるだろう。

ウィルはシャワーを熱くし、皮膚に貼りついた死臭をこすり落とそうとした。たっぷり十分経ったところで、彼はもうこれ以上汚れを落とすことも、リビングに居座る問題を放置することもできないと判断した。

だがどうやって彼女を追い出したものか？

彼はタオルで体をぬぐい、乱暴に服を着た。ジーンズのボタンをはめているとき、洗面台に置いてある金の輪っかのイヤリングに視線が落ちた。今朝、コートニーを仕事場に送っていくとき、見たやつだ。彼女はそのときドレスを身に着け、男殺しのあの靴を履いていた。どこかの男がきょうサロンに行ってあの椅子にすわり、コートニーに髪を切らせながら、想像のなかで彼女に触るかもしれない——そう思って、彼はカッとなったものだ。

彼自身もそれを想像したから。

ウィルはTシャツをひっかぶり、キッチンに引き返した。うちのなかはふたたび暗くなっていた。光を放っているのはテレビだけだ。彼はビールを取って、ひと口がぶりと飲んだ。コートニーはウィル用に箸を出していたが、彼は引き出しを開けてフォークを取り出した。それから、冷えた料理の皿をつかんで、カウチの彼女に加わった。

「足はあるのかい？」彼は訊ねた。

「友達がここに落としてってくれたの」

彼は何も言わずに皿をテーブルに置いた。

「アストロズが勝ってるわよ」コートニーは、自分の陽気さで彼の気をまぎらわそうとした。

「ねえ、元気出して。これで気分がましになるなら言うけど、きょうの午後はこっちも悲惨だったんだから」

ウィルは鼻で笑った。「ほう？　髪の毛がらみで、悪い日なんてのがあるのかい？」

コートニーはさっと立ちあがり、寝室に入っていった。一瞬後、彼女はダッフルバッグを肩にかけて、玄関へと向かっていた。

くそっ。

彼女がドアをぐいと開けるのと同時に、ウィルはカウチから飛び出した。

「待てよ」彼はてのひらでドアを押しもどした。

「どいて」コートニーの頬は怒りに燃えていたが、その目は濡れて光っていた。

「悪かったよ」

「わかった。だからどいて」彼女はノブを引いたが、ウィルはドアを押さえつづけた。「あんたって最低。わかってる？　たぶんこっちはあんたより稼いでる。だからえらそうなこと言わないで」

「そんなつもりじゃなかったんだ」

「自分の仕事をそんなに立派だと思ってるわけ？　少なくとも、わたしはみんなに自信を与えてる。あんたはそうしたことがある？」

「たぶんないね」ウィルはそう認め、彼女が怒りつづけるよう、その目に溜《た》まった涙があふれ出ないよう祈った。「悪かったと思ってる」

「へえ、そりゃよかった」彼女はふたたびノブを引いたが、彼はてのひらをドアに押しつけたまま離さなかった。

「どいて」

「悪かったって言ったろう」

コートニーは腕組みをし、床に目を落とした。彼女の頬はまだ濡れていない。だが、その顎が震えているのに彼は気づいた。ああくそっ、こんなことで泣こうってのか？　どうやらおれは、彼女の悲惨な午後ってやつを見くびっていたらしい。

でなきゃ、自分の仕事に関して彼女がひどく神経質かだ。

コートニーはずっと気丈に振る舞ってきた。だから彼は、自分の言動で彼女が傷つくことがあろうとは思っていなかった。いや、思っていたとしても、早く彼女を帰らせたくて、それどころじゃなかったのだ。

彼は彼女の肩からバッグのストラップをはずした。「行かないでくれ」

コートニーは深く息を吸いこんだ。彼はその頭のてっぺんにキスした。彼女の髪はまだ濡れていて、甘い香りがした。彼はそこにもう一度キスした。コートニーがじっと見あげる。すると残っていた決意の切れ端も消え失せた。

「お願いだから」ウィルは彼女の口にキスした。「いてほしいんだ」

15

コートニーはキスを楽しみたかったが、胸の痛みがその邪魔をした。ウィルの言葉は痛烈だった。ふたりがちがう世界の人間であることはわかっていたが、自分の仕事を彼が蔑視《べっし》していようとは思ってもみなかった。

彼女は身を引き離した。「やめて」

ウィルはやめたが、その顔には不満の色がうかがえた。

「たのむから、さっき言ったことは忘れてくれないか。きみの言うとおりだ。おれは最低なやつだよ」

ふたたびキスする代わりに、彼はあの大きくて頑丈な胸の、心臓のすぐ横にコートニーを引き寄せた。

これはウィルにとりうる最悪の行動だった。ところが、彼はさらに先に進んで、彼女を太い両腕で抱きしめ、その庇護の繭《まゆ》のなかへと包みこんだ。

コートニーは目を閉じて、ため息をついた。こんなの危険すぎる。それにぜんぜんわたしらしくない。彼女は護《まも》ってもらおうとこの男のもとへ駆けこんだ。そしてこのとおり、彼は彼女を護っている。避難場所と安全とを差し出している。

また、それ以上に心をそそるものも。腹部に押しつけられた隆起から、それはわかった。

そして、そのすべてを彼女は切望していた。なぜこうなってしまったんだろう？　これまで男にたよったことなんかなかったのに。あの母とはぜんぜんちがう生きかたをしてきたのに。それが、かつてないほど怯え、かつてないほど未来を恐れた日、彼女は助けを求めてまっしぐらに男のもとに飛んできたのだ。

コートニーは相手の腰のかすかな揺れを感じ、自分が彼をぐいぐい押していたことに気づいた。彼女は両腕を彼の首に回した。すると彼の両手がゆっくり背中をなでおろし、臀部《でんぶ》を包みこんだ。

彼はコートニーのこめかみにキスした。「これはなんなんだい？」なおも腕を回したまま、彼は彼女の体の向きを変え、リビングのほうへとゆっくり進ませた。

「これって？」歩きながら、ウィルは彼女をかかえあげ、胸にぎゅっと抱き寄せた。コートニーのつま先はほとんど床に触れていなかった。

「この香水」しかし彼の口が彼女の口に重なり、答えを封じた。彼は急《せ》いでいるし、飢えている。そう思うと、興奮が全身を駆けめぐった。これは初めてのことだ。彼がわたしをほしがっている。これまでは——あるときは冗談めかし、あるときはまじめに——気を引き、誘いをかけるのは、いつも彼女のほうだった。

しかし、いま誘いをかけているのは、完全に彼のほうだ。そのうえこれは、遊びではないのだ。ジッパーが下ろされる音が聞こえた。つづいて、彼の胸の奥からうめき声が。

「このなかにいいものがあるのを知ってるよ」

コートニーは自分の真っ黒なブラを見おろした。彼の大きなてのひらが乳房の上をすべっていく。彼女の胸は大きいほうだが、その手に余るほどではない。これもウィルのいいところのひとつだ。コートニーは小柄ではないが、それでもウィルは彼女よりはるかに大きい。おかげで彼女は、女らしい気持ちになれる。

「これは香水じゃないの」コートニーは言った。彼の親指が肌をなでている。ああ、なんてなつかしい。何か硬いものが腿のうしろ側に当たり、自分がソファに押しつけられていることに彼女は気づいた。

「なんだか知らないがこの匂い、すごく好きだよ。それに、この黒いやつも。ちょっと待って」

コートニーがうしろ向きに倒れると、彼が覆いかぶさってきて、その全体重で彼女をソファに押し倒した。彼女は喜んでキャッと声をあげた。

「残りも見ないと」ウィルはそう言うと、彼女が呼吸できるよう一方の腕をついて身を起こした。彼の筋肉がTシャツを突っ張らせる、そのさまが、コートニーは好きだった。不意に彼に噛みつきたくなり、彼女はそんな自分にほほえんだ。それは、これまでまったく経験したことのない欲求だった。きっと彼女はよほど男に飢えていたのだろう。

「いい？」ウィルの指が肌をなでながらゆっくり臍まで下りてくる。彼が目を見つめた。

コートニーはその首に一方の腕を回した。「ええ」そうささやいて、彼にキスした。

またジッパーの音がし、彼女はショートパンツがヒップの下へとずり落ちるのを感じた。

野球中継の音が低くつづくなか、明滅するテレビの光に照らされ、ウィルの目に浮かぶ欲望が見える。彼は何かささやきながら、上へ上へと彼女の体にキスしていった。でも彼女は、ウィルの首をなめたりかじったりするのに夢中で、その言葉を聞きとるどころではなかった。

やがて彼の手が彼女を包みこむと、歓喜の稲妻が全身を鋭く刺し貫いた。

「ああ」コートニーは彼の首に両腕を巻きつけ、それを終わらせまいと思い切り体を密着させた。それは終わるどころか、いつまでもいつまでもつづき、彼女は彼をとらえ、引き寄せて、もっと近づこう、彼のあらゆる部分をもっともっと間近に感じようとした。体のいたるところに彼が触れている。彼女は目を閉じて、その短いごわごわした髪を指で梳いた。そしてついに、激しく身を震わせ、彼の下でぐったりとなった。

彼の手が優しく肌を愛撫している。それは徐々に上にのぼってきてウエストを包みこんだ。

「ああ」彼女はふたたびささやいた。体の力はすっかり抜けている。それはまるでヨガだった。ただその満ち足りた熱い流れは、何をしているときよりも深く、心地よかった。

ウィルがこめかみにキスして、額に額を寄せてきた。ふたりの肌は汗でぬるぬるしており、それが彼の汗なのか自分の汗なのかコートニーには区別がつかなかった。

「大丈夫？」ウィルがささやいた。

「ええ」

「いちおう訊かないとね」

ふわっと体が浮きあがった。ウィルが彼女をソファから抱きあげたのだ。彼はそのまま寝室に向かい、彼女をベッドの上に下ろした。最初見たときに思ったとおり、マットレスは硬かった。コートニーが笑顔で見あげると、ウィルは彼女の隣に身を横たえた。

「うれしそうだね」彼は言った。

コートニーの笑みが広がった。彼女はウィルの大きな手を取り、そのてのひらにキスした。そこには、彼女が何日も前から気づいている、長いぎざぎざの傷跡があった。でもいまはそれについて訊くべき時ではない。「あなたの手が好きよ」彼女はただそう言った。

ウィルは一方の眉を上げ、身をかがめて彼女の胸にキスした。「この手が？」彼の息が皮膚に熱く感じられ、全身が緊張した。ウィルが左右の乳房と鎖骨と喉にキスする。彼女はふたたび切迫感が高まるのを感じ、彼の膝のうしろに脚をひっかけて、その体を引き寄せた。下腹部をすり寄せると、彼の限りない忍耐力の証《あかし》が感じとれた。ウィルは、ソファではまずコートニーが楽しめるようにしてくれたのだ。そんな彼が、彼女は愛おしかった。些細なことのように思えるけれども、これまでの生涯、そういう男はひとりもいなかった。いままで気づかなかったけれど。

コートニーはキスから身を引いて、ウィルの顔を、その熱いまなざしをじっと見あげた。彼女の真剣さを感じとったのか、彼もまた厳粛な顔をしていた。ふたりのしていることがなんであれ、これは遊びではない。彼のこめかみに汗の玉が浮かびあがる。それを見て、コートニーは気づいた。彼は懸命に自制しているのだ。そう思うと矢も楯もたまらず、彼女は彼の体にしがみつき、その口を口へと引き寄せた。

彼のキスが荒っぽくなり、コートニーも同じかたちでそれに応えた。彼女はウィルのTシャツと格闘した。ウィルも彼女のブラとパンティーをぐいぐい引っ張っている。彼女は前のフックをはずしたが、そのあとは何がなんだかわからなくなった。気がつくと、ウィルのジーンズだけを残し、ふたりは裸になっていた。彼女は両手をジーンズのボタンに走らせた。きしみとともに、ベッド脇の引き出しが開いた。ウィルが大急ぎでコンドームをつけ、それから彼女の膝を押し開いた。

突かれた衝撃で、目に涙が湧いた。コートニーはウィルの首にぎゅっと腕を巻きつけ、声をあげまいとした。彼女はそれがほしかった。痛がっていることを彼に知られたくはなかった。

「脚を巻きつけて」

彼女はその言葉に従い、うまくフィットしたことに安堵した。その後、痛みは消え、感じるのは、ウィルと、欲望と、彼の恐るべき力強さのみとなった。この男を放したくない。こんなふうに感じるのは初めてだ。こんなふうに、誰かと完全に結ばれた気がするのは。まるでふたりがひとつになったかのよう、彼が彼女の細胞の一個一個に触れられるかのようだ。そしてその感覚は、いつまでもいつまでも、彼女がもう死ぬと思うまでつづいた。

「コートニー」ウィルの声はかすれていた。「ハニー、いいかい……？」

息ができない。話すこともできない。だから彼女は、自分にできる唯一の方法でそれに答えた。イエスと。

そして最後の、鮮烈な瞬間のあと、ふたりは一緒にくずおれた。


アレックスはオースティン警察の本部ビルへと足取り軽く入っていき、自分のテリトリー外の場所でいつもすることをした。つまり、そこがテリトリーであるふりをしたのだ。彼女はきびきびと廊下を進み、冷水器の前で足を止めてちょっと水を飲んだ。そのあと、携帯で話しているふりをしていると、首からタグみたいなものを下げた二十代半ばの男が目に留まった。そのだらしないなりとせかせかした態度から見て、どうやら新聞か雑誌の記者らしい。そこで彼女は、男のあとを追い、両開きのドアを通り抜けた。その先には胸の高さほどのカウンターがあった。そこまで行くと、男は、警察発表の入った金属トレイをかき回しているブン屋風の若い連中数人に合流した。アレックスもそこに加わった。なるべく気のない顔をするよう努めつつ。仮に同業者でないことに気づいたとしても、彼らは何も言わなかった。それにどのみち、アレックスのほしいものは公開された情報なのだ。

しかしめあてのものは、どのトレイにもなかった。ついに彼女はアクリルグラスの窓に歩み寄り、咳払いして、奥のデスクに向かう女の注意を引いた。

「すみません。今週初めの事件に関するレポートをさがしてるんですが」

女は立ちあがって、こちらにやってきた。「日付と場所を」彼女は淡々と言った。「もしおわかりでしたら、事件番号も」

「わかりません」

「日付と場所は」

「行方不明者の件なんです。ドクター・マーティン・ペンブリーですが？　どこに行けば、もらえますかね？」

女の目つきが鋭くなった。彼女はアレックスの背後にいる情報中毒の連中をちらりと眺めた。

「おかけください」女はそう言って、入口の椅子の列を目顔で示すと、廊下の奥へと消えた。

アレックスは書類のトレイのところにぶらぶらと引き返し、興味があるふうを装って、つぎつぎとレポートをめくりだした。

背筋を駆け下《くだ》る妙な感覚に、彼女はくるりと振り向いた。黒髪の男がいちばん近い出入り口にだらんと寄りかかって、じっとこちらを見つめている。彼は前に進み出た。

「どうも」

「こんにちは」アレックスは言った。ここに入るのには報道関係者のパスが必要なんだろうか？　確か、この部屋は一般に公開されていると思ったけれど。

「ネイサン・デヴェローです」男が手を差し出し、アレックスはその上着の下からホルスターがちらりとのぞいたのを認めた。「アレックス・ラヴェルです」しっかりと男の手を握ると、彼はほほえんだ。

「はじめまして、アレックス」彼は廊下のほうに顎をしゃくった。「こっちへ」

アレックスは男につづいて長い廊下を進み、そのあいだに相手の品定めをした。密生する黒髪は、耳のあたりがちょっと伸びすぎ。紺色の上着はかなり古そうだが、筋肉質の背中の上にきれいに広がっている。背はさほど高くはないものの、歩きかたには自信が感じられた。

横手のドアからコンクリートの階段に出たところで、彼女は足を止めた。男も立ち止まって、さりげなくこちらを向いた。

「少し外の空気を吸おうと思ってね。あそこはちょっとごみごみしてたし。そう思いませんか？」

彼の声は低音で、南部の訛があった。たぶん人を安心させるのにこの訛を利用しているんだろう。でもわたしはその手は食わない。

「なんのご用です、ミスター・デヴェロー？」

「ネイサンで結構。一緒に一杯やりに行くってのはどうかな？」彼はレッド・リバー通りのほうを顎《あご》で示した。見るとそこには、ネオンの輝く怪しげなバーベキュー料理屋があった。

「なんだってこのわたしがあなたと一杯やらなきゃいけないんです？」

彼の顔にゆっくりと笑みが広がった。「こっちがあなたのほしいものを持っているからさ」

これは人類史上いちばん下手くそなナンパか、さもなくば、この男がマーティン・ペンブリーについて何か知っているかだ。

アレックスは肩をすくめた。「行きましょ」店は警察署からほんの数ブロックだ。それに彼女はこの男と車に乗るわけでもない。だったら危険はないだろう。

男と並んで歩きはじめると、アレックスは急に自分の服装が気になりだした。いま着ているのは、コートニー・グラスがオフィスに現われたときとまったく同じもの——色のさめたブルージーンズと、着心地よいオースティン《A》・シティ《C》・リミッツ《L》・ミュージック・フェスのTシャツと、すり切れたクロス・トレーニング用シューズだ。しかし〈スモーキング・ピッグ〉は、五つ星の店にはまず見えなかった。もっとも、燻煙《くんえん》用のヒッコリーとキャンプファイアを思わせる、すばらしくいい匂いはしたが。

男はドアを押さえて、アレックスを先に通した。彼女は、こいつはただの警官じゃなく刑事だろうと思った。安物のビジネス・カジュアルといい、何ひとつ見逃さないが何ものにも動じない、油断のない青い目といい、彼はいかにもそれらしく見えた。

アレックスはバーのエリアのふたり用のテーブル席を選んだ。

男がアレックスのために椅子を引くと、彼女は薄笑いを浮かべた。「これはデートなんですか？」

「いやいや、同業者とはデートしない主義なんで」彼は向かい側の席にすわった。

「どうしてわたしが同業者だと思うんです？」

「おたくは私立探偵でしょう？」

アレックスは小首をかしげた。「どうしてそう思ったかをお訊きしたんですけど」

彼は肩をすくめた。「経験的に。ルールなんぞ知るかってような強気な態度だし。それに、バッグは小道具でいっぱいだしね」

アレックスは驚いて、ぎくりと頭を起こした。「わたしのバッグに何が入ってるか、どうしてわかったんです？」

「心霊術師だもんで」

ウェイトレスがテーブルの前で足を止めると、デヴェローは笑顔で彼女を見あげた。「シャイナー・ボックをふたつ。それと、こちらのご婦人にグラスを」

アレックスは腕組みした。この男は傲慢《ごうまん》すぎて、どうも好みに合わない。「ビールはいりません、せっかくだけど」

彼は椅子の背にもたれた。「X線係のチャーリーはわたしの友達でね。あなたを署内に通したのは彼なんだよ」

ふうん、なんだかきな臭くなってきた。X線係のチャーリーがわたしのバッグの中身を刑事に教えた？　そして、マーティン・ペンブリーについて話をするため、その刑事が送りこまれてきたってわけ？　アレックスはコートニー・グラスの言葉を信じはじめていた。どうやらどこかで重大な陰謀がめぐらされているらしい。最初、彼女はあの女の話を荒唐無稽《こうとうむけい》だと思った。だがこうなってくると考え直さざるをえない。

「マーティン・ペンブリーに関して、あなたの知っていることは？」アレックスは訊ねた。

「彼が行方不明だってこと。そして、マスコミはまだそのことを嗅ぎつけてないってこと。となると、不思議だね。なぜあなたがその件を知っているのか」

「その男が行方不明なら、なぜ家族が騒ぎださないんです？　彼はテキサス大の教授なんでしょう？　だったら大ニュースになるはずでしょうに」

ふたりのビールが来た。デヴェローは彼女が先にひと口飲むのを待って、ボトルを傾けた。この男には古風な作法が染《し》みついているらしい。アレックスは考えた——彼は本物の南部の紳士なんだろうか、それとも、訛は単なる技にすぎないんだろうか。

「彼は離婚してひとりなんだ」デヴェローが言った。「そのうえ、いまは休暇中の身でね。

実は、来週からイングランドに行くことになっていたんだよ。だから、大学にも顔を出してなかったわけさ」

ふたたびビールを口にしながら、アレックスは考えた。この男はなぜあれこれ話してくれるんだろう？　彼女の経験によれば、警官はただでは情報を提供しない。相手が部外者なら絶対に。つまり彼は、こっちが何か知っていると思っているわけだ。

「わたしには、身の危険を感じている依頼人がいます。その女性は、自分がペンブリーの失踪に関与したのと同じ連中に狙われていると思っているんです。彼女はまともそうに見えますが、わたしはいちおうその話の裏付けをとろうとしているわけです」

「疑ってるんだ。そうでしょう？」

アレックスは肩をすくめた。「通常の手続きです」過去には、警察から逃れるため、あるいは、自分の子供を誘拐するため、あるいは、国外に金を運ぶために、彼女を雇おうとした連中もいた。彼女はそういった依頼は引き受けない。法律は破らない。

ときどき少し曲げるだけだ。

「で、その依頼人は、安全を確保してくれと言ってるんだな？」

「まあ、そんなところです」

彼の目がアレックスの小柄な体をとらえ、上から下へと眺め回した。彼女の縮れた黒髪は、きょうはポニーテールにまとめてある。そうしていると、自分がいつも以上に若く見えることを彼女は知っていた。

「あなたがボディガードを手配するってことだね、つまりは？」

「これ以上、依頼人のことを話すつもりはありません」アレックスは言った。「わたしはただ、ペンブリーの一件が本当なのかどうか知りたいだけです。依頼人はまた、自転車の事故を装って殺されたという女性の名前もわたしに伝えています」

「イヴ・コールドウェルかな？」

彼女の驚きは顔に出ていたにちがいない。

「あなたの依頼人はイカレちゃいないよ」デヴェローは言った。「ちょうどきょう、あの件を殺人事件に切り替えたとこなんだ」

アレックスは震えを抑えつけた。コートニー・グラスはイカレてはいない。これは荒唐無稽な作り話ではないのだ。

ということは、あの女性の命は本当に危険にさらされていることになる。だとしたら、アレックスは契約を履行し、その死を願う何者かから彼女を護らねばならない。

デヴェローが肘をついて身を乗り出してきた。「アレックス。あなたの依頼人が誰なのか、ぜひ教えてほしい」

「それは言えません」

「言えないのか、それとも、言う気がないのか？」

「言う気がないんです」

これにはなんの反応も見せず、デヴェローはまた椅子の背にもたれた。長いこと彼にじっと見つめられ、彼女は落ち着かない気分になった。

「いいものを見せてあげよう」彼は言った。「それがあなたの依頼人の興味を引くことは、まずまちがいない。しかしそれを見せたら、依頼人が誰なのか明かしてもらわないとな。誰が危険に陥っているのかわからなきゃ、その人間を保護することもできないからね」

アレックスはビールを飲みながら、この申し出について考えてみた。依頼人の身元を明かしたくはないが、これは並みの事件ではない。時間はかぎられている。得られる情報はすべて入手しなくてはならない。それもいますぐにだ。

「オーケー」彼女は言った。失うものがどこにある？　すべて計画どおりにいけば、コートニー・グラスは明日の朝にはもういなくなっているのだ。あの女性についてオースティン警察が何を知ろうとかまうことはない。わたしの手助けで彼女は姿を消すのだから。

「ここで待っててくださいよ」デヴェローが立ちあがった。「すぐもどるから。ほしくなかったそのビールをあなたが飲み終える前にね」

コートニーは彼の胸に身を寄せて横たわっている。髪は先ほどのシャワーでいまもまだ濡れたままだ。彼はそのひと房を指にくるくる巻きつけ、またほどいた。あの謎がついに解けた。彼女がこんなにいい匂いがするのは、香水のせいではない。それは髪につけている何かのせいだった。

コートニーが身じろぎし、彼の体に載っていた太腿をずりあげた。彼女は首を傾け、彼を見あげた。「ハイ」

「ハイ」

「ずいぶんおとなしいのね」

「もうすぐ回復するよ」そう答えたものの、これはあまりにも控えめな言いかただ。彼はベッドのなかで爆発にさらされたような気分だった。もう二度ともとどおりにはなれそうになかった。

「厄介なことになった？」コートニーが訊ねた。

「どういう意味？」

「つまりね、事件の捜査中だから、わたしとのあいだには一線を引いておくべきなんじゃない？」

ウィルは彼女のヒップから太腿へと手をすべらせ、またなでおろしていった。「もう越えてしまったからね、その線は見えないよ」

コートニーが肘をついて身を起こすと、彼の視線は白く丸い乳房へと吸い寄せられた。

「わたしが来なければよかったと思う？」

「さあ、わからない」これは優しい言葉とは言いがたいが、本当のことだった。彼はこのために仕事を失うかもしれないのだ。長年かけてチャンスを作り、やっと獲得した仕事を。

「すべてがひどくややこしくなったのは確かだな」

コートニーは彼を見おろした。傷ついた様子はなかったので、彼はほっと安堵した。彼女は彼の胸をなで、筋肉をなぞった。そうやって彼に触れるのが好きらしく、永遠にでもつづけていられそうに見えた。

「わたしは後悔していない」彼女は言った。

そしてもとどおり彼のかたわらに収まった。そのぬくもりと丸みもろともに。そして彼は、自分も後悔していないことを悟った。たとえこの先どうなろうと。しかし、彼女にそう告げる心の準備はまだできていなかった。

コートニーが彼の手を取って、てのひらを上に向けた。彼女が何を言おうとしているか、彼にはわかった。

「この手はどうしたの？」

「馬鹿をやっちまってね」彼は答えた。「パーティーで飲んだくれたすえ、蹴つまずいてガラスの瓶の上に転んだんだ」

「ふうん」コートニーは人差し指で銀色っぽい傷跡をなぞった。指はゆっくりと手首を越えて進み、前腕の別の傷へとたどり着いた。「じゃあこれは？」

ウィルは身を硬くした。彼女の指が肘の近くにかすかに残る第三の傷跡に至ったのだ。彼は何か言おうとし、それから思いとどまった。コートニーに嘘をつく気にはなれない。たしかに彼女はさんざん彼に嘘をついてきたが、もうその段階は過ぎたように思えた。ふたりのあいだには、ある種の信頼関係が生まれている。それを壊してはいけない気がした。

「これは軍隊にいたころの傷なんじゃない？」

彼はコートニーを見おろした。

「話したくないなら、別にいいの」彼女は言った。てのひらにキスされ、彼は胸に疼きを覚えた。「わたしだって言いたくないことはあるもの」

彼女はさらに身を寄せてきて、彼の胸に頬を載せた。その耳は彼の心臓のすぐ横にある。彼女にはこの鼓動が聞こえているのだろうか。自分の息苦しさが感じ取れるのだろうか。この傷について話す気になったことはこれまで一度もない。相手が女ならなおさらだ。しかしコートニーは追及しなかった。だからこそ彼は、彼女ならふつうの人間より理解できるかもしれないと感じた。

コートニーを抱く腕に、彼は力をこめた。「きょうのことを話して」

今度は彼女のほうが身を硬くした。

「電話をもらったとき、おれは犯行現場にいたんだ。そうでなければ、迎えに行ったよ」その髪を指で梳きながら、彼は言った。

「あの押入れのケース？」

「フィオナから聞いたんだね？」

コートニーは彼の肌に向かって吐息を漏らした。「ええ。そのことでひどく動揺してた。電話で話したんだけど」

「きょうの午後、何があったんだ？」

「わたし、殺されそうになったの」

ウィルはがばっと身を起こした。「なんだって、な、なんだって？」

「ネット・カフェで、追いかけられて――」

「警察には電話したのか？」

「あなたにしたけど」

彼女はそこに横たわったまま、こちらを見あげている。罪悪感が押し寄せてきた。彼女は電話をよこした。なのに彼は、仕事にかまけてそれに応えなかったのだ。

「何があったんだ？」そう問いただしながら、ウィルは彼女の体を見回し、どこかに怪我がないかさがした。

コートニーは起きあがり、うしろに寄って枕にもたれた。それからシーツを引っ張りあげ、それで体をくるみこんだ。「わたし、ネット・カフェで調べものをしていたの。そしたら、ビデオの短い映像が見つかってね――」

「コーヒーショップで襲われたってのか？」

「店のすぐ外でね。黒いエスカレードが止まって――」

「くそっ。きみはそんなところで何をしていたんだ？」

「調べものがあったのよ」

ウィルは歯を食いしばり、怒りを抑えつけようとした。ここで過剰な反応を見せたら、すべてを聞き出すことはできないだろう。「それで？」

彼はぎりぎりと歯ぎしりしながら話に耳を傾けた。彼女がレストランや路地を逃げ回ったこと、バスにどうにか飛び乗り、殺し屋に撃たれずすんだこと。その殺し屋はおそらく、ジルカー・パークで彼女を殺そうとしたのと同じやつだろう。ウィルは一部始終を語るコートニーを見守りながら、その冷静さに驚いていた。彼自身は誰かを引き裂いてやりたい気分だった。

「それで、ここに来たわけ」彼女はそう締めくくった。「フィオナを巻きこみたくなかったから。それにエイミーとデヴォンもね。ここ以外どこへも行きたくなかったのよ」

「その件を届け出ないと。一緒に警部補に話しに――」

「ええ、いいわ、そうする。たぶん明日にね？　いまは、そのことは考えたくない。ただここにいたいのよ」

ウィルはしばらく目を閉じていた。自分がどれほどひどいヘマをしたかが、いまになってわかった。彼はこの事件を個人的な問題にしてしまった。今後は務めを果たすのが恐ろしくむずかしくなるだろう。コートニーの話を聞くたびに、その身の危険を思い、いきりたってしまうとしたら、彼女の疑いを晴らすことはおろか、彼女を護ることさえできはしない。

彼はコートニーの肩をぎゅっとつかんだ。「きみに警察の護衛をつけさせるよ」

「わかった」

「サーナクと話をして、対策を考えるからな」自分でもいい、ネイサンでもいい、駆り出せるやつなら誰でも。とにかく二十四時間体制で、誰かに彼女を護らせよう。「もう二度と、きょうみたいなことは起きないよ」

「わかった」

ランプの明かりのもと、ウィルはコートニーの顔を見つめた。彼女の態度は妙に投げやりだった。まるで彼が何をしようが関係ないといった様子だ。

コートニーが身を乗り出し、その胸からはらりとシーツが落ちた。「このことは明日考えましょうよ」彼女はウィルにキスした。

「でも今夜、行かないと」

「明日ね」彼女はまたキスをして、彼の膝にするりと入りこんだ。

「朝一番にだぞ、コートニー。こっちは本気だからな」

コートニーはウィルの膝に収まり、両腕を彼の肩に回した。「朝一番に」

ネイサンは記録的タイムでバーベキュー屋にもどった。あのかわいい私立探偵の前にふたたびすわったとき、彼はそのビールの減り具合が自分が去ったときとまったく同じであることに気づいた。この女は強情だ。もし彼女が、ただネイサンを怒らせたいがために、ビールをそこに残して消えていたとしても、彼は驚かなかったろう。

「それは極秘情報なんですか？」女探偵は、彼の分厚い茶色のフォルダーを顎で示した。

「いや、そういうわけじゃない」ネイサンは大ぶりのジップロックの袋をいくつか取り出した。どれも中身は、罫線入りの黄色い紙だ。彼は自分の受け取った最初の手紙を選び出し、彼女の前に置いた。

「この言葉の羅列をどう思う？」

女探偵は手紙を引き寄せ、テーブルに肘をついてその上にかがみこんだ。「〝No evil I did, I live on（わたしは悪をなしていない、わたしは生きつづける）〟？　どういう意味です？」

「さあ」

彼女の指が紙の下のほうを指し示した。誰かが――おそらくマーティン・ペンブリーだろうが――そこにかなりうまく正義の女神の絵を描いている。女神は目隠しをし、天秤《てんびん》を持っていた。

「〝Level, madam, level!（水平に、マダム、水平に！）〟」

「たぶん、それは天秤のことだろうね」ネイサンは、この解釈にいくぶん得意になって言った。

アレックスはしかめ面で紙を見おろしている。それは手紙というより、むしろ文の切れ端と落書きの寄せ集めだった。ネイサンが教授から受け取った手紙――職場に来た二通と自宅に来た二通はどれも同じだった。用紙はみな罫線入りの黄色い紙で、それが折りたたまれ、事務用封筒に入っており、住所の上にはきちんと活字体で、〝殺人課、デヴェロー様〟と記されていた。

アレックスが、余白の走り書きを指でたたいた。その横には、眼鏡をかけた禿《は》げ頭の男の漫画らしきものがある。「このドクター・オークワード（Dr. Awkward）というのは？」

「お手あげだよ。あなたなら知っているかと思ったんだが。たぶんあだ名だろうね。手紙にはセアラという名も出てくる。その人があなたの依頼人なのかな？」

アレックスはなんとも答えず、ただ手紙を見つめた。ネイサンはヒントを求め、その顔を見守ったが、そこからは何も読みとれなかった。

「もしかすると、依頼人はドクターだとか？」彼は訊ねた。

「ああ、そうか」アレックスが興奮に目を輝かせて、彼を見あげた。「この男は教授なんでしょう？　英語を教えてるんじゃない？」

ネイサンは眉を寄せた。「言語学だが。どうして?」

「これは回文なの」

「回……?」

「回文」アレックスは彼が読めるよう紙をくるりと反対に向けた。「前からでもうしろからでも同じように読めるんですよ。ほら、〝Harass selfless Sarah(無欲なセアラを悩ませる)〟。わかるでしょう? それに、こっちのも。〝Evil is a name of a foeman, as I live(悪は敵の名、まちがいなく)〟」

「なんてこった」ネイサンはつぶやいて、手紙をじっと見おろした。いま見ると、歴然としている。なのに、何度も読みながら、まるで気づかなかった。彼はアレックスに目をやった。

「どうして気づいたんだい?」

「クロスワード大好き一家の子供だったので」彼女はにっと笑った。「毎週日曜日にはスクラブルをやったものよ。別のやつを見せて」

ネイサンは彼女のほうに別の紙をすべらせた。頭が少しくらくらしている。ようやくこの文章がなんなのかわかったわけだが、しかしこれはどういう意味だろう? それに、ある男が消える直前に殺人課の刑事にこういうものを郵送した、その理由とはなんなんだろう?

「文章の多くは、善と悪について触れているようね」アレックスが言った。「それに、これは正義の天秤でしょう? この絵は?」

「わたしもそう思った」

「ねえ、これをどう思います？　〝Now Eve we're here we've won〟。このイヴは、イヴ・コールドウェルのことかしら」

「たぶん」ネイサンは言った。「彼女の名前までもが、そのなんとかいうものだね」

「回文ね。ああ、ほんとだ」

「聞いてくれ、アレックス」ネイサンは彼女に厳しい目を向けた。「これは単なる言葉遊びじゃない。目下、わたしは三件の殺人事件をかかえていて、それらは全部つながっている可能性がある。あなたの依頼人がセアラという名だとしたら、あるいは、ドクターだとしたら、彼女は大きな危険にさらされているかもしれないんだ」

アレックスは椅子に背をもたせかけ、手紙を押しやった。「依頼人の名はセアラじゃありません。それに、ドクターでもないし」

「それじゃイヴの関係者なのかな？」

「いいえ」

「わたしにはどうしても知る必要が――」

「彼女の名は、コートニー・グラスです」

コートニーか。そう、当然だ。あの娘がよそに助けを求めたとしても責めるわけにはいくまい。オースティン警察はどう見ても彼女の助けになっていないのだから。ウェッブが権限を握っていたなら、彼女はとっくに逮捕されていただろう。それにサーナクも、もうひと押しで彼女をアルヴィン殺しの犯人に仕立てるところまで来ている。あの警部補には銃とGSRテストの結果がある。そのうえ、メディアと、署長と、ホットドッグ相続人の弁護団が、彼を追い立て、犯人逮捕を要求している。ネイサンにはわかっていた。警部補がそれらのプレッシャーに屈するのは時間の問題だ。

彼かホッジズがもっと説得力のある証拠を提出しないかぎりは。

「彼女はほかにも、あなたが興味を持ちそうなことを話してくれましたよ」アレックスは腕時計に目をやった。「その話をお教えしましょう。それがすんだら、もう行かなきゃいけませんが」

ネイサンはうなずいた。

「彼女の前の彼氏――デイヴィッド・アルヴィンでしたっけ？　彼が扱っていた大きな訴訟があるんです。彼女はネット上でひとつ動画を見つけたんですが、そこにはその裁判が結審した日に裁判所から出てくるイヴ・コールドウェルとペンブリーが映っているんです。今度の事件の大もとはその裁判だと彼女は考えています」

ネイサンはアレックスの言葉をひとことも漏らさずに吸収した。とても信じられなかった。一介の女探偵がこんなかたちで事件の突破口を開いてくれるとは。しかも、そこに貢献したのが美容師だとは。これはひどい屈辱だ。

アレックスがふたたび腕時計に目をやった。「もう行かないと。今夜はまだ仕事があるので」

「もちろん、そうだろうね」

彼女は立ちあがって、あの底なしのバッグから財布を取り出した。「ビール代、いくら借りてます？」

ネイサンは首を振って笑った。「借りなんぞ一セントもないよ」

16

コートニーはウィルのベッドの上で、目を閉じ、規則正しく呼吸しながら、あおむけに横たわっていた。やがてバスルームのドアが小さくパタンといい、水の流れる静かな音が聞こえてくると、彼女はベッドを抜け出した。手早く服を着て、ビーチサンダルに足を突っこみ、ダッフルバッグを手に取る。荷造りは、夜更けにしてあった。再度愛し合ったあと、ウィルが疲れ果てて眠っているあいだに。彼は目覚まし時計を六時にセットすると言って譲らなかった。朝になったらすぐ本署に飛んでいき、コートニーをその脅威から護るプランを立てると言い張っていた。

でも彼女には彼女のプランがある。

コートニーは足音を忍ばせてキッチンに行き、カウンターの上からウィルのキーホルダーを取った。バスルームにすばやく目をやると、あのサバーバンのキーをチェーンからはずした。

胃がぎゅっと縮みあがった。もしも彼がいまここに入ってきたら、彼女にはなんの言い訳もできないだろう。こうするしかないこと、選択の余地がないことを、彼の目を見て説明するのはとても無理だ。

彼は選択の余地があると思っている。自分が働きかければ、彼女に護衛をつけられる、それですべてが解決すると思っている。そしてまた、自分の力で彼女の汚名をそそぐことができると。

でも、そうはいかない。コートニーにはわかっていた。事態は悪くなる一方だ。市警のベテランで、ウィルよりずっと政治力のあるネイサンだって、充分な手は打てないだろう。あの警部補はコートニーに狙いをつけている。また、きのうの出来事は、彼女に狙いをつけているのが彼だけでないことをはっきりと示している。コートニーは、どこかの男が自分を護りに来てくれるのを、ただじっと待っている気はなかった。自分の自由が危険にさらされているのだ。自分の安全が。また、姉の安全、隣人の安全、さらには、つぎに殺し屋が現われたとき近くに居合わせる人々の安全も。

電話の横のペンに視線が落ちると、心臓がぎゅっと締めつけられた。もしかすると置き手紙を残すべきなのかもしれない。ちゃんと説明をして、ウィルの受ける衝撃を和らげるべきなのかも。なぜなら彼が傷つくことはわかっているのだから。ウィルは元軍人であり、警官であり、明らかに人並み以上に悲惨なものを見てきている。でも彼にだって感情はある。それにこれは、どこからどう見ても裏切りだ。昨夜ふたりは結ばれた。愛撫とうめきの合間には、心の通じ合う静かな優しい瞬間が幾度となくあった。そんな経験はほかの誰ともしたことがない。だからコートニーは逃げ去ることにうしろめたさを覚えていた。彼女はペンに手を伸ばした。

とそのとき、水の音がやんだ。コートニーは凍りつき、バスルームのドアに目をやった。それは閉まったままだった。

彼女はつま先立って玄関に向かい、ドアの鍵を開け、こっそり外に出た。


デジタルの時代に人ひとりを消し去るのは、容易なことではない。しかしアレックスはその仕事が好きだった。コンピューターに向かい、キーボード上に指を飛び回らせながら、彼女はコートニーの電話会社と話していた。

「お待たせいたしました。どんなご用件でしょう?」

「どうも。コートニー・バスという者ですが。ご面倒をおかけしてすみません。いま、いちばん最近の請求書を見てるんですけどね、相変わらずわたしの名前がちがってるんですよ。ほんとは〝グラス〟じゃなくて〝バス〟なんです。先月もこのことで電話したんですけど」

「それは申し訳ありません。ただいまお客様のアカウントを呼び出しますので。このお電話はご自宅からおかけでしょうか?」

「いいえ、いま友人の家なんで。わたしのうちの番号を言いますね」アレックスはコートニーの自宅の電話番号を告げた。

「それでは、ミズ・バス、念のため社会保障番号の下四桁を教えていただけますか?」

「ええ。四、三、一、〇です」

「ふうむ……こちらの記録と一致しませんね。お母様の旧姓を教えていただけますか?」

「マッコーエンです。なんだかわたしの記録全体がめちゃめちゃみたいね。データを入れたのが新人だったんじゃない?」

「すぐにお直ししますから、ミズ・バス。社会保障番号を最初から教えてください」

アレックスは、四、三、一、〇で終わる適当な番号を並べ、キーボードがカタカタいう音に耳を傾けた。電話口のカスタマー・サービス係が記録を変更している。

「お電話ありがとうございました、ミズ・バス。すべてお直ししましたので。ほかに何かございませんか?」

「いいえ、それだけ。どうもお世話さまでした」

アレックスは通話を切り、満足の笑みを浮かべた。電話会社には、明日もう一度連絡して、猥褻電話に悩まされているから、番号を変えてほしいと言うつもりだった。それで混乱はますます深まるだろう。追跡者がどんな方向からコートニーの通話記録をさがそうと、それを突き止めるには恐ろしく時間がかかるはずだ。

人さがしの成否は資源次第。すなわち、時間と金とがものを言う。時間と金が減れば減るほど、その成功の見込みは低くなる。コートニーによれば、彼女を追っている連中は資金に不足はないらしい。しかしアレックスにも、連中の仕事を恐ろしく手間のかかる退屈なものにし、コートニーに地下に潜るチャンスを与えることはできる。

彼女はリストのつぎの項目、ケーブル会社へと移った。

「どうも。コートニー・グラスといいます。引っ越しするので、解約したいんですが」

「この電話はご自宅からおかけでしょうか？」

「いいえ」

「社会保障番号を教えていただけますか？　お客様のアカウントにアクセスするのに必要ですので」

アレックスはコートニーの社会保障番号を告げ、担当者が彼女のファイルを呼び出すのを待った。

「ありがとうございます、ミズ・グラス。サービスの停止はいつにいたしましょう？」

「明日引っ越すので」アレックスは言った。「なるべく早くしてもらえます？」

「では、明日のご解約ということで。お客様のアカウントに、八十二ドル五十五セントの不足が出ております。請求書を送るのに、転送先の住所が必要となりますが」

「わかりました」アレックスはナッシュヴィルの私書箱の住所を教えた。

「以上でよろしいでしょうか？」

「ええ、それだけ。どうもお世話さま」

「お電話ありがとうございました、ミス・グラス。お引越しがうまくいきますように」

アレックスはさらにあちこちに電話をかけ、やがてコートニーのオースティンにおける公共料金の記録はごちゃごちゃになった。あるときは、彼女はコートニーの名前を変え、どこかの私立探偵が調査にかかった場合、その偽名を追いかけざるをえないようにした。また、別のときは、サービスを完全に止め、最後の請求書があのテネシー州の私書箱に転送されるよう手配した。

つぎに彼女は、航空会社数社に電話をかけて、マイレージサービスのアカウントを変更させ、過去十年のあいだにコートニー・ジェイン・グラスが利用したさまざまなフライトの記録を彼らの手もとから失わせた。これでまたひとつ、コートニーをさがす手がかりが消えたわけだ。

最後にアレックスは、ナッシュヴィルの不動産会社のウェブサイトにアクセスした。彼女はその会社にコートニーの名で部屋をさがさせるつもりだった。そうすれば、コートニーの社会保障番号をもとに信用調査が行なわれることになる。コートニーをさがす者は、彼女がナッシュヴィルの不動産会社を利用したと思うはずだ。

電話が鳴った。アレックスは発信者を確認し、スピーカー・ボタンを押した。

「〈ラヴェル・ソリューションズ〉です」

「アレックス、ネイサン・デヴェローだ」少し間があった。「スピーカーになっているのかな？」

「そうですよ」アレックスはキーを打ちつづけ、ネイサンは小声で悪態をついた。たいていの人間はスピーカーの通話を嫌う。

「コートニーに連絡を取りたいんだ」

「じゃあ、なぜわたしに電話をしてるんです？　彼女はどこなんだ？」

「揚げ足を取るなよ、アレックス。彼女はどこなんだ？」

アレックスはウェブサイトの〝ご連絡ください〟の欄に、いくつもある自分のEメール・アドレスのひとつをコートニーの名前とともに入れた。おそらく一時間以内に不動産会社が何か言ってくるだろう。

「知りませんね」アレックスは辛抱強く言った。「知ってたとしても、あなたに教える気はないし」

「彼女が町を出るのに手を貸したんだよな？　いいか、こっちは大至急、彼女の居場所を知らなきゃならないんだ。警察が彼女をさがしてるんだよ」

アレックスはしばらく考えをめぐらせたすえ、これは嘘だと判断した。コートニーから聞いた話はすべて裏がとれている。

「彼女がどこにいるのか、わたしには見当もつきません」アレックスは言った。これはまあ本当のことだ。

「まじめな話なんだ。このままだと、探偵の免許を失うことにもなりかねな――」

「コートニーに会ったら、よろしく伝えてください。もう失礼しないと」

アレックスは電話を切って、コートニーにかけた。

「あなたに逮捕状は出ている？　何かわたしが知ってなきゃいけないようなのが？」

「いいえ」

「わかった。ちょっと確認したかったの」アレックスは不動産会社のサイトを閉じ、長距離バスのページに入った。「こっちはもうすぐ終わるから。何も問題ない？」

「ええ」

「オーケー、十分後にまたかける」


コートニーは電話を切り、ジュース・バーの着色ガラスの窓からじっと外を眺めた。朝の通勤者たちが――それぞれの車で、ときに携帯で話しながら――つぎつぎ通り過ぎていく。みんな早く仕事にかかろうと先を急ぎ、お互いには気づきもしない。バスがシューッと停止しては、お客の積み下ろしをしている。自転車もビュンビュン通過していく。ジュース・バーが、ウィートグラス・ジュースとベジ・フラッペを注文する健康志向のオースティン住民でにぎわいだすと、喧騒が彼女を包みこんだ。

人混みのなかにいるというのに、これほど孤独を感じたことはなかった。

彼女はウィルの手のことを考えた。それは大きくて強く、たぶんウェイト・トレーニングのせいだろう、たこだらけだった。そこには傷もあった。また、その手は温かく、そつがなかった。肌をなでていくあの感触を、コートニーは鮮明に思い出した。体の奥が熱くなり、彼女は唇を嚙んだ。

もしかしたら留まるべきなのかも。

どこかの女が窓を下ろしたおんぼろの白いポンティアックを赤信号の前で停め、コートニーは別のポンティアックに関する何年も前の記憶を呼び覚まされた。

父の葬儀のあと瞬く間に数週間が経ち、彼女は当時の住まいだった貸家の私道に立っていた。フィオナは猫のトウィックスを抱っこして泣いており、母は箱やスーツケースを車に詰めこんでいた。それは先に進むべき時、新たなスタートの時であり、彼らの引っ越し先ではペットは認められていなかった。フィオナが泣いてたのんでも、ママは耳を貸さなかった。トウィックスはお祖父ちゃんのところに置いていく。

母は正しかった。彼らが行き着いたノース・ハリウッドの湿っぽいアパートメントでは、猫や犬はおろか、鳥さえも飼うことは許されなかった。それは、ペット禁止の規則がある、いくつもの湿っぽいアパートメントの第一号であり、母の物憂い自己破壊的な旅のいくつもの通過点の第一号だった。

去っていくポンティアックを見送りながら、コートニーは考えた。これはまちがいなのかもしれない。何も逃げることはないんじゃない？

テーブルの上で携帯電話が震動した。彼女は画面を見て、今度の相手がウィルでないのを確認した。彼からの電話はこの二時間のあいだに三度、無視している。

でもそれはアレックスからだった。

「オーケー、第一段階完了。そこは自宅？」

「うちには帰ってないの。なんとなく――」コートニーは言葉を切った。家に向かったとたん感じたあの胸騒ぎをどう説明したらいいのだろう？「なんだかいやな感じがしたから、うちには寄らなかった。いま持っている荷物だけで、間に合わせるわ」

「わかった。持ち物のことは忘れて。第二段階に入るわよ」

アレックスがきのう事務所で話してくれた三つの段階を、コートニーは思い出した。攪乱《かくらん》、誤誘導、改変。コートニーはそのプロセスには偽の身分の取得も含まれているのだろうと思っていたが、それはあきらめるようアレックスに説得された。まず第一に、偽の身分を買うことは違法だ。そのうえ、得られる身分は、いまよりもひどいものになりかねない。それなら本物の身分のまま、レーダーのはるか下を飛ぶほうが得策だという。

「あなたはテネシーに向かったことにした」アレックスが言った。

「わかった」

「請求書のいくつかを、わたしの友人が借りているナッシュヴィルの私書箱に転送させたから」

「ほかの郵便物もそこで受け取ってもらえるの？」

「それはどうでもいいの。ただパンくずを撒いてるってこと」

「わかった」コートニーの胃がぎゅっと収縮した。いよいよだ。わたしは本当に消えようとしている。仕事も姉もウィルも残して――

「なんだか迷ってるみたいね。本当にやる気ある？」

コートニーはウィルのことを思った。昨夜、彼女の肩からバッグを奪い、行かないでと言ったときのあの表情を。いまその彼が、彼女の頭のなかにいて、あのときと同じ言葉を何度も何度も繰り返している。

ここに留まるという道もある。何も母みたいになることはない。母はどんな問題にも向き合おうとせず、なんとか自分から逃れようと、男から男へ、土地から土地へ、虚しく渡り歩いていた。

「コートニー？」

つややかな黒いエスカレードが〈ベラドンナ〉の前をゆっくりと通り過ぎ、近くの駐車場に入っていった。

胃袋がひっくり返った。

「コートニー、聞いてる？」

「連中が通りの向こうにいる。サロンの前に」喉がからからになった。彼らとのあいだには、四車線の道路と着色ガラス一枚がある。それでもコートニーは椅子のなかで身を縮めた。

「たしかにその連中なの？」

「まちがいないわ」

ドライバーは、大型ゴミ容器のすぐ横のスペースにバックでエスカレードを入れた。連中は彼女を待っているのだ。何より恐れていたことがこれで確かとなった。

「ナンバーはわかる？」アレックスが訊ねた。

「遠すぎてだめ」

「オーケー、気にしないで。とにかくそこを出なさい。為替は用意した？」

「ええ」コートニーは、ハンドバッグと、足もとに置いてあった小さなダッフルバッグを手に取った。

「きょうの午前中にそれを投函《とうかん》して。あなたのキャッシュカードも一緒に。銀行に何百ドルか残ってるわよね？」

「いいけど、どうしてそんなこと――」

「偽装工作よ。カードはフェデックスで南東部のあちこちにいるわたしの友人に送る。その人たちに現金を引き出させて、あなたが移動しているように見せかけるの」

「ああ」コートニーはバッグを肩にかけた。急に自信が湧いてきた。わたしが雇った私立探偵はちゃんと仕事のやりかたを心得ているらしい。

「バスの停留所に行って。取り決めどおりよ、いいわね？　北行きの一〇／二〇番に乗ってダラスまで行く。そこで四／三〇番のメンフィスまでの切符を買うの」

「わかった」コートニーはニンジン飲みたちのあいだを縫ってレストランの裏口まで進んだ。ウィルのサバーバンは、彼女が駐めたときのまま、ゴミ容器の横にあった。

「本当にやる気なのね？」アレックスが訊ねた。「第三段階に入ったら、引き返すのは容易じゃないわよ」

「わかってる」コートニーは深呼吸して、勇気を奮い立たせた。エスカレードからここまでは三十メートルもない。姿は見えなかったが、その存在は肌に感じられた。

「通話を切ったら、その携帯は捨てないとね」

コートニーはウィルのキーをポケットから取り出した。「わかってる」

「じゃあね。幸運を祈ってる」

「ありがとう」

「それと、うしろに気をつけて」

「どういうことかわかってきたぞ」

ウィルはデヴェローに目をやった。トーラスの助手席にすわった彼は、膝の上でファイルを開いていた。

「それはなんだ?」

「陪審のリストさ」デヴェローはリストを掲げてみせた。「イヴ・コールドウェルは陪審長だった。この陪審には男が十人、女がふたりいた。ペンブリーが、〝Evil is a name of a foeman, as I live（悪は敵の名、まちがいなく）〟と書いたのは、たぶんこの陪審のことなんだろう。わかるだろ? 堕落したforeman（陪審長）。たぶん彼はコールドウェルの死を新聞で知ったんだ。それにアルヴィンの死もな。で、おれにメッセージを伝えようとしたわけだよ」

ウィルはぎゅっとハンドルを握りしめた。きょう、このむかつく事件に集中するのは容易ではない。彼に考えられるのは、コートニーのことだけだった。

ところがデヴェローはやめようとしなかった。「彼はこうも書いてる。〝Draw nine men inward（九人の男を引きこんだ）〟。たぶんコールドウェルは連中を引きこんで原告側に有利な評決を下させたんだな。裁判の記録によれば、評決は十対二に割れているし」

「いま九人の男と言ったな」ウィルは言った。

「ああ、ペンブリーは被告側に票を入れたんだ。それに、セアラ・シュマッヘルという女も。なんてこった。〝Harass selfless Sarah（無欲なセアラを悩ませる）〟。全部ぴったりじゃないか！　ペンブリーとセアラはイヴやほかのみんなに同調しなかったせいで非難を浴びてたんだろう」

デヴェローは色めき立っており、ウィルはその顔をぶん殴ってやりたくなった。いまこの瞬間は、そんな謎解きはどうだっていい。とにかくコートニーを見つけたかった。彼らは本人の家と姉貴の家とサロンとに立ち寄ったが、彼女の足取りはまるでつかめなかったのだ。

「その女探偵の事務所に行ってみよう」ウィルは言った。「軽く腕をねじあげてやるんだ」

「もうねじあげたよ」

「それじゃもっとねじあげよう」

デヴェローが警告のまなざしを投げてきた。いやいや。別に女探偵を痛めつけようってわけじゃない。ただちょっと圧力をかけたら、って意味なんだが。その気になれば、彼は人にかなりの恐怖を与えられるのだ。

たとえば、いまこの瞬間のようなときは。

シャワーを出て、空っぽのベッドを目にし、トラックまで消えているのを知ったとき以来、ウィルの腹には熱い怒りの塊が居座っている。彼は自分の駐車スペースに突っ立ち、ひどくトンマな気分で、悪態をほとばしらせたものだ。こうなることは、当然わかっているべきだった。いかにもコートニーが使いそうな手じゃないか。彼は世界一の大馬鹿者だ。本当ならはるか前に予兆に気づき、策を講じるべきだったのに。

これはすべてセックスのせいだ。何時間かベッドで彼女と過ごしたせいで、脳がイカレてしまったのだ。

「フィオナはなんて言っているんだ？」

「もう話したろう」デヴェローは言った。「見当もつかんとさ」

「嘘をついてるんじゃないか」

「たぶんほんとだろう」

「しかし、あんなふうにいきなり出奔するのは無理だろう？　数千ドルでいったいどこまで行けるって言うんだよ？」

「おまえのSUVを売るって手もある」

怒りに駆られ、ウィルは歯ぎしりした。「彼女は車検証を持ってない」彼は言った。「それにどのみち、あのSUVじゃいくらにもならないさ。三十万キロも走ってるんだからな」

「彼女が車検証を持ち出したなんてことはないだろうな？」

「それはない」仕事に行くためタクシーを呼ぶ前に、ウィルは文字どおり憤怒に震えながらファイル・ボックスを確認したのだ。

「署にもどろうや」デヴェローが言った。「この手紙を全部、サーナクに見せないとな。おまえとウェッブは、何かおかしな点がないか、がっぽり金をつかんだ例の原告を調べてくれよ。それに、あの弁護士ども。おれはどいつも気に食わない。連中の金の出入りもじっくり見てやろうぜ」

「どうせ全員ぴかぴかだろうよ」ウィルは唸るように言った。

「とにかく、アルヴィンの悪事はもうわかってる。問題は、彼がひとりでやったのか、それとも、ほかにもかかわったやつがいるのか、だな」

ウィルは署へと車を走らせながら、午後の行動計画を練った。弁護士の一団への聴取で貴重な時間を費やすのはごめんだ。それよりコートニーに会わなくては。それも即刻会わなくてはならない。エイミー・ハリスは、もう一週間もコートニーを見ていないと言っていた。しかし彼女は、先日、黒いエスカレードが家の前の通りに駐まっているのを見ていた。

誰かがコートニーを狙っているのだ。そして、もし彼女の隠れかたがまずかったら、そいつはおそらくウィル自身より先に彼女を見つけるだろう。

彼は駐車スペースに車を突っこみ、運転席から飛び出した。午後は休みをとって、単独行動をとろうか。新米刑事としては、感心できないやりかただ。しかしいまはサーナクの評価などさして気にもならなかった。あの男は相変わらずコートニーをアルヴィン殺しの〝重要参考人〟などと呼んでいる。常人の半分でも脳みそがあれば、彼女が殺し屋でなく標的だってことはすぐにわかるだろうに。

「まあ落ち着けよ」裏口から入っていくとき、かたわらでデヴェローが言った。

「落ち着いてるさ」

「いまにも誰かを絞め殺しそうに見えるがなあ。とにかく肩の力を抜け、いいな？　彼女はきっと見つかる。それにおれは、おまえが彼女とつるんでるのを人にしゃべる気はない。だからそのことも心配しなくていいぞ」

ウィルは彼をぎろりとにらんだ。ふたりが一緒に働きだした当初、この相棒がフィオナに惚れてるものと思ったウィルは、これと同じ言葉を使った。いまデヴェローがこの言葉を使ったのは、絶対に偶然じゃない。

「そう言えば、結婚式はいつなんだ？」ウィルは訊ねた。

「え？　ジャックとフィオナのか？」

「ああ」

「ひと月くらい先だな。どうして？」

ふたりはエレベーターで自分たちの階までのぼっていった。そのあいだに、ある考えがウィルの頭に根を下ろした。「フィオナはコートニーのたったひとりの身内なんだろう？　祖《じ》父《い》さんをのぞけば？　コートニーが式を逃すはずはないな」

デヴェローは低い声で何かぶつぶつ言っていた。彼らはパーティションの迷路を縫うように進んでいった。ふたりはおそらく同じことも考えているのだ——逃走の期間としてひと月は長い。それまでにつかめなければ、コートニーの居所は永遠につかめないだろう。

自分のデスクにたどり着き、ウィルはネクタイをゆるめた。彼は引き出しを開け、そこに常備するようになった薬瓶からアスピリンを数錠取り出した。それから、電話に飛びついてメッセージをチェックした。着信六件。だがコートニーからは何も入っていない。

「よう、ひさしぶり」

顔を上げると、パーティションの上からブルドッグ面がのぞきこんでいた。

「ふたりで昼飯に行ったのかと思ったよ」ウェッブは言った。「こんなに長いこと、どこに行ってたんだ？」

「仕事さ」

「へええ？　あんたらが外をほっつき歩いているあいだに、アルヴィン事件の突破口が開けたぜ」ウェッブはウィルの領分に入ってきて、デスクの上にファックスを放った。

「これはなんだ？」ウィルは訊ねた。

「ウォルター・グリーン」

「誰だよ、それ？」

「ロサンジェルスの牧師。五年ほど前に、住宅火災で死亡した」

ウィルはネクタイを乱暴にはずし、上着のポケットに突っこんだ。ちょうどそのときデヴェローが背後に現われ、ウェッブの馬鹿話の相手をする手間を省いてくれた。こいつはどうしようもないおしゃべり野郎だ。

「その男がどうしたって言うんだ？」デヴェローはファックスを手に取り、ウィルのほうは

Eメールを開いた。ひょっとするとコートニーがメッセージをよこしたかもしれない。

「最初は台所からの出火のように見えた。だが、捜査に当たった連中は放火と判断したんだ。そしてその後、検視官が被害者の頭蓋骨から弾丸を二個、引っ張り出し、殺人事件の捜査が始まったわけさ」

受信箱はいっぱいだったが、コートニーからは何も来ていなかった。ウェッブにうしろからのぞきこまれる前に、ウィルはメールを閉じた。「そのことがおれたちにどう関係してくるんだよ？」

ウェッブは笑みを浮かべた。「向こうの殺人課のデカが、おれたちの前歴調査の話を耳にしてな、この手がかりをおれに知らせてきたんだよ」

「なんの手がかりを？」ウェッブの笑みが広がるのを見て、ウィルはみぞおちが沈んでいくようなむかつきを覚えた。

「またしてもコートニーちゃんさ。証明はできなかったってことだがね、向こうの刑事たちは、その男をやったのはまちがいなく彼女だって言うんだよ」

コートニーはトイレの汚れた鏡に映る自分の姿をじっと見つめた。つぎに乗るバスは、二十五分後に出る。もうこれ以上、ぐずぐずしてはいられない。

不思議と心が静まり、彼女は批評家の目で自分の顔を観察した。

どう見ても、これは美人じゃない。鼻の周辺にはうっすらそばかすが散らばっているし、顎はとんがりすぎていて顔に調和していない。でも唇はなかなかだった。それに肌はつややかでくすみがない。コートニーは手櫛で髪を梳いて、肩の上に広げた。ウィルは彼女の髪を気に入っていた。そう言われたわけじゃないけれど、夜のあいだずっと髪をいじっていたあの様子から、それはわかった。まるで前からほしがっていた玩具を急にもらった子供。ふたりは三度、愛し合ったが、終わるたびに彼は横たわったままコートニーの髪を愛撫し、その心地よさに彼女は実際、喉を鳴らしたものだ。

コートニーはその記憶を押しのけ、赤ワイン色の髪のひと房を持ちあげた。これまでブロンドに染めたことはない。それは試したことのない唯一の色だった。主な理由は、ブロンドはあまりにありきたりだから、それに、ちゃんとやるなら眉も染めねばならないし、その手間は一度じゃすまないからだ。とはいえ、この薄茶色の目と白い肌なら、うまく決まることはわかっていた。

勢いよくドアが開き、コートニーはぎくりとして飛びすさった。入ってきたのは、ふたりの子供を連れた女だった。コートニーは深呼吸をし、落ち着くのよ、と自分に命じた。きょうのわたしは神経過敏だ。

そのママが各個室がきれいかどうか確かめ、ふたりの女の子をそれぞれそのひとつへと導くあいだ、コートニーは鏡を眺めていた。子供たちは四つと七つというところ、母親はコートニーと同年輩だった。

「便器に触らないようにね」彼女は子供たちに言った。「お水は自然に流れるの」

女の子たちが用を終え、きちんと手を洗いに来るのを、コートニーは見守った。母親は洗面台の前に立ち、石鹸とタオルを子供たちに使わせ、さらにバッグからウェットティッシュを取り出して、小さいほうの女の子の顔からべたべたした赤い何かをぬぐいとった。

「もう甘いものはなしよ」母親は娘の髪のリボンを整えた。「このままだとお祖母《ばあ》ちゃんちに着くころには、ボールみたいになっちゃうものね」

親子はトイレから出ていった。コートニーは胸を締めつけられた。自分にあんな母親がいたら、さぞ奇妙な感じがしただろう。もしフィオナとわたしにああいうママがいたら、すべてがちがっていたんだろうか？

フィオナはいまごろ、強姦魔《ごうかんま》や殺人犯を描く似顔絵描きなんかじゃなく、なんの屈託もない画家になっていたんだろうか？　わたしにとってずっと疑似母だった彼女が、友達のような存在になっていたんだろうか？　彼女はもう誰かと結婚し、子供も生まれていたんだろうか？

わたし自身も？

コートニーは自分の考えに声をあげて笑いそうになった。でも同時に彼女はかすかな痛みも感じていた。わたしにはその考えをすっかり振り払うことはできない――心の奥底で、そうわかっていたから。でも、ひどい子供時代を過ごしたから、なんだって言うの？　そうじゃない人なんている？　いまからだって家族は持てる。いつかそのうち幸せになれるだろう。

　きょうはちょっと無理そうだけど。

　ふたたびさっとドアが開き、女性の三人連れがどやどやと入ってきた。コートニーは個室のひとつに逃げこんで、ダッフルバッグのファスナーを開けた。そして四角い化粧ケースをそこから取り出し、てっぺんが水平になるようにドアにかけた。さらに、折りたたみ式の大きな鏡を出してケースの上に置くと、髪をエヴィアン水で濡らして、目の粗い櫛で梳いた。それから、慣れた手つきで頭頂部の髪をすくいあげ、ポケットに入っていたクリップで留めた。トイレがふたたび静かになるまで待ち、彼女はハサミを取り出した。

　ヘアスタイリストの金科玉条が破られ、髪の切れ端が床に落ちた。シュシュッ、シュシュッ。美しい髪がつぎつぎと落ちていく。シュシュッ。床はワインカラーの房の絨毯となった。シュシュッ。そしてハサミを入れるたびに、彼女はウィルの手を思い出していた。


どうにも我慢できず、ウィルは仕事からの帰り道、コートニーの家にもう一度立ち寄った。きょうはすでに二度あの家の玄関ポーチに立っているが、どちらのときも近所の犬は逆上し、ドアには誰も出てこなかった。

　彼は私道に乗り入れ、エイミー・ハリスの車のうしろにトーラスを駐めた。例の暴力的な彼氏は、警察とやりあってからもここに来ているんだろうか？　ウィルはエイミーの小さな息子、デヴォンのことを思い、身元不明のまままいまも死体保管所に横たえられているあの哀《かな》しい遺体のことを思った。あの事件を扱ったあとで、家庭内暴力というものを従来とまったく同じ目で見られるわけはない。

彼はドアに歩み寄り、呼び鈴を鳴らした。二世帯用アパートのハリス家側からテレビの音が聞こえてくる。しかしコートニーの側は静まり返っていた。玄関側の窓をのぞきこんだが、ブラインドはしっかり閉じられていた。彼は家をぐるりと回って、裏口をチェックした。鍵がかかっている。そこで、雑草を踏み分けて横手の庭へと向かい、ペンライトを取り出してバスルームの窓を調べた。

窓は開いていた。

懐中電灯があたり一面に散らばったガラスの破片を照らし出すと、にわかに脈拍数が上がった。どうやら誰かが窓をぶち割り、鍵を開けて侵入したらしい。

指紋が残っている可能性を考え、ガラスを踏まないよう用心しながら、そろそろと玄関ポーチに引き返し、エイミー宅の呼び鈴を鳴らした。彼女はバスローブ姿で戸口に現われた。

「奥さん。どうも隣に誰かが押し入ったようです」

エイミーの目が大きくなった。彼女は首を伸ばして、コートニー宅の玄関を見やった。

「バスルームの窓が割られているんですよ」ウィルは説明した。「調べてみなくては。隣の鍵をお持ちじゃありませんか？」

「ええ、持ってます。でも――つまり泥棒が入ったってことですか？　今夜はずっとうちにいたけど。何も聞こえませんでしたよ」

エイミーは急いで鍵を取りに行き、ウィルのほうは彼女の言葉を頭にしまいこんだ。たぶん侵入者が現われたのは、昨夜、コートニーが彼のうちにいたときなのだろう。

あるいは、きょう、コートニーがなかにいたときか。

エイミーがふたたび出てくると、ウィルはその手から鍵を奪い取り、鍵穴に押しこんだ。ドアを押し開け、なかに踏みこんだとき、彼は何かにつまずいた。

17

ソファのクッション？

ウィルは明かりのスイッチを入れ、室内を見回した。

「まあ、なんてこと！」エイミーが悲痛な声をあげた。

家のなかはめちゃめちゃだった。どこもかしこもだ。

「うちにもどって」ウィルは命じた。「ドアに鍵をかけて、オースティン警察に連絡してください」

ウィルは拳銃を抜き、足早に廊下を進んだ。寝室の閉じたドアの前まで行くと、恐怖に喉をつまらせ、一瞬ためらった。それからドアを押し開けて、明かりのスイッチを入れた。

連中はここで時間をとったようだ。引き出しはひっくり返され、クロゼットは荒らされ、いたるところに衣類が投げ出されている。

「コートニー？」その声はしゃがれていた。彼は勇気を振りしぼって室内に足を踏み入れ、ベッドに目をやり、クロゼットを確認し……

バスルームに駆けこんだ。シャワーカーテンは開いていた。泥色の靴跡で陶製のバスタブが汚れている。薬棚のものは床に散乱しており、化粧品の瓶は割れ、リノリウムの床に中身がこぼれ出ていた。

ウィルはばたばたと廊下を引き返し、キッチンを徹底捜索した。食料庫の戸は開けっぱなしだった。冷蔵庫もだ。彼は収納室の戸をぐいと開いた。だが、そこには戸棚からなぎ落とされた家庭用洗剤の小山があるばかりだった。

彼女はここにはいない。

でも、そのときはいたのか？　ペンブリーと同じように、敷物に巻かれ、捨てる場所に引きずっていかれたのか？

いや、ここに敷物はなかった。

彼は部屋から部屋へとめぐり歩き、何かなくなっている物がないか確認した。ベッドシーツ、シャワーカーテン、毛布までも。彼の見るかぎり、何もなくなってはいなかった。

ウィルはホルスターに拳銃をもどし、デヴェローに電話した。

「いまコートニーの家にいるんだ」

「連行するのか？」デヴェローにそう言われ、彼は逮捕状のことを思い出した。サーナクは、今夜にも判事に令状を出させろと地区検事の尻をたたいていた。あまりに馬鹿げた話なので、彼の頭はほとんどこの事実を受けつけないのだが。

「彼女はここにはいない」ウィルは不安の疼きとともに、室内の惨状を見渡した。「だが誰かがいたことはまちがいない。なかは荒らされている。引き出し、クロゼット、どこもかしこもだ。シリアルの箱まで空になってる」

デヴェローが話を消化しているあいだ、ウィルの手の携帯電話は静かだった。

「誰かが何かをさがしてたわけだ」

「だろうな」ウィルは言った。

「コートニー以外の何かをだ。いったいなんだと思う？」

「知るか。だがこの様子だと、さがしものは見つからなかったんだろう。これをやったのが誰にしろ、そいつは望みをかなえられなかったんだ」壁から引きずりおろされ、ナイフで切り裂かれた砂漠の風景画に、ウィルは目をやった。「そして、頭に来てたんだな」

「指紋が出るかもしれんな」デヴェローが期待をこめて言った。

だがウィルにはそうは思えなかった。ねじをはずされた通気口に、取り出されたうえ引き裂かれたフィルター。ここにいたやつは、仕事のやりかたを心得ている。きっと手袋もしていたろう。

「ホッジズ、聞いてるか？」

「ああ、聞いてる」

「鑑識が現われたら、作業に目を光らせてろよ。われわれには手がかりが必要なんだ」

「たしかに」

「早く犯人を割り出さんとな。そして、やつらがコートニーをつかまえる前に、こっちがやつらをつかまえんと」


アレックスは事務所の前の駐車スペースに車を入れ、バッグから携帯電話を取り出した。依頼人宛の短いメッセージを打ちこみ、送信ボタンを押す。

窓を軽くたたく音に、彼女は飛びあがった。ドアの前に胸板の厚い男が立っている。彼は刑事の金バッジをさっと呈示した。

アレックスは数センチだけドアを開けた。「なんです？」

「オースティン警察のウィル・ホッジズだ。ちょっと話がしたい」

くそっ。

アレックスは車を降り、ドアに寄りかかって腕組みした。「あまり時間がないんだけど」

そう言って、ちらりと時計に目をやる。「ご用件は？」

「きみの依頼人をさがしている。コートニー・グラスを」

アレックスは無表情を保ちながらも、ネイサン・デヴェローに心を開いた自分自身を心のなかで蹴飛ばしていた。あの男のどこがどうなんだろう？　ビールを半杯飲み、あのゆったりしたセクシーな声を半時間聞いただけで、彼女は何もかも彼にぶちまけてしまったのだ。

「あいにく、その話はできない——」

「彼女には逮捕状が出ているんだ」刑事はゆっくり身を寄せてきて、その巨大な胸郭で彼女の個人空間を侵害した。「殺人罪で指名手配されているんだよ」それでアレックスをおじけづかせようとでもいうのか、彼はそう付け加えた。

実際、彼女はおじけづいたわけだが。アレックスは汚い事件は引き受けないことにしている。もしも見知らぬ女が現われ、夫に追われている、行方をくらましたい、と訴えたら、アレックスはまず警察のレポートか病院のカルテを要求する。また、もしも男が電話をよこし、女に預金を持ち逃げされた、そいつの行方をさがしてくれ、と言ったら、事の次第を確認するため背景を調査する。彼女は犯罪者の依頼は受けない。ましてや、殺人犯の依頼など絶対おことわりだ。

「逮捕状を見せてください」彼女は言った。

「は？」

「逮捕状が出てるって言ったでしょう？　見せて」

「いま手もとにはないが——」

「じゃあ情報は提供できません」アレックスは歩み去ろうとしたが、刑事が行く手をふさいで、車体に手をついた。

「幇助《ほうじょ》と教唆《きょうさ》は重大な犯罪だ。探偵免許を失うことにもなりかねないぞ」

アレックスは自制心を総動員し、バッジと拳銃を持つこの大男に食ってかかりたいのを必死でこらえた。

そしてじっと相手を見あげた。その目は黒っぽく危険そうに見えた。この刑事は犯人の男を挙げたがっている。この場合は、女かもしれないが。彼の目には必死の思いがにじみ出ており、それに気づいたアレックスは目を凝らした。

もしかすると……？　いや、ありえない……でも、もしもコートニーが昨夜たよっていった〝友達〟というのが、この男だとしたら？　わたしがダッフルバッグと中華料理の袋とともに彼女を送っていったアパートメントがこの男の家だとしたら？

まさか。

コートニー・グラスはたしかに度胸がある。でも、殺人事件で自分を調べている刑事と寝るほどじゃないだろう。

ただし――

「彼女はどこだ？」車に触れている刑事の手が拳になり、アレックスは自分の考えが妄想でないことに気づいた。この男は必死でコートニーをさがしている。その行動には私情が混じっているのだ。

しかし、だからといって安心はできない。逃げた女を必死でさがす男は多い。なかには、ショットガンを携えてさがすやつもいる。

「さあ、知りません」アレックスは言った。「連絡方法もないし。でも伝言なら伝えられるかもしれません。向こうから連絡が入れば、ですが」

刑事はうしろにさがって、短い髪を両手でかきあげた。「それじゃ、とにかく——ああくそっ、とにかく電話するよう伝えてくれ」彼はポケットから名刺を出して、アレックスに押しつけた。「昼でも夜でもいい。とにかく話がしたいんだ。あんたにも言っておく。もし何かわかったら、電話をくれ。それがこっちの電話番号だ」

アレックスは肩をすくめて、名刺をポケットに入れた。「できるだけのことはしますよ」

「ひとつだけ教えてくれ」

見あげると、そこにはまたあの表情があった。あの切迫した色が。

「彼女は無事なのか？　知らないかな？　何者かがきのう彼女の家を荒らしてる。それに彼女の姿は誰も見てないんだ」

アレックスの眉が上がった。刑事は息を止めているようだった。

「きのう、午前半ばに本人と話をしましたけど。大丈夫そうでしたよ」相手の表情から、アレックスは悟った。これでは彼の疑問に答えたことにならないのだ。

彼はふうっとため息をついた。そしてうなずいた。「ありがとう。電話のことは本気だからな。いつでもかけてくれ。昼でも夜でも」

ウィルの上司が警戒態勢の報道陣を前にフィオナのスケッチを披露した。会議室は満杯だった。全州の各放送局の記者たちが事件の詳細を記録している。ウィルは嫌悪の念を隠そうともせず、意欲あふれる無数の顔に目を走らせた。例の名なしの子供は、誰の目にも留まらず生きてきて、いま、破壊され誰ともわからぬ遺体となって初めて、憐れみ深い世間の注目を浴びているのだった。

ウィルはちらりとフィオナに目をやった。黒のパンツスーツ姿の彼女は、少し離れたところに、身をこわばらせ、厳粛な表情で立っている。その顔にはストレスが表われていた。それに疲労も。携帯を膝に載せ、ソファで眠れぬ夜を過ごした彼自身も、たぶんこれとそっくりの顔をしているだろう。

ウィルは胃をひりつかせるいらだちを無視し、ぐっと背筋を伸ばした。かつて彼は、コレンガル峡谷の身を切るような風のなか、反政府テロリストから防衛すべき補給ルートである彼方のハイウェイに目を据えたまま、身動きひとつせず、何時間も立ちつづけたことがある。

リポーターどもの前での数分などなんでもない。コツは心を無にして目の前の問題に集中することだ。この場合は、身元不明の男の子とその子を殺した連中のことに。

しかしそのことを考えるたびに、彼の思いはコートニーへ、ウォルター・グリーンへと舞いもどってしまう。彼がコピーをたのみ、きのうの午後、ロスから送らせたあの厚さ二・五センチのファイルへと。それはグリーンの事件ファイルではない。どうにか電話口に呼び出したロス市警の事務員によれば、そちらは段ボール箱丸二個分になるという。そう、彼が入手したのは、コートニーと、彼女の——ほぼ確実だが証明不可能な——グリーン殺害への関与に関するファイルだった。

記者たちの海がうねり立ち、ざーっと出口に押し寄せていく。会見は終わった。ウィルは脱出しようとしているフィオナに気づき、ほんの数歩で彼女に追いついた。

「待ってくれ」ウィルが肩を強くつかむと、その目にいらだちがよぎった。どうやら彼とは話したくないらしい。おあいにくだな。ウィルは彼女を廊下に連れ出し、比較的プライバシーの保てる自販機のコーナーまで連れていった。そこにはほかに誰もいなかった。

フィオナがこちらに向き直った。「あの子には会ってないから」

「話はしたのか？」

「いいえ」

ウィルはじっと彼女を見つめ、それが本当かどうか見極めようとした。「Eメールか何か来てないかな？」

「いいえ」その目に涙がきらめき、ウィルは彼女が真実を述べていることを悟った。フィオナは妹から連絡をもらっていない。彼と同様、彼女も恐怖でいっぱいなのだ。

「何か手がかりはないか？　当たってみたほうがいい友達や親戚は？」

フィオナは視線を落とした。その胸中の葛藤《かっとう》を彼は感じとった。彼女がふたたび顔を上げた。「どうしてわたしが妹の逮捕に手を貸さなきゃならないの？」

「あれはおれの考えじゃない」

フィオナは冷笑した。「じゃあ誰の考え？」

「上の連中のさ」ああ、もっと誠実そうな声が出せたら。

「サーナクときたら、ぼんくらもいいとこよ」フィオナは両の拳を握りしめた。「例の公園でジョギングしていた人の話さえ聞いてないんじゃない？　目撃されたふたりの男はいったい誰だって言うのよ？　あの警部補、妹の家で何があったか知ってるの？」

「さあ、それは――」

「あの子があれを自分でやったとでも？　彼、目隠しでもしてるんじゃない？」

「わかってる、わかってる」ウィルは一歩前に出て、声を落とした。「おれはきみと同意見だ。上とはまったくちがう線を追ってるんだよ。しかしまずはコートニーを見つけないと。逮捕状を無視すりゃ、彼女の申し立ての信憑性も失われる」

「彼女の申し立て？　それじゃ、あの子が作り話をしてるみたい。あの子に罪があるみたいじゃない！」

「逃亡すれば、怪しまれる。きみだってわかってるだろう。とにかく彼女を見つけきゃならない。力になってくれ」

フィオナはうつむいて唇を噛んだ。

「どこかに友達がいないかな？　前の彼氏とか？　彼女はさほど金を持ってない。だから援助がないかぎり、遠くへは行けないはずだ」

フィオナは首を振った。

「きみは金を貸してないだろうな？」

「ええ」フィオナはふたたび彼に目を向けた。彼女は何か決意したようだった。「一セントも渡してない。でもわたしのパスポートがなくなってるの」

「パスポートが？」ウィルの胃が沈みこんだ。

「あの子が持ってるのかどうかはわからないけど――」フィオナは首を振った。「なんとも言えないわね。あの子はちょっとわたしに似ているでしょ。もしかすると、国外に出るつもりなのかも」

動くにも眠るにも疲れすぎて、ウィルはただぼんやりとテレビを眺めていた。ヤンキースがレッドソックスと戦っている。しかし仮に銃を頭に突きつけられたとしても、彼には何対何なのか告げることはできなかったろう。

横に手をやって、カウチに置いたノートパソコンをつついてみる。新着メールなし。彼は携帯のバッテリーをチェックした。

それからビールをぐいとあおった。

仕事からもどったとき、彼は飲んだくれることに決めたのだ。コーヒーテーブルにはすでに六本、空瓶が並んでいるのだから、いまのところその経過は順調と言える。

ウォルター・グリーンのくそったれめが。

神に仕える者。若者たちの導き手。シングルマザーと問題児を好む精神的指導者。この三時間、ウィルはそいつがまだ死んでいなかったらどうやって殺してやるかを想像しつづけている。

ロスから届いたファイルによれば、グリーンは、二児の母であるパートタイムのウェイトレス、デニス・マッコーエン・グラスと四年にわたり結婚生活を送っていた。警察は夫婦の家に数回呼ばれており、うち一度は、口論のすえ、ウィスキーのボトルが割れたという事案だった。デニスは夫がそのボトルで自分を殴ろうとしたと主張したが、夫のほうは、ボトルは妻が彼の手からつかみとろうとした際、壁に当たって割れたのだと述べた。その後、彼女は拳銃を手にグリーンを追いかけ、一発放った。九一一に通報があったのは、このためだ。

警察のレポートは牧師側に好意的だった。グリーンは、妻はアルコール中毒が治りきっていないのだと述べ、なるべく早期に再治療を受けさせる意向を示した。そのレポートによれば、彼は警官たちに、妻を逮捕せず、ただ彼女のために祈ってほしいとたのんだという。

九一一に通報したのは、当時十四歳のフィオナ・グラスだった。十一歳のコートニー・グラスもその現場にいた。

またファイルには、もっと最近の事件に関する記述もあった。二十二歳のコートニーがグリーンの車に〝うっかり〟追突したというものだ。それも三度も。場所は映画館の駐車場。目撃者は、コートニーが〝酔って〟〝イカレて〟いるように見えたと述べたが、飲酒検査ではアルコールは検知されなかった。グリーンは、これは家庭内の問題だとして、訴えを起こさなかった。彼とコートニーのお袋さんは離婚してすでに何年も経っていたのだが。

二週間後、グリーンは自宅で焼かれてカリカリになった。その頭蓋骨には二二口径の弾丸が二個めりこんでおり、警察は事情聴取のためコートニーを連行した。

ウィルは腕時計に目をやった。もう十一時を回っている。明日は新たな一日だ。朝の三時にどこぞの事件現場に駆り出されたりしないかぎり、彼は〈ウィルカーズ&ライリー〉の事務所でその一日を過ごすつもりだった。事務所の全員からもう一度、話を聞こう。とくに自分が逃した弁護士ども――最初に行ったとき、ウェッブが担当したやつらから。それがすんだら、おつぎは例の原告と百万長者の未亡人を訪ねよう。陪審をうまく操作し、その後、殺し屋をふたり雇って後始末をさせる。そんなことができそうなやつが見つかるまで、あらゆる人間に当たってみよう。

またしても聴取ずくめの一日。嘘と中途半端な真実と馬鹿っ話から大事なやつを選《え》り出す作業の一日だ。どんなことに関しても、人は嘘をつく。重要なのはそのほんの一部なのだ。

電話が鳴った。ビールをシャツにぶちまけながら、ウィルは猛然とそれに飛びついた。

「もしもし」

沈黙。

「もしもし?」彼はテレビを消して、耳をすませた。息遣いが聞こえる。まちがいない。

「コートニー……何か言ってくれ」

電話は切れた。

18

〝Name no one man（全員に罪あり）〟。いまいましいこのフレーズを頭から締め出せず、ウィルはコンピューターに視線を据えた。

彼はへとへとだった。きょうは一日デスクの前で過ごしており、そのうち一時間以上がある弁護士との電話に費やされている。その男はウィルの子供時代のダチで、彼のために訴訟に関する短期集中講座を開いてくれたのだ。話を聞きながら、ウィルは何ページもノートをとった。このわけのわからない法律用語の羅列のどこかにアルヴィン殺しの鍵があるにちがいない——そんな思いを振り払えず、彼はいまそのノートを繰っている。

〈リヴテック〉社に対する訴訟は製造物責任を問うもので、連邦裁判所で審理された。プレーヤーは、死んだ株屋の遺族、判事、十四人の陪審員——十二人のレギュラーとふたりの交代要員、それに両サイドの弁護士軍団。ただし弁護士のうち、実際に法廷に入ったのは、選ばれた数人のみだった。

被告側の上訴前に和解に応じ、被害者の遺族は三千万ドル以上を獲得した。〈ウィルカー

ズ&ライリー〉の取り分は二千万で、ふたりの担当弁護士にはそれぞれ五百万ずつ渡ってい
る。ノートをじっと見つめていると、数字がいっせいにぐるぐる回りはじめた。ウィルのケチな給料などそれに比べるとかすんでしまう。そして、本人の言っていたとおり、たぶんコートニーのほうが自分よりも稼いでいることも、彼にはわかっていた。

またもやコートニーが頭に侵入してきた。ウィルは電話に目をやった。彼女が行方をくらましてもう一週間になる。そして、その一日一日は一カ月にも感じられた。

「まだいたのか」

見あげると、パーティションの向こうにデヴェローが立っていた。

「ダラスのほうはどうだった?」

「行きづまったよ」

オースティンの停留所にほど近い車両保管所から、サバーバンを取りに来るよう連絡が入ったあと、ウィルは、先週コートニーにダラス行きの切符を売ったという長距離バス会社の職員を見つけた。彼はダラスの停留所まで車を飛ばしていったが、その旅は徒労に終わった。

「向こうの防犯カメラのテープは見たのか?」デヴェローが訊ねた。

「ああ」

「ふうむ。きっと小道具を用意してたんだな。あいつは美容師だから。たぶん瞬時にルックスを変えられるんだろうよ」

「まさか」

「もう一度フィオナと話してみたんだが」デヴェローは皮肉を受け流して言った。「相変わらず何もなしだ」

ウィルはぎゅっと鉛筆を握り締めた。フィオナはもっとも有望なコネクションなのだ。コートニーが彼女に連絡してこないというのは驚きだった。いや、それを信じていいのかどうかも彼にはわからない。しかしフィオナは、何も連絡はないとデヴェローに言いつづけており、デヴェローはその言葉を信じているようだった。

「なあ、おまえ、ひどい顔をしてるぞ」相棒が言う。「〈スモーキング・ピッグ〉に飯を食いに行かないか？」

ウィルの視線はノートに落ちた。「例の裁判のことが気になってしかたないんだ。男女ふたりの担当弁護士。リンジー・カーン。覚えてるか？　葬式で見かけたろう？」

デヴェローはため息をついた。もう十時近いが、ウィルにデスクの前から動く気がないことを悟ったのだろう。彼は近くの席から椅子をひとつ引きずってきて、その上にドスンとすわった。

「ああ、覚えてる。ブロンド。セクシー。それがどうした？」

「彼女はあの法律事務所でいちばん若いパートナーだ。事務所がかかえる弁護士のなかで、いちばん経験が浅いんだよ。にもかかわらず、連中はいちばん重要な裁判に彼女を使った。

彼女とアルヴィンを」

デヴェローは腕組みした。「陪審員は見てくれのいい弁護士を好むからな。別に不思議はないさ。いちばん顔のいいやつを前面に出す商売はいくらでもあるだろ」

ウィルは鉛筆をコツコツ鳴らした。「だが、もしそれが入念な計算のうえだったら？　男と女。陪審長は裁判の最後まで選ばれない。決まるのは審議に入ってからだ。もし〈ウィルカーズ＆ライリー〉が賭け金を分散してたとしたらどうだ？」

「つまり、全員に何かしら餌を用意したってことか？」

「そのとおり」ウィルは身を乗り出した。「陪審員は医者だの科学者だの薬物の専門家だの退屈な証言を延々と聞かされる。さぞ苦痛だったろう。気晴らし大歓迎だったんじゃないか。ペンブリーに至っては、退屈のあまり、落書きしたり、ワードパズルを考えたりしていたくらいだからな」

「なるほど、連中は退屈してた。だから？」

「審議は八日間つづいた」ウィルはつづけた。「途中、週末をはさんで。弁護士どもが、陪審長が誰になるかさぐり出し、決まったとたん接近して、裁判の結果を動かそうとしたとしたらどうだ？」

デヴェローは眉を寄せた。「しかし、なぜ陪審長だけなんだ？　勝つには十人味方につけなきゃならないんだぞ」

「そうさ。だが陪審長は鍵になる。それは通常、説得力のある人間、ほかのメンバーを動かせる人間なんだ。イヴ・コールドウェルは営業職だったから、条件に当てはまる。一方、この集団はほとんど男ばかりで構成されていた。となると、ふつうに考えれば、陪審長は男になる。そこで連中はカーンを餌にした。ところが、結局コールドウェルが選ばれ、アルヴィンが彼女に近づいたわけだ」

「それは重大犯罪だぞ」デヴェローが指摘する。「単なる資格剝奪《はくだつ》じゃすまない。連邦裁判で陪審を操作したとなりゃ、どっちの弁護士も監獄行きになりかねない」

ウィルは肩をすくめた。「六千万ドルはでかいからな」

「第一、その計画はリスクが高い。仮にその陪審長なり誰なりが、ひっかかるタイプじゃなかったらどうなる？　もし、いまも旦那に惚れてる干からびた図書館職員だったら？」

「その点はおれも考えた」ウィルは言った。「たぶん連中は、イヴ・コールドウェルだけを操ってたわけじゃないんだろう。カーンのほうも、時間外に男の陪審員とデートするのに忙しかったんだろうよ。裁判は九週間かかってる。たぶん連中は審議まで待たずに、狙いをつけだし、どんなサービスを用意できるか見極めたんだろう」

「で、変節した陪審員は何を得られるんだ？」

「セックス。おべっか。退屈もしのげる」

デヴェローは考えこんだ様子で椅子の背にもたれた。「おまえはもう十回以上、あの法律事務所に行っている。おれたちは連中の金の出入りや前歴をすっかり調べた。でも不審な点はひとつもなかったよな」

「たぶん本気で調べてるのは、おれたちだけだろうよ」ウィルは苦々しく言った。サーナクがコートニーの逮捕状をとったことを思うと、いまだに腹が立ってならない。あの警部補とウェッブは、すでに考えを固めている。ほかの仮説にはまるで関心がないのだ。「嫉妬に狂った愛人という線できれいにかたがつくんだものな。弁護士を追っかける必要がどこにある？」

「原告はどうなんだ？　株屋の旦那はほかの誰より儲けたわけだよな」

「まったくクリーンに見えるね。彼はもう金の半分をチャリティーに寄付してるし」ウィルはため息をついて、目をこすった。「だが、ああくそっ、なんとも言えんな。もしかすると、それもただの煙幕なのかもしれない」

「ずいぶんひねた見かただな」

「ああ。世間じゃ原告弁護士ってのは弱者の味方だと思われてる。だが連中は企業と同じく強欲なんだ。全部、嘘っぱち。すべては金のためなのさ。今回の死の全部に大金がからんでる」

デヴェローは立ちあがり、ウィルの携帯電話をデスクからつかみとった。「さあ。もうここは充分だろ。晩飯を食いに行こう」

ウィルはメッセージをチェックしてから、店じまいした。

デヴェローはほの暗いパーティションの迷路を先に立って歩いていった。「彼女はきっと見つかるよ」彼はまた言った。

ポケットの携帯がずっしり重い。ウィルはなんとも答えなかった。


ハッと身を起こし、時計に目をやる。四時五十八分。ウィルはナイトテーブルの携帯をひっつかんだ。「ホッジズです」

「たったいま、コーパスの殺人課にいる知り合いの刑事から連絡が入った」

脳が急にしゃきっとした。彼女が見つかったのか。

「彼が見つかったよ」デヴェローが言う。

「誰が？」

「マーティン・ペンブリーさ」

二分後、ウィルはバスルームの鏡の前に立ち、アスピリンをひとつかみ飲み下した。デヴェローと〈スモーキング・ピッグ〉に行ったのは、失敗だった。ウィルは二日酔いに苦しんでおり、また、いかにもそんなふうに見えた。二カ月ほど前、オースティンで初出勤したときの絶好調からはほど遠く。彼はすばやく短パンを引っ張りあげ、スニーカーを履いた。

足が舗道を打つごとに、頭はガンガンした。めざすは八キロ北のＹＭＣＡ。こののろのろペースだと四十分はかかるだろう。ジムが開くのは六時だ。ウィルは仕事に突入する前に、一時間のウェイト・トレーニングで自分を罰するつもりだった。

事件が転期を迎えたのだ。

コーパス・クリスティの刑事らは、それを殺しだと言っている。遺体は鳥や獣によって荒らされていたが、そこに残っていたクレジットカードはマーティン・D・ペンブリーのものだった。マドレ湖に捨てられる前、その男は有刺鉄線で首を絞められていた。

ライトアップされた議事堂に向かってコングレス通りを行くあいだも、ウィルの頭痛は猛威をふるっていた。湿気は早くも毛布のような息苦しさを帯びている。きょうもまた不快な一日となるにちがいなかった。

ペンブリーは死んだ。おそらくはコートニーをつけ狙っているのと同じやくざどもによって、処刑されたのだ。寒々しいこのニュースの唯一の明るい要素は、事件がコートニーの疑いを晴らす大きな力となることだった。嫉妬に狂った愛人説はもはや何をどう解釈しても成り立たない。事件はもっと大きな犯罪、金と力と強い意志を持つ何者かが指揮する犯罪の一環として洗い直されねばならない。

ウィルは一キロ、二キロと歩道を蹴りつづけ、少なくとも任務の一方――コートニーの容疑を晴らすというほうについて進捗《しんちょく》があったことに、暗い満足を覚えた。もう一方の、ほかの誰かが見つける前に彼女を見つけるというやつも、じきに果たせるだろう。

胸の奥で心臓がドクドクいっている。ウィルは自分の下になったベッドのなかの彼女の体を思い出した。彼女を取りもどしたかった。早く手もとで保護したかった。ありとあらゆるかたちで彼女がほしくてたまらず、その思いの激しさは彼自身を怯えさせた。これまで誰に対してもこんな気持ちになったことはない。自分がこんな気持ちになっていることが信じられなかった。相手は、髪が紫色の、前科持ちの女だっていうのに。この手で調べている女だっていうのに。

彼女が逃げたことが、彼にはいまだに信じられなかった。自分が欲望のためにあそこまで馬鹿になっていたことや、こうなるのを予測しなかったことも。

それに、彼女がみごとに足跡を消し去ったことも。彼は思いつくかぎりの追跡の技を駆使したが、確かな手がかりはいまだひとつも得られていない。まったくいらだたしいかぎりだ。唯一のなぐさめは、彼女をさがすのに自分がこれほど苦労しているなら、ほかのやつらも同じにちがいないということだ。彼は、フィオナのパスポート説も捨てたもんじゃないと思うようになっていた。

顔や腕を汗が伝い落ちていく。五キロ。相変わらず気分は最悪だ。なんと情けない。おまえは兵士だろうが。こんなことでどうする。

おまえは兵士なんだ。

実のところ、いまはもうちがうのだが、長年の訓練の結果、その精神は彼のなかにたたきこまれている。それを手放す気はなかった。そんなことはできない。体がぼろぼろになるに任せ、酒に溺れて日を送るような、よくいる燃えつきた警官にはなりたくなかった。
彼には任務がある。〝捜索および回収〟の任務が。そして彼は、いつもと変わらぬ姿勢
——失敗は許されないという心構えで、それに取り組むつもりだった。

19

リンジー・カーンが事務所のビルから現われ、リオ・グランデ通りを北に向かって歩きだした。きっと彼女は二ブロック先のサンドウィッチ店をめざすだろう。ネイサンはそう見当をつけており、彼女が実際そのカフェに入って、昼飯に群がるその他大勢のヤッピーどもの列に加わると、ひとり小さくほほえんだ。

彼はしばらくぐずぐずして、カーンがオーダーをすませるまでメニューを眺めていた。彼女はカードで支払いをし、レジ係から番号札を受け取ると、ダイエット・コークを氷なしでカップに注いだ。それからボックス席のひとつに入り、バッグから携帯を出して、メッセージをチェックしだした。

ネイサンはここで動いた。

「どうも」

リンジー・カーンはぎくりとして顔を上げた。彼はその向かい側の席にするりとすわった。彼女の視線が不安げにあちこちに飛ぶ。

「ネイサン・デヴェローです」彼は名刺をテーブルに置き、彼女のほうに押しやったが、彼女はそれには目を向けなかった。

「あなたが誰かは知っています」

「話があるんです」

彼は初めて間近からこの女を観察した。髪はブロンド、スーツはクリーム色だが、どことなくタフなところがある。バッグと靴もやはりクリーム色だ。実に女らしいが、その身なりも彼女の気のきつさを隠してはいなかった。

カーンはため息をついた。それからジッパーを開けて携帯をバッグにもどし、両手を組み合わせた。こちらに目を向け、彼女は言った。「どうぞ」だがしっかり握り合わされた両手は、そうは言っていなかった。

「ずっとわたしを避けてましたよね」

「そうかしら？」

「そうですよ」

またもやため息。「どういうご用件でしょう、刑事さん？」

「〈リヴテック〉の訴訟のことを聞きたいんです」

ウェイターが、ミネストローネと、ガーリックらしき香りのするスティックパンを持ってきた。

「ありがとう」彼女はウェイターに言った。それからネイサンに、「裁判の記録は公開されています。それをお読みになればいいでしょう」

「たしかにね。ですが、わたしが知りたいのは、むしろ裁判後の出来事についてなので」

カーンはミネストローネをひと匙《さじ》すくい、ネイサンはそういう色の服で赤いスープをオーダーした彼女の大胆さに感心した。「というと？」

彼はシートに背をあずけた。「弁護士一名、陪審員二名が死亡。ちょっと妙だと思いませんか？」

カーンはナプキンで口をぬぐい、そのピンクの口紅が少しはげ落ちた。「陪審員がふたり死んでいたとは知りませんでした」

「きのうの朝、マーティン・ペンブリーがマドレ湖のほとりに打ち上げられたんです」彼は肩をすくめた。「びくついちまいますよね」

「びくつく？」

「身の安全が心配でしょ」

カーンは飲み物に手を伸ばした。そのまなざしは無頓着《むとんちゃく》だったが、カップをつかむ手には妙に力が入っていた。

「護衛を手配してもいいですよ。何が起きているのか教えてくれたら、手を打ちましょう」

彼女は目をそむけた。「なぜわたしに護衛が必要だなんて思うんです？」

「だって必要でしょう？　あなたが毎日五時に退社するのは、だからじゃないんですか？　まっすぐ家に帰って、ドアに鍵をかけるのも？」カーンの目がさっと彼の目をとらえる。ネイサンはつづけた。「このところ、お宅のコンドミニアムの警備員は、あなたを訪ねてくる人間をとくに警戒しているようだ。あれはあなたの指示じゃないって言うんですか？」

これを聞いて、カーンは身をこわばらせた。たぶん、彼に見張られていたのが気に入らないのだろう。それにたぶん、ほかの誰かに見張られている可能性があることも。

彼女はバッグを取りあげ、するりとボックス席を出た。「これ以上、お話しすることはありませんので、刑事さん」

ネイサンは彼女を見あげた。「つぎはあなたかもしれませんよ。わたしに話したほうがいい。力になりますから」

「それはどうも。でも自分の面倒は自分で見られますから」

彼女は向きを変え、歩み去った。ネイサンはそのうしろ姿を見送り、それから放置されたスープに目をやった。それはほとんど手をつけられていなかった。

しかし彼の名刺は消えていた。


フィオナの結婚式の日は、よく晴れて明るく、希望に満ちていた。

とくにウィルの目から見ると。

笑顔のカップルが教会から出てくるのを彼は見守った。招待客がどやどやとそのあとからあふれ出てくる。彼の勘定では、五十二人。小さな結婚式ではないが、ウィルがこっそりまぎれこめるほど大人数でもない。

道を隔てた隠れ場所から、彼はデヴェローやそのほかのお客がめいめいの車に向かうのを見守った。式は簡素で、控えめなものだった。フィオナがまとっているのは、膝丈の白いドレスで、ベールも裳裾もない。彼女はまた、ほほえみもまとっていたが、それは、彼女が誰かをさがすように通りの左右に目を配ったとき、ほんの一瞬、揺らいだ。

新婚夫婦が教会から立ち去ったあと、ウィルは近くの車庫からシボレーを回収し、町へと向かった。披露宴は新郎新婦の家で開かれる。五週間前、コートニーが泊まり、ウィルが朝食をむさぼったあの家だ。彼は先にそこで張り込みをし、すぐ裏の通りで空き家を一軒見つけていた。彼はその私道にバックで入り、オークの大木の陰にサバーバンを斜めに停めた。そこからは、道を隔て、フィオナの家の裏庭が金網のフェンス越しに見通せる。ウィルはエンジンを切った。そして待った。

九月の日射しは熱く、フィオナたちはもともと屋内でのパーティーを計画していた。しかしお客らはあちこちさまよい歩いており、内輪で話したりタバコを吸ったりするために始終外に出てくるので、裏のデッキには絶えず小グループができていた。黒いTシャツのなかでウィルの肌はじっとりしてきた。ブーツが重たく感じられる。冷えたゲータレードをぐっとあおると、彼は見張り、待ちつづけた。

急いだすえに、待たされる。

ジーンズのポケットで携帯がブルブル震動した。デヴェローだ。くそっ。ここにいるのがばれたのか？

「どこにいるんだよ」デヴェローが問いただす。「きょうは出勤日だろうが」

「もう退《ひ》けたんだ。どうして？」

「こっちは署にいるんだがね。いまどんな知らせが入ったか、おまえ、きっと信じないだろうな」

胸苦しさを覚えながらも、彼は何も言わなかった。

「あの女弁護士を覚えてるだろ？　アルヴィンと一緒に薬害訴訟を手がけた？」

「リンジー・カーンか」ウィルは言った。「彼女がどうしたんだ？」

「なんとなく気になって、きのう訪ねてみたんだ。あちらさんは何日もおれを避けてたんだがね。それはともかく、おれは名刺を渡しておいた。そしたらついさっき、彼氏が電話をよこして、きのう彼女が仕事からもどらなかったと言うんだよ」

肌が冷たくなった。「行方不明ってことか？」

「車はヘルスクラブにあったが、きのうの五時以降、誰も姿を見てないんだ」

道の向こうの動きがウィルの目をとらえた。何か白いものが……

くそっ。

「とにかく彼氏は心配している。最近、妙に神経質だったそうでね。四六時中、身の安全のことばかり気にしていたんだとさ」

私道をやってくるフィオナを見て、ウィルはひそかに毒づいた。彼女は助手席のドアをギギーッと開けた。純白のドレスを小汚いシートの上にすべらせ、彼女が乗りこんでくると、ウィルは身をすくめた。彼女はドアを閉めた。

「あとでかける」デヴェローにそう言って、ウィルは電話を切った。

しばらくのあいだ、ふたりはただ互いに見つめ合っていた。それからフィオナが、彼女自身の結婚披露宴がたけなわとなっている、道の向こうに目を向けた。

「おめでとう」ウィルはぎこちなく言った。

「ありがとう」フィオナは、恐れをなすというよりは興味津々といった様子で、トラックの車内を眺め回した。「大きな車ね。教会であなたに気づかなかったのが不思議だわ」

「歩きだったから」

フィオナの視線がバックシートに落ちた。そこにあったファイルを彼女が手に取ると、ウィルはふたたび身をすくめた。フィオナはそれを膝に置いた。ファイルのページを繰っていくとき、その唇は固く引き結ばれていた。ウォルター・グリーンの検視解剖写真のところで彼女は手を止めた。遺体は黒焦げだが、フィオナのような職種の者なら自分が何を見ているのか正確につかめるはずだった。

ウィルは彼女を見つめ、じっと待っていた。フィオナはぱらぱらページを繰っていき、ある事件報告書――ファイルに収められている数件の家庭内騒動のひとつ――に至ると、ふたたび手を止めた。

「母さんは何度目かのしらふの時期に、この人と結婚したの」フィオナはつぶやくように言った。「彼が神を見つける手助けをしてくれると言ってね」

彼女はページを繰りつづけ、警察で撮られた十八のときのコートニーの顔写真でまたしても手を止めた。彼女は〝飲酒または麻薬の影響下での運転〟でつかまっており、また、いかにもそのように見えた。フィオナは写真に向かって顔をしかめた。

「家を出るんじゃなかったわ」彼女は言った。

ウィルはなんとも答えなかった。

「ときどき思うの。もしもわたしが――」

「だめだよ」

彼女は顔を上げた。

ウィルは手を伸ばして、そっとファイルを閉じた。そして彼女の膝からそれを取り、バックシートへと放った。何も結婚式の日にこんな糞みたいなもののことを考えなくたっていい。

フィオナは自分の膝に視線を落とし、結婚指輪をいじった。「あの子が殺したとは思えない」

ウィルは何も言わなかった。証拠はあいまいだが、動機と機会のほうはかなり強力なのだ。

フィオナは咳払いした。「何が引き金だったのかしらね。あの子は彼の話はしなかった。たぶん、どこかで思いがけず姿を見かけて、急にキレちゃったんじゃないかしら。あれは金曜だったわ。わたしはあの子のアパートメントに寄ったの。そしたらあのビラができていた。その週末、あの子は彼の教会に忍びこみ、賛美歌集全部にビラをはさんだのよ」

ウィルは答えなかった。ビラの見本もファイルのどこかに収められている。〝ウォルター・グリーン牧師は小児性愛者〟。それらは派手なオレンジ色の紙に印刷され、礼拝の最中に誰もが気づくようになっていた。

フィオナは自分の家に目を向けた。「なかに入らない？　パーティーに参加してよ」

ウィルは、人々が笑いさざめき飲んでいるデッキを見やった。彼の蒸し暑いサバーバンは、フィオナがいまいてはいけない場所の最たるものだ。

「あの子は来ないわ」

彼はさっと頭をめぐらせた。「彼女と話したのか？」

「今朝、電話があったの」

息ができない。まるで胸の上にサンドバッグが載っているようだった。

フィオナは窓の外に目をやった。「どこにいるかなんてことは言わなかったけど」

「じゃあなんて言ってた？」

「わたしを愛してるって。元気にしてるし、身辺も落ち着きだしてるって。でもここにいられたらいいのにって言っていた」

ウィルはフィオナを見つめた。コートニーは生きている。彼女は姉に電話をした。でも彼には電話してこない。

彼女は生きている。

フィオナは彼を見つめた。その顔にここ数週間のストレスがふたたび表われた。「あの子を好きになると大変よ。先に言っておくけど」

ウィルは笑った。笑わずにはいられなかった。

「どうしたの？」

彼は首を振った。「まるでおれに選択の余地があるような言いかたをするからさ」

フィオナが射るように見つめているのを、彼は感じた。妹を護ろうとする姉の視線を。フィオナは、彼がコートニーをどう思っているのか知りたがっている。彼がどういうつもりなのか知りたがっているのだ。だが彼は説明などしたくなかった。なにしろ、どういう気持ちなのか自分でもわからないのだから。彼にわかっているのは、コートニーが自分を混乱させたということ、そしてその混乱から脱するには彼女を見つけるしかないということだけだ。潔白かどうか、それはもうどうでもいい。彼はただ彼女を取りもどしたかった。彼女の安全を確保したかった。

「なかに入るでしょ？」フィオナが訊ねた。

「せっかくだけど、遠慮するよ」

「どうして？　家のなかでカニ揚げだんごを食べられるってときに、どうしてここにすわってゆだってなきゃならないの？」

「ふさわしい格好じゃないし」

フィオナは鼻で笑った。「ここはオースティンなのよ。靴さえ履いてたら、それで充分」

「銃を置いては行けないんだ」それに、グロックをジーンズから突き出させて、パーティーに乗りこむわけにもいかない。

「銃をブーツに押しこんで、いらっしゃい」フィオナはドアのほうを顎で示した。「覚えてるでしょ？　わたしは警官と結婚したのよ。あそこにいる人たちの半数は銃を持ってるの」

ウィルはかすかな笑みを浮かべた。

「ねえ、いらっしゃいってば」

もう一度フィオナの家に目をやって、彼は心を決めた。

「わかったよ。ありがとう」

フィオナはほほえんだ。それから身を乗り出してウィルの頬に軽くキスし、彼を驚かせた。

「なぜあの子があなたを好きなのか、わかるわ」彼女はそう言って、車を降りた。

ウィルはブーツに銃を押しこむと、フィオナに従って道を渡り、彼女の家とすぐ裏の家とのあいだを通る細い石畳の小径に入った。フィオナは玉石の上をゆっくりと歩いていき、裏口のドアを開けた。

彼女のあとからなかに入ると、冷気がどっと押し寄せてきた。そこは暗かった。彼らは寝室にいるのだった。前に来たときコートニーの持ち物がカウチの横に積んであったのを、彼は思い出した。お客用の寝室がないなら、ここは主寝室にちがいない。フィオナは廊下に出るドアを開け、危うく新郎に衝突しかけた。

「ハイ」彼女は伸びあがって、夫にキスした。「外に誰がいたと思う？」

ウィルが廊下に出ていくと、ジャックは敵意をこめて彼を見つめた。

フィオナがその手をぎゅっと握った。「ウィルに飲み物をあげてくれない？　わたしはお料理をチェックしなきゃ」

彼女が行ってしまうと、ジャックは腕組みをした。

「おめでとう」ウィルは手を差し出した。ジャックは一瞬ためらってから、その手を握った。

「ビールをどう？　それともワインがいいかな？」

「ビールを」ウィルは言った。「どんなのでもいいよ」

ふたりは、人々がしゃべり、笑い、飲んでいるリビングへと入っていった。料理のテーブルはフィオナのアトリエに置かれていた。家のいたるところに色鮮やかな花が飾られた花瓶があり、スピーカーからは何かジャズっぽい曲が流れている。それは楽しくて控えめなお祝いの会であり、ウィルはそこに押しかけたことにうしろめたさを覚えた。

ジャックは冷えたビールのグラスを彼に手渡すと、自分のお客と話をしに行ってしまった。

ウィルはパーティーが苦手だ。世間話は好きじゃない。彼はオースティン警察の顔見知り何人かにうなずいてみせ、あとは壁にずらりと飾られた躍動感ある絵画の観賞に専念した。これがフィオナの風景画や水景画なのだろう。彼はコートニーの家で見た砂漠の絵を思い出した。最後に見たとき、それは切り裂かれ、リビングの床に放り出されていた。

レースのカーテン越しに外のデッキをのぞくと、そこではフィオナとジャックが友人たちと歓談していた。

ウィルはぶらぶらとキッチンに入っていき、流しの横の調理台にグラスを置いた。それから人々のあいだを縫って進み、ひとりの女性に――こんな小さな家でこれは馬鹿げた質問だが――バスルームの場所を訊ねた。彼はそこに逃げこみ、ドアに鍵をかけた。そして主寝室に通じるもうひとつのドアを開け、まっすぐドレッサーに向かった。家に入ったとき、そこに女物のバッグがあるのに気づいていたのだ。彼はフィオナの携帯を見つけ、通話履歴をスクロールした。市内、市内、市内……連続する四つの数字で終わる州外の番号。これは公衆電話だろう。

そしてこれがコートニーだろう。

20

コートニーは天を振り仰《あお》ぎ、太陽のぬくもりを頰に浴びた。昨日、谷に吹き荒れた雷雨は空を澄み渡らせており、空気はとてもさわやかでその味がわかるほどだった。

「六番の飲み物がなくなってるよ、C・J」

コートニーはハッと我に返り、トレイを手に厨房へと消えていくレニーを見送った。六番テーブルに目をやると、たしかにその席の飲み物はなくなりかけていた。彼女はドリンクのカウンターから紅茶のピッチャーをひっつかみ、シルバークリーク・キャニオンを見晴らすデッキの上を進んでいった。

顔に笑みを貼りつけ、紅茶を注ぐ。「ご満足いただけていますか?」彼女はレニーの口調をまねて訊ねた。おいしく召しあがっていただけているといいんですが。鼻もちならないお金持ちのみなさんのお給仕をするくらい、わたしにはなんでもありません。なかにはチップをはずんでくださるかたもいるわけですから。

「勘定をたのむよ」お客の男はそっけなく言い、腕時計に目をやった。「ツアーの出発は何時だったかな？」

「二時半よ」〝グリルドサーモン・サラダ、無糖ラズベリー・ヴィネグレットがけ〟の最後のひと口をフォークですくいあげながら、男の妻が答えた。「まだ時間はたっぷりあるわ」

「きみがガイドをするなら、そうはいかんだろう」

妻はぐるりと目玉を回したが、コートニーは聞こえないふりをして空いた皿の回収をつづけた。

「こちらのマスはいかがでした？」彼女は訊ねた。訊くまでもなく、その男はなめるように皿をきれいにしていたが。シルバークリーク・インの〝ニジマスのペカン包み〟は伝説の料理であり、それゆえ彼女はお客にその宣伝をするよう言われているのだった。

男はただ低く唸って、クレジットカードをよこした。

「すぐおもどしします」**この高慢ちき野郎。**

コートニーは空いた皿を厨房に運びこみ、すでに皿でいっぱいのゴミ容器へと流しこんだ。昼の混雑は収まりつつあり、ペドロは流しの前に立って、ホースから流れ出る熱湯を使い二倍速で働いている。

コートニーはコンピューターに歩み寄り、オーダーを呼び出した。あのくそ野郎のクレジットカードを読み取り機に通し、かつて当然のごとく利用していたささやかな文明の利器に思いを馳《は》せる。職場のコンピューターを気軽に借りてEメールをチェックしたり、好きなときに携帯電話でジョーダンやフィオナに連絡したり……

「ポーリンがフロントに来てってさ」足早に通り過ぎていきながら、レニーが言った。

「なんの用かな？」

「さあね」

コートニーはまず、六番テーブルに伝票を置き、ほかの担当テーブルの飲み物をチェックしてから、デッキを渡り、ロビーを通過し、受付の奥のポーリンのオフィスに行った。ボスはデスクに向かい、電話で話していた。コートニーが入っていくと、彼女は顔を上げ、眼鏡の上からほほえんだ。

「ええ、そのとおりです」彼女は指を一歩立て、ちょっと待って、とコートニーに合図した。「セオのフィッシング・ツアーがお勧めです。本拠地はサンタフェですが、こちらのもとってもすばらしいんですよ」

コートニーはなかに入ったが、ドアのそばのクッション入りの肘掛け椅子にはすわらなかった。オフィスというものは、いまも彼女を不安にさせる。書類や、制服の人間や、防犯カメラもご同様。彼女はそれらを用心深く避けていた。それは世の中に対する新たな姿勢だった。

「まだ雪のシーズンではありませんけれど」ポーリンが言っている。「でもお楽しみはいろいろありますよ……ええ、ええ……そうですとも」

コートニーはボスを見つめ、ため息を押し殺した。あのプラチナ色のヘルメットまがいの髪のせいで、この人は年よりずっと老けて見える。これで何度目だろうか、ハサミを握りたくて両手がむずむずした。コートニーは豊かなボブカットの――いまだなじめない――金髪を指で梳き、視線をそらした。

「わかりました。それでは、十一月にお会いしましょう」ポーリンは電話を切って、ため息をついた。「決断力のない人っているのよねえ、ほんとに。さてと」彼女はにっこりして、デスクに両肘をついた。「外の様子はどう？　ランチには大勢人が来た？」

「かなり。朝食からほとんど暇なしです」

ポーリンの笑みが広がった。「なんてすてきな言葉なの」彼女は封筒を手に取って、差し出した。

「なんですか、それ？」

「給料日だから」

コートニーは不安げに封筒を見やった。なかは小切手だろうか？　誰宛になっているんだろう？　町の食料品店の広告を見てここに来たとき、コートニーは、住まいを提供してもらえるなら、とチップだけで働くことに同意した。ポーリンは即座にそれで手を打った。彼女はホテルの奥の小さな部屋をコートニーにあてがい、名前は帳簿に載せないと約束したのだ。

コートニーは咳払いした。「でもお約束では――」

「それは現金よ」ポーリンは封筒をこちらに押し出した。「うちはみんなに現金で払ってるの」彼女はウィンクした。「そのほうが簡単だものね」

コートニーは封筒を手にした。「ありがとう、でも――」

「あなたはがむしゃらに働いている。それに、有能だし。チップだけってわけにはいかないわ」

コートニーは唇を噛みしめた。こんなに率直で、しかも親切な人に会うのは初めてだ。初日からポーリンは彼女に対し優しくて同情的だった。きっと、彼女がどこかにいる夫または恋人から逃げているものと思っているのだろう。しかしこの人は何も訊かないし、コートニーも誤解を正したことはない。

「すてきなイヤリングね」ポーリンがそう言って、コートニーの耳にぶらさがる新しいイヤリングを見つめた。

「ギフトショップで買ったんです」

「わかってる」ポーリンが首を振ると、彼女自身のイヤリングが揺れた。「きれいよね。ただ、あなたらしくない気がする」

コートニーは首をかしげた。「どうして？」

ポーリンは笑った。「だって、あなたったらまるで男の子なんだもの！　服装なんて、うちの息子みたいよ」

コートニーは身に着けているフランネルのシャツとジーンズと不格好なブーツを見おろした。アウトドア・ルックにはどうもなじめない。でも、少なくともこれが彼女だと信じこむ人もいるわけだ。

「とにかく、一週間よく働いてくれてありがとう」ポーリンはつづけた。「映画祭でごったがえしたときは大助かりだったわ。感謝祭の前に少しゆっくりできればいいんだけど。あなたに、ここになじむ時間をあげたいもの」

コートニーはぎこちない笑みを浮かべた。将来についての話。これもまた、彼女を不安にさせるもののひとつだ。金の都合さえつけば、感謝祭が来るころ彼女はシルバークリークにはもういない。つぎの行き先はすでに選んである。フィオナのパスポートを使えば、そこにたどり着けるだろう。

レストランにもどってみると、店内はだいぶ落ち着いていた。観光客らが、きのう雨で中止になったハイキングや釣りを楽しむために、山に向かったのだ。ようやくシフトが終わると、彼女はポケットにチップを入れ、エプロンを取り、ホテルをあとにした。きょうは町まで歩いていこう。食料品を買わなきゃならないし、気分転換も必要だ。職場の近くに住んでいると便利は便利だけれど、ときどき息がつまりそうになる。

ハイウェイにつながる未舗装の道を足を踏みしめ歩いていくと、やわらかな土にブーツが沈みこんだ。ホテルはトウヒの生い茂る山腹にあり、そこからはシルバークリーク・キャニオンが見おろせる。その眺めは雄大だ。事実、あまりにすばらしいので、いたるところから旅行者を引き寄せている。人々はちょっと景色を見るためにハイウェイ二五号線をそれ、結局、一泊しようと決める。そしてもう一泊。この峡谷にはそんな魔力がある。人を誘いこむ力が。コートニーもひと目見るなり、誘いこまれた。町の小さなバス発着所に立ち、その窓から、彼方の岩壁をなだれ落ちる細い滝を見つめて、うっとりしたものだ。そうして、サンタフェからの日帰り旅行として始まったものは、三週間の滞在となった。

コートニーはうれしかった。ここのほうがいい。ここなら、サンファン山脈のふところに収まって安心していられる。それに、美容サロンの仕事をさがすという考えはもう変わったのだから、どのみち贅沢なリゾート地の近辺にいる必要もない。シルバークリークはそういった場所より奥まっていて、人目につかない。

未舗装の道がハイウェイにぶつかり、シルバークリークの町が見えてきた。どこで何をするか考えながら、彼女は足を速めた。まずは食料雑貨店。それから本屋。旅行ガイドがもう一冊いる。それに、今夜、時間をつぶすのに新しい雑誌を買ってもいい。彼女の小さな部屋はテレビもないし、眺望もきかない。ただしプライバシーはあり、それこそがコートニーの求めるものだった。

彼女は三つある町の信号のひとつの前で止まった。もう信号無視はできない。たとえほんのわずかでも警察と接触すれば、面倒なことになりかねないから。彼女は肩をぐるぐる回して、凝りをほぐそうとした。ドラッグストアにも寄って、温熱パッチを買おう。一日立ちどおしでいるのには慣れているが、あのトレイには本当に参る。両腕はもうくたくただった。

彼女はウィルの腕を思い出した。視線が食料雑貨店から、きのうフィオナに電話するため立ち寄ったガソリンスタンドへと移る。アレックスが電話をしてはいけないとあれほど強く言っていたわけが、いまになってわかった。電話は癖になるのだ。ほんの数分、姉の声を聞いただけで、彼女はもっとその声を聞きたくなった。ジョーダンとも話したかった。それにウィルとも。エイミーだっていい。

信号が変わり、彼女は交差点を渡った。ウィルとはとりわけ話したかった。でも最後にあの声を聞いたとき、彼女の心は疼きだし、その痛みは何日も消えなかった。もうあんな思いはしたくない。

殊にいまの状況を思えば。逮捕状が出ている以上、そして、ウィルが法を護る誓いを立てている以上。ウィルは彼女に特別な感情を抱いている。でも、そのために仕事をないがしろにするわけはない。彼女にはそれがわかっていた。大丈夫、ちゃんと対処できる。ウィルからちゃんと歩み去れたように。また、あの夜、彼の家でふたりが始めたあの無茶苦茶なことにけりをつけられたように。あれは一夜かぎりのこと。もう終わったのだ。

あれは愛じゃない。

少なくとも、彼女はそう思っていた。愛であるわけがない。たった数週間で人を愛するようになることなどありえない。たったひと晩では。

わたしが感じているのは、淋《さび》しさだ。

彼女はあの頑丈な肉体の感触を思い出した。そしてまた、彼の手を。

淋しさ。それに、たぶん欲望も少し混じっている。

コートニーは公衆電話に目をやった。足の運びが遅くなる。もう午後も終わりに近い。テキサスはそろそろ夕暮れ時だ。一回だけ電話を……

痕跡を残しちゃだめ。アレックスはそう言っていた。ひとつでも残したら、それで終わりよ。

コートニーは視線を引きはがし、歩きつづけた。

依頼人のなかには、報酬をはるかに超える厄介をかける連中もいる。コートニー・グラスはいま急速にそうした類《たぐい》となりつつあった。

アレックスがビデオ・モニターで見ていると、ネイサン・デヴェローは〈ラヴェル・ソリユーションズ〉の入口からぶらぶらと入ってきて、防犯カメラをまっすぐに見つめた。彼が軽くほほえむのを見て、アレックスは、祖母が聞いたら墓のなかでのたうちまわるにちがいないフレーズを小さくつぶやいた。

オフィスを出て、応接室に――コートニーが来たときと変わらず、少しもかたづいていない入口側の部屋に――入っていったとき、彼女は早くも腕組みをし、心を決めていた。あの男には何も話さない。

「おはよう」彼は今度は満面の笑みを見せた。例の訛も健在。これはテキサスの訛じゃない。まだ特定はできていないが、絶対南部のどこかのだ。

「ここに来たって時間の無駄ですよ」彼女は言った。「依頼人の居所を漏らす気はないんで」

デヴェローは一方の眉を上げ、コーヒーメーカーのほうへゆるゆると歩いていった。「かまわないかな？」そう言って、まだ荷物が入ったままの箱からナショナル・パブリック・ラジオのマグカップを取り出すと、そこに一杯注いだ。

「きょうはコートニーのことで来たんじゃないんだ」デヴェローは一方の肩を壁にもたせて、アレックスに目を向けた。

「じゃあ、なんの用です？」

彼はコーヒーを口にした。そしてうなずいた。「こりゃあうまい」

「なんの用なの、刑事さん？　こっちは仕事があるんだけど」

「だろうねえ。なんとしても忙しくしてなきゃな？　できる女性としてはさ？」その視線が室内をさまよい、きのう届いたコンピューターの箱の上で止まった。アレックスは目下、オフィスの全システムのアップグレードに取り組んでいるのだ。

「働くのは生活のためよ」

「コンピューターを駆使してるわけだ」

彼女は肩をすくめた。「便利だもの。使いかたさえわかっていればね」

彼はまたコーヒーを口にした。「おれはコンピューターは得意じゃない。ほとんどずっと現場に出てるんだ」

アレックスは驚かなかった。ネイサン・デヴェローは有能な刑事に見える。少なくとも、人あしらいは心得ている。おそらく手がかりのほとんどは、データベースを掘り返したりネットをあさったりするのではなく、直接人に会い、話を聞くことでつかんでいるのだろう。

「なんの用なんです？」そう訊くのはこれで三度目だった。

デヴェローは壁を離れ、近づいてきた。彼女がその顔を振り仰がねばならないほど近くまで。アレックスは背が低い。男が彼女の上にそびえ立つのは簡単だ。彼女はそれでも威圧されずにいられるようになっていた。

デヴェローはほほえんだ。「ビジネスライクなんだな」

「ビジネスをやってるんで」

「気づいていたよ」

彼がごく間近に立っているので、彼女にはその青い目の灰色の斑点《はんてん》までもが見えた。彼の髪は黒っぽくぼさぼさで、ちょうど彼女がセックスのとき指で梳きたくなるような類のだった。

「仕事をたのみたいんだ」彼は言った。

アレックスは一方の眉を上げた。

「逃亡者の追跡なんだが」

「なぜ自分でやらないの？」彼女は訊ねた。「こっちよりいろんな手が使えるでしょうに」

「たぶんね。問題は時間がまるでないことなんだ。実はこの件は、自分の担当ですらないんだよ」彼はオフィス内を見回した。「いずれにしろ、あなたならわれわれより早くやれそうな気がするし」

アレックスはいい気になるまいと努めた。だがこの男はたった五分のあいだに、うれしいお世辞をいくつか彼女に言っている。たぶんこんなところも、彼の魅力なのだろう。「調査の対象は？」彼女は訊ねた。

「リンジー・アン・カーン。三十五歳。独身。〈ウィルカーズ＆ライリー〉のジュニア・パートナーだ」

「アルヴィンと一緒に〈リヴテック〉社の裁判を手がけた人ね」

デヴェローはうなずいた。

「あの事件の担当じゃないなんて言ってなかったじゃない」

彼は肩をすくめた。「些細なことだからさ」

アレックスは腕組みした。「千ドルいただくけど」

デヴェローはヒューッと口笛を吹いた。「そりゃべらぼうだな」

「それでよしとするか、あきらめるかよ。こっちは手に余るほど仕事をかかえてるんだから」実を言えば、いまはそうでもないのだが、それはこの男が知る必要のないことだ。

デヴェローは考えこんだ様子で、また大きくひと口、コーヒーを飲んだ。「それでよしとしよう。だがそれだけ払うなら、早急に結果を出してもらわないとな。彼女が最後に目撃されたのは、金曜の午後、職場を出たときだ。車は金曜の夜、ヘルスクラブに駐められた。週末のあいだ、誰も彼女を見ていないし、連絡ももらっていない。どこへ行ったのか、ぜひ知りたいんだ」

「もし死んでいたら？」

「大いにありうるね。だが自分の意志でどこかへ行ったのかもしれない」

認めざるをえない。この話には興味をそそられる。それに千ドルは、今月の収支に奇跡をもたらすことだろう。アレックスは、コートニー・グラスの仕事を超低価格で引き受けた。彼女の気丈さが気に入ったし、その災難に同情を覚えたからだ。だが、本当はあんな甘っちょろいことはすべきじゃなかったのだ。

「オーケー、引き受けましょう」

やっぱりなと言わんばかりに、デヴェローはうなずいた。「よかった。二十四時間後に何がつかめたか聞きに来るよ」

「余裕があるとは言えないわね」

デヴェローはほほえんで、空になったマグカップを彼女に渡した。

「あなたにはそれで充分だろう」

彼が行ってしまうと、アレックスは応接室のまんなかに立ち、いまこそ本気になろうと決意した。わたしは一日の仕事で千ドル取ろうとしているのだ。気合を入れてプロらしく振舞うとしよう。オフィスの装飾はいつでもいい。でも新しいコンピューターはただちにセットアップしなくては。

彼女は事務用品の箱からナイフを見つけ出し、段ボール箱を開けた。コンピューターはもちろん、発泡スチロールのブロックで囲われていた。彼女は巨大なその塊を引っ張った。それはびくともしなかった。ぐいぐい引いたり組みついたりしたが、どうにもならない。とうとう箱を横倒しにしたとき、背後でドアが開く音がした。デヴェローが何か忘れたにちがいない。このいまいましいものの始末を彼に手伝ってもらおう。

彼女は振り返った。戸口に立つ男はスキーマスクをかぶっていた。その手にはジグ・ザウエルが握られていた。アレックスがデスクの引き出しにしまっているようなやつが。

ただし彼女の銃は六メートル向こうだ。

しゃべろうとしたが、声が出てこなかった。彼女は男の銃を見つめた。心臓は激しく鼓動していた。

男は振り返ってドアに鍵をかけた。アレックスは尻ポケットにこっそりナイフをすべりこませた。

男が近づいてきて、彼女を突き飛ばし、オフィスへ、椅子へと追いこんだ。血走った灰色の目がマスクの切れ目からじっと見つめている。

「きつい道か、楽な道か」そいつは言った。「おまえが選べ」

ポケットにナイフのふくらみが感じられる。うまくタイミングをはからないと――

「コートニー・グラスはどこだ？」

「誰のこと？」

男の拳が頬にめりこみ、歯がガチガチと鳴った。「いまのはおれの左フックだ。右も受けてみたいか？」

涙で目がひりついた。頭がくらくらする。ショックが襲ってくる。彼女は考えようとした。

「わたしは何も知らな――」

拳銃の台尻がさっと遠のいた。彼女は横に身をかわしたが、殴打は避けられなかった。そして世界は真っ暗になった。

ウィルは町はずれのキャンプ場にサバーバンを残し、渓谷の南西に広がる森を抜けていった。でこぼこの巡洋戦艦まがいの車に乗ったよそ者は当然、人目を引くだろうし、いま現在、人目ほど彼が避けたいものはない。この二日、彼のしてきたことはほぼすべて、違法とは言わないまでも、クビの理由にはなりうる。しかしウィルは警官である以前に特殊部隊員だ。そして部隊には部隊なりの方式がある。それは、任務を熟知すること、順応すること、まっとうな理由があるならば、必要に応じて規則を破ることを求める。

そして、コートニーを殺し屋の照準の先からひっさらうことは、まっとうな理由なのだ。

ウィルは林床に密生する蔓植物のなかを用心深く進んでいった。周囲に見られるのは、ポンデローサマツ、それにビャクシン。コロラド山脈での訓練の際、よく目にした樹木ばかりだ。彼には音ひとつ立てず、痕跡ひとつ残さずに、何日もこういう森のなかに隠れ、標的が現われるのを待つ能力がある。能力はあるが、いまはその必要がないよう願っていた。目下の装備は、グロックと携帯電話とパワーバー（スポーツ用エネルギー補給食品）。トラックのほうは、二日間キャンプ場に置けるよう支払いをすませてある。

だが、この作戦に二日はかかるまい。彼の予想どおりなら、たぶん二時間。いまは月曜日の二時だ。コートニーがこの町でどんな仕事をしているにしろ、それは昼間の仕事だろう。つまり彼女のシフトは、午後遅くか夕方に明けるということだ。ただし、ウェイトレスをしているなら話は別で、その場合、彼女はその時間帯も働きつづけるかもしれない。だがもしそうなら、朝は空いているだろうから、きっと明日にはつかまえられる。

鍵は金だ。コートニーはどうやって金を得ているのか？　オースティンを出たとき所持していた額では、遠くまで行けたはずがない。だから、いまごろ彼女は何かの仕事に就いているはずだ。何か現金払いの仕事に。ウィルはこの州の当局に問い合わせたが、コートニーはニューメキシコの美容師免許を申請してはおらず、いまの免許の書き換えも申請していなかった。したがって、もし彼女が美容サロンで働いているのなら、それは違法就労となる。しかしコートニーがそんな危険を冒すとは、彼には思えなかった。なにしろ、あれだけ骨を折って足跡を消し去ったあとなのだ。彼女は何か人目につかない仕事をしているにちがいない。たぶんホテルの清掃係か、ウェイトレスだろう。あるいは、子守を必要とする裕福な家にもぐりこんでいるか。もっともこれはありそうにない。そういう仕事には照会先が求められるから。

ウィルは慎重に歩を進めた。最近、雨が降ったばかりで、地面はぬかるんでおり、よほど注意しないといたるところに足跡が残ってしまう。たぶんそこまで用心することもないのだろうが、訓練で学んだことは体に浸みこんでいる。

彼は坂をのぼっていき、その後、町の幹線道路に接する急斜面を下った。木々のあいだからは、代わり映えのしない金と文明の印が見えた。毛針竿《けばりざお》のあるスポーツ用品店、コーヒー・ショップ、トルコ石の飾り物のセールをやっている土産物屋。さらに五十メートルほど進むと、めあてのものが現われた。食料品店。彼の調べにまちがいがなければ、この町の唯一のやつだ。それに、ガソリンスタンド。その表には公衆電話がある。ウィルは昨日、修理工を騙《かた》ってその電話についてあれこれ問い合わせをしている。

彼はあたりを見回すと、重なり合う木の枝に埋《うず》もれた倒木を見つけ、そのうしろに身を沈めて、視界を確認した。そこからは、公衆電話、コーヒー・ショップ、食料品店の入口が見えた。もし半径十五キロ内にいれば、コートニーは日が沈むまでにこの三カ所のいずれかに立ち寄るだろう。もし彼女が現われなかったら、明日もここで張り込みをする。あるいは、少し周辺を嗅ぎ回るか。ポケットには彼女の写真もあるが、それは最後の手段として取っておくつもりだった。テキサスを離れたあと、たぶん彼女は外見を変えただろうし、よそ者が写真を見せて歩いたりすれば噂になるに決まっているのだ。

彼は湿っぽい森の空気を大きく吸いこみ、腕時計を確認した。日が暮れるまでにまだ優に五時間はある。もっとも森はほかの場所より早く暗くなるだろうが。

急いだすえに、待たされる。

何年ぶりかで兵士の気分になり、彼は葉群のなかに溶けこんで腰を据えた。


アレックスは目を開けて、身をすくめた。まぶしい光。刺すような痛み。ふたたび目を閉じ、彼女は考えようとした。頭が腫れぼったい。唇がひりひりする。

痛みに備えて身構え、再度挑戦。まぶしさに目をすぼめ、周囲を確認した。あの男は？わたしはひとりなの？　そう言えば、ここはどこなんだろう？　ひっくり返ったファイルの箱に視線が落ち、アレックスは自分がオフィスにいることに気づいた。竜巻が襲ったのだ。かつてデスクだった瓦礫《がれき》に囲まれ、彼女は床に横向きに倒れていた。

身を起こしてすわると、吐き気に襲われた。それが収まるまで、少しのあいだ目を閉じていた。ふたたび目を開けると、状況は前以上にひどく見えた。何もかもがめちゃくちゃになっている。コンピューターは消えていた。あの大事なコンピューターが。頭上の天井扇の唸りによって、彼女はあたりの静けさに気づいた。

ここにはほかに誰もいない。

両腕がずきずきする。それらは背後で固定されていた。腕同士を引き離そうとしたが、何かで縛られていてだめだった。

彼女はふうっと息を吐いた。そして、どうしたものか考えた。立ちあがらないほうがいいことは、直感的にわかっていた。そこで、どうにか膝立ちになり、その体勢に慣れるまで、しばらくじっとしていた。

頭が痛い。それもひどく。左右の腕も同様。だが骨折はしていないようだ。視線がオフィスの惨状をとらえていき、最後に床の上で裏返しになっている黒い卓上電話に行き着いた。ゆっくりと、苦労しいしい、彼女は膝立ちのままそちらへ向かった。そして電話をひっくり返し、じっとそれを見おろした。頭はぼうっとしていた。彼女はしばらくプッシュボタンを眺めていた。それから電話に背を向け、ボタンが見えるよう首をうしろにねじ曲げた。うしろ手で番号を入れ、回線がつながると、スピーカー・ボタンを押した。

「九一一です。ご用件をどうぞ」

「あの……」彼女はあたりを見回した。「オフィスからかけてます。誰かに襲われたんです」下手をすると、死んでいたかもしれない。そう気づくと、声がうわずった。彼女は支離滅裂な説明でオペレーターに事情を伝えた。それから電話を切った。

助けが来る。わたしは生きてる。しかし震えはひどくなっていた。まるで体が目を覚まし、何があったかに気づきだしているようだ。ふたたび電話に目をやる。彼女は思い出した。ひと月ほど前、ネイサンが、あのスキーマスクの男と同じくコートニー・グラスの行方を尋ね、電話をかけてきている。彼女はふたたび体をひねり、矢印のボタンを見つけて通話履歴を調べていった。正しい日付にたどり着き、番号が見つかると、まずリダイヤル・ボタンを、つぎにスピーカー・ボタンを押して、待った。

「デヴェローです」

声が出てこない。

「もしもし？」

「ネイサン？」突然、頰が濡れ、鼻水が流れだした。手を持ちあげて、ぬぐうこともできないというのに。

「アレックス？　どうした？」

彼女は深呼吸し、気を鎮めようとした。「あいつが来た――」

「誰が？」

「あの男。コートニーをさがしてた。わたしのコンピューターを持っていったわ――」

「怪我したのか？」

「ええ……いいえ。大したことはないと思う――」

「すぐ行くよ」


ウィルは眠気を振り払い、腕時計に目をやった。三時間。コートニーはまだ現われない。彼はほんのかすかに身じろぎし、脚の血流を促した。睡眠不足が体にこたえだしていた。フィオナの携帯を盗み見てからというもの、彼はノンストップで働きつづけている。まずは公衆電話という手がかりを追い、おつぎはテキサスを横断してこのニューメキシコまですっ飛んできたのだ。飛行機のほうが早かったろうが、書類は残したくなかった。だから彼は車を駆ってきた。駆りに駆って。そしていまやほとんど目を開けていられなくなっている。

集中しろ。彼は己に鞭打《むちう》ってコーヒー・ショップに注意をもどした。そこはどうやら、町いちばんの人気スポットらしい。またひとり、野球帽の男が馬鹿高い飲み物を手に店から出てきた。ウィルは頭のなかの集計表にひとつ刻み目を加えた。コーヒー・ショップ、九。食料品店、七。ガソリンスタンド、四。公衆電話、〇。

携帯が震動し、ウィルは番号を確認した。そして、デヴェローと話をするリスクと、情報を得る利点とを秤にかけた。

「もしもし」彼は小声で言った。

「いまどこだ？」

「忙しいんだ。何があった？」

「くそ、ホッジズ。おまえ、とんでもない日に病欠をとってくれたな。おれはいま、アレックス・ラヴェルの付き添いで病院にいるんだ」

「あの私立探偵か？」

「あの私立探偵さ。今朝、スキーマスクをかぶった男にオフィスでぶん殴られてね。そのくそ野郎は、コートニーをさがしてたそうだ。彼女は脳震盪《のうしんとう》を起こした。唇も切れてるしな。そりゃもうひどい――」

「彼女、コートニーの居所を明かしたのか？」

沈黙。「そうそう、アレックスは大丈夫だよ。訊いてくれてどうも。それに彼女は、コートニーの居所を明かしてもいない。一週間くらい前に、本人とEメールでやりとりしたって話だがね。幸い、犯人はビデオに映ってた。いま身元を調べてるから――」

「あとで電話する」

ウィルは通話を切り、道を渡っていく女に向かって目を細めた。女は金髪。フランネルのシャツを着ている。向かっているのは食料品店だ。どう見ても似てはいないが……

あの歩きかた。どこにいようと彼にはすぐにわかったろう。彼女はジーンズ姿で、ハイキングブーツを履いていた。だがあの歩きかたは、完全にスパイクヒール——思い切り粋がっている。彼女が出口から入っていくと、ウィルの心臓は躍りあがった。

彼はそっと隠れ場所をあとにした。


コートニーは自室のすぐ外の狭いバルコニーで、てのひらを床につき、上体をぐっとそらして、コブラのポーズをとった。彼女は上空を見つめた。夕闇が峡谷に降り、空ももう暗くなっている。彼女は大きく浄化の呼吸をし、シャワーを浴びになかに入る前に、さらにしばらく静かなひとときを味わった。

視界で何かがちらりと動いた。

彼女は松林の広がる山腹を見渡した。もしかして人……？　まさか、いまのはリスだ。彼女はもう一度、深く息を吸い、リラックスするよう自分に命じた。きょうはあんた、一日じゅうびくびくしてたじゃないの。

彼女は立ちあがり、思い切り伸びをした。体は温まり、ほぐれていた。半時間の日課のおかげで、生き返って。四十度の部屋を必要とするビクラム・ヨガほど強力ではないものの、これをやると気分爽快《そうかい》になる。

彼女は手すりからタオルを取って、顔をぬぐった。そよ風が山腹をさざめかせ、松の木々を揺らした。深い暗がりのひとつひとつに目を留めながら、彼女は再度、森を見渡した。そこには誰もいなかった。

ガラスの引き戸を開け、室内に入った。ベッドには買い物の袋がいくつか載っており、彼女はそのなかをあさった。石鹸と剃刀《かみそり》が見つかると、シャワーを浴びるため、バスルームに入っていった。

例によって水圧が低かったので、時間はかけなかった。ポーリンが従業員にこれらの部屋を提供している理由は、明明白白だ。どの部屋も狭苦しく、配管は古いし、窓は峡谷ではなく山腹に面している。そのうえ、改装も必要なのだ。コートニーはオレンジ色と青緑色のシャワーカーテンを引き開け、タオルを体に巻きつけた。

寝室に入っていくと、ドレッサーをかきまわした。うーん……フランネルの寝巻？　それともコットン？　どちらも〈ウォールマート〉で買ったやつで、あまり心を惹かれない。彼女は自分の服が恋しかった。今夜は何か、肌の上をすべるようなひんやりしたなめらかなものが着たかった。結局、レースの下着と黒のタンクトップというところに落ち着き、彼女はタオルを落として、そのふたつを身に着けた。それから、小型冷蔵庫を開けて、食べ物を物色した。

こちらは衣類よりは心をそそった。ヨーグルトかリンゴか、それとも、きのう夕食に食べたクラブ・サンドウィッチの残りの半分にしようか？　ホテルの食事のメニューはもう何巡かしている。そこで彼女はリンゴに手を伸ばした。

風に肌をくすぐられ、彼女は振り返った。バルコニーへの出入り口でカーテンが揺れている。引き戸を開けっ放しにしてたっけ？

片隅で影が動き、彼女はびくりと飛びすさった。

「やあ、C・J」

21

ウィル。

取り落としたリンゴがベッドの下へと転がっていった。

「どうやってここに？」

彼が歩み寄ってきた。「車で」

「そうじゃなくて……」コートニーは彼を見あげた。顎は数日分の無精髭に覆われている。そして何か不穏なものがその目に閃いた。

「どうやってなかに入ったの？」

「鍵がかかってなかった」

彼女はバルコニーに顔を向けた。地面からは、三メートルはあるはずだ――

ウィルは彼女の手にジーンズを押しつけた。「服を着ろ。ここを出る」

「えっ？」

「ここを出る。いますぐに」

「わたしは行かない。どこにも行く気ないから！」

しかしウィルは聞いていなかった。彼は椅子から彼女のバックパックをつかみとり、彼女のハンドバッグをそのなかに押しこんだ。それから、バスルームに行った。コートニーは、洗面用品が洗面台からすくい取られる音を耳にした。

「待って。待ってってば！」あとを追ってバスルームに踏みこんだが、そこにふたり分のスペースはなく、壁と彼の背中のあいだで押しつぶされそうになった。ウィルがどれほど大きいか、彼女は忘れていたのだ。

ウィルはバックパックのファスナーを閉じ、肩にかけた。「いますぐここを出なきゃいけない」

彼はコートニーの腕をつかみ、ドアのほうへ引っ張っていった。そのとき、ノックの音がした。

ふたりは足を止め、顔を見合わせた。

彼がここにいる。信じがたいことだ。でもたしかにその手は万力さながらに彼女の腕を締めつけている。彼がじっと見おろしてくる。その顔のあまりのなつかしさに、彼女は彼を抱きしめたくなった。彼がわたしを追ってきた。なんだか奇跡みたいだ。喉がつまり、目がじんとなった。

「誰なのか訊け」彼の声はとても低く、ほとんど聞きとれないほどだった。

コートニーは咳払いした。「どなた?」

「わたしよ」

ポーリンだ。コートニーはウィルの手を振り払って、ドアを細く開けた。「ハイ」目下、彼女は半裸で、髪も濡れている。だから、シャワーの最中だったと思ってもらえるよう願った。

「お邪魔してごめんなさいね、C・J。お姉さんから急ぎのメッセージが届いたの。すぐうちに電話してほしいって」

どうしてフィオナにここがわかったわけ? ウィルが話したとか?

「ありがとう」コートニーは無理に笑顔を作った。「そうします」

ドアを閉めて、くるりと向きを変えると、腕組みをしたウィルがすぐそこにいた。

彼がここに、シルバークリークにいることが、彼女には信じられなかった。ランプの明かりのなか、ふたりはその場に立って、じっと見つめ合った。四週間分の思いがふたりのあいだではじけた。彼は怒っていた。でもそれだけじゃない。その目がむきだしの脚を眺め回したとたん、彼の気持ちがわかった。脈がにわかに速くなった。彼がゆっくりと足を踏み出す。

そしてふたたび彼女の腕をつかんだ。ベッドに引っ張っていかれるのかと思いきや、彼はそのまま、開けっ放しになっていたガラスの引き戸へと向かった。

「こっちだ」

「ここは二階よ！」

「手を貸すから」彼はベッドからジーンズをつかみとり、ふたたび彼女の手に押しつけてきた。もしこれをはかなかったら、ビキニタイプの下着で森をうろつくはめになるだろう。

コートニーはジーンズをはいた。ウィルは、彼女がジッパーを上げ、スナップを留めるのを見守っていた。彼女はビーチサンダルに足をすべりこませようとした。

「ハイキングブーツを履くんだ」

コートニーの目が細くなった。この人はいったいいつからわたしを見張ってたんだろう？

彼女はクロゼットからティンバーランドのブーツを持ってきて、まず、なかに押しこんであった汚れたソックスを、つぎにブーツをすばやく履いた。

そして彼につづいてバルコニーに出た。「ふつうの人みたいにドアから出ちゃだめなの？」

「だめだ」

「なぜ？」

この質問に答えるように、また向こうでノックの音が響いた。

「心配するな、受け止めてやる」

驚いて目を見張るコートニーの前で、彼は手すりを乗り越え、体を反転させた。それから暗闇へと落ちていき、ドサッという静かな音とともに着地した。

もしもし？　わたしは絶対バルコニーから飛びおりたりしませんからね！　コートニーは

手すりの上から彼を見おろし、首を振った。

ウィルはうなずき、飛べ、と手振りで合図した。

コートニーはもう一度、首を振った。

ウィルが、大丈夫だ、とうなずく。

ふたたびノックの音が響いた。前よりも強くだ。

これってどういうこと？　何週間も誰も訪ねてこなかったのに、まるでグランド・セントラル駅並みのにぎわいじゃない。彼女はドアを振り返り、それからウィルを見おろした。彼はひどくいらだっているようだった。

オーケー。わたしにとってこれは過去最高の愚行じゃないけど、かなり上位、たぶんトップテンに入るだろう。彼女は手すりに尻を載せ、向こう側に脚を下ろした。ウィルが下で位置に着き、両腕を差し出した。

「もし落っことしたら」コートニーは声をひそめ、下に向かってささやいた。「一生許さないから」そして目を閉じ、えいと飛んだ。

ウィルは彼女を受け止めた。いともたやすく。コートニーはその胸に抱かれ、彼を見あげて考えた。千四百キロも車を飛ばしてきたり、バルコニーから飛びおりたり。この人がここまでやるなんて、いったいわたしはどんな危機に陥っているんだろう？

それから彼が一方の腕を下ろし、地面に足が着いた。ウィルは彼女の手を取って、森のほうへと引っ張っていった。

「どこへ行くの？」コートニーは訊ねた。

「ここ以外のどこかさ」

コートニーを引っ張って進みながら、ウィルは彼女の靴がバキッ、ボキッと何かを踏みしだくたびに、心のなかで毒づいていた。これならいっそ、タンバリンを手に森を行ったほうがいい。彼女の手をぎゅっと握りしめ、彼はホテルの敷地の縁ぞいに進んだ。やがてシルバークリーク・インの入口の温かな光が見えてきた。

彼はコートニーに向き直った。「ここにいろ。もどったときいなかったら、必ずさがし出すからな。ただじゃすまないと思えよ」

答えも待たず、彼は静かに森に入っていき、たぶんチェックイン待ちだろう、車が数台駐まっているポルチコに接近した。ミニバンは、最初にホテルを偵察したときからそこにあったが、青緑色のクライスラー・セブリングは新たに着いた車だ。バンパーにはステッカーが貼ってあり、ウィルの疑いが裏付けられた。やはりこれはレンタカーだ。彼は思案をめぐらせた。そばまで行って調べようか。なかに置いてある書類が見えるかもしれない。だがそのとき、小さな女の子を連れた女性がホテルのロビーから出てきて、ミニバンのほうへとやってきた。

　選択肢はふたつある。コートニーのところにもどるか、彼女をさがしに来たやつを追うか。後者は心をそそった。危険なまでに。この森のなかで敵の首をへし折る自分の姿が目に浮かぶ。自分が本気でそうしたがっているという事実が、ウィルには恐ろしかった。しかし彼の任務は、捜索と回収だ。そして、四週間かけて見つけたその対象物は、いまこの瞬間にもふたたび失われかねない。

　またひとり、観光客がホテルから出てきた。その男は釣竿と釣り道具の箱を持っていた。それでウィルの心は決まった。対決というリスクを冒すには、このあたりは一般市民が多すぎる。

　来た道を引き返していくと、コートニーは残してきたのと寸分たがわぬ場所、ホテルの南西の木立にいた。

「おい」彼はささやいた。

　コートニーは飛びあがって、くるりと振り向いた。それから彼女は、彼の腕にパンチを食らわせた。「脅かさないでよ！」

「声が大きいぞ」

「どこに行ってたの？」

「偵察だ」ふたたび彼女の手を取り、森のなかに引き返そうとしたが、コートニーは手をもぎ離した。

「どういうことなのか教えて」声はささやき声だが、彼女は怒っていた。

「それはあとだ」

「携帯がほしいわ。フィオナに電話しなきゃ」

「どうして？」

「家で何か大変なことが起きてるのよ」

ウィルは彼女を木立のさらに奥へと引きこみ、声を落として言った。「ここにいることをフィオナに話したのか？」

「いいえ、あなたが話したんじゃないの？」

「今夜、あの部屋に誰か訪ねてくる予定はあった？」

「ないわよ。ここにはボスと同僚以外、知り合いなんかいないもの」

安堵の大きさに驚きながら、ウィルはほっと息を吐いた。コートニーがここで別の男と出会った可能性もあると、覚悟していたのだ。

「大変なことなんか起きてないさ」

「どうしてわかるのよ？」

「あとで説明するよ。いまはとにかく先に進まないと」彼はコートニーの手を取り——今度はもっとしっかり握って——森のなかを突き進んでいった。「象の群れみたいな音を立てないようにしてくれよ」

大いに気分を害しながらも、コートニーは木々や葉群をかいくぐって、これまでよりは静かについてくる。ふたりは何もしゃべらなかった。道路から遠ざかり、登りに入ると、コートニーの息遣いは荒くなった。しかし彼女は持ちこたえた。ときおり小さな音が耳を打ち、彼にはコートニーが無数のひっかき傷を負っていることがわかった。なんだって彼女は今夜、長袖のシャツにしなかったんだろう？　それを言うなら、下着も長いのにしてほしかった。背後の闇であえぐ彼女の声を聞きながら、一緒に森を駆け抜けていくうちに、あのちっぽけなレースの下着の残像は彼の集中力の妨げになりだしていた。

キャンプ場が近づくと、ウィルは周囲への警戒を強め、ペースを落とした。彼はコートニーを連れて山腹を下り、シボレーを駐めてきたキャンプ場の北西の角まで進んだ。周辺に目を配ると、午後にはなかった車両が三台確認できた。ピックアップ・トラックにつながれた、アルミ製のキャンピング・カーが二台、そして、RVが一台だ。調理用コンロやランタンがあるところを見ると、その車の主《ぬし》たちはまっとうな観光客らしい。ウィルはポケットからキーを取り出し、サバーバンの助手席側へとコートニーを導いた。鍵を開けてドアを押さえると、彼女はひとことも言わずなかに乗りこんだ。

運転席側へと回るとき、怒りがふたたびこみあげてきた。ウィルはこの車に十三年乗っている。アメリカ国外およびハワイ・アラスカ勤務のあいだは、わざわざおじの鹿猟用レンタル・ロッジにあずけさえしたのだ。ウィルは古い物に執着するほうではない。しかし、この

ＳＵＶは彼にとって大きな意味がある。ふた夏連続でしゃかりきに働いて、やっと買ったからかもしれない。あるいは、ティーンエイジャーのとき、何度となくバックシートでいい思いをしたからかも。理由はなんであれ、コートニーに鼻先からそれをかっさらわれたことを思うと、いまも癪《しゃく》でならなかった。

ウィルは運転席に乗りこみ、彼女に目を向けた。「きみはおれに二百ドル借りがある」

コートニーは彼を見つめた。森を突き進んできたせいで、その顔には小さな切り傷がいくつもできており、ウィルはうしろめたさを覚えた。ところがそのとき、彼女が腕組みをして、前方に目を向けた。「結構なご挨拶ね」

「結構な脱出だったよ」彼はそうやり返し、たちまち後悔した。道々ずっと、あの件には触れまいと自分に言いきかせてきたのに。彼女の出奔については話したくない。話せば腹が立つだけだ。

「あなたのお金は盗んでないでしょ」コートニーが言う。

「だが車を盗んだ」彼はエンジンをかけた。「同じことだ」

「借りただけよ。盗んだんじゃない」

「だよなあ。しかし取りもどすのには、二百ドルかかってる。だからきみはおれに借りがあるのさ」

コートニーはあのかわいい唇をすぼめた。それはどこから見てもおなじみの彼女だった。

ただ髪だけは別だが。彼女がブロンドだなんて、ウィルには信じられなかった。

「どうやってわたしを見つけたの？」

「さほどむずかしくはなかったよ」

「嘘ばっかり。あの電話のせいなんでしょ？　フィオナの電話を盗聴してたのよね。ちゃんと令状があったならいいけど。だって令状なしでやったなら、姉が絶対訴えるもの」

ウィルは笑いそうになった。彼女はおれが訴訟にビビるとでも思ってるのか？　彼は座席の背もたれに片肘をついて、彼女のほうに身を乗り出した。「逃げたのはまずかったな、コートニー。きみのやることはことごとく事態を悪化させてる」

コートニーは軽蔑の眼で彼を見つめた。それから彼女は顔をそむけた。「あなた、埃っぽい匂いがする」

首を振り振り、ウィルは車のギアを入れた。キャンプ場を横切ると、東に折れてハイウェイに入った。

「大変なことなんか起きてないって、どうしてわかるの？」コートニーが訊ねた。

ウィルは彼女を見やった。薄暗がりのなかでも、その顔の不安の色は見てとれた。たぶん彼女はフィオナの身に何かあったと思っているのだろう。コートニーの恐れを目にし、彼は奇妙にも満足を覚えた。彼女は心配で身もよじれる思いをしているのだ。この四週間の彼女の姉と同じく。彼自身と同じく。

あの子を好きになると大変よ。ウィルは苦い思いをのみこんで、前方の道に視線を移した。

「あれはほぼまちがいなく罠だからさ」彼は言った。「何者かがきみがこの町にいるという情報をつかんだんだ。おそらくきみがいそうな場所をあちこち調べたんだろう。それらしき人物が見つかったところで、やつらはきみ宛のメッセージを残した。すると支配人がまっすぐきみの部屋を指さしてくれたってわけだ」

「誰がそんなことをするって言うの？」

「アルヴィンを殺した連中だよ。やつらは、イヴ・コールドウェルやマーティン・ペンブリーもやっている。それにおそらく、もうひとりの弁護士、リンジー・カーンも」

前方の道はどこまでもつづいている。そして沈黙も。コートニーは安全だ。彼女はいまここにいる。しかしまだ、これでよしという気がしない。言うべきことがあまりにも多すぎる。だが話をすること――とくに、気持ちを語ることは、彼の得意分野ではない。

というより、苦手なのだ。

コートニーが窓の外に目を向け、なつかしげにため息をついた。「シルバークリークはいい町だった」

「どうして？」

彼女は肩をすくめた。「とてもきれいなところだから。それに静かだし」

「隠れるには最悪だがな」

コートニーは振り向いて彼を見た。「どこがいけないの？」

「崖に囲まれた峡谷だぞ、コートニー。まるで悪夢だよ。入口はひとつ。出口もひとつ」ウィルは歯ぎしりした。彼女がこんな場所を選んだことを思うと、いまだに腹が立ってならない。このいまいましい町は岩の壁に三方を囲まれているのだ。景観はたしかにいい。だが、文字どおり袋小路。ここで見つかったら最後だ。

そして彼女は見つかった。

ホテルの前に駐まっていたセブリングのことをウィルは思い起こした。誰だか知らないが、今夜電話してきたやつは、約二分の差で標的を逃したわけだ。間一髪だった。

「わたしは逮捕されたわけ？」

ウィルはちらりとコートニーを見た。「たぶん」

「それってどういうこと？　フィオナは令状が出たって言ってたけど」

「つまりおとなしくしてないと、おれが最寄りの留置場に放りこむってことさ」

コートニーは目玉をぐるりと回し、ふうっと息を吐き出した。するとなぜかウィルの鼓動は速くなった。離れているあいだは、この生意気さがずっと恋しかった。こうしてまたそれに触れると、彼は妙な気分になった。いますぐ車を停めて、彼女を膝に引き寄せたかった。いますぐ車を停めて、彼女の尻をたたき、分別を教えてやりたかった。

それでも、車を走らせつづけた。どこまでも。彼女がすぐそばにすわっているのを、そして、刻一刻といらだちをつのらせているのを、彼は感じた。コートニーはこの新たな立場を喜んではいない。きっと脱出の策を練っているにちがいない。

ついにジャンクションが現われ、彼は南へ折れて、四車線のハイウェイに入った。その道は州間高速四〇号線につながっている。

コートニーが首を振った。「これって違法よ。あなたは権利を読んでくれてないもの」

「きみは逮捕されたわけじゃない」彼女にはもう逮捕状が出てさえいないのだが、そのことは黙っていた。コートニーを逮捕する理由なら、難なく作り出せる。うまく挑発してやれば、警官に対する暴行で押さえるのに、二秒ほどしかかかるまい。

「じゃあいったいこれはなんなのよ？　わたしは意志に反して拘束されている。これは違法な監禁じゃない」

「ああ、そりゃすまないね。たぶんおれは、あの峡谷にきみをほっぽっておくべきだったんだろう。殺し屋に狙われながらいつまで生きながらえるか見物すべきだったんだろうな」

ウィルはラジオをつけ、ダイヤルを回していって、雑音がさかんに混じるカントリーミュージックの局に合わせた。このときまで、彼は自分の怒りの大きさに気づいていなかった。四週間の苦しみのすえ、ついにコートニーの安全を確保したいまは、彼女をどなりつけたい気分だった。これは長い旅になりそうだ。彼はまず速度計を、つぎに時計を確認した。このサバーバンとシルバークリークとの距離を早く広げたくてたまらなかった。それに、尾行がないことを確かめる必要もあった。

彼はデヴェローからの電話のことを思い出した。スキーマスクの男はビデオに映っていたという。ということは、コートニーの疑いは完全に晴れたわけだ。あとは、犯人を――または、犯人たちを――さがし出し、その雇い主を突き止めるだけだ。ウィルの考えでは、それはウィルカーズだ。あの男の東テキサスの会社は、黒いキャデラック・エスカレードを所有しているし、本人は〈リヴテック〉の訴訟で大儲けしたのだ。

ウィルはラジオの音量を落とした。「フィオナから、きみの家が荒らされたことを聞いたかな？」

コートニーは不安げにちらりと彼を見て、また窓外に目を向けた。「ええ」

「そいつらは何をさがしていたんだろう？」

彼女はなんとも言わなかった。

「それになぜ、はるばるニューメキシコまでやってきて、きみを消さなきゃならないんだ？」

コートニーはその露骨な言い回しに身をすくめた。「たぶんイヴ・コールドウェルのことがあるからじゃない？　わたしは、デイヴィッドが裁判のころ彼女とつきあってたのを知ってるもの。ふたりはメールをやりとりしてたの。それって、弁護士の違法行為だか、陪審員の抱きこみだかになるんじゃないの」

「両方だ」ウィルは言った。「それは評決がひっくり返される根拠になるな。二千万ドルの弁護料が危険にさらされるわけだ。もちろん資格剝奪や服役の可能性もあるし」

「じゃあ、きっと誰かがそれを恐れて——ああ、なんてこと。すっかり忘れてたわ」

ウィルは彼女を見やった。その目は大きくなっていた。「どうした？」

「あのメールよ」彼女は言った。「前に、デイヴィッドのメールをこっそり見たって話したでしょ。でも、その場で読む時間はなかったの。だからとりあえず全部、自分宛に転送したのよ」

「彼のメールを自分宛に転送したのか？」

「そのことに、もし彼が気づいたとしたら？　そして、誰かにその話をしたとして、それが連中のさがしているものだとしたら？　連中はただわたしを狙ってるんじゃない。わたしが彼のメールを持ってると思ってるのよ」

「持ってるのか？」

「わからない。持ってるかも。なにしろ、七カ月も前のことだから。メールってそんなに長く受信箱に残ってるもの？」

「なんとも言えないな」ウィルは早くも、その確認ができる場所に行き着くまでにどれくらいかかるかを考えだしていた。彼女のノートパソコンはどこにあるんだ？　そう思ったとき、彼は気づいた。あれはもう調べたじゃないか。

「きみのパソコンはもうチェックずみだ」彼は言った。「そういうものは見つからなかったよ」

コートニーは首を振った。「見つからなくて当然。それはたまたま真昼だった、昼休み中だったの。デイヴィッドがシャワーを浴びてる隙に、彼のスマートフォンを調べたんだけど、あまり時間はなかった。だから、そこにあったメールを職場の自分のアドレスに転送したの。それは〈ベラドンナ〉のわたしの受信箱に入ってる。ただあのアドレスは、わたしが消えたあと、閉じられちゃったかもしれないけど」

ウィルはぎゅっとハンドルを握り締めた。それは、アルヴィンと真昼の逢瀬《おうせ》を楽しむ彼女のイメージが気に食わないから、というだけではなかった。「だから、逃げたのはまずかったと言ったんだよ、コートニー。おれたちは数週間前に答えにたどり着いていたかもしれない。きみが事情聴取さえさせてくれてりゃあな」

「つまり、逮捕させ、殺人罪で告発させてればってこと?」コートニーは鼻で笑った。「そんなのまっぴらよ。お宅の警部補はわたしを嫌ってるもの。初日から目の敵にしてたでしょ」

「いまはもうちがうさ。われわれは、アレックス・ラヴェルの仕事場に侵入するスキーマスクの男のビデオを手に入れた。そいつはきみの行方を聞き出そうとして、彼女をぶちのめしたんだ。この事実は、きみの言っていたことをすべて裏付けている」

「ええっ？　どうして話してくれなかったの？」

「いま話してるだろう。このところ、きみと連絡をとるのは少々むずしかったからな」

「彼女、大丈夫なの？」

「元気だよ」嘘をついたとたん、気がとがめた。「そいつは彼女のオフィスをめちゃめちゃにした。彼女は殴られ、唇を切ったんだ」

「なんてこと」

コートニーは動揺していた。ウィルはこの話を持ち出したことを後悔した。しかしちゃんとわかってもらわなくては――彼がコートニーをオースティンに連れもどそうとしているのは、彼女に罪を負わせるためではない。彼女の疑いを晴らすためなのだ。

だが、そのオースティンには、彼女の命をつけ狙う何者かがいる。

だからこそ、ウィルは影のように彼女のそばについていようと思うのだ。彼女には庇護が必要であり、彼はそれを与えるつもりだった。とにかく、そのことを彼女に信じさせねばならない。

彼は暗闇のなか車を走らせつづけた。コートニーは黙りこみ、窓に頭をもたせかけている。何を考えているのか気になったが、訊ねたくはなかった。訊けば彼女は振り向いて、同じことを訊いてくるかもしれない。その場合、彼は答えに窮するだろう。

おれが考えているのは、きみにまた会えたのがうれしくて胸が痛むほどだってことだ。き

みにあれこれ突っこまれるのが大好きだってことだよ。それに、一度はきみを失ったと思ったことや、もう二度と目の届かないところにきみをやりたくないってことだ。

ちらりと見やると、彼女の目は閉じられていた。眠っているのかもしれない。いや、たぶん彼を無視しているのだろう。

おなじみの唸りとともに、サバーバンが震動した。催眠効果のあるリズムで、道路の黄色いラインがつぎつぎと飛び過ぎていく。彼は眠気を振り払い、エアコンを強くした。

それをコートニーが弱くした。

彼はまた強くした。

「寒くてたまらない」彼女はむきだしの腕をさすった。

「へえ、そうかい。こっちはへとへとだよ」

「わたしが運転しようか？　そうすればひと眠りできるでしょ」

ウィルは鼻を鳴らした。

「何よ？」

「きみには絶対、運転させない」

コートニーの眉が上がった。「わたしが何をするって言うの？　あなたを誘拐するとか？」

「きみが何をするか、こっちには見当もつかないね。わかってるのは、信用できないってことだけさ。きみにはおれの車は運転させない」

「石頭」コートニーはそうつぶやくと、また黙りこんだ。

そのまま数分が過ぎた。そして数時間が。山脈が丘陵地帯になり、やがて砂漠が四方に広がった。広大なその平地のあちこちに明かりが散らばっている。黄色いラインはどこまでもつづき、ウィルのまぶたは落ちてきた。注意力の低下を防ぐため、彼は頭のなかで野球関係の記録をつぎつぎ思い返していった。と突然、路肩をタイヤがズッとかすり、彼はハンドルを左に切った。くそっ。

「いっそいますぐわたしと自分を銃で撃って、けりをつけちゃえば？」

ウィルはコートニーに目をやった。「ごめん」

「最後に眠ったのはいつ？」

彼はハイウェイに視線をもどし、答えなかった。

「もうそろそろ一時よ。どこかに泊まりましょうよ」

ウィルは彼女に痛烈な視線を投げた。

「何よ？　ねえ、この先にモーテルがあるの。何キロか前に看板があったのよ。何時間か眠って、また先に進めばいいでしょ」

それは、いまだかつて聞いたことがないくらい、ひどいプランだった。ただし、眠るというところだけは別だ。そこのところは悪くない。問題は、コートニーに眠る気がないのがわかっていることだ。彼女は車を停めさせる。そしてチャンスがあり次第、逃げだすだろう。

このどこでもない町のまんなかでは、それはおそらくヒッチハイクして誰かのトラックに乗ることを意味する。

「ウィル？」

ウィルは彼女を無視して運転しつづけた。がそのとき、燃料計の示すタンクの残量が四分の一にまで落ちているのに気づき、座席の上で身もだえした。どこかで車を停めるしかない。出口の表示が前方にぬっと現われた。ガソリン。食べ物。宿。

「ねえ、ウィル。あなた、ひどい顔をしてるわよ」

彼は横目でコートニーを眺めた。

「わたしもよね」彼女はものわかりよく言った。「それもこっちは昨夜、たっぷり八時間眠ったのによ。停まりましょ」

「ガソリンとコーヒー。それだけだぞ」

「運転を交代してもいいしね。あなたがひと眠りできるように」

「だめだ」

ハイウェイを降りると、すぐにガソリンスタンドが見つかった。隣接するコンビニエンス・ストアには明かりがなかったが、給油ポンプの列はスタジアムさながらにライトアップされていた。ウィルはそのひとつに車を寄せ、自分の失敗に気づいた。疲労のあまり、カードでなく現金で支払わねばならないことを忘れていたのだ。カードを使えば足がつく。財布は二十ドル札でいっぱいだが、それはここでは使えない。

ウィルはため息をつき、鼻梁《びりょう》をこすった。「なあ、クレジットカードを持ってないかな？　きみに無関係の名前が載ってるやつをさ？」

「つまり、偽名ってこと？　それって違法なんじゃない？」

その口調は癇《かん》に障った。ちくしょう、眠くてたまらん。「おれを怒らせるなよ。カードはあるのかないのか？」

「ない」

ウィルは小声でひどい悪態をついたが、コートニーはまるでショックを受けたふうがなかった。

「今夜はここで休みましょうよ」彼女は道路の向こうのモーテルを目で示した。「ガソリンは朝、入れればいいでしょ」

ウィルはうんざりした目で、モーテル〈砂漠の夢〉を見つめた。ネオンサインは、〝空室あり〟と告げており、事務所には明かりが輝いている。

ちくしょうめ。

彼はあらゆる意味でガス欠だった。どうしても仮眠が必要だ。もちろん、シャワーと何千カロリーかの栄養も。そうして全身に活を入れなくては、つぎの十時間の運転はできない。

ウィルは道の反対側に渡ってモーテルに乗り入れた。コートニーは明らかにこの展開を喜んでいた。

「四時間だけだ」彼はきっぱりと言った。「エネルギー補給して、夜明け前に出発する。どこかに行こうなんて考えるなよ」

コートニーは小首をかしげ、とまどったふりをした。「ここは砂漠のまんなかなのよ。いったいわたしがどこに行くって言うの？」


その狭い部屋はタバコの匂いがした。コートニーはベッドに腰かけ、ウィルはバスルームへと向かった。数分後、室内に湯気が流れこんできた。コートニーが振り返ると、ちょうど彼がシャワーの下に裸で入っていくところだった。

ウィルは鏡のなかで彼女の目をとらえた。「ちゃんと見張ってるからな。言っておくが、素っ裸できみを追っかけるのをおれが恥ずかしがると思ったら、大まちがいだぞ」

コートニーは彼のむきだしの尻へと視線を落とした。それは記憶以上にいいくらいだった。彼女は一方の眉を上げた。

「やめとけ。もうその手は食わない」ウィルはシャワーの下へと頭を差し出し、コートニーは彼に表情を見られないよう顔をそむけた。

その手だって？　それってどういう意味？　ひょっとして、わたしが彼と寝たのを……ええっ？　目をくらますためだと思ってる？　捜査を攪乱するためだって？

彼女は憤然と立ちあがり、テレビをつけた。こういう場所につきものの有料ポルノがあれこれ、それに、商品情報番組とテレビ伝道師の説教をやっていた。彼女はスイッチを切り、ブーツのひもを解いた。足からブーツを蹴飛ばすと、身をよじってジーンズを脱いだ。それから悪趣味なベッドカバーをめくり、ベッドの上に長々と横たわって目を閉じた。

水の流れが止まった。ウィルが部屋に入ってくる。タオルを椅子に放る音。つづいてデニムが肌をこする音がし、ジーンズに脚が通された。それから、ベッドのウィル側の床に静かにゴトリと何かが置かれた。拳銃だろうか？　マットレスが沈みこみ、コートニーは彼のほうへと転がった。

「ちょっと！」

「ごめん」ウィルはうつぶせの姿勢でベッドに斜めに横たわり、足をはみださせていた。右肘は文字どおりコートニーの鼻先にある。彼の目は閉じられていた。

眠る気なの？　まさかね。半裸のわたしがここにいるんだもの。シルバークリーク・インで彼がどんなふうにわたしを見つめたか、わたしはこの目で見ている。

突然、彼がてのひらをついて身を起こし、尻ポケットから手錠を引っ張り出した。

「大事なことを忘れてた」身を引こうとしたとき、冷たい金属が手首にかかった。

「いたっ！」

ウィルはあおむけになり、空いているほうの銀の輪を自分の左手にはめた。

「どういうつもりよ？」

彼は目を閉じて、枕に頭をあずけた。「戦闘中の仮眠さ」

コートニーはじっと彼を見おろした。その完璧な裸の上半身と、顔に浮かぶ悦に入った笑いを。彼女はぐっと舌を噛み、金切り声でわめきたいのをこらえた。

「三秒あげる」穏やかに言った。

「なんのために？」ウィルは目を開けて、ランプに手を伸ばした。部屋が暗くなり、ただ駐車場の空室の表示から青い光が注がれるばかりとなった。

「これをはずして。さもないと、あなたをひっかいてずたずたにするわよ」

ウィルは片目を開けた。「ぜひやってみせてほしいね」

「ウィル――」

「さあ、早く」彼は横向きになって、自由なほうの腕で彼女を押さえつけ、起きあがれないようにした。

それでわかった。ウィルは挑発しているのだ。彼女が組みついていくのを彼は待っている。もちろん、負けるのはこっちだろう。これは復讐なのだ。彼女が黙って出ていっても、支配するのは結局、向こうだということだ。さっきウィルはなんと言っていたっけ？　結構な脱出？　彼は心に傷を負ったのだ。でもそれを認められず、マッチョなパワープレイに出たわけだ。彼が本当にほしいのは、セックスに決まっている。男はいつだってそうなんだから。

大きく上下するウィルの胸に、コートニーは目をやった。すぐそこにあの腕がある。恋しかったあの腕が。体の奥が熱くなった。自分のほうもセックスがほしくないわけじゃないことを、彼女は悟った。

でも手錠にはやっぱり腹が立つ。

これは逃亡を防ぐとかそういうことじゃない、この男がなんでも腕ずく力ずくでやる野蛮人だということだ。

そうじゃない？

ウィルの呼吸は深く規則正しくなっていた。コートニーは眉を寄せて、彼を見つめた。ほんとに眠ってるわけ？

こんなにすぐに眠りこむなんて、ありえない。

でもその腕は、彼女の胸の上で重たくなっているし、呼吸以外、彼はまったく身動きしない。

コートニーは寝返りを打ち、怒りと困惑と欲求不満をいっぺんに感じながら、壁を見つめた。このひと月、凌《しの》いできたひとりぼっちの眠れぬ夜を、彼女は思い返した。以前はひとり寝がいやだったことなどないのに、近ごろはそれも変わった。痛いほどに孤独が感じられるのだ。ホテルの奥の、狭苦しいあの部屋での果てしない時間。テレビはない。友もいない。本とヨガと気の滅入《めい》る考えのほかに、彼女には何もなかった。

逃げるのはもういやだ。

びくびくうしろを振り返りながら、毎日を過ごしたくはない。

オースティンを出る前、彼女は怯えていた。一方シルバークリークでは、信じがたいほどの疎外感を味わった。周囲のあらゆる人、あらゆるものから隔絶されている感覚を。空虚さを。

そしてウィルが現われたとき、彼女はすべてをのみこむような深い安堵感を覚えた。ちゃんと気にかけ、来てくれる人がいたのだ。生まれて初めて、彼女は望まれている気がした。そしていまは、新たな理由で怯えている。

彼は来てくれた。

怒っているし、傷ついているし、たぶん屈辱も感じているのだろうけれど、とにかく彼は来てくれた。それは仕事とは関係ない。彼女にはわかっていた。もし公務であれば、彼は地元の保安官と一緒に来ただろう。あるいは、賞金稼ぎを送りこんだかもしれない。

でも彼はひとりで来た。彼女のために。そしていま、彼女を何より恐ろしいものに向き合わせるために、テキサスに連れもどそうとしている。

彼はウォルターのことを知っているにちがいない。

フィオナは、逮捕状が出たのはそのせいだろうと言っていた。未解決のウォルター殺しにコートニーが関与したとされているからだと。ひとり殺したなら、ふたり殺してもおかしくはない。

もしウォルターのことを知っているなら、ウィルは彼女の過去も知っているだろう。そしてもし彼女の過去を知っているなら、前科も知っているだろう。おそらくは、封印されたはずの未成年時の記録の中身も。そしてもし、そのすべてを知っているなら、彼がいまここにいること、みすぼらしいモーテルの部屋にいて、彼女の隣で眠りこけていることは、よけい驚きであり、また、いっそう恐ろしくもあった。

「なあ」ウィルの声はしゃがれていた。

コートニーは喉の塊をのみこんで彼に目を向けた。「何よ?」

青っぽい光のなかで、彼の目が暗く輝いている。その眉間には皺が寄っていた。「泣いてるのか?」

コートニーは顔をそむけ、枕に頬を埋めた。たしかに彼女は泣いていた。なぜだかわからないけれど。説明しようとも思わないけれど。

ウィルの腕がウエストに巻きつき、彼女を抱き寄せた。肩にキスされて、彼女は身を硬くした。

キス。それはまるで休戦協定のようだった。それは仲直りの印だった。コートニーは彼のほうに向き直った。すると彼の唇が唇に重なった。その味はすばらしく、彼女は彼を飲みこみたくなった。手錠のはまった彼の手はふたりのあいだにぎこちなく置かれていたが、自由なほうの手は彼女の頬に触れ、髪のなかにすべりこんできた。コートニーは彼の脚のあいだに脚を押しこんでさらに身を寄せ、膝から胸までをその頑丈な体に密着させた。

ウィルがわたしをほしがっている。

彼は眠りたいんじゃない。わたしがほしいのだ。それがわかると、興奮と恐れとめまいが同時に襲ってきた。何があったにせよ、わたしが何をしたにせよ、この男はわたしをいまここで、いまこの瞬間、ほしがっている。コートニーは彼にキスし、奥へと攻めこんだ。その温かな男らしい匂いを胸が痛くなるほど吸いこむと、ここ四週間の孤独感が薄れていった。ウィルはあおむけになり、ため息をついた。それから小声で悪態をつき、ポケットから何か取り出した。手錠がはずれるカチッという音がし、コートニーはふたたび自由になった。

「きっとおれは後悔するな」ウィルは天井に向かって静かに言った。

コートニーは肘をついて身を起こし、彼を見おろした。「なぜ?」

答える代わりに、ウィルは手を伸ばし、彼女を自分の上に乗せた。肺の空気が一気に吐き出され、息を吸う間もなく、彼が自分の顔の前に彼女の顔を引き寄せた。

頭がくらくらした。彼はキスしながら、一方の手を彼女の髪にもぐりこませ、もう一方の手で彼女の尻をとらえて、体に体を引きつけた。やがて彼の口と、肌のすぐ下にある頑丈な肉体以外、すべてが消えた。彼は彼の味がした。そして、自分がどれほどそれを恋しがっていたか、いま初めて彼女は知った。

ウィルが身を起こした。コートニーはうしろに倒れかけたが、彼がウエストに腕を回して抱きとめた。彼女がその膝に収まると、彼の目は暗くなった。彼はコットンのタンクトップを頭から脱がせて、床に放った。そしてまたキスしはじめ、彼女の息、彼女の思考をすべて奪い取り、コートニーは彼のこと以外何も考えられなくなった。彼の感触はすばらしかった。その口も、その手も、やわらかな胸のふくらみにすり寄せられた無精髭までもが天国のようだった。彼女は頭をのけぞらし、歓びに身を震わせた。ふたりはここにいる。一緒に。いまだに現実とは思えないが、これは現実なのだ。彼の髪のなかにあるこの指も、膝をなでていく彼のてのひらも。そして、喉に触れる彼の口は、熱く、心地よく、現実そのものだ。

「会いたかった」コートニーはささやいた。すると彼が身を引いて、顔を見つめた。彼女はパニックが押し寄せるのを感じた。言うべきじゃなかった。それは正直すぎるほど正直な言葉であり、彼にもそれはわかったはずだ。

だがそのあと突然、すべてがひっくり返った。気がつくと彼女はあおむけになっており、彼がじっと見おろしていた。両脚をその体に巻きつけ、背を丸めると、彼はうめいた。それでわかった。彼の頭にはもういまの言葉のことなどない。

そこからは、まるでレスリングだった。ちがいはただ、それが競技ではなく、同じ到達点をめざす狂おしい競走だという点だけだ。ふたりは互いにつかみあい、あわただしく服を脱がせ合った。彼は何か荒々しいものを発散させていた。怒りまでも。そしてやがて、衣類すべてが床の上に積みあげられ、ふたりの肌がなめらかに触れ合った。彼らは可能なかぎりのあらゆる形で溶け合っていた。

「こっちを見て」

ウィルの声は唸りに近かった。コートニーは目を開き、彼を見あげた。なかへと押し入ってくる彼の顔、その肩の緊張に驚異を覚えながら。彼は何か言おうとしていた。その体で何かを、言葉にならない何かを。彼が自らをたたきこんでくる。やがて彼女は震えだし、崩れだした。そして、容赦ない最大級のあの力に打たれ、全世界が砕け散った。

22

ウィルが体を離し、ごろりとあおむけになった。暗闇のなかでその姿を見つめるうちに、真実が胸に浸透してきた。彼はわたしを愛している……少なくとも特別な何かを感じている。こうなったのは、だからなんだ。彼が遠路はるばるやってきたのも。うす暗がりのなかで彼の胸が上下し、その息が徐々に整っていく。でも彼はこちらを見なかった。そしてついに起きあがると、バスルームへと入っていった。

コートニーは天井をじっと見あげた。心臓が激しく鼓動している。それに、肺も収縮しているような気がする。まるでパニックの発作を起こしているみたいだ。これまで起こしたことがないから、はっきりそうとは言えないけれど。ウィルがキーを置いたナイトテーブルに、彼女は目をやった。それから、ウィルがチェーンをかけたドアにも。そして唇を噛みしめ、考えた。再度、彼が眠りこむまでには、どれくらいかかるだろう。

「妙なことは考えるなよ」

バスルームの入口に彼が立ち、彼女を見おろしていた。その姿は巨大で恐ろしげだった。

というより、たいていの人はそう感じるだろう。コートニーは恐ろしくなかった。彼がけっして自分に手をあげないことはわかっているから。

「妙なことって何よ?」

「逃亡さ」ウィルはシーツと毛布をめくってベッドにすべりこんだ。そしてコートニーの両脚をかかえあげ、自分の隣に彼女を引き入れた。シーツはひんやりしており、彼の体は温かった。彼はコートニーの頭を胸に抱き寄せた。

彼女が逃げたがっていることを、ウィルは知っている。パニックを起こしていることも知っているんだろうか? その理由も? 彼女の心臓は時速百万キロで鼓動している。いまこの暗闇のなかで、その音は彼にも聞こえているのかもしれない。

ウィルが背中をなでおろし、なであげた。それから、またなでおろし、なであげて、髪に指をからませた。コートニーは顎のところで髪を切りそろえていた。彼女にとっては、まったく新しいヘアスタイルだ。ハイスクール時代から、彼女はずっと髪を長く伸ばしていた。

「金髪か」

コートニーは目を閉じて、髪にからまる彼の指のことだけを考えようとした。「そう」

ウィルは彼女の頭のてっぺんにキスしたが、何も言わなかった。

「金髪は好きじゃない?」

「とくには」

「男はみんな金髪が好きなのよ。この事実はもう証明されてるわ」

ウィルは肩をすくめた。「おれは赤毛が好きなんだ」

コートニーは暗闇のなかでほほえんだ。緊張が解けていくのがわかった。耳もとで響くゆっくりした規則正しい彼の鼓動がそれを助けている。こうしているのはいい気持ちだ。ほっとできる。ほかのことはあとで考えればいい。

ウィルの手がふたたび背中を下りていき、彼女はため息をついた。

「コートニー？」彼の声は低かった。

「うん？」

「怖がることはないよ」

コートニーは身を硬くした。「怖がる？」

「あしたのことさ」

「あした、何があるの？」

ウィルの手がヒップの上で落ち着いた。「ふたりでオースティンにもどるんだよ」

パニックがよみがえってきた。それも総力をあげて。コートニーは起きあがった。シーツがはらりと落ち、彼女はそれを引っ張りあげて胸を覆った。「大丈夫だってどうしてわかるの？」

ウィルは落ち着いて彼女を見つめた。「わかるからさ」

「あなたにあの警部補が止められる？　わたしを狙っている暗殺者どもが止められるわけ？」

ああ、こんなところでわたしは何してるんだろう。彼女はふたたびキーに目をやり、脱出の方法を模索した。

ウィルが身を起こして、頭板に背中をあずけた。「おれの自由になるのはおれ自身だけだ。そしておれは、きみには誰にも手を出させない」

「だけど警察はわたしを逮捕して留置場に入れることができるんでしょ？　もし容疑者が足りなくなったら？　連中はわたしを人殺しだと思ってるのよ、ウィル」

彼はコートニーを抱き寄せ、両腕でかかえた。「きみがアルヴィンを殺してないことは誰もが知ってるさ」

「わたしは誰も殺してない！　ウォルターだって殺してないの！」

彼の腕に力が加わった。「仮に殺したとしても、おれには責める気はないよ」

「わたしは殺してない」

「わかってる」

あたりがしんとした。聞こえるのは、ふたりの息遣いと外の廊下にある自動販売機の静かな唸りだけだった。彼は知っているのだ。わたしのことを何もかも知っていながら、それでもここにいるのだ。そんなのすじが通らない。

そして彼女は気づいた。彼がわたしを護ると言ったのは本気だったのだ。でもそれだけじゃだめかもしれない。彼には市警全体を動かすことはできない。殺し屋のチームを止めることもできない。賭け金は高い。数百万ドルという額なのだ。そのうえ、彼女が死ねば大助かりという人間はあまりにも多い。

「心配するな」ウィルがささやいた。彼はコートニーの指に指をからませ、ふたりの手を毛布に覆われた自分の膝の上に載せた。コートニーは彼の手を裏返し、そのてのひらを見つめた。そこにあるぎざぎざした銀色の傷跡を、彼女はなぞった。それから、手首の傷跡まで指をすべらせていった。

「これは骨の破片にやられたんだ」

コートニーは彼を見あげた。

「アフガニスタンにいたときにね」

わけがわからず、彼女はウィルの手に視線をもどした。

彼は咳払いした。「ありがちなイカレた日のひとつでね。万事うまくいってたのに、いきなりすべてがめちゃめちゃになった。対応する暇もなかったよ。通常どおりと思ってたら、つぎの瞬間、あたりは血の海だった」

コートニーはなんとも言わなかった。奇妙にも、彼女には理解できた。デイヴィッドが死んだ日もごくふつうに始まり、それからすべてがひっくり返ったのだ。

「勤務期間がもう終わろうってときだったよ」ウィルが言った。「それが最悪の点でね。残すところ十二日だったんだ」

ウィルは言葉を切った。彼の筋肉が固くなるのが感じられた。コートニーは待った。

「おれたちは山を移動していた。ひどく細い道をね。獣道に毛が生えたようなやつさ。でもそれがいちばんの近道だったんだ。前にも二度、通ったことがあったしね。地元住民が使う道なんだ。なんの問題もないように思えたよ。そしたら、いきなりドカーンだ」

「撃たれたの？」

「地雷だよ。それも二個。先頭のやつらがまともに食らった。おれは予備の装備を担いでて、後方にいたんだが、それでも吹っ飛ばされた。体がいきなり浮きあがって、それから尻餅をついたんだ」

ウィルはまた言葉を切った。コートニーはその手を取って、親指で傷跡をなぞった。

「土埃でもうもうとするなか、みんな悲鳴をあげて、地面に伏せたり物陰に飛びこんだりしていた。そうこうするうち、弾丸がつぎつぎ飛んできた。待ち伏せだったんだ。動けるようになるとすぐ、おれは岩のうしろに飛びこんで応戦した。それから、ふと右を見ると、デントンが――ミシシッピ出身の、二十三歳のやつがいた。泥のなかに倒れて、まるで水道の蛇口みたいに血を流してたよ。脚は根もとからなくなってて、ただそこに、十メートルと離れてないとこに、倒れていたんだ」

コートニーは彼の手をぎゅっと握りしめた。「それで?」

「おれはそっちへ走った。彼をつかまえて、近くの岩のうしろに引きずっていったよ。だが脚の状態はひどかった。血がどんどん流れ出ていてね。止血帯を巻こうとしたが、巻くところがほとんど残っていないんだ。だからおれはただ傷を圧迫しだした。そこに入るものはなんでも押しこんで。包帯でも、布でも、手の届くものはなんでもだ。何を当てても血は染み出てきた。それでもおれはとにかく圧迫しつづけ、手をそこに突っこんで、なんとか血を止めようとした。そのあいだずっと、彼はおれに向かって、どなっていた。ほっといてくれ、脚なしじゃ家に帰れないってね」

「それで、そうしたの?」

「いや。まるで永遠のように思えたが、ついに上空援護が到着した。事態がそれ以上悪くなる前に、ヘリが一機降りてきて、おれたちの隊は救い出された。実はそれ以上悪くなりようもなかったんだが。おれたちは六人のうち三人と、デントンの脚を失ったわけだから」

「彼は生還したの?」

「ありがたいことにね」ウィルの声は苦々しかった。「楽しい我が家へも帰れたしな。帰ってみたら、細君はほかの男とつきあってて、すでに離婚届も提出されていたんだよ」

「なんてことなの」

ウィルは肩をすくめた。「よくあることさ。ストレス。配偶者の不在。そういうもんは結婚生活には響くからな」

コートニーは自分たちの手を見おろした。疑問はいっぱいある。でもいまそれを訊く気はしなかった。なぜ彼がそんな職に就いたのか、彼女には不思議だった。

「国にもどれてうれしい？」

「そう思うこともある。違和感を感じることもあるけどな。こっちじゃ何もかもがすばらしいのに、みんなそのことに気づきもしない。それがあたりまえだと思ってるんだ」ウィルの胸が大きくふくらみ、彼は深いため息をついた。「だがあの殺し合いから離れていられるのは、うれしいよ。あれは人を蝕《むしば》むんだ。説明するのはむずかしいけどね。だんだん麻痺《まひ》しちまう感じかな。おれは絶対に麻痺したくなかった。軍にもどらなかったのは、だからなんだ」

「じゃあどうして警官になることにしたの？」

ウィルは彼女を見おろした。「刑事だ。おれはただの警官じゃなく、殺人課の刑事をめざしたんだよ」

「なぜ？」それは、死を見るのがいやになった男にしては、妙な選択に思えた。

ウィルは首を振った。「わからない」

「いいえ、わかってるんでしょ」

彼は一拍間を置いた。「たぶん価値あるものにしたかったのかもな。それぞれの人間、それぞれの命を。おれには、ひとりの人間がどうでもいいなら、世の中なんの意味もないって気がするんだよ」

コートニーは視線を落とし、彼のてのひらを親指でなでた。ウィルはわたしを信頼している。前にどう言ったにせよ、たしかにわたしを信頼している。そうでなければ、こんなことを打ち明けたりしないだろう。今度はこっちが彼を信頼する番だ。だがパニックはまだそこに居座り、彼女をさいなんでいた。

「少し眠ろう」ウィルが頭にキスした。「こっちは明日また十時間、運転するんだし」

ふたりはシーツのなかにもぐりこみ、彼はコートニーを抱き寄せた。

「わたしに運転させてくれればいいのに」彼女はまた言った。

ウィルは彼女の腿を自分の腹の上に引きあげ、満足の吐息を漏らした。「絶対いやだね」


八二二号室に近づくと、言い争う声が聞こえてきた。看護師の声を圧して響く、鐘のように澄んだ声はアレックスのものだった。

「こんなの馬鹿げてる」彼女が言う。「アクセスを禁じることはできないはずよ。それじゃネットワークが開かれている意味がないでしょう」

「先生から指示を受けているんです。ここでお使いになることは認められません。あなたは休んでなきゃいけないんですから」

ネイサンは部屋の入口で立ち止まり、アレックスを――その顔はまるで野球のバットで殴られたようだったが――見つめた。彼女はコンピューターのコードを引き抜く看護師をにらみつけていたが、彼が咳払いすると顔を上げた。

「ああ、よかった！　朝からずっと連絡をとろうとしていたのよ。なぜ携帯を切ってたんです？」

「証言中だったもんでね」

看護師は彼をひとにらみして、せかせかと出ていった。どうやらノートパソコンからアレックスを引き離すのはあきらめたようだ。

ネイサンはベッドに歩み寄り、金属の手すりに手をかけた。病院のガウンを着たアレックスはひどく弱々しく見えた。顔の側面にある紫色の瘤《こぶ》を見て、彼は誰かを絞め殺してやりたくなった。

それがだめなら、せめて何人か留置場にぶちこんでやりたい。

アレックスは仕事をつづけた。その指がキーボード上を飛び回っている。脇にはファイル数冊と携帯電話があり、すでに午前の営業は始まっているようだった。

「きょう退院なのかな？」彼はひそかにそうでないよう祈った。少なくとも、強力な薬も与えられないまま退院なんてことにならないように、と。

アレックスは作業の手を止め、ちらりと目を上げた。「正午に。たぶん。その前にラチェッド看護婦（映画『カッコーの巣の上で』に登場する、精神病院の看護婦長。自由を奪う者の象徴）に蹴り出されなければ、だけど。あの女ときたら、ほんとに――」

「何がわかった？」ネイサンはさえぎった。

アレックスはようやくコンピューターを脇にやった。「友人のひとりに例の逃亡者の追跡をさせたわ」

おかしくて唇がぴくついた。「つまり、病院のベッドからおれの依頼を下請けに出したってことかい？」

「何か問題あります？」

「いいや」

「結構」彼女はため息をついた。「でも、あなたは彼がつかんだ事実を気に入らないでしょうよ」


ウィルは胸騒ぎを覚えていた。

いま彼は壁を背にしてすわり、何か脅威となるものはないか、大衆食堂の店内に目を配っている。店に入ってくる連中――腹の出たトラック運転手やたくましい農場労働者を、彼はひとりひとりチェックした。だが、何が気になるのか特定はできなかった。

しかしやはり何かがおかしい。モーテル〈砂漠の夢〉の部屋を一歩出たその瞬間から、彼の五感はざわついている。コートニーはすぐに朝食をとりたがったが、ウィルはとにかく出発しようと言い張った。ただちに町を出るべきだという、深いところから来るその直感は、説明がつかないものだったが、彼はそれに従った。長年のあいだには、同じ直感が一度か二度、彼を弾丸から救ってくれたのだから。

「それ、全部食べるの？」

ウィルは真向かいにすわるコートニーに目を向けた。そこは、赤いボックス席のひとつ。シャワーを浴び、体も休まって、彼女はいま、ものほしげな目で彼のベーコンを見つめている。

ふたりは二十分前からこの店にいる。コートニーはすでに自分の皿を空にしていた。彼女の筋張った両腕に、彼は視線を走らせた。例のヨガ用のウェアなので、その腕はむきだしだ。彼女は以前よりやせたように見えた。また、強くなったようにも。

ウィルはウエボス・ランチェロスをフォークですくいあげた。「シルバークリークには食べ物がなかったのか？」

「ウェイトレスをやってると、食欲が失せちゃうのよ」コートニーは彼の皿を目顔で示した。「ねえ。分けてくれない？」

ウィルはシートに寄りかかり、片腕を背もたれにかけた。「事と次第によるね」

「というと？」

「きみが何を提供するかだ」

コートニーは腕組みをした。「ベーコンで取引しようってわけ？」

「そうさ」

「からかってるんでしょ」

「そうさ」

コートニーは、ウィルの大好きなあの小さな笑みを見せた。「だったら、あなたの好きなものをなんでもあげる」

ウィルは三切れ全部をすくいあげ、彼女の皿に落とした。ちょうどそこへウェイトレスが勘定書きを手に現われ、彼はそれを取りあげた。

「うわっ」コートニーはベーコンをむさぼった。「からかったり、おごったり。これってデートなの？」

「これはただの朝食だ」彼女の左手は皿のかたわらに置かれていた。ウィルはその手に自分の手を重ねた。「でも近いうちに、きみをデートに連れ出したい」

コートニーは口を動かすのをやめ、重ね合わされたふたりの手を見おろした。彼女は口のなかのものを飲みこんだ。ウィルは彼女の反応をじっと観察していた。こうなるだろうと思っていたから。ふたりは裸でともに夜を過ごした。それは問題ない。だが彼が、手を取ってどこかに連れていこうとすると、彼女は落ち着かない気分になるのだ。

「オーケー」コートニーは言った。

「オーケー」

ふたりはしばらく見つめ合っていた。それから彼は、自分の携帯を彼女のほうにすべらせた。「姉さんに電話したほうがいいんじゃないか」

「どうして？」話題が変わったことにほっとした様子で、コートニーは訊ねた。

「様子を訊くのさ」

「姉はフロリダよ」コートニーは言った。「ハネムーン中に妹からの電話なんかほしいかな」

「ほしいだろ。きみのことを心配していたし」

「最後に姉と話したのはいつ？」

「結婚式のときだ」

コートニーはぽかんとして彼を見つめた。「結婚式に行ったの？」

「ふらりと寄ってみたんだ」

「どうだった？　姉さんはどんなだった？」

その声にこもる羨望《せんぼう》にウィルは気づいた。「いい式だったよ」

「でも姉さんは？　どんなだったの？　髪形はどうだった？」

ウィルは眉を寄せた。「どうだったかな」

「でも見たんでしょ？　アップにしてた？　シニヨン？　ああ、まさかビーハイヴになんかしてなかったでしょうね！」

「きみが何を言ってるんだか、こっちにはさっぱりわからない」

彼女は目玉をぐるりと回した。

「姉さんはきれいだったよ」ウィルは言ってみた。「ドレスもよかった」

「髪はわたしがやるはずだったの。きっと姉さんは自分でやったんでしょうね。きっとあのしょうもないフランス風の三つ編みにしたんじゃない」

「それで？　電話するのかしないのか」

コートニーはベーコンにかぶりついた。「いまはいい。どうせ厳しく尋問されるもの。うちに着いてからにする」

うちか。彼女が口にすると、その言葉は耳に快かった。

「オーケー。じゃあ、もう一度ジョーダンにかけてみよう」彼は言った。「〈ベラドンナ〉のきみのEメール・ボックスがどうなっているか、彼女に見てもらわないとな」

コートニーはまたひと切れ、ベーコンをすくいあげた。「わたしね、ずっとデイヴィッドのことを考えていたのよ」

ウィルは身構えた。

「彼は口が堅いほうじゃなかった」彼女はつづけた。「よくあれこれ自慢していたわ。わたしとの関係をほかの人が知ってたとしても、わたしは驚かない。たとえそれが奥さんでもね」

「ふうん。それで？」

「もし彼が、裁判が終わったあと、イヴへの興味をなくしたとしたら？　そしてもし彼女が、それを恨んで、彼の違法行為を判事か誰かに報告すると脅したとしたら？　評決はそれでひっくり返るかもしれないでしょ？」

「脅迫か」ウィルは言った。「おれもずっとその線で考えてたんだ。そうなれば、賠償金の分け前を手に入れた誰かが、アルヴィンや、自分の金を危険にさらす諸々《もろもろ》のものを消したがるかもしれないよな」

「たとえば、わたしをね」コートニーが言う。「たぶん彼は、あのメールのやりとりをわたしに見つかったことまで人に話したのよ」

「ペンブリーのほうも厄介だった。とくに、警察署に立ち寄っては、刑事に手紙を残していくようになってはな。おそらく彼は、あのささやかなメッセージのせいで殺されたんだろう」

その言葉は彼が意図したより残酷に響き、コートニーは不安げな顔になった。

彼女は彼の手から手を引っこめて、オレンジ・ジュースの残りを飲み干した。「ジョーダンにかけてみる。たぶんもう仕事に出てるから」

「それがいい」ウィルはそう言って、尻ポケットから封筒を引っ張り出した。

「ちょっと！　それ、わたしのお金じゃない！」

彼は、昨夜、彼女の仮住まいの箪笥《たんす》で見つけた金のなかから、二十ドル札を一枚取り出した。「オースティンに着くまで管理してやってるだけさ」

「泥棒！」コートニーがつかみかかったが、ウィルはひょいと封筒を引っこめた。

「朝食をごちそうさま、C・J」彼はウィンクした。「さあ、電話だ」

ぐっと顎を突き出したものの、コートニーは何も言わなかった。彼女は携帯を取ってダイヤルした。「あなたって絶対に人を信用できないのね」

ウィルは一方の眉を上げ、もとどおりポケットに金をすべりこませた。

「ジョーダン？　ハイ、わたしよ」

テーブルの向こうからキンキンと音が聞こえてきた。

「うん、わかってる……うんうん……いい旅だった」

食堂は朝の混雑時で騒がしく、コートニーは背中を丸めて耳を凝らした。「うん？　聞こえない……」彼女はウィルを見あげ、店の奥を顎で示した。「化粧室」そう口を動かしてみせ、立ちあがる。彼女はハンドバッグを持ったが、バックパックは持たなかった。これなら遠くへ行くわけはない。彼女は金もないのだから。

あなたって絶対に人を信用できないのね。

いや、彼はコートニーを信用している。いちおうのところは。だが彼は実際家でもあるのだ。コートニーはきわめて衝動的な女性だ。もし何かに怯えたら、あわてふためき逃走をはかるかもしれない。彼としては、彼女にそのチャンスを与える気はなかった。

ウィルは卵の残りを平らげ、コーヒーを飲み干した。それから、腕時計で時刻を確認した。そろそろデヴェローに電話して、最新情報を入手したほうがよさそうだ。タイプはどうあれ本物の刑事なら——あの男はまちがいなくそうなのだが——彼はもういまごろ、ウィルの病欠は実は病欠なんかじゃなく、コートニーをさがすための欠勤であることに気づいているだろう。彼に現状を伝え、きのう以降、捜査に進展がなかったか確かめなくては。

だが携帯はコートニーが持っている。指で軽くテーブルをたたきながら、ウィルは待った。

男がひとり、入口側のボックス席から出てきて、新聞を小脇にはさんだ。ジーンズに、フランネルのシャツに、キャップというその格好は、ここにいる男たちの大半と同じだが——どことなく違和感があった。

そいつが駐車場を横切っていくのを、ウィルは窓越しに見つめた。どうも気になる男だが、何がどうなのかわからない。

コートニーはどうしたんだ？

彼はもどかしげに振り返り、化粧室の表示に目を向けた。いくらなんでも長すぎる。自らの被害妄想にいらだち、彼はポケットに手をやって、心強いキーの感触を確かめた。たぶん彼女は化粧か何かしてるんだろう。

駐車場の向こう側でトラックが唸りをあげた。ウィルはその車がハイウェイに入っていくのを見守った。

突然、うなじの毛が逆立った。何かがおかしい。いったい彼女はどこなんだ？　彼はボックス席を出て、大股で店の奥へと向かった。トイレに通じる狭い廊下には誰もいなかった。〝婦人用〟と記されたドアを押し開けると、洗面台の前にいた見知らぬ女性がぎくりとした。

「コートニー？」彼は個室の下をのぞいた。何もなし。

アドレナリンでくらくらしながら、男子トイレのドアを開け、すばやくなかを見回した。空っぽだ。

「くそっ！」

裏口から飛び出していくと、そこは錆びた大型ゴミ容器が端のほうに設置された、砂利敷きの駐車場だった。「コートニー！」

トレーラートラックが一台、轟音をあげてハイウェイを走っていく。彼は食堂周辺の荒れ果てた風景を見回した。

ありえない。今回はちがう。彼女がいまおれから逃げるわけがない。

ちがうか？

なにしろ一セントも持ってないんだから。だが、ああ、くそっ、もしかすると金は必要ないのかも。コートニーなら、ただどこかのトラック運転手を笑顔で見あげ、乗せてほしいと言うだけでいいのかも。

だが彼女はそれはしないはずだ。

ちがうか?

「ちくしょうめ!」

彼は地平線に目を走らせた。ここ、テキサス・パンハンドル地方は、前後左右に何キロにもわたって広がっている。車は見えない。トラックも見えない。コートニーの姿も。

彼女は野ざらしの古びた柵の隙間からウィルの姿を見ていた。周囲には生ゴミの匂いがたちこめている。彼が悪態をつく声に、彼女は耳をすませた。

首を締めつけている腕に力が加わり、いっそう息が苦しくなった。小さく声をあげると、ふたたび腕が締まり、それと同時に、こめかみに押しつけられた銃口がさっとウィルに向けられた。

コートニーは鼻から息を吸いこみ、悲鳴をあげまい、どんな小さな音も立てまいとした。

見ないで。見ないで。見ないで。ウィルの背中を一心に見つめ、そう念じた。

首に回された腕は、強く太いまま変わらない。ウィルを狙う手も揺るぎない。

向きを変えて! なかに入って!

銃を握る手がわずかに上がると、彼女はぎゅっと目をつぶった。見たくない。もう二度と。

不意に気管が開放され、彼女はふらりと一歩後退した。ウィルはいなくなっていた。それに気づくと同時に、むんずと腕をつかまれ、うしろへと引きずられた。

「しゃべるな。ひとことでも口をきいたら、脳みそが吹っ飛ぶぞ」

ゴミ容器のうしろから引っ張り出され、コートニーは必死の目で駐車場を見回した。ハイウェイの脇にはトラックが数台駐まっているが、そのまわりには誰もいない。男は彼女を引きずって建物の角を回り、その先の緑色のセダンへと向かった。助手席に彼女を押しこみ、バタンとドアを閉めると、そいつは後部ドアを開けて彼女のうしろに乗りこんだ。

ドアハンドルに手を伸ばしたとたん、ロックがカチッと下りた。コートニーはさっと頭をめぐらせた。運転席に女がすわって、こちらに向かってほほえんでいる。

「こんにちは、コートニー」

「あなた、いったい誰なの？」

23

ウィルは女子用トイレを再度チェックした。さらに男子用を。そしてふたたび食堂へと向かったときだ。おなじみの音に足が止まった。

彼自身の携帯だ。ウィルはくるりと一回転した。

「コートニー？」〝従業員専用〟と記されたドアを開けてみる。物置だった。またもやあの音がした。出口に通じる廊下からだ。見ると、モップのそばの床に彼の携帯が落ちていた。

彼はそれをつかみとるなり、食堂の裏口から飛び出した。

「コートニー！」

胃袋がよじれた。消えたのは彼女の意志じゃない。どこに行ったにせよ……

くるりと向きを変え、悪臭の発生源、大型ゴミ容器のほうを向く。やかましい携帯をポケットに押しこみ、セメントの塊のように重たい足で容器に歩み寄った。錆びた蓋には南京錠がかかっていた。容器の金属の縁をつかみ、彼はその上にえいと上がった。

そして、なかをのぞきこみ、酸敗臭を放つ生ゴミの山を確認した。

地面に飛びおりると、安堵のあまりもどしそうになって体を折り曲げた。携帯がまた鳴りだし、彼はポケットから乱暴にそれを引き抜いた。デヴェローだ。

「なんだ？」

「問題が起きた」

冗談だろ。そう思いながら、建物をぐるりと回って、表側の駐車場へと走った。

「リンジー・カーンがニューメキシコにいるんだ」デヴェローは言った。

くそっ。これでいくつかのことに説明がつく。

「それにコートニーも」

「知ってるよ」ウィルは言った。「おれもここにいる」

「コートニーは一緒か？」

「いや」ウィルはSUVのロックを解除し、運転席に乗りこんだ。ちくしょう、どっちなんだ？　ハイウェイは左右に果てしなく延びている。

「リンジー・カーンはクライスラー・セブリングに乗っている。彼女はひとりじゃない」デヴェローが言う。「男が一緒だ」

「どうしてわかった？」

「いまのいままでアルバカーキのレンタカー屋と電話で話していたからさ。われわれは、アレックス・ラヴェルの防犯カメラに映っていた男の身元をつかんだ。名前はミック・オドンネル。前科者で、ボストンで起きたプロの殺し屋による二件の殺人の被疑者でもある。レンタカー屋の連中は、リンジーと一緒にいた男によく似ていると言っている。この男が偽名で車を借りたんだが、実にトンマな野郎でね、リンジーの携帯の番号を連絡先に使ったんだよ」

東に目をやると、トラックが二台、まぶしい朝日のなかへと消えていくところだった。西には何もない。ただハイウェイがどこまでもつづくばかり。そして、かすかな緑の点がその上り坂の彼方へと遠のいていく。

セブリングだ。

「ホッジズ？　聞いてるか？」

彼は車を横すべりさせ、ハイウェイに入った。「ああ、聞いてる」アクセルを踏みこみ、誰よりも古いその友人に、急いでくれ、とたのみこむ。六十キロ、七十キロ、八十キロ。ハンドルをぴしゃりとたたくと、彼女はぐんと前に傾いた。

「どうなってるんだ？　おまえ、何してるんだよ？」

「コートニーを追ってるんだ」

コートニーは、猛スピードで車を駆る運転席の女を見つめた。女はダイヤの入った〈ロレックス〉の腕時計と〈ジューシークチュール〉の黒いトラックスーツを身に着け、髪には高価なブロンドのハイライトをふんだんに入れていた。コートニーのお客の半数は、この女に似たり寄ったりだ。その目に浮かぶ狂気の光を別にすれば。

「わたしから隠れられるとでも思った？」女は前方の道から目を離し、コートニーに顔を向けた。「いいことを教えてあげるわ。情報はキングなの。情報よ。わかった？　あんたにはそれがない。取り残されている。ねえ、聞いている？」

いちおう聞いてはいたが、コートニーが目下、力を注いでいるのは、主として過呼吸にならないよう努めることだった。後部座席のあの銃はまっすぐ彼女の頭を狙っている。そしてこの女は時速百五十キロで飛ばしているのだ。もし車が道路の隆起にぶつかったら？

女がコートニーをにらみつける。「ちょっと聞こえている？」

コートニーは大きく息を吸いこんだ。「ええ」

「わたしがさんざ皿洗いのバイトをして大学を出たのは、資格を剝奪されるためだと思う？　ウィルカーズのくそ野郎に言われるままに身を売ったのは、負けるためだと思う？」女は自分の膝を拳で殴りつけた。「あれはわたしのお金よ。わたしが稼いだの。わたしは何もかもこの手で稼いだ。あんたのせいで、それを全部、失うなんてまっぴら！」

コートニーはまじまじと女を見つめた。この人はおかしくなってる。でなきゃ何かやってるかだ。

後部座席で音楽が鳴った。女はうしろに手をやり――時速百六十キロに迫るスピードを出したまま――〈ルイ・ヴィトン〉のバッグから携帯を取り出した。

そして、パシッとそれを開いた。「つかまえた?」沈黙。「そう」女は腕時計に目をやった。「オーケー、了解よ」

つかまえたって誰を? ウィルなの? 恐怖がふくれあがった。

「この右がいい」後部座席の男が言った。コートニーは彼を振り返った。その腹はジーンズからこぼれ出ていた。男の血走った灰色の目を見つめ、彼女は悟った。こいつはあの公園のスキーマスクの男だ。

デイヴィッドを殺した男。

わたしを殺そうとした男。

一方こっちは、こいつにペッパー・スプレーを噴射し、中華鍋の熱い油を浴びせ、少なくとも五、六回はその手からすり抜けてきた。そしていま、男は苦い顔をしている。

女が右に急ハンドルを切ると、車は本当に道の隆起にぶつかった。飛び出した弾丸に頭を撃ち抜かれる――コートニーは覚悟して息を止めた。車がガクンガクンとくぼみを乗り越え、その後ようやく地面は平らになり、気がつくと彼らは広大な砂漠を突っ走っていた。

「どこへ行くの?」コートニーはかすれた声で訊ねた。

それに答えるように、女が捨て置かれた納屋みたいな建物へと車を向けた。建物が近づいてくると、埃っぽい平原をはずんでいくいくつもの回転草が目についた。なんと回転草とは。

コートニーは必死であたりを見回した。どこを見ても何もない。これから起こることを目撃する者はいないだろう。

ウィルはどこなの?

車が横すべりして、納屋の脇に停止した。女がギアをパーキングに入れ、コートニーを振り返った。

「あんたなんかどうでもいい。わかる? どうでもいいの! 大事なのは、あんたが持ってる情報の切れっ端だけ。彼氏にまた会いたければ、それをよこしなさい」

コートニーはいまにも吐きそうだった。「彼はどこなの?」そう訊いたとたん後悔した。そのイカレたあばずれがにやりとしたからだ。

「知りたいわよねえ?」女は後部座席に手をやって、その床からコンピューター用のバッグを引っ張りあげた。とまどって見つめるコートニーの前で、彼女はつややかな銀色のノートパソコンを取り出して電源を入れた。

ここでようやくコートニーは気づいた。あのEメールか。

「わたしたちはちょっとした宝さがしをしているの」〝ジューシー女〟が快活に言う。「あんたは地図を持っている。イヴとジョンのあのEメールよ。わたしは宝を護らなきゃならない。どう、わかってきた? あのお金は一セントだって返す気はないわ。この手で稼いだんだもの!」

コートニーは恐怖の目でコンピューターを見つめた。そこからは何ひとつ引っ張り出せない。このイカレ女はそのことを知らないわけ？　もし知ったら、ぶち切れるの？　コートニーは肩越しに後部座席の男を見やった。だが男は画面を見てはいなかった。彼はその目に並みならぬ敵意をたたえ、コートニーを見ていた。

こいつはペッパー・スプレーのことを忘れていないのだ。

「なんなのよ、これ！」女がネイルケアした爪を入力キーに突き立てた。「どうしたって言うの？」彼女はしばらくキーを見つめていた。コートニーはその体の震えに気づいた。まちがいない、この女は何かやっている。

「いいわ！」女の目がさっと上がって、コートニーの目をとらえた。彼女は後部座席からバッグを取って、拳銃を引っ張り出した。そのフレンチ・マニキュアにまるでそぐわない巨大な黒い銃を。

「コンピューターはどうでもいい。とにかくパスワードを教えて。でもひとつ言っておくわ。もし嘘をついたら、彼を殺す。わかった？」

コートニーはうなずいた。

「パスワードは！」

ウィルは、土埃が収まりかけているあたりでハイウェイをそれた。八百メートルほど先には、荒れ果てた小さな建物があった。セブリングはその背後に消えたままだ。

ウィルは車から飛び出した。音を聞かれるとまずいので、ドアは開けっ放しにしておいた。人がふたり。おそらく武装しているだろう。彼はグロックを取り出し、マガジンをチェックし、歩きだした。


「パスワードは！」女がふたたび金切り声をあげた。

なんと言おう？　もし教えたら、この女は引き金を引くんだろうか？　パスワードはコートニーの唯一の武器、時間を稼ぐ唯一の手段だ。

「わたしの誕生日よ」

「はっ？」

「わたしの誕生日。それがパスワードなの。職場のコンピューターの」ああ、お願いお願いお願い。ウィルはどこ？　みんなどこなの？　引き延ばせるのは、どれくらい？

女はいらだってため息をついた。「それで、あんたの誕生日は何月何日？」

「八月二十二日」

女は眉を寄せた。明らかに、これがどうしてパスワードになるのか怪しんでいるのだ。

「何年？」彼女は問いただした。

「日付は関係ないの」コートニーは言った。「星座よ」

「星座？」

「十二星座。わたしは獅子座《Leo》なの」

「それがパスワードなの？　Ｌｅｏが？　でもたった三文字じゃないの！」

ああ、ウィルはどこなの？　助けはどこ？

「それがそうなのね？」

コートニーは、いまも銃を向けている後部座席の男を見やった。それから、黒い大型拳銃を。それを握っている手は不安定だ。しかしこの距離なら、何も問題ないだろう。コートニーは気づいた。わたしはいま助手席にいる。デイヴィッドと同じように。

そしてウィルがわたしを見つける。彼は死んだわたしを目にするだろう。ちょうどわたしがデイヴィッドを目にしたように。ただ、わたしはデイヴィッドを愛していなかった。でも、ウィルのことは愛しているし、ウィルもわたしを愛している。だから彼は絶対これを乗り越えられない。

「降りなさい」女が銃でドアを示した。

外に連れ出して、撃ち殺そうというんだろう。でも、それならチャンスがある。もしかすると逃げられるかもしれない。

「降りて！」

コートニーはドアのロックを上げ、大急ぎで外に出た。

ウィルは、半径五十メートル内にある唯一の遮蔽物《しゃへいぶつ》、罰当たりなサボテンのうしろにしゃがみこんだ。ちっぽけなサボテンだが、幸い標的はこっちを見ていない。連中はコートニーに集中しきっていた。

コートニーがよろめき出てきた。彼女は怯えきった顔でさっとあたりを見回した。おれをさがしているんだ。彼は胸を締めつけられた。女が大声で命令を下し、男が銃をかまえた。

ウィルは小声で祈りを捧げ、狙いをつけた。


パーン！

コートニーはがばと地面に伏せ、両手で頭を覆った。

「くそっ！」

あの拳銃の男も倒れていた。彼はあおむけの状態で、膝をかかえこみ、もがいている。

ガラスが砕け散った。また一発、今度は前よりも近くから——車からだ。

〝アバズレ・ジューシー〟が撃っている。コートニーは必死で遮蔽物をさがした。と突然、黒っぽい影が地面から噴出した。

ウィル！

「伏せろ！」倒れている男の横を、ウィルが駆け抜けていく。彼は男の手の届かぬところへと銃を蹴飛ばすと、あの車に飛びこんだ。

コートニーがどうにか立ちあがったちょうどそのとき、手負いの男が銃に飛びついた。彼女はさっと銃をかすめとった。

「動くな！」ウィルがどなった。

コートニーはくるりと振り向いた。あの金髪女が車の外でうつぶせになっている。ウィルはその背を膝で押さえつけ、同時に、よろよろと立ちあがった男に銃を向けていた。男の腫れあがった目の焦点が、コートニーの手の拳銃に合う。パニックに襲われ、彼女は男に突進してその膝頭に蹴りを入れた。男は大声で咆《ほ》え、ふたたび地面にくずおれた。

ウィルが飛びかかって男をうつぶせにし、その両腕をうしろにねじあげた。彼はコートニーに目を向けた。「こいつのベルトをはずすんだ」

彼女はぽかんとウィルを見つめた。

「ベルトだ、コートニー！」

コートニーは拳銃を置き、よろよろと前に進んだ。車の横で手錠をかけられ、すすり泣いている女のほうを、彼女は不安げに見やった。女の顔は埃まみれだった。

ウィルは男の両手をひとまとめにぎゅっとつかみ、コートニーが男の体をひっくり返すのを手伝った。彼女はバックルをはずすと、何度かぐいぐいベルトを引っ張り、ズボンから抜き取った。ベルトをウィルに渡すと、彼はそれで手早く男の手首を縛った。ふたりを罵倒《ばとう》しまくる男を尻目に、ウィルはそのTシャツをむしり取り、血まみれの膝の手当てにかかった。

コートニーはそこに立ったまま、ハアハアあえぎながら、ウィルを見おろしていた。彼は非常に冷静で、てきぱきしている。一方、彼女の心臓は飛び出さんばかり、脚はゴムみたいにへなへなだった。彼女はその場に膝をついた。

ウィルがこちらに目を向けた。「大丈夫か?」

コートニーは無言でうなずいた。

血に汚れた手で、彼はポケットから携帯を取り出し、放ってよこした。まったく反応できず、彼女はそれが目の前の地面に落ちるのをただ見ていた。

「九一一にかけるんだ」ウィルが言った。「保安官を呼ばないと」

コートニーは携帯を見つめ、つづいてウィルを見た。彼はとても落ち着いている。そして自信に満ちている。これは、弾丸にも血にも、ほかのどんなことにも動じない、戦場の兵士だ。そしてこっちは、いまにも朝のオムレツをもどしそうな、怯えきった一般市民だ。

彼女は震える手で携帯を拾いあげた。

「そいつを捨てろ」

納屋の裏から男が現われた。そいつはこちらに近づいてきながら、コートニーに銃の狙いをつけていた。その指のダイヤモンドがきらめき、彼女はフィオナの描いた容疑者のスケッチを思い出した。

コートニーはウィルの視線をとらえた。彼のジーンズにはさまれた拳銃に、彼女は気づいた。

「手を上げろ。さもないと、この女を吹っ飛ばす」

金属の銃口を首に突きつけられ、コートニーは息をのんだ。

「さあ」

この男は太ってはいない。大柄とさえ言えず、中肉中背だが、その鈍い無表情な目は彼女をぞっとさせた。彼の態度はきわめて事務的だった。

ウィルが血まみれの両手を頭上に掲げた。あの太ったやつは相変わらず膝をつかんでうめいている。

「立て」銃を持つ男が命じた。「ふたりともだ」

ふたりは立ちあがった。コートニーの膝はがくがくしていた。いまにも倒れそうな気がしたが、首に突きつけられた銃には震えを抑える働きがあった。

「グロックを下に置け」男はウィルにそう命じ、彼が撃つ気を起こさないようコートニーを盾にした。男の手がぎゅっと腕をつかむ。つんと匂うその息が、肌にめりこむ銃口のすぐ上の頰をくすぐる。喉がからからになった。

ウィルはゆっくりジーンズから銃を抜き、地面へと下ろした。

「妙なまねをしたら、女を殺すからな」

ウィルは静かな冷たい目で彼女のうしろの男を見つめた。「やれば、おまえもくたばることになる」

男が背後で低く笑った。

そのとき、車のそばの動きがコートニーの目をとらえた。いつのまにか、あの女が立ちあがっている。彼女は車に寄りかかり、咳《せ》きこみながら、ウィルを──自分の手にかけられた手錠の主をにらみつけていた。

「ほら、行け」男がコートニーを何もない砂漠のほうへと強くひと押しした。「おまえもだ」

ふたりは砂漠の広がりへと向かった。ウィルが彼女の目をとらえた。何か伝えようとしているようだが、それがなんなのか彼女にはわからなかった。歯がガチガチと鳴る。胸が痛い。脚はぐらついていて、ほとんど歩けないくらいだった。

「ひざまずけ」

彼女は自分に言っているのだろうと思った。ところがうしろを振り返ると、男はウィルを見ていた。

「早く！」

ウィルは地面に膝をついた。男が彼女のそばを離れ、大きく輪を描いて彼のまうしろに移動した。

コートニーはむせび声を漏らした。

「両手を頭のうしろへ」

ウィルはその言葉に従った。彼女の胸から泣き声があふれ出た。彼の視線が彼女の目をとらえる。「見るな」彼にそう言われ、彼女の心臓はしぼんだ。それでも目をそらすことはできなかった。やめてやめてやめて！　彼女は目で哀願した。

男が銃を持ちあげた。

とたんに、稲妻のような速さで、ウィルが横に飛びのき、さっと脚を振り出して男を転倒させた。

銃弾が宙を貫いた。コートニーは悲鳴をあげ、がばと身を伏せた。ふたりの男の体が、土のなかでのたうち、もつれあう。

でも銃はどこなの？

ウィルが男に馬乗りになり、その顔を殴りつけた。何度も何度も、もう止まらないとでもいうように。

さっと黒い影が走り、コートニーの注意をとらえた。あの女がウィルの捨てたグロックに突進していく。しかし女は手錠をしており、先にそこに到達したのはコートニーのほうだった。

「止まって！」彼女は金切り声で叫び、女に銃を向けた。その目が大きくなり、女はあとじさった。コートニーはくるりと向きを変えた。ウィルは男にまたがったまま、なおもその顔を殴りつけている。「やめて!」ウィルが顔を上げた。彼は身軽に立ちあがると、格闘のさなか地面に落ちた第二の銃をつかみとり、折れた鼻から血を流している襲撃者に狙いをつけた。

「腹這いになれ！　顔を伏せろ！」

男は腹這いになった。

ウィルはコートニーに目を向けた。「その女の銃を」コートニーのそばに落ちている黒い拳銃を、彼は顎で示した。彼女はそれを拾いあげ、ウィルに歩み寄った。彼はそこに立っていた。荒い息をし、無事な姿で。彼女はその足もとにくずおれて泣きたかった。でもそうはせず、ただ二挺《ちょう》の拳銃を差し出した。ウィルは大きいほうの銃をジーンズにはさみ、グロックは彼女の手に残した。もうひとつの銃はなおも、すぐ前の地面に伏せている男に向けられていた。

彼は大きく息を吸い、ほんの数秒前、自分を処刑しかけた男をじっと見おろした。

「おまえを逮捕する」

24

ふたりはその日の大部分を、アマリロの西の田舎臭い保安官事務所で、事件について供述して過ごした。夕暮れが近づくころには、コートニーは疲れ果て、視界がぼやけるまでになっていた。彼女は保安官執務室の外の廊下でプラスチックの椅子にすわり、ウィルがオーステインのサーナクとの電話を終えるのを待った。それは面倒な電話のようだった。ウィルの受け答えから察するに、警部補は今回の部下の調査旅行をよく思っていないらしい。

だがついにその電話も終わり、保安官と短く別れの挨拶を交わして、ウィルが廊下に出てきた。

「用意はいい？」

「いいわよ」

なんの用意だかさっぱりわからなかったが、要は自分たちのはまりこんだこの黄塵《こうじん》地帯から脱出しようということだろう。彼女はウィルに従ってサバーバンへと向かい、ほっとしながら助手席に乗りこんだ。

「行き先は？」ウィルが運転席に着くと、彼女は訊ねた。

「うちだよ」

これから九時間も運転して？　この人、イカレちゃったわけ？

コートニーは、彼の三日分の無精髭、汚れたジーンズ、保安官助手のひとりから借りたにちがいないレッド・レイダーズ（テキサス工科大学のアスレチック・チーム）の小さすぎるTシャツを眺め回し、やっぱりそうなんだと判定を下した。

でも今度ばかりは、文句を言う気になれなかった。コートニーは窓に頬をもたせかけ、テキサス中部の平地がすいすい過ぎていくのを見守った。やがて彼女は眠りに落ちた。

目が覚めると、そこはアビリーンで、ウィルは旅の最後の一区間のためにガソリンを補給しているところだった。ポンプの料金メーターがカチカチ上がっていくのを見つめながら、コートニーはぼんやりと悟った。わたしは命を救われただけじゃなく、ガソリンを少なくとも六タンク分彼に借りているんだ。

ウィルはコンビニエンス・ストアのなかへと消え、二十四オンスのコーク二本とホットドッグ二個を手にもどってきた。彼は、ハラペニョも含め、ありとあらゆるものがはさんであるホットドッグを彼女に手渡すと、ふたたびトラックのエンジンをかけ、フリーウェイに入った。

「わたしが運転しようか？」

「いや」

つぎの四時間は、気づまりな沈黙がつづいた。コートニーは行く手に横たわる新たな現実に気づいたのだ。

彼女には仕事がない。車もない。電気もガスも水道も止まっている。家賃は十月分まで払ってあるから、住むところだけはあるものの、家財の大方はリンジー・カーンの殺し屋どもに破壊されてしまった。荒らされた室内は、ひと月前、どこまでも献身的なフィオナができるだけかたづけてくれたという。それでもオーク・トレールのあの家にもどることを思うと、心が沈んだ。

ウィルのほうもふさぎこんでいた。彼は三時間ひとことも口をきかなかった。コートニーは彼が胸の内を明かすのを待っていたが、彼はただ前方の道を見つめているばかりだった。とうとう彼女は我慢できなくなった。

「あなた、クビになったの?」

ウィルは彼女を横目で見た。「いや」

「それじゃ、どうしたって言うの?」

「どうもしてないさ」

どうもしてない。へええ。今朝、もう少しで死ぬとこだったのに、どうもしてないとはね。

コートニーは腕組みをして窓の外を見つめ、市内に入ってからも長いことそうしていた。

ウィルは彼女の家に通じる出口、フィオナの家に通じる出口を素通りし、彼自身のアパートメントに通じる出口で高速を下りた。

「どこに行くの？」

「うちに」

コートニーは抗議しようとしたが、実のところ、もうその気力もなかった。無言ですわっていると、ウィルは自宅のある集合住宅の敷地へと入っていき、駐車スペースを見つけた。

彼はエンジンを切り、コートニーに顔を向けた。その顎の筋肉がぴくぴくしているのに気づき、彼女は息を止めて待った。

「申し訳ない」

申し訳ない？　彼が？「なんのこと？」コートニーは訊ねた。

ウィルは首を振った。「おれは車の音に気づかなかった。あの二番目の殺し屋だよ。おれはやつの車が近づいてくるのに気づかなかったんだ」

「わたしもだけど」コートニーは言った。「状況が状況だし。まともにはものが考えられなかったわ」

「おれはあの食堂でもやつを見てたんだ。フィオナが描いたやつの指輪を見てたのに、そのときは何も気づかなかったんだよ」ウィルは彼女の目を見つめた。「ごめんよ。おれのせいでふたりとももう少しで死ぬとこだった」

「あやまったりしないで。あなたがいなかったら、いまごろわたしはニューメキシコのホテルの部屋で死んでたんだから。あやまらなきゃいけないのは、こっちよ。あなたをあんなことに引きずりこんで――」

「きみが引きずりこんだわけじゃない。あれはおれの仕事なんだから」

その言葉はまるでびんただった。彼の仕事。昨夜は仕事は無関係に思えたのに。ふたりはあの砂漠のモーテルで一緒に寝た。そしてウィルが彼女のもとに来たのは、仕事を超える何かがあったからだと思えたのに。

ちゃんとわきまえているべきだった。人との関係に期待なんか抱くべきじゃなかったのだ。それがどんな関係であっても。たとえ相手がウィルであっても。

彼が吐息を漏らした。「なかに入ろう。もうくたくただ」

少なくともこれにはコートニーも賛成だった。彼女はウィルのあとにつづいて足取り重く階段をのぼっていった。あの車の音に気づかなかった自分への罰として、彼が丸九時間、運転しつづけたことに驚異を覚えながら。彼女だってあの音には気づかなかった。でも彼は、バッジを持っているというだけの理由で、自分はスーパーマンであらねばならないと思いこんでいるらしい。

ドアの前で、ウィルは青いタッパーウェアを拾いあげた。

「何それ？」コートニーは眉を寄せて訊ねた。

「なんでもない」

彼女はウィルにつづいてなかに入っていき、ソファに身を沈めた。ウィルはテレビをつけ、野球をやっている局を見つけた。

「シャワー、浴びたいよな？」彼は訊ねた。

「ぜひ」

「先にどうぞ。おれは何本か電話をかける」

コートニーはシャワーを浴び、ウィルの〈ダイアル〉の石鹸で体を洗った。あとで肌がかさかさになることはわかっていたが、その石鹸は彼の匂いがした。彼女は髪を洗い、タオルを体に巻きつけた。バスルームを出ると、ウィルはまだ電話中だった。話の様子だと、相手はデヴェローかほかの刑事の誰からしい。コートニーはベッドに横になり、彼を待った。きれいな衣類はない。

でもその問題に取り組む前に、彼女はぐっすり眠りこんでいた。

目を覚ましたとき、彼女はシーツのなかにいた。ウィルはクロゼットの横に立ち、シャツを着ているところだった。窓を覆うミニ・ブラインドの隙間から、光がのぞいている。

「いま何時？」目がゴロゴロしていた。コートニーは時計をさがした。

「七時半」

彼女は混乱して身を起こした。タオルはどこだろう？

ウィルはズボンにベルトを通し、ベッドのこちら側に回ってきた。

「エイミー・ハリスが今朝、荷物を持ってきてくれた。十時ごろにまたきみを迎えに来ることになっている。きみは十時半に弁護士と会うことになってるんだ」彼はベルトのバックルを留めた。コートニーは頭のもやもやを払いのけようとした。

「誰がアッカーマンに電話したの？」

「おれが」ウィルは彼女の頭にキスすると、クロゼットへと引き返し、靴を手に取った。

「わたしは逮捕されたの？」コートニーは思わずそう口走った。昨夜見た数々の怖い夢にはそんな場面もあったのだ。そのほかの夢には、首を締める腕や、荒涼たる砂漠や、黒い拳銃が出てきた。

「いや。でも弁護士に後始末を手伝ってもらわないと。彼なら、きみの協力と引き換えに、きみに対する訴えを撤回させられるんじゃないかな」

「どんな訴え？」

ウィルは部屋の向こうから彼女を見つめた。「虚言。捜査妨害。サーナクがあれこれでっちあげたんだ。大半はでたらめだがね。弁護士にそのことを話して、彼と一緒にサーナクと話し合いに行くんだな」

「あなたは？」

「そばにいるよ」

彼はコートニーが思っていた以上に近くにいてくれた。オースティン警察署の、また別の聴取室の、長い会議テーブルの端に。この部屋は、彼女が前に見たふたつの聴取室より上等だった。なんとそこには、クッション入りの椅子やコーヒーメーカーまであった。

数時間にわたるやりとり、供述の録音、書類の記入のあと、アッカーマンはテーブルの向こう側に薄いファイルをすべらせた。その中身は、まだ有効だった〈ベラドンナ〉のコートニーのアカウントから印刷したあのEメールで、サーナクはそれが手に入ったのを明らかに喜んでいた。これでまた、〈ウィルカーズ&ライリー〉の弁護士たちが〈リヴテック〉裁判の陪審を操作していたことを証明する駒《こま》が増えたわけだ。それは、リンジー・カーン、ジム・ウィルカーズ、ピーター・ライリー、その他大勢が、刑事裁判で突きつけられるであろう数ある証拠のひとつだった。

もっとも、彼らはまず取引を申し出るかもしれない。弁護士である以上、連中はそうするだろうとコートニーは思っている。とはいえ、〈リヴテック〉裁判自体と一連の殺しとがどちらも注目の事件であることを思うと、彼らに対する酌量減刑は期待できそうにない。世間の人々はそもそも弁護士が嫌いなのだ。嘘をつき、不正を働き、人を殺す弁護士となると、同情を集めるのはまず無理だろう。

すべてがかたづいたあと、アッカーマンはウィルのアパートメントの前までコートニーを送り届けた。

「これで終わりなんですよね？」コートニーは、窮屈なハッチバックのこちら側から、彼女が軽蔑していない唯一の弁護士を見つめた。

彼はほほえんだ。「とは言えませんね。まだ弁護料の請求書をお送りしていませんから」

コートニーは身をすくめた。

「どうかご心配なく。わたしはさほど高くありませんので」

「でしょうねえ。支払いの一部を、物とサービスでさせてもらってもいいかしら」

アッカーマンは警戒の色を見せた。「どんなサービスですか？」

「わたしならそのヘアスタイルをずっとよくしてあげられるので」コートニーはその言葉を和らげるべく笑顔を作った。「それと、新しい仕事が見つかり次第、奥様にスパ・トリートメントをご提供します」

アッカーマンはほっとした様子で、声をあげて笑った。会ったその日から、彼が家庭的な男であることがコートニーにはわかっていた。

「今度相談しましょう」彼は言った。「交渉の余地はあると思います」

数時間後、ウィルが帰宅したときには、コートニーはすでに短いシルクの上下に着替え、寝る支度をすませていた。エイミーは彼女の荷物を賢く選んでくれたのだ。

もっともそれを長くまとっていることはできなかった。家に足を踏み入れるなり、ウィルは着ているものを乱暴に脱ぎ捨てはじめ、数分後、ふたりはベッドの上で裸でからみあっていた。彼らの交わりは狂おしく激しく、いまだかつて彼女が経験したことのない怒濤《どとう》のクライマックスで終わった。

その余韻は涼やかで静かだった。


コートニーは大きく浄化の呼吸をして、目を開いた。鏡のなかの彼女がじっとこちらを見つめ返す。近ごろは、見知らぬ人のように思える顔が。髪はあそびに少し淡い色を入れ、真っ黒にもどしていたが、その目は以前とはちがっていた。いまの彼女の目は前よりもまじめだ。また、大人びている。そしてときおり、昼日なかに、なぜか涙でいっぱいになる。

彼女のどこかが狂っているのだ。どことは言えない。わかっているのは、とにかく感情が抑えられないということだけだ。毎日、職場にいるあいだ平静を保つのがやっと。ウィルのアパートメントに帰ると、彼が仕事からもどるまでに、決まってひとしきり泣かずにはいられない。ときとしてウィルは真夜中に呼び出される。そんなときも、砂漠にひざまずく彼の姿が頭をよぎり、彼女はまた泣いてしまう。そしてそのまま、涙に濡れた枕の上で眠りに落ちるのだ。

「コートニー」誰かがドアをノックした。「三時半のお客様が来たわよ」

彼女はもう一度、深呼吸して、髪をふわりとふくらませた。それから化粧室のドアを開け、サロンへと入っていった。〈ゼン〉は、オースティン中心部にあるイケてる高級なデイスパで、コートニーの三時半のお客はここではまるで場ちがいに見えた。

彼女はお客に笑いかけた。「来たのね」

デヴォンは肩をすくめた。

「お母さんは？」

「隣の店。靴を見てる」少年は黒い革の椅子を疑わしげに見つめた。「ここにすわるわけ？」

「そうよ、さあ」コートニーが軽く椅子をたたくと、彼はそこに腰を下ろした。

「色は決まってる？」

「グリーンにして」

「それでいいの？　ハロウィーンだけど？　黒とオレンジって手もあるよ」

「グリーンがいい」少年はきっぱりと言った。

「じゃあグリーンね」

三十分後、コートニーは店の前の歩道に立って、ウィルを待っていた。不安をかかえてそわそわと。今朝から胸につかえている恐れが広がりはじめた。彼女は心を鎮めよう、自分を勇気づけようと努めた。ここまで来たら、もう一度、不愉快な話し合いをするくらいなんだって言うの？　ここ数週間、彼女は感情のジェットコースターに乗っている。そしてきょうは、また急降下する日なのだ。

サバーバンは、約束どおり四時きっかりに現われた。コートニーは助手席に乗りこんだ。ウィルはいつものグレイのズボンに、白いシャツに、黒っぽいブレザーという格好だったが、きょうはネクタイもしていた。

「ハイ」彼女は言った。

「ハイ」

彼が無駄話をしないことに、コートニーはもう慣れていたし、たいていは気にもならなかった。

車はダウンタウンを走っていった。ウィルはハンドルを指でたたいており、青信号を逃すと小声で悪態をついた。

「遅刻しそうなの？」

彼はちらりとこちらを見た。「いや」

「なんだか心配そう」

「平気さ」初めて存在に気づいたように、もう一度彼女を見る。「きみは心配なのか？」

コートニーは肩をすくめた。「そうでもない」本当は心配すべきなのだが。彼女は、誰よりも会いたくない人物、サーナクと、連邦捜査官二名と、連邦検事とのミーティングに赴く途中なのだから。

コートニーはウィルに目をやった。そのこめかみには汗の粒が浮かんでいた。

「あなた、大丈夫？」彼女は訊ねた。

「うん」

嘘だ。

「いったいどうしたの？」

彼はこちらに目を向けた。「なんでもない」

これも嘘だ。胸に怒りが湧きあがった。彼は嘘をついている。それは明明白白だ。裏で何かが進行している。その週はずっとそう感じていたし、これは絶対気のせいじゃない。今朝の九時以来、自分をさいなんでいるあるもののことを思うと、胃がむかついた。ウィルの部屋の戸口にまたあの容器が置かれていたのだ。きょうは一日そのことに頭を悩まされた。もうこれ以上我慢できない。

「ロリって誰？」彼女は唐突に訊ねた。

「誰だって？」

「ロリ。あのクッキーの」

ウィルはほほえみ、彼女の怒りはふくれあがった。

「何がおかしいの？」

「きみがね。クッキーのことを性病みたいに言うからさ」

「彼女、誰なの？」

「お隣さんだよ。彼女、いつクッキーを持ってきたんだ？」

コートニーは殺気立った目で彼を見やった。

「なんだよ？　先週末、彼女が壁に絵を飾るのを手伝っただけなんだがな」

「どうでもいいわ」

白い御影石の建物に着くと、ウィルは空いていた駐車メーターの前に車を駐めた。馬鹿みたいな気分で、傷ついてもいたが、コートニーは唇を舌で湿らせ、平気なふりをしようとした。関係なんか持ったってろくなことはない。最初からわかっていたのに。どうしていつも、うまくやれるなんて思ってしまうんだろう？

ウィルがエンジンを切って、こちらを向いた。「コートニー」

「別にかまやしない。どうだっていい。好きなようにしてよ」

「そう。やりたきゃ、隣の女の子とやればいい。別にかまやしないから」

「好きなように、か」

「かまやしない、か」

彼女はウィルに目を向けなかった。すべてが崩壊しようとしている。それも、彼女がよくいるヒステリックな女みたいに振る舞っているせいで。なのに、やめることができない。近ごろ、わたしはどうしちゃったんだろう？

「コートニー？」

「あなたが何をしようと、わたしは気にしない。あなたの人生だもの」

コートニーはついにウィルに顔を向けた。彼のまなざしは熱かった。

「きみは気にしてると思う」彼は言った。「すごく気にしてると思うね。気にしたくないのに、気になってならないんだ。それに、きみは怖がってると思う」

コートニーは腕組みをして、顔をそむけた。

「そういうことなんだろう？」彼は言った。「髪を青くしたり、タバコを吸ったり、うちじゅうアロマテラピー用のがらくたをだらけにしたり。きみはおれを押しのけようとしてるんだ」

コートニーは脚を組んで、黒いミニスカートから目に見えない糸くずをつまみあげた。

「まるでドクター・フィル（ドクター・フィル・マッグロー。臨床心理学者。テレビの人生相談番組のホスト）みたいな言いぐさね」

「そうなんだろう？」

彼女はちょっと間をとった。そして咳払いした。「かもね」

「なら、もうやめてくれ。腹が立つから」

ああ、いったいどうしちゃったの？　わたしったらイカレてる。クッキーを持ってくる女のことで、ヒステリーを起こすなんて。彼女は目を上げてウィルを見た。「わたし、人と暮らすのって初めてなの」

「こっちもさ」

「わたしはいやな結末に備えて身構えているのね。たぶん」

「みんながみんなデイヴィッドみたいなわけじゃない。きみの頭にある男どもとはちがうやつだっているさ」ウィルはイグニションからキーを抜いて、運転席のドアを開けた。「行こう。もう遅れてるんだ」

コートニーが車を降りると、ウィルはこちら側に回ってきた。ふたりはコンクリートの広い階段をのぼりだし、ウィルが彼女の手をとった。

コートニーは横目で彼を眺め――それを目にするといつも、彼が軍隊にいたことを思い出すのだが――ぴしっとしたその姿勢と、超保守的なビジネス用の装いに見とれた。

「髪が青くても、ほんとに気にならない？」彼女は訊ねた。

「ぜんぜん気にならないね」

「じゃあアロマテラピーは？」

「おれが頭に来るのは、タバコだけだよ」彼がガラスのドアを引き開け、ふたりはロビーに入った。「あれはたまらない」

ウィルは彼女をエレベーター・ホールへと導き、のぼりのボタンを押した。無言で待っているあいだに、コートニーはふたたびウィルに目をやった。彼はカラーをぐいと引っ張った。

エレベーターが到着し、彼らはそれに乗りこんだ。ウィルは三階のボタンを押した。ふたりは上に昇っていったが、そのあいだじゅう、彼は神経質に彼女の手を握る手に力をこめてはゆるめていた。ドアがポーンと鳴って開いた。しかし彼女は動かなかった。

裏で何かが進行している。ウィルの様子はどう考えてもおかしい。彼は緊張しているが、本来、緊張するような男じゃない。救命時の優先順位だって、涼しい顔でつけられる。なのにいま、非公式のミーティングに臨むにあたって、その手に汗がにじんでいるのだ。

ウィルは彼女の手を引っ張って、エレベーターを降りた。

これが非公式のミーティングでないとすれば、すじは通る。もしこれがなんらかの罠だったら？　ここにはサーナクがいる。あの男がわたしを逮捕したがっているのかも。警察が何か新しい証拠を――わたしを告発できるようなものを見つけたのかも。

リノリウムの長い廊下を進むうちに、コートニーの足の運びは遅くなった。彼女はウィルを見やったが、彼はまっすぐ前に目を据えていた。

彼女は足を止め、彼の手を振り払った。

「これってどういうこと？　あなた、なんだか変よ」

ウィルはこちらに顔を向け、彼女を見つめた。その胸の内の不安は、顔にありありと表われていた。彼は咳払いした。

「きみに行き先を教えたくなかったんだよ」

「どういう意味よ？」コートニーはあとじさりした。「わたしたち、ミーティングに行くんじゃないの？」

「実はちがうんだ」

コートニーはまた一歩うしろにさがったが、ウィルに手をつかまれた。恐怖に駆られ、彼女はあたりを見回した。これはどういうことなの？

そのとき、廊下の突き当たりのドアが目に入った。その横には〝結婚許可証〟と表示が出ていた。

まさか。

コートニーはウィルに目を向けた。彼は辛抱強くじっと彼女を見おろしていた。

「なんてことなの」コートニーはささやいた。

ウィルは床に片膝をついて、彼女のてのひらにキスした。

「ここに来たのは、結婚許可証をもらうためなの？」

心臓はいまや轟いている。今度は彼女の手に汗がにじみ出てきた。なんと、あのウィルがひざまずいているなんて！

「ビビッてるんだろう」彼は言った。「でもいいよ。気持ちはよくわかる」

「なんてことなの」

ウィルはポケットから何か取り出して、彼女の指にするりとはめた。指輪。それは指輪だった。彼女はダイヤモンドにはさまれた赤いルビーを見おろし、喉がふさがるのを感じた。

これはジョークにちがいない。ところが、彼の茶色の目をのぞきこみ、その真剣な顔を見ると、それがぜんぜんジョークじゃないのがわかった。彼はひざまずき、この廊下で彼女にプロポーズしているのだ。

「シルバークリークで、おれはきみに飛べと言った。おれが必ず受け止めるって。そしたらきみは目をつぶって、そうしてくれた」ウィルは彼女の手にキスした。「もう一度、同じことをしてほしいんだ」

彼女は言葉もなく彼を見おろした。

「愛してる。結婚してください」

そのとき彼女は、すぐ横に誰かが立っているのに気づいた。

フィオナだ。それにジャックもいる。周囲を見回すと、役所の職員たちがみんな仕事の手を止めて、笑顔で彼女を見ていた。

コートニーは姉を振り返った。「このことを知ってたの？」

フィオナはほほえんでうなずいた。ジャックがにっと笑いかけてくる。

コートニーはふたたびウィルを見おろした。目に思いをたたえ、自分の前にひざまずく大男を。

彼はわたしを愛しているんだ。わたしと結婚したいんだ。

そしてコートニーは、これまでの生涯でいちばん衝動的なことをした。

イエスと言ったのだ。

訳者あとがき

コートニー・グラス、二十六歳、美容師。トラブルメーカー。いつも衝動に任せ、怒りに任せて行動し、警察のご厄介になったことも一度ではない。そして、困ったはめになるたびに保護者のような姉のフィオナやその友人知人に助けられてきた。そんな彼女が今度こそ本当に抜き差しならない苦境に陥る。

八月の猛暑のテキサス。コートニーはオースティン市の自然公園の人気《ひとけ》のない駐車場で、半年前に別れた男（妻子持ち）と待ち合わせをする。その男、弁護士のアルヴィンが、よりをもどしたい、と執拗にメールを送ってくるため、最後にもう一度だけ会ってきっちり話をつけるためだ。ところが、車のなかでふたことみこと言葉を交わしたとき、突然、スキーマスクで顔を隠した男が後部座席に乗りこんでくる。強盗なのか？　しかし財布を渡そうとしたアルヴィンは、いきなり射殺されてしまう。コートニーも危うく殺されかけながら、護身用スプレーで必死に応戦。なんとかその場を切り抜ける。

ところが、それは恐怖の始まりにすぎなかった。警察は、痴情のもつれによる殺人ではないか、とコートニーを疑う。彼女に不利な証拠もいろいろと上がってくる。さらに、アルヴィンと関係があったらしい人間がつぎつぎに殺され、コートニー自身も正体不明の殺人者の影に脅かされるようになるのだ……


冒頭からショッキングなシーンが展開されるこの作品は、話の運びが速いのが特徴のひとつ。テンポよく、たちまち読み手を引きこみ、最後まで一気に読ませてくれる。スリルとサスペンスが楽しめるのはもちろんのこと。でも本作で何よりすばらしいのは、コートニーという破格のヒロインではないかと思う。わたしもこれまでさまざまなヒロインに出会ってきたけれど、このヒロインには格別な愛情を感じている。

強がりで、度胸があって、嘘つきで、自由奔放。セクシーな服装で異性を引きつけるのが大好き。髪の色も始終変えるし、おしゃれなバッグや靴をたくさん持っている。規則なんかくそくらえ、とばかりに、信号は無視し、店に入るときは天邪鬼《あまのじやく》にも出口から入る。反面、人のいい優しいところもあって、同僚からのたのみごとがことわれなかったり、隣家のシングルマザーとその幼い息子のことを気遣ったり。しかも彼女の場合、人を気遣うにしても、ただ頭のなかで心配しているだけじゃない。即座に行動に出て、救いの手を差し伸べる。侠気《おとこぎ》のある女性なのだ。

そして、その行動力は自らの危機に対処するときにも発揮される。警察はあてにならない。

このままでは殺人の濡れ衣を着せられ、刑務所行きとなるかもしれない。そのうえ、顔の見えない何者かが自分を見張り、命を狙っている。恐怖と不安のなか、愛するようになった男性に庇護を求めたいと思いながらも、彼を巻きこんではならないと、彼女は自分の問題は自分で始末する道を選ぶ。なんて潔《いさぎよ》くてカッコいいんだろう。

そんなコートニーの潔白を見抜き、彼女を護《まも》ろう、救おうとするのが、本作のヒーロー、殺人課刑事のウィルだ。殺人課では新米とはいえ、元軍人。過去にはいろいろあったらしい。鍛えぬかれた肉体を持つ筋肉隆々の大男。仕事ひとすじで、夜昼なく働きつづける。服装は地味で没個性的。コートニーがドレスだの髪形だのの話をしても、まるでついていけない。

おしゃれで奔放なヘアスタイリストと、武骨できまじめな元軍人。

いかにもミスマッチなふたりだ。でも彼らはひと目で惹かれ合う。本人たちもどうしてなのか、さっぱりわからない。コートニーは、いばりくさった軍人なんかタイプじゃない、と思うし、ウィルはウィルで、あんなのいい女とは言えないし、優しい女でもない、と思う。そのうえ、刑事と容疑者という立場上、どちらも素直に気持ちを表わすことができない。

それでもふたりのやりとりは、不思議と自然で、息が合っている感じがする。まるで長年つきあってきた仲のような心安さがあるのだ。始終言い合い、喧嘩に近づきながら、ウィルはコートニーに辛辣に突っこまれるのが、結構、気持ちいいらしい。コートニーのほうも無口なウィルの沈黙がさして気にならないという。また、多くの犯罪者を震えあがらせてきた彼が恐ろしい目でにらんでも、コートニーはまるで動じない。ウィルがひどい言葉で悪態をついても、彼女はぜんぜんショックを受けない。このあたりが実に痛快で、ほほえましい。彼らの関係はどこまでも対等だし、よけいな遠慮などいらないのだ。そして、思うに任せずなかなか結ばれないこのふたりの恋の行方を追いながら、物語はニューメキシコへと舞台を移し、犯人がついにその素顔をむきだしにする緊迫のクライマックスへと向かう。

日本ではこれが初紹介となるローラ・グリフィンは、二〇〇七年に作家デビュー。もともとはジャーナリストとして世界各地を飛び回り、ニュース記事を書いていたが、〝旅の虫〟が収まると、テキサス州オースティンに落ち着いて、ロマンティック・サスペンスの執筆を始めた。デビュー作、*"One Last Breath"*が二〇〇八年のブックセラーズ・ベスト賞を受賞するなど、すべり出しから好調で、本作*"Whisper of Warning"*も昨年、二〇一〇年にＲＩＴＡ賞（ロマンティック・サスペンス部門）を受賞している。
本作に関連する作品としては、二作合わせて〝グラス姉妹シリーズ〟と呼ばれる*"Thread of Fear"*が二〇〇八年に発表されている。こちらはコートニーの姉フィオナと、本作にもちょっと顔を出すフィオナの婚約者ジャックを主役に据えた物語だ。脇役としてコートニーも登場し、彼女らしい生きのよさを見せてくれる。弁護士アルヴィンとの交際と破局の経緯もまた、ここで描かれている。また、読者のみなさんは、フィオナとジャックのなれそめにも大いに興味を引かれるのではないだろうか。

さらに、〝トレーサーズ・シリーズ〟の一作目、二〇〇九年刊行の〝*Untraceable*〟では、やはり本作に登場した、押しの強さと男らしさが魅力のネイサン・デヴェローと、彼が本作で出会う私立探偵アレックスとが協力しあい、失踪した女性の行方を追う。こちらは二〇一〇年のダフネ・デュ・モーリア賞の授賞作だ。訳者としては、本作の個性的な登場人物たちが活躍するこれら二作も、いつか日本の読者のみなさんに紹介できれば、と願っている。

ちなみに、〝トレーサーズ〟とは、科学捜査のプロ集団を指す呼び名だ。このシリーズはすでに五作目まで出ており、最新作〝*Unforgivable*〟も二〇一一年にふたたび、ダフネ・デュ・モーリア賞にノミネートされた。

二〇一一年七月

ザ・ミステリ・コレクション

危険《きけん》な愛《あい》の訪《おとず》れ

著者　ローラ・グリフィン
訳者　務台夏子《むたいなつこ》

発行所　株式会社 二見書房
東京都千代田区三崎町2-18-11
電話 03(3515)2311［営業］
03(3515)2313［編集］
振替 00170-4-2639

印刷　株式会社 堀内印刷所
製本　合資会社 村上製本所

ISBN978-4-576-11106-3
http://www.futami.co.jp/

永遠の絆に守られて
リンダ・ハワード／リンダ・ジョーンズ
加藤洋子［訳］
重い病を抱えながらも高級レストランで働くクロエは最近、夜ごと見る奇妙な夢に悩まされていた。そんなおり突然何者かに襲われた彼女は、見知らぬ男に助けられ…

凍える心の奥に
リンダ・ハワード
加藤洋子［訳］
冬山の一軒家にひとりでいたところ、薬物中毒の男女に強盗に入られ、監禁されてしまったロリー。そこへ助けに現われたのは、かつて惹かれていた高校の同級生で…!?

危険すぎる恋人
リサ・マリー・ライス
林啓恵［訳］
雪嵐が吹きすさぶクリスマス・イブの日、書店を訪れたジャックをひと目見て恋におちるキャロライン。だがふたりは巨額なダイヤの行方を探る謎の男に追われはじめる。

眠れずにいる夜は
リサ・マリー・ライス
林啓恵［訳］
パリ留学の夢を捨てて故郷で図書館司書をつとめるチャリティ。ある日、投資先の資料を求めてひとりの魅力的な男性が現われた。デンジャラス・シリーズ第二弾！

悲しみの夜が明けて
リサ・マリー・ライス
林啓恵［訳］
闇の商人ドレイクを怖れさせるものはこの世になかった。美貌の画家グレイスに会うまでは。一枚の絵がふたりの運命を一変させた！想いがほとばしるラブ＆サスペンス

ラブソングをあなたに
ジェニファー・アシュリー
米山裕子［訳］
酔っぱらって見知らぬ青年と一夜をともにしたラジオDJのブレンダ。それを機に内気な性格からセクシーな女性へ大変身。ところが、偶然再会した彼はライバル局のDJだった…

黒き戦士の恋人
J・R・ウォード
安原和見［訳］
NY郊外の地方新聞社に勤める女性記者ベスは、謎の男ラスに出生の秘密を告げられ、運命が一変する！ 読みだしたら止まらない全米ナンバーワンのパラノーマル・ロマンス

永遠なる時の恋人
J・R・ウォード
安原和見［訳］
レイジは人間の女性メアリをひと目見て恋の虜に。戦士としての忠誠か愛しき者への献身か、心は引き裂かれる。だが困難を乗りこえふたりは結ばれるのか？ 好評第二弾！

運命を告げる恋人
J・R・ウォード
安原和見［訳］
貴族の娘ベラが宿敵〝レッサー〟に誘拐されて六週間。だれもが彼女の生存を絶望視するなか、ザディストだけは彼女を捜しつづけていた…。怒濤の展開の第三弾！

闇を照らす恋人
J・R・ウォード
安原和見［訳］
元刑事のブッチがヴァンパイア世界に足を踏み入れて八カ月。美しきマリッサに想いを寄せるも梨の礫。贅沢だが無為な日々に焦りを感じていたところ…待望の第四弾

愛をささやく夜明け
クリスティン・フィーハン
島村浩子［訳］
特殊能力をもつアメリカ人女性と闇に潜む種族の君主が触れあったとき、ふたりの運命は…!? 全米で圧倒的な人気のベストセラー〝闇の一族カルパチアン〟シリーズ第一弾

愛がきこえる夜
クリスティン・フィーハン
島村浩子［訳］
女医のシェイは不思議な声に導かれカルパチア山脈に向かう。そこである廃墟に監禁されていた男を救いだしたことで、思わぬ出生の秘密が明らかに…シリーズ第二弾

燃える瞳の奥に
ルーシー・モンロー
小林さゆり［訳］
政府の諜報機関に勤めるベスは、同僚と恋人同士を装い潜入捜査を試みることに。奥手なベスと魅力的なイーサン、敵の本拠地に「恋人」として潜入したふたりの運命は？

おさえきれない想い
ルーシー・モンロー
小林さゆり［訳］
女優としてキャリアを積んできたジリアンのもとにやってきた魅力的な男、アラン。ひと目で強烈に惹かれあったふたりだが、ある事情からお互い熱い想いをおさえていた…

Mr.ダーシーに恋して
グウィン・クレディ
木下淳子［訳］
ロマンス小説を愛する鳥類学者のフリップは、自分の好きな本のストーリーを体験できるという謎のセラピーを受けることになり…。ＲＩＴＡ賞パラノーマル部門受賞の話題作！

ふるえる砂漠の夜に
アイリス・ジョハンセン
坂本あおい［訳］
砂漠の国セディカーン。アメリカからの帰途ハイジャックの人質となったジラ。救出に現われた元警護官ダニエルとまたたくまに恋に落ちるが…好評のセディカーン・シリーズ

波間のエメラルド
アイリス・ジョハンセン
青山陽子［訳］
うぶな女私立探偵と芸術家肌の王子様。プレイボーイの彼から依頼されたのは、つきっきりのボディガードで…!? ユーモアあふれるラブロマンス。セディカーン・シリーズ

あの虹を見た日から
アイリス・ジョハンセン
坂本あおい［訳］
美貌のスタントウーマン・ケンドラと大物映画監督。華やかなハリウッドの世界で、誤解から始まった不器用なふたりの恋のゆくえは……？ セディカーン・シリーズ

二見文庫　ザ・ミステリ・コレクション